Une grossesse inattendue

Un chef si charmant

Sous l'emprise d'un cow-boy

JULES BENNETT

Une grossesse inattendue

Traduction française de
JOËL MALLET

PASSIONS

HARLEQUIN

Collection : PASSIONS

Titre original :
AN UNEXPECTED SCANDAL

HARPERCOLLINS FRANCE
83-85, boulevard Vincent-Auriol, 75646 PARIS CEDEX 13
Service Lectrices — Tél. : 01 45 82 47 47 - www.harlequin.fr
ISBN 978-2-2804-4635-8 — ISSN 1950-2761

Composé et édité par HarperCollins France. Achevé d'imprimer en janvier 2021.
par CPI Black Print - Barcelone - Espagne
Dépôt légal : février 2021.

FSC
www.fsc.org
MIXTE
Papier issu de sources responsables
FSC® C159065

Pour limiter l'empreinte environnementale de ses livres, HarperCollins France s'engage à n'utiliser que du papier fabriqué à partir de bois provenant de forêts gérées durablement et de manière responsable.

- 1 -

La pluie froide de printemps s'acharnait sur Nick Campbell. L'enveloppe dans sa main recélait un secret qu'il n'avait pas encore trouvé le courage d'affronter... Quelque chose lui dictait de la déchirer pour laisser sa mère emporter ce mystère dans la tombe.

Nick se tenait au-dessus du cercueil blanc de Lori Campbell à observer les roses claires cascader de toutes parts. Elle lui avait confié ce mot en lui avouant avoir envoyé le même à deux autres personnes.

Tant de secrets, tant de cachotteries autour d'un lit de mort.

En toute honnêteté, il ne s'en souciait pas du tout pour l'instant, ce vide grandissant dans son cœur avalait tout le reste.

Toutefois, il s'était juré de lire cette lettre après les funérailles. Cinq jours s'étaient écoulés depuis le décès de sa mère. Il avait gardé le pli scellé sur lui tout ce temps. À chaque fois qu'il voulait l'ouvrir, quelque chose d'autre l'en empêchait. Entre les papiers à signer, les assurances et le reste des obsèques, Nick n'avait trouvé ni le temps ni le courage.

L'appréhension et l'angoisse le rongeaient. Le moment était venu. Rien ne l'attendait plus, rien ne pressait à cet instant.

Il se détourna du cercueil et regarda l'enveloppe

froissée. Il déchira la partie supérieure, en sortit le mot. Il prit une grande inspiration avant de lire.

Indignation, colère, incompréhension… et tant d'autres sentiments dont il ne sut que faire. Il relut, plus lentement, espérant s'être trompé.

Mais par tous les diables, comment pouvait-il affronter à la fois la mort de sa mère et cette nouvelle ? C'était trop, il ne pouvait l'accepter.

Quelques semaines plus tôt, lorsqu'il avait compris que Lori n'avait plus longtemps à vivre, il s'était renfermé sur lui-même, incapable de même songer à un avenir sans elle… Encore moins à finir les rénovations de cet hôtel qu'ils avaient racheté.

Cet établissement qui avait mené Silvia sur sa route.

Rien qu'une nuit, Silvia Lane, architecte du projet, avait été plus qu'une associée, plus qu'une connaissance.

Passionnée, généreuse, diablement séduisante, il ne l'oublierait jamais. Sa chevelure ondulant sur son corps à lui, ce sourire mutin lorsqu'elle s'était glissée hors de sa robe fourreau. Et comment ne pas craquer quand elle avait crié son nom au moment où l'extase l'engloutissait ?

Cette soirée torride, il se l'était rejouée encore et encore ces quatre dernières semaines. Le lendemain, ils s'étaient promis d'en rester là. Elle venait d'arriver en ville pour donner un coup de fouet à sa carrière, elle ne pouvait se permettre une relation ouverte avec un client. Quant à lui, il avait bien trop de soucis pour en rajouter à la longue liste.

Pourtant, elle l'avait consolé quand la peine l'avait accablé. Et au fond, Nick espérait un peu plus de réconfort de sa part.

Il loucha sur les mots jusqu'à ne plus voir qu'un flou de lettres. Il voulait brûler ce bout de papier, faire disparaître ce cauchemar. Si seulement tout pouvait redevenir aussi simple qu'avant.

Hélas, Nick savait que sa mère n'aurait pas menti. Elle en avait toujours été incapable et ne l'aurait jamais blessé de manière volontaire, pas même avec une telle nouvelle.

Cela dit, il ne comprenait pas comment elle avait pu se taire si longtemps. Quant à la raison de son silence… Il ne la découvrirait jamais. Et qui étaient les deux autres ?

Nick frissonna en reprenant son souffle sous la pluie glaciale. Il avait fait ses adieux après le départ de tout le monde, il devait s'en aller lui aussi. Il devait continuer à vivre, honorer la dernière volonté de sa mère.

Des feuilles bruissèrent derrière lui. Il volta, surpris, pour se retrouver nez à nez avec Silvia.

À l'abri de l'épais feuillage d'un arbre, Silvia avait observé Nick, seul devant la tombe, une enveloppe à la main.

Les doigts serrés sur son parapluie, elle avait fini par se dire qu'elle ne pouvait pas attendre là éternellement comme une perverse. Elle devait lui parler sous faute de ne plus tenir.

Cinq jours durant, elle avait cherché à le joindre. Puis, quand elle avait appris pour Lori, elle avait compris son silence et su que le moment aurait été mal choisi.

Cela n'avait rien à voir avec sa promesse d'en rester là. Il souffrait, comme cette nuit où tout avait changé. Elle aurait voulu aller le trouver, lui offrir un peu de réconfort, seulement rien n'était plus pareil.

Ils avaient partagé une relation professionnelle intense

ces derniers mois, jusqu'à ce soir dans son bureau où ils avaient craqué et où une chose avait mené à une autre.

Cependant, elle avait ressenti de l'attirance pour lui dès le premier jour. D'habitude sérieuse, elle avait gardé ses petits fantasmes bien enfouis… En tout cas, aussi longtemps que possible.

Quand on voyait où cela l'avait conduite.

Comment avait-elle pu céder à ses charmes ? Il n'était pas le premier à la séduire après tout. Peut-être le devait-elle à la vulnérabilité de Nick, sans compter son sex-appeal irréfutable ; une bataille perdue d'avance.

Mais aujourd'hui, Silvia serrait fort son parapluie, l'autre main dans la poche de sa veste. La pluie enlacée au ciel gris reflétait bien son humeur au moment où elle fit un pas courageux, suivi d'un autre.

Lorsque Nick se retourna d'un coup, elle se remémora immédiatement la façon dont leur discussion nocturne avait dérapé depuis les fauteuils en cuir jusque sur l'imposant bureau.

Si elle avait gardé ses distances depuis, ses pensées se tournaient toujours vers lui.

— Que fais-tu là ? lui demanda-t-il, ému.

Silvia ne l'avait jamais vu aussi bien habillé. D'habitude, il portait des jeans et des chemises simples, pas de costume, et encore moins de cravate. Ses cheveux châtains peignés à la perfection ne bougeaient pas d'un poil, même sous la pluie, et il s'était débarrassé de son habituelle barbe de trois jours.

Et ces lunettes. Elle les avait fait tomber en lui retirant sa chemise. Même dans ces circonstances, lesdites lunettes noires arrêtèrent Silvia d'un coup.

Concentre-toi, ma grande. Ce n'est pas le moment pour ça.

Ni l'un ni l'autre ne pouvaient s'impliquer davantage. Il avait disparu après leur nuit ensemble. Silvia éprouvait de la peine pour lui, et la révélation qu'elle avait à lui faire ne pouvait pas tomber plus mal, mais elle n'avait jamais menti de sa vie, elle n'allait pas s'y mettre simplement pour lui éviter plus de tracas.

— Je viens voir comment tu vas, répondit-elle sans ambages. Je voulais te laisser de l'espace pendant la cérémonie. Tous ces gens… Je n'ai pas vraiment ma place ici, mais je devais te parler.

Ce n'est rien de le dire.

— Je t'ai appelé, je t'ai écrit, continua-t-elle sous les battements de la pluie sur son parapluie. J'ai pensé que c'était le seul endroit où je pourrais te trouver.

Des gouttelettes perlaient aux cheveux assombris de Nick. Il ne semblait pas se rendre compte que ses vêtements étaient trempés.

Même là, il l'attirait toujours autant.

— Me parler ? fit-il en retirant ses lunettes et en s'essuyant le visage d'un geste rapide. L'hôtel devra attendre. Je sais que je voulais terminer au plus vite, mais…

— Il ne s'agit pas de ça.

Il vacilla puis pinça les lèvres.

— Allons dans la voiture, alors.

Une vague de culpabilité submergea Silvia. Nick venait à peine d'enterrer sa mère, et elle, elle exigeait de lui parler. Or, elle n'aurait jamais agi ainsi si elle n'avait pas eu une nouvelle capitale à lui apprendre.

— Je t'attends dans ma voiture, assura-t-elle avant de désigner la tombe. Prends ton temps.

Elle lui tourna le dos puis s'éloigna sans le laisser

réagir. C'était trop tard, elle n'avait plus qu'à patienter en se rongeant les sangs.

Dès l'instant où elle s'assit au volant, Silvia ferma les paupières, s'efforçant de ne pas paniquer. Cela ne changerait rien de toute manière. Toujours rester pragmatique, professionnelle, même quand l'intime sautait à pieds joints dans l'équation.

Elle attendit à peine quelques minutes avant que la portière du côté passager ne s'ouvre.

— Je suis trempé, fit Nick, penché en avant. Rejoins-moi chez moi. On parlera quand je me serai changé.

Il referma d'un coup sec sans lui laisser le temps de répondre. Elle s'enfonça dans son siège. Si elle l'avait suivi ici, sous le déluge, ce n'était pas pour rien ; elle préférait éviter de se retrouver sur son territoire pour lui apprendre la nouvelle, et elle ne pouvait plus attendre.

C'est pourquoi elle prit les devants.

Elle sortit de voiture sans son parapluie. Elle resserra le nœud de son imperméable d'un geste sec en s'avançant vers l'intimidant véhicule noir de Nick. Tout s'emmêlait, la peur, la colère, mais elle ravala ses doutes pour ne pas flancher.

— Ça ne peut pas attendre, affirma-t-elle.

Nick se retourna, apparemment surpris qu'elle pût lui désobéir. Tant pis, elle avait pour habitude de foncer tête baissée face à ses problèmes.

Comme elle ne savait pas comment amener la chose, elle opta pour la simplicité.

— Je suis enceinte.

Nick se figea, les yeux plongés dans les siens. Silvia retint son souffle. Elle aurait donné n'importe quoi pour un mot, un geste, tout sauf ce regard vide.

— Nick ? demanda-t-elle après un moment.

— Rejoins-moi à la maison.

Sans un mot de plus, il s'installa au volant et prit la route. Elle allait quand même le suivre, en fin de compte. Mais une chose était sûre, elle allait apprendre à Nick Campbell qu'elle n'acceptait d'ordres de personne.

- 2 -

Nick ne voyait pas comment cette fichue journée aurait pu être pire.

Cette nouvelle… C'était le coup de grâce. La seule femme avec qui il avait jamais eu une aventure d'un soir, l'architecte d'un chantier à plusieurs millions de dollars, était enceinte.

Il remonta entre les hautes épinettes rouges et les sapins de Fraser, le long de la route sinueuse vers chez lui. Il avait insisté pour couper le moins d'arbres possible lors de la construction, quelques années plus tôt.

Le chalet à trois étages dominait le parc national des monts Great Smoky et avait toujours incarné un havre de paix au cœur de sa vie trépidante de magnat de la finance. Aujourd'hui pourtant, même la vue de cette chaleureuse bâtisse en pierre ne l'apaisait pas. Il se trouvait à bout de nerfs, accablé par la culpabilité, la tristesse.

Un enfant.

Enfin, si elle ne mentait pas. Lui, papa ? Il n'avait jamais voulu de famille.

Pendant près de quarante ans, il s'était demandé qui était son père, mais sa mère avait toujours assuré qu'il valait mieux ne rien savoir. Quelle ironie de se retrouver dans un rôle dont il ignorait tout. Quant à éduquer un petit avec une femme à qui il avait fait l'amour une seule fois…

Ah ! Silvia… Il ne s'était pas privé d'en faire l'objet de ses fantasmes. Son esprit vif, son sens inné des affaires, tout cela l'excitait au plus haut point. Par ailleurs, ils s'étaient vraiment bien entendus lors des réunions pour cet hôtel censé ouvrir à l'automne.

Même sa mère adorait la jeune architecte.

Lori et elle plaisantaient tout le temps et semblaient sur la même longueur d'onde en évoquant les moindres détails de cet établissement alliant luxe et confort. Nick avait aimé voir sa mère si heureuse pour ses derniers instants. Seulement, de son point de vue, laisser Silvia envahir un autre plan de sa vie serait une erreur. Un égarement fugace, c'était une chose, mais une relation trop personnelle, trop permanente, cela les mènerait à la catastrophe.

Ils pénétreraient en territoire dangereux s'il était bel et bien le père. En toute honnêteté, elle ne devait pas mentir. Il lui faisait confiance, sinon il ne l'aurait jamais engagée ni n'aurait couché avec elle.

Nick rangea sa voiture au garage et laissa ouvert pour inviter Silvia à y garer la sienne. Il ignorait quoi dire. Bon sang, même de bonne humeur, il n'aurait pas su comment réagir, alors après une journée qui l'avait épuisé physiquement et mentalement, il n'avait plus rien à donner.

En sortant de voiture, il retira son veston, ouvrit deux boutons de son col et se retroussa les manches. Ces satanés costumes l'étouffaient, il les avait en horreur.

Son téléphone vibra. À la vue du nom sur l'écran, les bureaux de Rusty Lockwood, il préféra ne pas décrocher.

Après des semaines à exiger un rendez-vous, il fallait qu'ils rappellent maintenant, au pire moment de sa vie.

Cette affaire pouvait encore attendre. Russ, le roi de la liqueur, mettait des bâtons dans les roues de Nick depuis trop longtemps déjà. Le patron de la compagnie La Foudroyante contrôlait les bars et les hôtels de cette région prisée. Il fallait se soumettre à son joug et servir les alcools Lockwood, sous peine de laisser ses clients mourir de soif. Quiconque refusait de plier ne recevait pas de licence. Et comme cette ordure de première avait appliqué le même traitement à Nick pour l'hôtel de Lori, Rusty était devenu son ennemi juré.

Mais une crise après l'autre.

La plus urgente restait cette situation avec Silvia.

— Je t'apprends que je suis enceinte et tu t'en vas ? pesta-t-elle en s'invitant dans le garage et en écartant une mèche mouillée de sa figure.

— Tu préférais peut-être en discuter dans un cimetière ? rétorqua-t-il en se retournant, vacillant entre rage et incertitude.

Comme elle n'ajouta rien, Nick entra dans la maison. Encore une fois, il laissa ouvert en guise d'invitation. Il entendit un grognement on ne peut moins féminin et jura à mi-voix. Elle ne méritait pas cela de sa part. Il s'emportait trop vite. Il prit donc une longue inspiration afin de se calmer.

Il ne s'en rendit compte qu'une fois dans la cuisine, mais Silvia était complètement trempée, elle aussi. Il se souciait peu de son état à lui, il avait passé la journée dans une sorte de flou. Cependant, elle n'avait pas à endurer cela.

— Je t'apporte une serviette, marmonna-t-il en se rendant dans une des salles de bains.

Il en profita également pour attraper un gros peignoir blanc suspendu à la porte. Au moment où il revint dans le couloir, Silvia l'attendait là.

— Est-ce que tu me fuis ? s'enquit-elle avec un regard insistant en lui bloquant le passage.

— Pas du tout. Je ne veux pas qu'on attrape froid.

Aussi, rester actif l'empêcherait de trop penser à ces émotions si soudaines.

Silvia accepta la serviette et le peignoir qu'il lui tendait sans le quitter des yeux. Même en l'absence de maquillage, les cheveux collés au visage en lianes rouge sombre et ses vêtements plaqués contre son corps ferme, elle restait divine.

Il s'était souvent demandé comment il réagirait s'il la recroisait. Inutile de chercher plus longtemps. Il la désirait toujours autant. Rien ne semblait pouvoir anéantir ces pulsions.

— Excuse-moi si je suis brusque, reprit-il en se séchant le crâne. Mais, tu comprends… Eh, mince. Je ne sais même pas quoi dire.

— Moi non plus, admit Silvia. Je voulais t'en parler au téléphone, c'est pour ça que je t'ai appelé, mais tu étais trop occupé avec ta mère. Je n'avais pas envie de débarquer au cimetière, mais au moins je savais que je t'y trouverais.

Sous la pluie battante, elle avait attendu que tout le monde soit parti. Il n'avait jamais connu quelqu'un d'aussi déterminé.

— Je tiens seulement à te préciser que je n'exige rien de ta part, Nick. Enfin, si tu veux une place dans nos vies, c'est ta décision, mais je ne compte pas te piéger ou…

— Arrête.

Il laissa tomber sa serviette pour saisir celle de

Silvia. Elle avait enfilé le peignoir, mais des gouttes dégoulinaient encore de sa chevelure, retenues par ses cils. Ses yeux bleu clair ne le lâchèrent pas un instant pendant qu'il l'aidait à se sécher. Comme toujours en sa présence, le corps de Nick se mit à palpiter, mais un peu plus maintenant qu'elle portait son enfant.

Il se recula. Ses émotions lui semblaient trop brutes, trop intenses.

— Ma mère m'a élevé toute seule. Elle s'est échinée à assurer deux emplois sans rater un seul de mes matchs. Une vraie pom-pom girl. Je n'ai jamais eu besoin d'un père, elle était fantastique.

Parler d'elle au passé restait inconcevable, douloureux… tellement surréaliste. Elle aurait dû se trouver à ses côtés encore, pleine de vie, étincelante, à finaliser les plans de l'hôtel dont elle avait toujours rêvé. Aurait-elle aimé être grand-mère ?

Nick déglutit puis reprit la parole.

— En grandissant, je me suis inspiré de son énergie, sa détermination. C'est pourquoi j'ai si bien réussi.

— Quelle modestie ! lança Silvia, esquissant un léger sourire.

— Je suis réaliste, la corrigea-t-il. J'essaie de te dire que ma mère était une dure à cuire, et je crois que tu es tout aussi têtue.

— Euh, merci ? hésita-t-elle.

— Écoute, tu ne seras pas seule, affirma-t-il en se rapprochant pour lui saisir l'épaule. Je sais ce que c'est de grandir sans père, mais ce ne sera pas le cas de cet enfant.

Il attendit une réponse : des remerciements, des insultes… N'importe quoi, bon sang. Mais peu importait, il ne fuyait jamais ses responsabilités, ainsi n'allait-il pas se défiler devant le plus grand rôle de sa vie.

Même s'il manquait de repères, il était prêt à se saigner à blanc pour devenir le meilleur père au monde.

Silvia et lui avaient préféré taire leur nuit passionnée. Cependant, les gens allaient vite remarquer l'évolution de leurs rapports.

— Je te laisserai t'impliquer autant que tu voudras, reprit-elle. Par contre, je placerai les besoins et la sécurité du bébé au-dessus de tout. Donc, si tu comptes rester quelques mois pour mieux t'esquiver, autant ne pas t'embêter du tout.

S'esquiver, lui ? Peu probable. De toute évidence, elle ne le connaissait pas encore très bien.

— Je ne me défilerai pas, Silvia.

Même si elle doutait de lui, il allait lui prouver le contraire. Cet enfant ne se demanderait jamais où était son père. Nick serait toujours présent, disponible. Pour la première fois de son existence, il allait faire passer quelqu'un avant son travail.

Son monde avait peut-être cessé de tourner à la mort de sa mère, mais celui de Silvia ne s'était pas arrêté. Elle avait même attendu avant de lui annoncer sa grossesse.

— Comment te sens-tu ? lui demanda-t-il en toute sincérité.

— Ah, euh… bien, je crois, balbutia-t-elle, apparemment surprise. Un peu fatiguée, mais c'est normal d'après ce que j'ai lu. Je n'ai pas encore de nausées le matin. Pourvu que ça dure.

Elle était magnifique. Pas de cernes, pas de teint blafard… Rien. Silvia Lane transcendait la classe et la beauté.

Et, sans un moment d'égarement mêlé à quelques

gin-tonics de trop, cette éblouissante architecte n'aurait peut-être jamais offert au rustre de campagnard qu'il était les plus merveilleux instants de sa vie. Certes, Nick avait de l'argent à ne plus savoir qu'en faire, mais cela ne changeait rien à ses racines.

Silvia surgissait d'une autre dimension, avec son apparence impeccable et ses diplômes obtenus dans les universités d'élite de l'Ivy League. Sans doute avait-elle grandi sous les cotillons des soirées huppées, quand Nick se contentait de repas surgelés devant la télé.

— Quelle était cette lettre que tu lisais, au cimetière ?

Il se rembrunit tout à coup.

— De quoi ?

— Tu lisais quelque chose. Tu avais l'air furieux, ou blessé, ou les deux.

Blessé, oui. De ne pas avoir su plus tôt.

Il l'avait parcourue deux fois et s'en souvenait déjà mot pour mot. Comment oublier les dernières paroles de sa mère, ces aveux qui allaient changer sa vie à tout jamais ?

Nick,

Pardonne-moi de ne pas avoir trouvé la force de t'en parler de mon vivant. Tu me croiras peut-être lâche, mais je voulais t'épargner cette douleur aussi longtemps que possible. Pourtant, maintenant, j'aimerais que tu saches afin que tu ne te morfondes pas dans le passé. Je ne connais personne d'aussi fort et intelligent que toi, et je sais que tu resteras honnête et droit.

Tu m'as souvent demandé qui était ton père, et tu mérites de savoir, même si tu ne t'y attendras pas ou que tu auras du mal à l'accepter. Je t'en prie, ne me déteste pas, ne me juge pas.

C'est Rusty Lockwood, ton père biologique.

Nick abhorrait cet homme. Il disputait un bras de fer avec ce monstre d'arrogance depuis près d'un an déjà. Tout le monde au Tennessee connaissait son caractère irascible et sa fourberie. Sa distillerie de liqueur attirait des dizaines de milliers de touristes par an, mais les rumeurs de détournements et autres procédés illégaux ternissaient le tableau.

Nick aurait parié son jet privé que le vieil homme n'avait pas un seul ami fidèle. On ne trouvait pas plus malhonnête et menteur que Rusty Lockwood. Il avait gagné ses millions grâce à la vente d'alcool de contrebande avant même d'avoir obtenu ses licences. S'il avait réussi à garder la tête hors de l'eau, c'était en s'attirant les faveurs de politiciens et de membres du conseil municipal.

Petit à petit, il s'était imposé comme le seul maître en ville. Néanmoins, Nick refusait de laisser cette mascarade perdurer.

Dans quelles circonstances saugrenues sa mère avait-elle bien pu se rapprocher de Rusty Lockwood ? L'avait-il manipulée avant de mieux la rejeter ? Étaient-ils sortis ensemble ?

Nick se rappela les dernières lignes de la lettre.

Je sais que tu n'en reviendras pas, mais je t'assure que c'est la vérité. J'aimerais qu'il en soit autrement, vraiment. Promets-moi simplement de rester prudent. C'est un vicieux. Malgré tout, je ne regrette rien, car je t'ai eu en échange.

Il m'a versé la somme de cinquante mille dollars quand je lui ai dit que j'étais enceinte. Il voulait que je l'oublie et que je ne l'inscrive pas sur ton acte de naissance. Je n'ai pas honte d'avoir accepté cet argent, ça m'a permis de nous offrir cette petite maison.

Plus tard, j'ai appris qu'il avait eu deux autres fils. Je ne pense pas qu'il les connaisse, mais j'espère que tu les rencontreras. Je leur ai écrit à eux aussi. La décision leur appartiendra. Continue de me rendre fière. Termine mon hôtel pour moi. Tu es le seul qui puisse y arriver, je le sais.

Je t'aime, même dans la mort. Prends soin de toi, mon fils.

Nick dut se forcer à revenir à la réalité. Silvia le fixait. Elle attendait encore une réponse.

— Ce n'était rien, esquiva-t-il.

Sa vie telle qu'il l'avait connue s'était envolée. Désormais, des choix s'imposaient à lui en un moment où son passé et son avenir se percutaient.

- 3 -

— Et n'oubliez pas de déposer le dossier sur mon bureau avant ce soir, lui rappela Clark avec un clin d'œil. Mieux vaudrait ne pas saborder votre période d'essai à quelques jours de la fin.

Le regard de Silvia resta figé sur la porte bien après que son patron fut sorti d'un pas nonchalant. Ces maudits clins d'œil, elle avait l'impression qu'il la mettait en joue avec un fusil à air comprimé à chaque fois. Et ce petit rire narquois lui hérissait le poil. Peu importe, elle venait tout juste d'arriver à Green Valley, elle avait besoin de cet emploi. Elle avait quitté la ville de Charlotte pour se rapprocher de ces montagnes qu'elle avait régulièrement explorées dans sa jeunesse. Aujourd'hui, rien ne la retenait plus de vivre dans l'endroit le plus paisible de l'univers.

Cela dit, la tranquillité restait encore difficile à trouver.

Elle n'appréciait pas particulièrement Clark, loin de là, mais sa société s'imposait comme la plus prestigieuse de tout le Tennessee, aussi se montrait-elle reconnaissante. Par ailleurs, elle était la seule femme, même parmi les assistants et stagiaires. Elle leur servait probablement d'alibi pour éviter un procès, mais se consolait en se disant que cela attestait de son incomparable talent et de son éthique.

Elle n'avait pas encore appris sa grossesse à son patron.

Comme elle accusait le coup doucement, et comme la période d'essai à propos de laquelle il plaisantait durerait encore quelque temps, elle n'en voyait pas l'intérêt. Sa vie privée ne le concernait pas de toute manière… Pas pour le moment.

Elle n'avait pas revu Nick depuis leur conversation. Il semblait si perdu, si anéanti, seulement elle n'avait pas pu garder le secret. C'était hors de question.

Tout comme elle ne pouvait ignorer ses fichues hormones en sa présence. Sa façon de lui sécher les cheveux avec tendresse n'aurait pas dû l'exciter, et pourtant elle avait réagi comme s'il l'avait prise sur son bureau.

Elle n'avait pas besoin de trouver un énième charme à celui qui lui avait offert la plus inoubliable expérience sexuelle de sa vie.

Ce côté bourru, insouciant, la titillait d'une façon si mystérieuse. Et ses lunettes. Quand il les portait…

Peut-être en avait-elle assez de devoir prouver ses capacités à des hommes tels que Clark. Sans doute aussi que la manière dont Nick lui demandait son avis la soulageait. Il l'écoutait, la sollicitait à propos du chantier, et pas pour l'attirer dans son lit. Il l'avait toujours traitée avec respect.

Ou peut-être ne supportait-elle plus de contrôler ses émotions. Face à sa vulnérabilité, elle avait fini par profiter de Nick pour obtenir ce qu'elle désirait.

Et aujourd'hui, elle était enceinte.

Sa seule aventure d'un soir, sa seule entorse aux règles.

Elle ne le regrettait pas pour autant, cela n'aurait rien changé.

Silvia se leva pour contourner son bureau dans la minuscule pièce sans fenêtre. Une vue constituait pour l'heure son objectif principal dans cette compagnie. Quel dommage de travailler dans une région si pittoresque sans pouvoir en profiter !

Après avoir verrouillé la porte pour se protéger des curieux, Silvia prit son téléphone. Ses mains tremblaient. Les rendez-vous chez le médecin, elle connaissait, mais chez l'obstétricien, c'était une première.

Coucher avec l'un des clients d'une entreprise dans laquelle on venait d'arriver malgré l'interdiction formelle était une chose, tomber enceinte en revanche… Son contrat ne stipulait rien à ce sujet.

Elle resterait professionnelle, il le fallait. Ayant grandi dans des familles d'accueil, la jeune femme avait toujours eu le sentiment de devoir travailler dur et faire ses preuves. Elle s'imaginait sans doute des choses, mais elle ne connaissait rien d'autre que cette pression constante.

Une fois ce rendez-vous pris, elle se sentit plus dans le contrôle de la situation. Cela lui permettrait peut-être de se concentrer sur son travail au lieu de consulter des forums au sujet des meilleurs vêtements de maternité ou des incontournables pour bébés.

Diplômée de l'université de Cornell, elle pouvait modifier des plans dans son sommeil et tracer ses premières esquisses en un éclair. Cependant, on ne l'avait pas préparée à devenir mère. En raison de son éducation, ou plutôt de son manque de modèles, elle préférait prendre chaque décision avec prudence, pour le seul bien de l'enfant.

À force de passer de foyer en foyer, elle avait fini par apprendre la dure réalité du monde. Elle voulait une vie moins difficile pour son bébé. Elle lui offrirait une enfance stable, et il n'aurait jamais à s'inquiéter de savoir où il dormirait ou si maman et papa l'aimaient.

Écartant des souvenirs désagréables, Silvia posa les yeux sur l'écran de son ordinateur, où le nom de Nick apparaissait en surbrillance à l'heure de leur rendez-vous. Ils n'en avaient pas discuté la veille. Préférerait-il reporter ? Après une semaine si rude, il avait peut-être besoin de repos.

Non, quelqu'un comme Nick ne se laisserait pas abattre, d'autant plus quand il avait entrepris ce projet pour sa mère. Silvia voulait elle aussi réaliser ce rêve.

Elle adorait Lori Campbell. Déjà malade lors de leur rencontre, Lori avait tout de même insisté pour participer à chaque réunion concernant le design, quitte à passer par des appels vidéo. Sa détermination, voilà ce que Silvia avait le plus apprécié. Elle éprouvait tant de respect pour cette femme inarrêtable, cette mère célibataire qui avait tout donné pour son fils. Et Nick tenait d'elle.

Après leur nuit ensemble, Silvia s'était inquiétée de l'évolution de leur relation professionnelle. Elle n'avait jamais couché avec un collègue ni un client, encore moins au cours d'un contrat qui devait lancer sa carrière. Elle avait travaillé dur pour en arriver là et avait pris des risques en déménageant dans une ville où elle ne connaissait personne.

Et aujourd'hui, tellement de choses entraient en jeu.

Comme le fait que le revoir lui avait uniquement rappelé à quel point une seule nuit ne lui avait pas suffi.

Nick se gara sur le chantier et coupa le moteur. Il avait dû faire appel à toute sa volonté pour ne pas aller confronter Rusty Lockwood et annuler cette réunion.

Cependant, il devait encore digérer la nouvelle. Ces révélations lui donnaient ce dont il avait besoin : un moyen de pression sur le vieil homme, mais il lui fallait un plan infaillible.

Il détestait les types dans son genre, les brutes tyranniques qui se cachaient derrière l'argent et le pouvoir. Quelqu'un devait mettre un terme à ce monopole sur les licences, et Nick n'avait rien contre l'idée d'endosser ce rôle.

Malgré cela, débouler dans les locaux de Russ Lockwood en annonçant leur parenté à tout va n'aurait servi à rien.

Et puis, Nick finirait par lui parler bien assez tôt. En fouinant un peu, il avait appris que les huiles de la ville jouaient au poker le vendredi soir, dans l'arrière-salle du bar La Vieille Canaille. Une information des plus intéressantes. Si Rusty y allait, alors Nick aussi.

Une chevelure ardente attira son regard à travers le pare-brise. Il vit Silvia sortir de l'hôtel. Elle portait une combinaison noire, sans doute pour se montrer professionnelle, mais qui ne la rendait que plus séduisante. Et ces épaisses vagues cuivrées le long de son dos…

Une nuit n'avait manifestement pas suffi s'il repensait encore aux caresses de ces liens de soie.

Silvia tourna la tête vers le toit, la main levée pour se protéger du soleil. Le vent lui taquinait les cheveux.

Quand bien même Nick ignorait comment gérer leur relation, et sa position d'amant, de collaborateur ou encore de père, il allait devoir s'habituer à toutes ces casquettes.

Au lieu de rester assis là comme un pervers, il descendit de son pick-up et rangea son téléphone dans sa poche. Peu importe le chaos dans sa vie, il porterait ce projet à terme. Au moins, il possédait un tant soit peu de contrôle là-dessus.

Sa mère avait œuvré au sein des établissements les

plus prisés du pays pour finir femme de ménage dans un hôtel du Tennessee. Sans jamais se plaindre des difficultés financières, elle avait aimé son travail et s'était dévouée à la tâche. Elle racontait toujours à Nick son rêve de prendre sa retraite dans un endroit élégant où elle n'aurait vécu que du service de chambre en admirant le lever du soleil au-delà des montagnes.

Un rêve simple. Nick aurait souhaité le réaliser avant sa mort.

Silvia était déjà retournée à l'intérieur. Nick n'avait pas remis les pieds ici depuis plusieurs semaines. Il appréhendait quelque peu d'affronter l'avancée du chantier, mais devait regagner la réalité pas à pas, du moins, sa nouvelle réalité.

Dès l'instant où il passa la vieille double porte en bois, il resta stupéfait. Plutôt que des avancées, il trouva avant tout des ruines. Seul le grand escalier incurvé trônait encore de tout son orgueil au milieu des tas de gravats et autres saletés. Lori avait accepté bien des concessions, mais avait refusé envers et contre tout d'y toucher, sauf pour lui rendre son lustre d'antan. Entre celui-ci et l'emplacement de ce bâtiment historique, au sommet des monts Great Smoky, la mère de Nick avait eu le coup de foudre. Il devait l'admettre, lui aussi aimait les lieux, parfaits pour des vacances avec une vue à un million de dollars.

Un juron étouffé poussa Nick à avancer avec prudence.

— Silvia ?

— Par ici, appela-t-elle.

Nick suivit le fil de grossièretés pour la trouver. Il comprit très vite le problème. Un accroc à hauteur des hanches venait de placer la combinaison de la jeune femme au summum de l'irrésistible, exhibant la lanière de sous-vêtements rouges. S'il se souvenait bien, elle adorait ce type de dessous affriolants. Il n'avait rien contre non plus.

Puis, il remarqua la vilaine éraflure sur sa chair. Il enjamba un tas de planches pour s'approcher.

— Je viens à peine de l'acheter, pesta-t-elle en essayant de maintenir les deux pans de tissu ensemble, comme si cela allait régler le problème.

— Laisse-moi jeter un œil, dit-il en écartant ses mains pour révéler la blessure et voir si elle était profonde. Comment t'es-tu fait ça ?

— Un bout de bois qui dépassait. Je l'avais repéré et je me suis quand même fait avoir.

— Et tu ne portes pas ton casque de chantier, ajouta-t-il avec un regard désapprobateur en se redressant.

Elle se mit à rire, les bras croisés sur la poitrine.

— Désolée, monsieur le contremaître… Oh ! mais attends ! Toi non plus, tu ne portes pas le tien.

Nick préférait éviter une dispute, il n'en trouverait pas la force. Comment faire la morale à une femme dont les reparties touchaient au but à chaque fois ? Notamment quand c'était cette même pugnacité qui l'attirait. Du moins, tant qu'il n'en était pas la cible.

— Je ne pensais pas que tout serait dans un tel état, se défendit-il. Toi, tu le savais.

— On se calme, dit-elle en secouant la tête. Mon casque est par là avec mes affaires, et les ouvriers n'arriveront que plus tard. Je connais mon métier.

— Alors, mets ton casque.

— C'est sûr que ça m'aurait évité de me couper, rétorqua-t-elle. Tu sais quoi, nous devrions peut-être remettre ça à plus tard. Tu es très occupé et…

— Non.

Hors de question de reporter, encore moins de se laisser dicter sa conduite. Il devait travailler, bon sang. Il lui fallait regagner un semblant de routine.

Après toutes ces années de pauvreté, il s'en était sorti. Il s'était fait un nom grâce à sa carrière d'investisseur, de promoteur, domaines où il excellait. Il pouvait être fier de lui.

Quant à sa vie privée ? Il lui restait encore du chemin à faire… À commencer par celui, tortueux, vers la mère de son enfant.

— Personne ne te jugerait si tu prenais des congés, affirma-t-elle d'une voix plus douce.

Il ne supportait pas la pitié. On lui avait tant jeté cette attitude humiliante à la figure durant l'enfance, il refusait de l'accepter à présent. On compatissait pour le petit pauvre aux vêtements miteux, pour le garçon sans père. Il s'était tant battu contre ces sentiments mal placés, cela l'avait entravé si longtemps. Puis, il avait pu entrer à l'université grâce à une bourse sportive et à son don pour le base-ball. Il avait obtenu son diplôme en un temps record et investi son argent intelligemment avant d'utiliser ses bénéfices pour aider les autres. La détermination et les efforts sans relâche faisaient toujours la différence.

Aujourd'hui aussi.

— J'ai eu le temps de me reposer, lui rappela-t-il. Ma mère ne voudrait pas que je me morfonde, mais que j'avance.

Lorsque Silvia fit mine de répondre, il continua.

— Mets ton casque. En fait, nous ne devrions même pas être ici étant donné que tu es enceinte. J'attendrai le contremaître si tu préfères retourner au bureau.

Une expression nouvelle voila le visage de l'architecte au moment où elle releva les épaules et le menton.

Bien, c'était mal parti. Il ignorait ce qu'il avait dit pour l'énerver, mais il n'allait sans doute pas tarder à le découvrir.

- 4 -

Si Nick Campbell s'imaginait un seul instant qu'elle allait se laisser marcher sur les pieds à cause de sa grossesse, alors cet imbécile ne comprenait rien à rien. Cependant, comme elle préférait rester magnanime au vu des circonstances délicates, elle décida de ne pas lui sauter à la gorge.

— Le bureau, c'est là où je laisse libre cours à mon côté créatif, fulmina-t-elle. C'est aussi là que, parfois, je rencontre les clients ou réponds à mes courriels. Mais quand j'organise une réunion sur le terrain, je dois me rendre sur ledit terrain. Ça ne t'a jamais posé problème auparavant.

— Parce que tu n'attendais pas mon enfant.

Instinctivement, elle trouva cette inquiétude de nouveau papa plutôt mignonne, mais elle ignora ses instincts afin de mettre un terme à la discussion. Elle préférait d'ailleurs ne pas en parler avec tant d'insouciance. N'importe qui aurait pu surprendre leur conversation. Tout cela, la grossesse, leur relation, devait rester secret pour le moment.

Elle avait trop sacrifié pour perdre la tête, encore moins à cause d'une amourette avec un client.

Cependant, il s'était agi de la nuit la plus torride de sa vie. Pour une fois qu'elle baissait sa garde, s'accordait un peu de bon temps, elle voyait son univers entièrement chamboulé. Non seulement elle allait devoir prouver qu'elle était la meilleure dans sa spécialité, mais également combiner le fait de devenir mère à tout cela.

— Je peux très bien travailler pour le moment, rétorqua-t-elle. Si tu t'inquiètes tant pour ma santé, alors arrête de me taper sur les nerfs. Pense un peu à ma tension.

Nick sembla vouloir réagir, mais au lieu de cela il alla finalement ramasser le casque de Silvia, laissé sur un tas de planches avec ses affaires. Il revint et le lui enfonça sur le crâne.

— D'accord, dit-il. Qu'est-ce que j'ai raté ?

Seigneur ! Elle qui était partie pour le sermonner encore un bon moment, voilà qu'il ne ripostait plus. Décidément, Nick préférait l'action aux longs discours.

Elle ressassait son attitude sans cesse. Il se montrait juste avec ses employés, n'hésitait pas à prendre sur lui par gentillesse ; les marques d'un bon chef.

Et cette façon dont il l'avait toujours dévorée des yeux sans jamais manquer de professionnalisme, cela l'avait mystérieusement attirée. Elle ne comprenait pas bien ce désir pour lui.

Comment une seule nuit d'extase pouvait-elle décider de tant de choses ? Pourquoi avait-elle envie de lui ? Leur histoire ne serait pas marquée par de grands gestes romantiques. Ils vivaient tous deux pour leur carrière et avaient connu des jours difficiles, comme beaucoup de gens. Silvia s'imaginait mal porter le fardeau de quelqu'un, même si elle ne voulait que lui…

— Comme tu le vois, on a démoli tout le vestibule en conservant le vieux parquet et le cuivre au plafond, lui indiqua-t-elle en attrapant le tissu déchiré à son flanc. Tu as demandé qu'on garde le côté ancien si possible.

On a donc stocké toutes les moulures au sous-sol en attendant de les rénover et de les réinstaller.

Et tandis qu'elle continuait de lui expliquer l'avancée des travaux, Nick ne se détourna pas d'elle une seconde.

Si elle l'avait trouvé irrésistible avant leur nuit magique, elle n'avait encore rien vu, apparemment. Elle connaissait l'intensité de ce regard. Elle se rappelait trop bien ses frissons au moment où ses yeux affamés s'étaient posés sur sa peau nue. Elle tremblait même un peu en ce moment.

— Silvia ?

Sa voix grave la ramena à la réalité. Elle s'était interrompue, prise dans ses souvenirs sans s'en rendre compte…

Génial. Comme si elle pouvait se permettre de digresser. Nick lui faisait confiance pour ce projet. Elle, une femme, capable de mieux cerner la vision de Lori. Silvia ressentait une certaine pression par rapport à tout cela, et vis-à-vis de nombre de ses collègues à l'affût de la moindre bourde, se tenant prêts à surgir pour se poser en héros venus sauver le chantier… et encaisser le chèque faramineux du si célèbre Nick Campbell.

La jeune architecte se devait d'honorer le serment datant de son adolescence : franchir tous les obstacles sans compter sur personne. Encore moins sur Nick, que ce soit sur le plan émotionnel ou financier.

Ne pas pouvoir oublier son corps ne l'obligeait pas à recommencer.

— Comme je disais…, reprit-elle en se raclant la gorge.

— Moi aussi, j'y pense.

Silvia chancela. Son cœur battit à tout rompre. Elle serra encore plus le tissu déchiré. Cette voix suave s'immisça sous sa peau, comme les doux murmures voluptueux qu'il lui avait susurrés dans le noir.

— Je sais reconnaître une personne en train de fantasmer, ajouta-t-il en s'approchant, ses iris fixés sur elle.

Elle ne se laissa pas intimider. Hors de question de paraître faible, déjà qu'elle avait l'air on ne peut plus ridicule avec ce casque et sa combinaison trouée.

— Qui te dit que je pensais à ça ? demanda-t-elle, se maudissant d'entendre sa voix trembloter.

Alors Nick la prit par la hanche et la dévisagea. Elle se sentit presque… à l'abri. Elle n'avait jamais vraiment connu ce sentiment, elle ne savait pas trop comment réagir tout à coup.

Elle préférait ne pas s'imaginer en maîtresse, petite amie ou autre. Confier son avenir à ses hormones ne la mènerait nulle part à long terme. Heureusement, s'occuper seule d'elle-même si longtemps l'avait préparée à son futur rôle de mère.

— Peu importe ce que tu diras, murmura-t-il en se penchant sur elle. Tu es si expressive… Et je n'ai rien oublié de notre nuit.

Silvia s'enflamma à ces simples paroles, ses gestes délicats, son corps si proche. Elle posa une main sur son torse et se laissa envoûter.

— Nous allons avoir un enfant, je te rappelle. Tout a changé, mais nous ne pouvons pas recommencer.

— Pourquoi pas ? Nous en avons envie tous les deux.

Il s'avança encore, ses lèvres à un cheveu des siennes. Elle se languissait de ses caresses, d'une preuve nouvelle de la perfection sur terre. Elle ne savait plus quoi penser, là, si près de lui.

Soudain, un bruit de portière retentit. Silvia sursauta et se dégagea comme si la réalité l'avait giflée.

— Parce que nous travaillons ensemble, insista-t-elle, autant pour lui que pour elle. C'est mon tout premier contrat avec cette compagnie. Je ne peux pas m'attacher à un client.

Il se renfrogna alors.

— Trop tard.

À peine eut-il prononcé ces paroles que le contremaître arriva à grandes enjambées. Silvia cacha sa peau nue et s'éloigna un peu plus de Nick.

Elle devait contrôler ses émotions, sous peine de se retrouver au même endroit qu'un mois plus tôt ; nue entre ses bras, à se donner à lui sans relâche.

Nick examinait les bijoux étalés sur son bureau, chez lui. Il avait exigé de les récupérer après l'enterrement de sa mère. Son assistant venait de les lui rapporter.

Les mains sur les hanches, il se demandait qu'en faire. Lori avait toujours porté ce collier de diamant. Une toute petite pierre sertie sans fioritures, mais que Nick lui avait offerte avec son premier chèque. Il avait voulu lui faire un beau cadeau en remerciement de toutes ces années de privation.

Avec le temps, il avait tenté de lui acheter d'autres colliers, à défaut de la forcer à l'enlever. Elle méritait plus grand, plus somptueux. Malgré tout, elle répétait à tout bout de champ que ce bijou comptait plus pour elle que tout l'or du monde.

Nick n'avait jamais trouvé de valeur à ses banales boucles d'oreilles en or, non plus. Pourtant, elle ne s'en séparait jamais.

Aujourd'hui, il restait là, face aux derniers effets de sa mère, outre la lettre entreposée dans son coffre.

Après avoir salué Silvia, il avait fait un tour en voiture pour remettre un peu d'ordre dans ses idées, en vain. Ce chaos semblait impossible à démêler.

Au bout d'un moment, il avait préféré rentrer. Il aurait dû se rendre à sa compagnie, mais il pouvait gérer ses affaires depuis chez lui et ne se sentait pas encore prêt à supporter les condoléances ni même les innombrables étreintes attristées. Il savait que ces gestes viendraient du cœur, ses employés l'avaient inondé de nourriture et autres preuves d'affection, mais il ne pouvait pas les affronter pour le moment.

Son assistant avait profité de son passage pour lui signaler qu'on leur avait de nouveau refusé le droit à la vente d'alcool. Certes, il avait peu d'espoir de réussir là où tant d'autres avaient échoué, mais il y aurait trouvé un peu de répit.

En dépit de tout, il ne renoncerait pas. Si Rusty Lockwood pensait posséder toute la ville, Nick, lui, tenait désormais de quoi faire pencher la balance en sa faveur. Le vieil homme ignorait tout des révélations de Lori.

Mais Russ se soucierait-il de connaître son fils ? S'intéresserait-il aux deux autres ?

Nick préférait pour l'instant garder pour lui cette information, qu'il ressortirait au moment propice pour s'en servir et frapper là où cela ferait le plus mal. Ce type devait tomber de très haut. Son monopole sur la région était devenu trop ridicule.

L'histoire de Green Valley et de ses environs tournait en grande partie autour de l'alcool. Par exemple, autrefois, Lockwood vendait son « Éclair blanc » de façon illégale avant que l'État ne comprenne quels avantages il tirerait d'un tel commerce. Outre cela, les touristes du monde entier affluaient pour des dégustations et profiter de l'atmosphère unique des monts Great Smoky.

Nick comprenait la volonté d'exploiter un marché, mais Rusty ne pouvait pas bloquer toute une industrie de la sorte.

Impossible de tenir un établissement de luxe sans y servir d'alcools forts. Les clients s'attendraient à pouvoir savourer un bourbon, voire de la liqueur.

Nick rangea les bijoux dans la pochette de velours pour déposer le tout dans son coffre, derrière une bibliothèque. En l'ouvrant, il revit l'enveloppe aux coins abîmés.

La colère et la confusion avaient cédé la place à la curiosité, à l'inquiétude. Sa mère avait gardé le secret sur son père et ses frères si longtemps.

Nick les connaissait-il ? Vivaient-ils à Green Valley ou au Tennessee ? Face à tant de questions, il lui fallait rester patient. Le temps lui apporterait les réponses.

Les épreuves vécues par sa mère le ramenèrent à la réalité. Elle s'était montrée encore plus forte qu'il ne l'avait cru jusque-là. Son silence avait été en réalité une preuve d'amour tacite, un moyen de le protéger de Rusty, un monstre aux yeux de Lori. Comme si ce dernier avait pu tirer un énième profit de sa paternité.

Cette volonté lui rappela une autre femme forte.

Silvia donnerait tout pour son enfant, elle ne mentait pas. Même si elle allait insister pour se débrouiller, simplement par principe, pour prouver qu'elle en était capable, Nick ne voulait pas la laisser croire qu'elle serait seule. Tout le monde avait besoin d'un peu de répit de temps à autre.

Elle ne lui aurait jamais demandé son aide ni avoué en avoir besoin. Aucun problème. En plus de ses tailleurs moulants, sa fierté et son indépendance comptaient parmi ses principaux charmes.

Nick écarta le passé pour se concentrer sur le présent en refermant le coffre. Il avait le choix de se morfondre sur les secrets de famille ou de se servir de ces informations nouvelles pour honorer sa mère. Elle avait agi en toute connaissance de cause, pour finalement lui faire don de cette ultime vérité.

Le portable de Nick vibra sur son bureau. Silvia. Il décrocha sans attendre.

— Oui ?

— Je suis devant chez toi. Ouvre-moi.

Les femmes autoritaires ne l'avaient jamais conquis mais, qu'il soit damné, celle-ci faisait exception. Il faudrait cependant lui apprendre à se servir d'un Interphone.

Nick raccrocha et ouvrit le portail en fer forgé à l'aide d'une application sur son téléphone. S'il ignorait les raisons de sa visite, il n'allait pas s'en plaindre.

Il se rendit sous le porche. Il n'avait pas fait attention à la pluie. Le ciel alourdi annonçait une tempête de tous les diables.

Silvia se rangea dans le virage à hauteur de l'entrée. Les gouttes martelaient sa voiture, elle préféra donc fouiller l'habitacle en quête de son parapluie. Satané printemps.

Elle jura, elle allait devoir courir pour éviter de ressembler à une éponge défraîchie.

Silvia se tourna vers la vitre et poussa un cri. Une seconde plus tôt, Nick se tenait encore sur le seuil, mais il se trouvait désormais à côté de la portière, un parapluie à la main tel un gentleman, annihilant le discours que Silvia avait préparé.

Maudites soient ses petites attentions. Cela n'aidait pas du tout Silvia à se maîtriser. Au moins, il ne portait pas ses lunettes, sans quoi elle n'aurait déjà plus eu ses vêtements, et elle tenait à ne pas les retirer cette fois-ci.

Nick ouvrit la porte de la voiture, le parapluie bien au-dessus de la jeune femme lorsqu'elle sortit.

— Ça devient une habitude, s'amusa-t-il d'un air charmeur.

— Je ne reste pas.

Elle le précisa plus pour elle que pour lui. Il se fendit d'un sourire encore plus large en lui passant un bras autour des hanches. Il l'escorta vers la maison, et elle se colla à lui pour éviter les trombes d'eau. Elle comprit vite son erreur.

Elle voulait discuter en face à face, établir des limites entre leurs vies professionnelle et privée, ce qui incluait le bébé mais pas cette attirance qu'ils auraient dû reléguer au rang de souvenir. En tout cas, jusqu'à ce qu'elle fût certaine de pouvoir assurer l'avenir de cet enfant.

Une fois à l'abri, Nick secoua le parapluie pour le poser contre une colonne de pierre. Sa maison lui ressemblait : audacieuse, virile, splendide. Fichée au sommet d'une montagne, elle offrait une vue époustouflante, encore plus stupéfiante que chez Silvia malgré le peu de distance entre les deux bâtisses.

— Tu as dîné ? s'enquit-il.

— Non, mais laisse tomber, je n'en ai pas pour longtemps.

— Moi, j'ai faim, répondit-il en ouvrant l'impressionnante porte. Tu peux m'expliquer pendant que je cuisine. Et si c'est prêt quand tu auras terminé, alors autant manger avec moi.

Elle le fixa. Il se contenta de l'inviter à l'intérieur d'un geste. Elle soupira et entra. Elle n'allait pas dîner avec lui… Hors de question. Essayait-il de la draguer ? Encore une fois, il ne perdait pas de temps.

Sans un mot, Nick se dirigea vers l'arrière, dans la cuisine. Silvia le suivit après avoir posé son sac sur un meuble dans l'entrée. De cette manière, elle pensait pouvoir repartir plus vite, bien plus vite.

Une fois dans la cuisine, elle ne put réprimer sa stupeur. Un mur tout entier se résumait à un magnifique panorama : des portes vitrées coulissantes donnaient sur un patio des plus ahurissants. Sous le déluge et les cieux assombris, elle distingua une piscine et une table, chacune à un étage différent.

Une telle idée incarnait un rêve pour tout architecte. Elle voulut tout savoir de la maison.

— Tu peux ouvrir, si tu veux, lui apprit-il en sortant une pierre de cuisson pour la poser sur le comptoir central en béton. J'aime bien le bruit de la pluie. L'orage m'a toujours fasciné.

Silvia traversa la grande pièce pour s'exécuter. Elle aspira à pleins poumons les effluves généreux de ce déluge. L'air frais de la montagne avait quelque chose de si apaisant qu'elle en oublia presque sa mauvaise humeur et ses tracas.

— Je me fais une petite pizza au poulet et à la sauce barbecue, reprit Nick. J'ai laissé la pâte monter toute la journée.

Silvia tourna la tête d'un coup, croyant à une blague de sa part. Mais en un instant, il pétrissait la pâte puis la lançait en l'air pour la rattraper comme un professionnel. Le mélange s'étirait naturellement à chaque geste.

— Tu sais la préparer ? demanda-t-elle, encore sous le choc.

Quel était ce monde où Nick savait cuisiner ?

— Non seulement c'est plus sain que ce que tu trouveras en grande surface, mais c'est aussi bien meilleur. Il n'y a rien de chimique.

Je crois rêver.

— Et tu fais d'autres choses toi-même ? De petites couronnes de fleurs, ton savon et tes costumes ?

Il s'esclaffa en étalant la pâte sur la pierre de cuisson.

— Ris tant que tu veux. Ce n'est pas grave. La plupart des gens ne connaissent pas mes talents de cuisinier.

— Ainsi tu gères tes affaires avec brio, rénoves des hôtels de luxe et sais préparer des pizzas de rêve ? ironisa-t-elle en s'installant sur un tabouret en face de lui. Que me caches-tu d'autre ?

Il plongea soudain ses yeux au plus profond des siens. Une malice encore inédite habitait Nick, mais il se pencha de nouveau sur son œuvre.

— Gardons ça pour une prochaine fois.

Silvia observa ses mains fermes s'agiter. Elle se rappela leur dextérité sur son corps. Ce n'était pas le moment. Elle y repensait déjà trop souvent.

Certes, ils avaient bu, seulement elle savait exactement ce qu'elle faisait et avec qui. Elle avait peut-être franchi les limites en raison de la vulnérabilité de Nick, mais il était un grand garçon. Il ne s'était pas plaint de leurs baisers passionnés ni du reste.

De toute manière, dès leur première rencontre dans son bureau, l'air avait crépité entre eux. Des œillades, des réunions qui auraient pu se résumer à un simple message. Elle avait pensé, à tort, pouvoir ignorer ces étincelles, mais plus aujourd'hui.

— Et tu repars dans tes souvenirs, murmura-t-il.

Silvia ne se fatiguerait même pas à nier. À quoi bon ? Ils sentaient tous deux la solidité de leur lien, et cela ne faisait que s'accroître.

— Et alors ? Nous avons pris du bon temps. D'ailleurs, c'est de ça que j'aimerais parler.

Il s'arrêta, un sourcil arqué.

— Parler ? Je préfère ne rien dire, mais je suis ouvert.

Silvia soupira.

— Tu es mon client, Nick. Nous devrions nous concentrer là-dessus pour éviter de nous égarer davantage.

Il posa les mains à plat sur le plan de travail et se pencha en avant.

— Combien de fois t'es-tu joué cette scène dans ta tête ?

— Autant que possible en venant, admit-elle d'un air narquois. Mais je ne plaisante pas. Je risque trop gros.

— Et pourtant, tu portes mon enfant et tu as envie de moi.

— En vérité, ça m'arrangerait que personne ne connaisse ton rôle là-dedans avant la fin du chantier.

Nick s'assombrit aussitôt. Elle comprit l'avoir blessé, énervé. Tant pis, elle préférait ne pas mentir, elle ne jouait pas.

— Je ne vais pas me cacher, et ne compte pas sur moi pour faire comme si de rien n'était et te laisser te débrouiller.

Silvia ne lui en voulait pas de sa frustration, il méritait une place dans la vie du bébé.

— Je me suis mal exprimée, s'excusa-t-elle en croisant

les bras sur le comptoir. Je ne t'empêcherai pas d'être présent, mais mon patron ne doit rien savoir pour l'instant.

Nick la dévisagea puis se détendit enfin tout en étalant la sauce et la garniture.

— Les femmes n'ont pas d'enfants à ton travail ?

— Je suis la seule femme au bureau.

— Quoi ? Tu plaisantes ?

— Toutes les autres ont démissionné après quelques mois. Mais moi, je ne me laisserai pas évincer. Je suis douée, j'adore Green Valley et j'ai besoin du prestige de Baxter si je veux lancer ma carrière.

— Tu n'as besoin de personne, assura-t-il. Ton portfolio en dit bien assez sur tes compétences.

Même si elle avait voulu se complaire dans la chaleur doucereuse de ces louanges, elle ne devait pas oublier la réalité de sa situation. Elle œuvrait dans un milieu à prédominance masculine où, bien trop souvent, elle devait travailler deux fois plus pour moitié moins de reconnaissance.

— Je suis à l'essai chez eux, si tu te souviens bien. Et quand bien même, je suis persuadée qu'ils n'aimeraient pas apprendre que j'ai couché avec mon premier client. Je perdrais toute crédibilité.

Nick se tut, tout en plaçant sa pizza au four. À ce moment, Silvia saisit toute l'ampleur de cette cuisine digne d'un grand restaurant. Il n'avait pas lésiné sur les moyens avec ce fourneau à huit feux, ces trois réfrigérateurs, dont un réservé au vin.

Nick vint alors s'accouder sur le plan de travail, près d'elle. Il la fixait droit dans les yeux. Elle dut se concentrer corps et âme pour ne pas laisser son regard errer sur ses lèvres.

— Si tu t'inquiètes tant de leur avis, pourquoi as-tu fait le premier pas, l'autre soir ?

— Parfois, quand je veux quelque chose, je me lance, dit-elle avec un haussement d'épaules. Je suis humaine, je n'ai pas pu m'en empêcher.

Nick se pencha vers Silvia, la main sur sa cuisse.

— Encore un point commun. Moi aussi, j'obtiens toujours ce que je veux.

Alors sa bouche conquit la sienne.

- 5 -

Quel imbécilc de se torturer.

Nick savait très bien qu'elle établirait des limites entre eux, mais tout ce dont il se souciait à cet instant, c'était de l'enlacer.

Personne ne les interromprait, ici. Entre la pluie battante à l'extérieur et les parfums enivrants de la cuisine, il ne s'était pas senti aussi bien depuis des semaines. Quelque chose en Silvia l'apaisait, quelque chose qu'il ne pouvait se permettre de découvrir plus avant.

Pourtant sa main glissa jusque sur sa hanche puis sa taille. Silvia pivota et desserra les jambes pour laisser Nick s'approcher encore, et mieux accueillir son baiser.

Elle émit un gémissement infime, s'inclina un peu plus, mais cela ne suffisait pas. Il voulait la dévorer, la déshabiller, l'allonger sur le comptoir, sortir et la prendre sur une chaise longue… Partout où il pourrait se donner à elle.

Il ne l'avait plus touchée ainsi depuis un mois, et peu importent les beaux discours, l'alchimie entre eux excédait la simple nuit d'oubli, l'abus de gin-tonic ou le désespoir.

Il n'avait jamais connu pareille passion chez une femme. Il n'allait pas se contcnter de si peu.

Elle posa les mains sur son torse pour le repousser en douceur.

— Non. On ne peut pas.

Il la respectait assez pour s'arrêter. Il ne voulait pas non plus lui compliquer les choses.

— Pourquoi te mentir à toi-même ?

— Parce que je dois penser à ma carrière. Et à mon bébé, dorénavant. Pour le moment, mes besoins ne sont pas ma priorité.

Au moins, elle reconnaissait ses envies, un premier pas dans la bonne direction. Nick allait simplement devoir la guider sur ce chemin. Elle ressentait cette chaleur entre eux tout autant que lui, et tout ce qu'elle trouvait à faire, c'était se voiler la face.

— Je sais ce que c'est d'avoir des responsabilités, affirma-t-il. Je n'en serais pas là si je ne les avais pas assumées, mais parfois il faut savoir se montrer égoïste.

Silvia se détourna.

— Je l'ai été toute ma vie.

— Impossible.

Nick n'y croyait pas un seul instant. Une femme comme Silvia, avec de telles qualités, faisait sûrement passer les autres avant elle-même.

— Tu ne sais rien de moi, Nick, lui indiqua-t-elle en le regardant avec une tristesse sans nom. Je n'ai pas eu une aussi belle enfance que la tienne.

Il se recula pour s'asseoir sur le tabouret derrière lui, prenant sa main dans la sienne. Face à cette réaction inattendue, il réalisa ne pas la connaître. Il voulait tout savoir d'elle, sans pour autant bien comprendre ses sentiments trop bruts.

— J'ai grandi dans la pauvreté, lui apprit-il pour rompre le silence. J'ignorais à quel point à l'époque. Ma mère m'a toujours apporté tout l'amour et la sécurité dont j'avais besoin.

— Moi, je n'ai jamais connu mes parents.

Un sourire triste se dessina sur son visage. Nick s'efforça de ne pas la serrer dans ses bras. Il voulait l'écouter, même si ce nœud dans son ventre lui disait qu'il n'allait pas aimer la suite. Cette révélation bouleversante se trouvait aux antipodes de l'enfance qu'il lui avait imaginée. Peut-être se ressemblaient-ils plus qu'il ne le pensait ; chacun avait dû triompher d'un passé difficile avant de réussir dans la vie.

— Je suis arrivée dans ma première famille d'accueil deux jours après ma naissance.

Sa voix ne flancha pas, comme engourdie par les souvenirs, comme si cela ne l'affectait plus après y avoir tant pensé. Seulement Nick n'était pas dupe. Tout cela l'affligeait encore, elle avait juste érigé des barricades autour de cette histoire pour mieux pouvoir la raconter.

Comme s'il avait eu besoin d'une raison de plus pour l'admirer… Plus il réunissait les pièces du puzzle, plus il comprenait sa force.

— J'avais déjà connu trois familles différentes quand je suis entrée à la maternelle. Et ça ne s'est pas arrangé. Je faisais des bêtises, parfois. Un des psychologues de l'école avait dit au couple qui me gardait que j'avais besoin de plus d'attention.

Le petit rire froid de Silvia lui creva le cœur. Un son si triste. S'en rendait-elle compte ?

— Mais il se trompait complètement. Je voulais rester seule. J'étais douée à l'école parce que je n'avais rien d'autre. Tout ce que j'appréciais, c'était les livres, alors je lisais tout ce qui me tombait sous la main.

— Ma mère me faisait la lecture tous les soirs, commenta-t-il d'une voix douce, bizarrement peu gêné de s'ouvrir à son tour. Même quand j'étais plus grand, je ne m'en suis jamais lassé. Je savais que ce n'était pas courant, alors je ne l'ai jamais dit à personne.

— Une petite bibliothèque pour le bébé serait une bonne idée, souffla Silvia d'une voix plus tendre. Je crois qu'il n'est jamais trop tôt pour leur montrer à quel point on les aime.

Dit la femme qui cherchait de toute évidence l'amour. Et s'il s'agissait de tout ce dont elle avait jamais eu besoin ? Elle avait beau se barricader, Nick savait reconnaître la tristesse. Même si elle se renfermait sans cesse, Silvia avait besoin de quelqu'un sur qui compter, à qui se confier.

Nick ne remplissait probablement pas les conditions requises. Il n'avait jamais envisagé de fonder une famille. Sa mère avait dû économiser le moindre sou, elle lui avait inculqué les notions de travail et d'éthique professionnelle pour lui permettre de s'offrir une vie meilleure, lui enjoignant de placer sa carrière avant tout ; l'amour ne nourrissait pas toujours son homme et ne rendait pas forcément heureux.

Le vide dû à l'absence d'un père, il ne s'en était jamais débarrassé, et il lui paraissait encore plus grand aujourd'hui. Trop de laideur entourait Rusty Lockwood. Son sang coulait peut-être plus dans ses veines qu'il ne l'imaginait. Nick avait-il raté son premier mariage du fait de cet héritage ? Était-ce la raison pour laquelle il ne se voyait pas en père de famille ? Peut-être cela confirmait-il qu'il n'était pas assez bien pour Silvia.

Quand bien même, il s'occuperait d'elle et de leur bébé.

Nick exécrait le maelström d'émotions qui faisait rage dans son cœur. Il n'avait pas le temps pour une décision si capitale ou même pour analyser leur relation. Il n'avait que son corps et des finances illimitées à offrir.

Le minuteur sonna avant qu'il ne puisse dire autre chose. Il se leva, Silvia l'imita.

— Je devrais rentrer.

— Le dîner est prêt, dit Nick en lui caressant l'épaule. Et le temps se gâte. Reste.

Quand elle soutint son regard, il s'attendit à la voir argumenter ou refuser, mais elle se contenta d'acquiescer.

— Avec plaisir.

— Nous n'avons pas dépassé le budget et nous devrions pouvoir ouvrir à la fin de l'été, affirma Silvia en s'enfonçant dans le fauteuil de jardin vert sylvestre dans le patio couvert.

Ils avaient partagé un repas succulent. Nick avait effectivement gagné le droit de se vanter. Curieusement, il l'avait ensuite persuadée d'observer la tempête. Plus elle restait assise là, plus elle se sentait bien, d'où sa volonté de parler affaires et de ne pas vagabonder en terrains interdits.

— Bonne nouvelle, s'extasia Nick. Mais je ne crains pas les dépenses inattendues. C'est inévitable avec les bâtiments anciens. Du moment que tout est fait dans les règles et selon l'idéal de ma mère, ce n'est pas grave.

Ce lien entre Lori et lui attestait assez de la personnalité de Nick. Il allait tenir sa promesse coûte que coûte. Cependant, Silvia ne savait toujours pas comment les choses fonctionneraient entre eux après la naissance du bébé.

Toujours est-il qu'il lui restait encore plusieurs mois avant de bien cerner ses sentiments à l'idée de devenir père. Cet enfant ne manquerait de rien, avec ou sans Nick, en vérité.

— Est-ce que tu as obtenu cette licence pour le bar ?

— Toujours pas, ricana-t-il. Rusty Lockwood n'est qu'un sale cabot. Et encore, quand il est dans un bon jour. Mais je n'en ai pas fini avec lui. Je n'abandonnerai pas.

— Je ne l'ai jamais croisé, mais en six mois j'ai compris qu'il compte plus d'ennemis que d'amis. Les touristes s'en moquent, en revanche. Sa distillerie ne ralentit jamais.

— Les touristes viennent pour l'alcool. Rusty ne les intéresse pas. Quant à ses soi-disant amis, il les paie. Je ne sais donc pas trop comment appeler ça.

Oui, Silvia en avait entendu de belles au sujet de Lockwood et se réjouissait de ne pas avoir à traiter avec lui. D'après les rumeurs, ce requin s'était attiré des problèmes pour fraude fiscale l'année dernière. Ses ennuis dataient peut-être de l'époque où il avait commencé la contrebande. Il n'avait probablement pas pu soudoyer tous ceux qui voulaient lui mettre des bâtons dans les roues.

— Tu gagneras, j'en suis sûre. Tu es plus déterminé que lui.

— Je n'ai jamais perdu une bataille, continua-t-il. Et je ne compte pas commencer, encore moins face à ce ramassis d'arrogance.

Silvia étendit les jambes et les croisa. Les doigts entrelacés sur son ventre, elle ferma les paupières pour écouter la pluie et l'orage. Elle se prit à penser à cette petite vie qui grandissait en elle, elle devait bien admettre son tiraillement entre peur et enthousiasme.

Même si elle n'avait pas connu de modèle maternel, elle avait fait le serment de tout donner au bébé. Il lui faudrait du temps pour apprendre l'amour et la stabilité, cela dit.

Le bras de Nick frôla le sien. Elle aurait préféré le

voir choisir un autre siège. Un des bancs, transats ou une des chaises, par exemple, pas le fauteuil accolé au sien.

Cette proximité n'aidait en rien à faire taire son émoi. Passer du temps avec lui allait lui attirer des problèmes, mais elle se demandait également si son patron n'avait pas voulu la piéger d'entrée de jeu. Il ne l'avouerait jamais, bien sûr, à cause de leur incroyable réputation, mais elle sentait que Clark se tenait déjà prêt à lui retirer le chantier à la moindre incartade.

Il lui effleura le bras puis la joue.

— Silvia.

Ce nom semblait à la fois si distant et si intime.

— Sil.

Personne ne l'avait jamais appelée comme ça. Que son amant se serve d'un tel sobriquet aurait dû la pousser à fuir, de peur de se retrouver coincée dans quelque chose de trop soudain à affronter. Mais elle ne pouvait plus échapper à Nick, plus maintenant. Elle ne le voulait pas de toute manière.

Il fit glisser son index le long de sa joue, et l'instant d'après, il la soulevait en la serrant fort.

Elle ouvrit grands les yeux.

— Mais qu'est-ce que tu fabriques, Nick ?

— Tu t'es endormie.

Il la porta à travers la maison avec une aisance à la fois ridicule et excitante. Elle l'enlaça pour se sentir plus en sécurité. Rien qu'une minute, elle s'accorderait le droit de se baigner dans sa chaleur et sa force.

— Je peux marcher, tu sais.

— Je sais. D'ailleurs, ton petit roulement de hanches est irrésistible.

— Je ne roule pas des hanches, s'offusqua-t-elle.

— Oh que si ! plaisanta-t-il en arrivant à hauteur de l'escalier.

— Où m'emmènes-tu ?

Cet entêté n'était même pas essoufflé une fois sur le premier palier, aussi continua-t-il jusqu'au deuxième étage.

— Je te mets au lit.

— Alors là, non.

Son rire grave vibra dans tout le corps de Silvia.

— Pas de panique. J'ai des chambres d'amis, chacune avec une salle de bains et une vue sur les montagnes. Tu n'as qu'à choisir.

— Je me fiche du service de luxe, se défendit-elle. Je ne peux pas dormir ici.

Ils arrivèrent en haut à ce moment. Il marqua une pause pour l'observer.

— C'est ce que tu disais à propos du repas, et tu as aimé. Tu fonctionnes par multiples de deux, non ?

— Oui, toujours, maugréa-t-elle, le détestant de s'être souvenu de sa manie. Repose-moi.

Le bras sous ses genoux retomba. Elle s'agrippa à son cou pour ne pas perdre l'équilibre.

— Je rentre chez moi, insista-t-elle.

Nick posa les mains sur ses hanches et ancra son regard dans le sien.

— Il me semble que tu n'étais pas si capricieuse quand nous avons commencé à travailler ensemble. On s'entendait même plutôt bien.

Effectivement… D'où leur situation actuelle. Ils s'étaient taquinés et avaient flirté plusieurs mois durant avant qu'elle ne fasse le premier pas.

Après tant de longs discours, il avait suffi d'une seconde de faiblesse pour qu'elle s'abandonne à ses envies. Éconduire Nick, elle s'en était montrée incapable, et elle avait sincèrement cru pouvoir assouvir cette pulsion en une seule nuit.

Puis, ils n'en avaient plus discuté, mais dès le moment où elle avait appris être enceinte, garder ses distances s'était avéré impossible.

— Tout a changé, lui rappela-t-elle. Je travaille pour toi. Je ne peux pas me permettre de faire une soirée pyjama ou de jouer aux colocataires avec toi.

Il sourit. Elle aurait pu le gifler.

— Je ne plaisante pas, Nick.

— Personne ne saura que tu as dormi ici. Personne ne saura rien avant que tu ne sois prête. Je conçois bien ton problème, mais je suis sûr que nous avons encore beaucoup à apprendre l'un de l'autre. Ne me repousse pas à cause de tes peurs.

Ses peurs ? Elle ne connaissait plus ce mot depuis longtemps, mais elle n'avait pas pensé à un plan B si elle perdait son emploi. D'autant plus qu'elle n'était plus seule, un petit humain dépendait d'elle désormais.

Et Nick qui l'invitait chez lui, tout disposé à honorer les termes de leur contrat tacite et à garder le silence.

C'était tentant, elle ne s'était jamais accordé d'incartade, mais elle voulait rester prudente afin de ne pas complètement perdre le contrôle.

Silvia soutint son regard puis fit non de la tête.

— Je ne te comprends pas. Tu dis ce qu'il faut, tu fais ce qu'il faut, tu es…

Sa fatigue et l'attirance semblaient avoir annihilé ses filtres.

— Ne t'arrête pas en si bon chemin, s'amusa Nick avec un sourire séducteur. Ça devenait intéressant.

— Tes chevilles sont déjà assez enflées, ironisa-t-elle. Autant ne pas apporter d'eau à ton moulin.

Alors Nick écarta une mèche du visage de Silvia. Elle dut faire appel à toute sa volonté pour ne pas sombrer.

— Ce n'est pas mon moulin que j'aimerais que tu abreuves, dit-il en lui mordillant la lèvre, insatiable. J'ai d'autres besoins, d'autres désirs.

Les lumières discrètes du couloir imposaient une intimité trop dangereuse. L'heure tardive, la tempête, sa façon de la contempler comme s'il était sur le point d'assouvir tous ses rêves, son attirance pour lui en dépit de tout ; tout cela fusionnait en un mélange explosif.

— C'est une très mauvaise idée, haleta-t-elle avant de se prendre à caresser son menton mal rasé où pousserait bientôt son habituelle barbe drue. Rappelle-toi pourquoi je suis venue, ce soir.

— Je m'en souviens très bien, assura-t-il en lui étreignant la taille pour se rapprocher. Tu me l'as assez répété.

— Alors, ne me donne pas raison.

— Personne ne sait que tu es là, Silvia. Personne ne découvrira ce qu'il se passe entre ces murs. Tout ça n'a rien à voir avec le travail.

Pourquoi ses moindres paroles résonnaient-elles tant en elle ? Pourquoi désirait-elle ignorer le reste du monde et lui céder ?

Parce qu'elle était humaine, tout simplement. Elle avait beau lutter, elle ne pouvait résister à Nick.

Avant de se recroqueviller dans la raison une fois de plus, Silvia lui prit le visage en coupe pour l'embrasser. Il la souleva de nouveau mais, cette fois-ci, elle ne s'en plaignit pas.

- 6 -

Nick s'attendait vraiment à voir Silvia rouspéter ou insister pour partir. Il s'était préparé à l'éventualité qu'elle s'en aille, même s'il rêvait de l'entraîner dans sa chambre depuis le premier jour.

Mais elle se tenait là, encore plus parfaite que dans ses fantasmes.

Un éclair fendit le ciel par-delà la baie vitrée. Il goûtait la voir dans cette lumière, celle de la terrible tempête déchaînée au-dehors. Cette férocité semblait s'accorder à la situation alors que, tiraillés entre la prudence et leur désir, ils s'apprêtaient à commettre ce qui était peut-être une erreur. Mais ils méritaient tous deux un peu de plaisir.

Eux qui n'avaient pas connu la plus heureuse des enfances savaient l'importance de saisir le bonheur lorsqu'il se présentait.

— Dis-le maintenant si tu ne veux pas aller plus loin.

Elle le fixa tout en faisant glisser son haut en soie par-dessus sa tête pour le jeter au sol.

— Rien qu'une deuxième nuit, haleta-t-elle. Demain, nous redeviendrons architecte et client.

Soit, si elle préférait se bercer d'illusions, il pouvait bien jouer le jeu. Peut-être croyait-elle à ce mensonge, malgré la tension irrépressible entre eux. Quoi qu'il en soit, plus les jours passeraient et plus cette farce s'étiolerait.

— Tu te sens bien, Silvia ? Par rapport au bébé, j'entends.

— Nous allons très bien, affirma-t-elle. Je ne te cacherai rien à ce sujet, ne t'en fais pas.

Les revendications de sincérité de Silvia n'auraient pas dû titiller les siennes. Non, les sentiments n'avaient pas leur place dans cette histoire.

Quelle absurdité ! Il s'agissait de désir, de sexe. Cette attirance incontrôlable entre eux connaissait des limites. Elle non plus ne souhaitait rien de plus, ce qui aurait dû le combler.

Nick préféra se taire alors, trop inquiet de découvrir à quel point ils se ressemblaient et étaient faits l'un pour l'autre. Il se débarrassa de ses vêtements en vitesse puis, quand Silvia s'apprêta à retirer son pantalon, il l'en empêcha.

— Laisse-moi faire.

D'une main experte, il ouvrit le bouton et la braguette, fit glisser le jean le long de ses cuisses fermes, la laissant là, dans ses sous-vêtements de satin.

Nick caressa ses courbes, lui effleura le ventre du bout des pouces. Il s'agenouilla pour embrasser la peau douce sous son nombril.

Silvia passa les doigts dans les cheveux de Nick qui, au lieu de se laisser emporter par la tornade des événements récents, s'inclina pour noyer de baisers l'intérieur de la jambe de sa maîtresse jusqu'aux coutures délicates, là où le tissu chatouillait la peau. Il lui agrippa les hanches et s'imprégna de l'odeur de son désir, son corps palpitant d'une envie que nulle autre n'éveillait.

Et cette fois-ci, ils n'avaient rien bu.

Nick lui retira sa culotte d'un geste délicat. Puis il posa une des cuisses de Silvia sur son épaule avant d'enfouir son visage au creux de son corps. Le gémissement de la jeune femme qui s'agrippait à ses cheveux le poussa à lui saisir les reins avec une intensité dont ils avaient besoin tous les deux.

Il comptait bien prendre son temps et l'étendre sur son lit comme un bon garçon. Cependant, le gentleman faisait pâle figure devant son excitation. Quelque chose en lui se brisait à chaque cri, chaque soupir de Silvia, chaque geste lui indiquant qu'il savait exactement quoi faire. Il éprouvait tant de plaisir à la combler qu'il aurait pu continuer des heures durant.

Silvia se cambra et hurla son nom au moment de l'orgasme. Nick se délecta de son plaisir, s'assurant qu'elle vécût une expérience inoubliable, parce qu'il s'agissait seulement du début de la nuit. Il voulait tellement plus de cette femme passionnée.

Lorsqu'elle ne trembla plus, Nick se releva sans la lâcher. Comme elle vacilla quelque peu, il la souleva.

Jusque-là, il n'avait pas réalisé à quel point il aimait la serrer dans ses bras, mais il éprouvait le sentiment de pouvoir la protéger de tout ce que le sort mettrait sur sa route. Elle méritait un peu de paix, même si elle affirmait pouvoir se débrouiller seule.

— On dirait que tu veux me porter partout où je dois aller, souffla-t-elle en enfouissant le nez au creux de son épaule.

— Tu n'as pas idée, acquiesça-t-il, même si ses motivations naissaient d'un désir bien plus primaire.

Quelques instants plus tard, il l'allongea bel et bien sur ses draps, mais resta quelques secondes au pied du lit pour contempler son corps brûlant parfaitement dessiné, souligné par les lueurs d'éclairs capricieux.

Silvia se redressa sur les coudes et lui sourit.

— Tu comptes me rejoindre ou tu attends que je te supplie ?

Nick éclata de rire en attrapant un préservatif dans la table de chevet, avant de se faufiler sur elle. Elle se laissa retomber puis l'entoura de ses bras et ses jambes.

Il se donna à elle, et Silvia soupira en se cambrant. Nick se crispa au moment où elle se mit à bouger les hanches.

Une main sous la cuisse de Silvia, Nick se souleva sur un bras pour mieux accueillir ses mouvements de bassin dans une harmonie inégalable. Elle, le cou et la poitrine trempés de sueur, penchait la tête en arrière, se mordait la lèvre ; il n'avait jamais rien vu d'aussi excitant.

Puis, elle s'accrocha à ses épaules, ses ongles courts enfoncés dans sa peau. Elle murmura son nom en arrimant son regard si expressif au sien et se laissa complètement aller une fois de plus. Nick ne put qu'apprécier cette scène si érotique avant de céder à son tour.

Il ferma les yeux, apeuré de ce qu'elle pourrait y voir. Il se sentait trop à vif, trop vulnérable. Ils s'étaient mis d'accord : il ne s'agissait que de sexe, rien de plus. Nick n'exigerait rien d'autre de sa part et ne lui donnerait rien de plus.

— Ça fait deux fois, lui susurra-t-il à l'oreille en s'allongeant à ses côtés quand leurs corps cessèrent de palpiter.

Dans un petit gloussement, Silvia se blottit contre lui puis s'endormit en quelques instants. Il resta là, esseulé, incapable de trouver le sommeil, à se demander comment affronter son passé sans gâcher son avenir.

Nick se gara devant la distillerie de bourbon Hawkins où il avait rendez-vous avec Sam Hawkins, le propriétaire. Ce nouvel établissement avait ouvert ses portes dix ans plus tôt, ce qui en faisait une compagnie plutôt récente pour le milieu quand on savait le temps qu'il fallait pour distiller un bon bourbon. Or, Sam avait réussi à tirer son épingle du jeu grâce à ses vodkas, whiskys et gins.

Même s'il ne pouvait pas vendre à Green Valley, Hawkins avait acquis une très bonne notoriété dans le reste du pays et débordait peu à peu sur l'international. Aujourd'hui, il s'apprêtait à sortir son premier bourbon tandis que quelques milliers d'autres fûts attendaient de parvenir à maturité dans ses entrepôts.

Nick ne doutait pas de son talent, car les réservations pour les visites de la distillerie affichaient complet pour les mois à venir. Cette petite mine d'or produisait quelques-uns des meilleurs gins qu'il lui avait été donné de goûter, et il souhaitait les servir dans son futur hôtel. Il en avait d'ailleurs bu quelques échantillons lors de sa première nuit avec Silvia… Mais pas question de se laisser déconcentrer en repensant à cela. Non, aujourd'hui, sa seule priorité consistait à bâtir une alliance avec Sam contre Rusty, leur ennemi commun.

Nick devait s'attirer le soutien des meilleurs pour s'opposer à Lockwood et sa clique corrompue. Il ne connaissait pas bien Sam mais, pour avoir visité la distillerie, son travail l'impressionnait. Ce dernier s'était assuré de conserver le charme rustique des bâtiments en pierres et en briques sans manquer de les moderniser grâce à ces colonnes carrées qui marquaient l'accès à la salle de dégustation du premier étage. Apparemment, cette pièce dominant le lac à l'arrière de l'édifice accueillait également des fêtes privées et autres soirées huppées.

Les lampadaires à gaz de chaque côté des très hautes portes évoquaient le lointain passé des lieux. Nick appréciait un tel souci du détail, au point de vouloir s'en inspirer pour son établissement.

Sam attendait sa venue, aussi Nick dépassa-t-il les files de visiteurs pour s'enfoncer dans un long couloir ponctué d'un escalier en colimaçon. Tout en haut, un jeune homme assis derrière un bureau l'accueillit d'un sourire.

— Vous devez être Nick Campbell. Sam va vous recevoir.

Quand le réceptionniste lui désigna un autre corridor, Nick le remercia d'un signe de tête et suivit la direction indiquée. Le parquet ancien et les appliques en fer sur les murs gris reflétaient cette ambiance virile archaïque propre au bâtiment. On avait même tracé le blason de Hawkins sur le sol.

Nick arriva devant une porte et toqua.

— Entrez, bourdonna une voix de l'autre côté.

Nick s'exécuta, et fut instantanément saisi par la vue sur le ruisseau à travers la baie vitrée. Toutes les distilleries devaient se trouver près d'un cours d'eau riche en calcaire. C'était là l'un des nombreux avantages de Green Valley pour ce type d'entreprises, l'affluence d'eaux vives.

Sam Hawkins se leva et contourna son bureau pour venir saluer Nick. Celui-ci resta sidéré par la stature de son hôte. Il l'avait vu en photo, certes, mais rien ne l'avait préparé à lui trouver la carrure d'un Jason Momoa.

— Merci d'avoir accepté de me rencontrer, déclara Nick en relâchant cette poigne solide pour réajuster ses lunettes. Je ne compte pas abuser de votre temps.

Sam croisa les bras puis s'appuya contre son bureau.

— Ne vous inquiétez pas, j'ai toujours le temps pour discuter bourbon.

Il en imposait, mais paraissait sympathique, et véhiculait tout sauf cette image collet monté du chef d'entreprise. Il portait un T-shirt aux couleurs de sa compagnie et un jean, tenue bien plus avenante qu'un costume selon Nick. Ils semblaient loin les jours où le complet trois-pièces et la cravate s'imposaient comme des standards.

— J'irai droit au but, dit Nick. J'ouvre un hôtel en août et je veux signer un contrat d'exclusivité avec vous pour le bourbon et le gin.

Sam le dévisagea un instant avant de s'esclaffer.

— J'aimerais bien, mais vous savez pertinemment que ça n'arrivera pas avec Rusty Lockwood et sa mainmise sur ces satanées licences. Il n'acceptera que si vous servez ses alcools.

— C'est pour ça que je viens en personne. Je pense que, si deux grandes maisons s'unissent, il y réfléchira à deux fois avant de s'attaquer à nous. Surtout si nous présentons certains chiffres au conseil municipal et lui montrons la marge de croissance que nous apporterions à Green Valley. L'argent pèse plus lourd que Rusty Lockwood.

Sam sembla retourner le problème dans son esprit. Nick n'allait pas préciser ses véritables liens avec Russ. Il préférait conserver cette information en cas de coup dur.

— Ce salopard me gâche la vie depuis des années, reprit enfin Sam. Je ne compte plus les fois où il a voulu me racheter, mais plutôt mourir que le laisser poser le petit doigt sur mon affaire.

Cela suffit à Nick : Sam lui accorderait son aide.

Et un pas de plus pour assouvir le rêve de sa mère.

— Il me considère comme une menace, ajouta

Sam. Si seulement il pouvait mettre de côté son ego et comprendre que les liqueurs et le bourbon attirent une tout autre clientèle. Certains aiment les deux, c'est vrai, mais c'est rare. Et Rusty est borné. Et teigneux. Moi, je refuse de m'associer à une entreprise qui s'acoquine avec lui. Je rejette toute fusion, vente ou un quelconque partenariat avec ces gens-là.

Apparemment, les deux hommes semblaient sur la même longueur d'onde. Rusty ne lésait personne d'autre que lui-même à refuser de briser son monopole.

Si le vieux Lockwood continuait son suicide professionnel, Nick n'allait plus tarder à prendre la relève. Qui sait, peut-être finirait-il même par racheter La Foudroyante. Ne pourrait-on pas y voir une sorte de justice poétique ?

— Je m'invite à une partie de poker demain soir, dit Nick. Rusty joue tous les week-ends avec des membres du conseil municipal, et j'ai découvert l'emplacement de leur petit club privé. Ça se passe dans l'arrière-salle de La Vieille Canaille.

— Impressionnant, acquiesça Sam, les sourcils arqués. Vous ne plaisantez pas.

Nick revit alors la lettre et l'écriture élégante de sa mère.

— Oh que non !

Puis, Sam se redressa et invita Nick à le suivre.

— Je vous sers quelque chose ? Si vous voulez faire plonger Lockwood, alors je ne raterai ça pour rien au monde. Vous avez raison, si nous lui tombons dessus ensemble, il pourrait changer d'avis.

Nick n'allait pas refuser une telle offre ni un verre. Cette alliance allait peut-être se muer en quelque chose de plus important que ce qu'ils s'imaginaient tous les deux.

- 7 -

— Une livraison pour toi.

Silvia se détourna des plans de l'hôtel. Elle cherchait à redessiner le hall d'entrée, mais ne parvenait pas à lui donner l'effet désiré. Quelque chose clochait. Elle avait beau s'abîmer les yeux dessus depuis des heures, elle ne trouvait pas.

Quand elle se tourna vers le réceptionniste, elle mit un certain temps avant d'intégrer ce qu'elle voyait devant sa porte, à savoir une chaise de bureau entourée d'un grand ruban rouge.

— Une livraison ?

— C'est ce que m'a dit le type qui a déposé ça.

Silvia se leva pour mieux voir le fauteuil en cuir. Une enveloppe à son nom y pendait.

— Merci, Kevin. Je m'en occupe.

Une fois seule, Silvia fit rouler le fauteuil à l'intérieur puis referma. La plupart des gens envoyaient des fleurs ou du chocolat, parfois un ourson en peluche ou autre… mais pas des meubles.

Elle ouvrit l'enveloppe pour lire le mot.

Je me suis renseigné, il paraît qu'on ne fait pas mieux pour les femmes enceintes.

Sa surprise se mua vite en colère. Malgré l'absence de signature, elle connaissait le responsable. Il ne pouvait pas envoyer de colis ici comme si de rien n'était. Son fauteuil lui convenait à merveille d'ailleurs. Et si Kevin avait fouiné et lu la carte ?

Silvia poussa le cadeau dans un coin puis se réinstalla dans sa bonne vieille chaise de bureau parfaitement confortable. Là, elle enfouit le mot dans son sac, bien à l'abri des curieux, prit son téléphone et ignora ses textos.

Une telle situation nécessitait un appel.

— Silvia, je pensais justement à toi.

Face à cette réaction, elle crispa les doigts sur son portable.

— Pas étonnant, vu que l'un de tes sous-fifres vient tout juste de passer au cabinet tel un ninja.

Le rire grave de Nick la fit frémir. Elle ne voulait pas flirter, simplement lui signifier sa colère.

— Mon sous-fifre ? s'amusa-t-il. Garret sera ravi d'apprendre sa promotion.

— Écoute, le coupa-t-elle, plus acerbe. Tu ne peux pas m'envoyer de cadeaux. Et fais un peu attention à ce que tu écris ou dis.

— Je n'y avais pas songé, répondit-il plus sérieusement après s'être raclé la gorge. Je voulais vraiment t'offrir ce qu'il y a de mieux. Je sais à quel point tu aimes ton travail.

Seigneur, non seulement il accordait de l'importance à sa carrière, mais il s'inquiétait également de son bien-être et de celui du bébé. La mauvaise humeur de Silvia s'envola aussitôt, balayée par une chaleur indésirable. La colère demeurait plus simple. Cette étincelle de rage aurait justifié de repousser Nick. Et pourtant, il continuait de se montrer adorable.

— Je le reprendrai si tu n'en veux pas, Silvia.

Elle fixa le fauteuil en cuir aux accoudoirs rembourrés et secoua la tête.

— Non, excuse-moi. Je m'énerve alors que je devrais simplement te remercier.

— Aucun problème. Je ferai attention, mais ne me demande pas de ne plus me soucier de ce qui est à moi.

Silvia allait protester, mais il ne lui en laissa pas le temps.

— Je sais très bien que tu peux t'occuper de toi-même, seulement tu portes mon enfant.

Submergée d'émotions incontrôlables, Silvia se leva pour s'installer dans son nouveau fauteuil. Le cuir lui donna l'impression d'une étreinte chaleureuse. Inutile de le nier, elle tombait déjà amoureuse de cette chaise à la noix sans même avoir essayé toutes les options.

— Je dois y aller, décréta-t-il. Au fait, ne m'en veux pas pour la prochaine livraison.

La prochaine… Quoi ?

Silvia resta bouche bée devant son téléphone. Nick avait raccroché. Qu'entendait-il par là ? Elle lui avait expressément ordonné de se calmer. De toute évidence, il avait pris d'autres initiatives avant cet appel.

Fantastique ! Elle allait donc passer la journée à s'inquiéter de ce qu'on allait bien pouvoir déposer au cabinet. Peut-être s'agirait-il de simples fleurs. Il n'allait pas redécorer tout son intérieur non plus, si ? Néanmoins, un bouquet paraissait trop classique, trop romantique étant donné leur situation. Ils ne sortaient pas ensemble ni ne visaient une relation normale. Cela dit, elle aurait apprécié le geste.

Écartant ces pensées idiotes, Silvia échangea son nouveau fauteuil avec l'ancien. Elle devrait appeler quelqu'un pour l'en débarrasser, mais ne se sentait pas prête à répondre aux questions de ses collègues pour le moment.

Penchée sur le dessin de tout à l'heure, elle ne put s'empêcher de songer à ce que Nick lui préparait encore. Pourquoi trouvait-elle ce côté imprévisible si attirant ?

Silvia s'engagea dans son allée, intriguée par les cartons devant sa porte. Comme elle n'avait rien commandé, il devait s'agir de la deuxième surprise de Nick. Qu'avait-il fait ?

Au moins, tout ceci était arrivé chez elle, pas au bureau. Elle avait dû ignorer les regards inquisiteurs en se débarrassant de son vieux fauteuil. Elle avait raconté qu'elle cherchait quelque chose de plus confortable et s'était offert un petit plaisir, d'où le ruban et le mot.

Peu crédible, mais elle n'avait rien trouvé de mieux.

Elle mit sa voiture au garage, saisit son sac à main, sortit et suivit le petit chemin de pierre sillonnant jusque sur le perron. Là, elle reconnut le logo de son restaurant préféré sur les boîtes : Mama Jane.

Nick lui avait commandé à manger ? Elle n'allait pas refuser un tel cadeau, et s'il avait pensé à sa tarte meringuée à la banane chérie, alors elle devrait épouser cet homme.

Elle rit en portant les cartons à l'intérieur un à un. L'idée d'un mariage restait ridicule. Et, avec tout ce qu'il se passait entre eux, seule cette livraison la poussait à envisager cela ? Elle devait avoir un problème, à n'en pas douter.

Peu importe l'absence de mot, Silvia savait. Hormis ses collègues, elle n'avait pas eu l'occasion de se faire d'amis ou même de sortir depuis son arrivée en ville.

Nick représentait la seule constante dans sa vie, professionnelle comme privée.

Elle déposa le tout dans la cuisine, s'apprêtant à découvrir son dîner.

En déballant les paquets, qui avaient gardé la nourriture au frais, elle réalisa que chaque plat se trouvait en deux exemplaires… y compris la tarte à la banane. Il s'en était souvenu.

Une chaleur familière lui brûla la gorge avant d'atteindre ses yeux. Maudites soient ces hormones. Qui aurait cru la voir craquer face à des tourtes, des biscuits et des desserts ?

Elle rangea le tout dans le réfrigérateur et jeta les cartons vides. Personne ne s'était jamais donné la peine de s'occuper d'elle auparavant. Quelque part, elle rechignait à céder de son indépendance après avoir vécu seule si longtemps, mais elle se rendait bien compte que Nick ne cherchait pas à la dépouiller de son identité. Il essayait de se montrer utile.

Il resterait des ajustements à faire au fur et à mesure cependant, pour le bien du bébé. Silvia ne devait pas se mentir, envisager une relation à cause de simples frissons s'avérerait catastrophique.

Elle avait confondu une fois la passion survoltée avec quelque chose de plus intense. Après avoir enchaîné les foyers d'accueil, elle s'était lancée dans la vie d'adulte avec son petit ami qu'elle fréquentait depuis deux mois à peine. Un mariage civil rapide suivi de quelques semaines d'un bonheur bancal lui avaient suffi à comprendre son erreur.

Depuis, Silvia avait fui tout ce qui se rapprochait d'une relation. Comment aurait-elle fait la part des choses ?

Son instinct la tromperait à coup sûr, personne ne lui avait jamais montré l'exemple.

En dépit de son éducation, Silvia restait persuadée d'une chose : elle aimerait ce bébé et s'assurerait de son bien-être. À son sens, aucun enfant ne devrait jamais se demander s'il était aimé ou en sécurité.

Au moment où elle saisit son téléphone, celui-ci vibra. Le sourire aux lèvres, elle espéra entendre la voix de Nick. Raté.

— John, qu'y a-t-il ?

— On a un problème, s'exclama le contremaître du chantier. J'ai appelé M. Campbell, mais il ne répond pas. Un des ouvriers a fait une chute. L'ambulance est déjà sur place.

Silvia saisit son sac sans réfléchir et emprunta la porte donnant sur le garage.

— J'arrive. Je vais essayer de joindre Nick.

Elle raccrocha, priant pour que l'ouvrier ne fût pas grièvement blessé et n'entraînât personne dans un procès interminable.

Les accidents arrivaient parfois dans le bâtiment, mais avec autant de facteurs à prendre en compte, elle espérait ne pas devoir celui-là à une négligence de sa part. Elle ne pouvait se permettre une telle bourde sur son premier projet, encore moins pour une construction de cette ampleur.

Des milliers de questions l'assaillirent. Pourquoi cet homme se trouvait-il sur les lieux si tard, un vendredi ? Il était 18 heures passées, tout le monde finissait à 17 heures tout au plus.

En chemin vers l'hôtel, Silvia rappela Nick, en vain. Où était-il ? Il ne se séparait jamais de son téléphone.

Elle n'avait jamais eu de difficulté pour le contacter auparavant.

Elle pouvait gérer cette situation, seulement Nick devait se trouver sur place lui aussi. Après deux messages vocaux puis un SMS paniqué, elle arriva sur les lieux. Elle sortit en trombe afin de découvrir le fin mot de l'histoire.

Les yeux fatigués et enfoncés de Rusty Lockwood s'écarquillèrent lorsque Nick surgit dans la salle de poker. Et quand Sam fit son entrée à son tour, le vieil escroc faillit lâcher ses cartes, outré.

Ainsi, l'élément de surprise tournait déjà en leur faveur.

— Vous reste-t-il de quoi accueillir deux joueurs ? s'enquit Nick sans attendre de réponse pour s'installer à la table.

La pièce empestait la fumée de cigare et l'alcool. Les huiles de la ville avaient retiré vestons et cravates, et retroussé leurs manches. Nick en reconnut quelques-uns, ceux auprès de qui il était déjà monté au créneau à propos des licences.

Une fois Sam assis à ses côtés, ils sortirent leurs porte-monnaie pour bien exhiber les nombreux billets verts qui s'y trouvaient. Le regard de Rusty passait de l'un à l'autre, et Nick dut lutter corps et âme pour ne pas le toiser en retour, à chercher des ressemblances physiques. Il s'était interrogé au sujet de ses origines toute sa vie, mais là, se trouvant enfin devant son père après tant d'années, il ne pouvait rien dire.

Il ne préférait pas de toute manière. Nick n'attendait pas de retrouvailles larmoyantes ni ne ressentait le besoin de se rapprocher de Russ.

Son seul et unique objectif ce soir consistait à montrer à Rusty à qui il avait affaire, à le rappeler à la réalité. Nick ne lâcherait jamais. Pour rien au monde. Non seulement il allait se battre, mais il allait également se constituer toute une armée en marche contre le despote. Le règne de Rusty Lockwood à Green Valley et dans les comtés voisins touchait à sa fin.

Nick ne voulait même pas racheter son affaire, là n'était pas le problème, il souhaitait simplement pousser le vieil homme à se montrer raisonnable. Toutefois, ouvrir les portes de Green Valley à du sang neuf et arrêter d'agir en imbécile fini, c'était déjà trop demander, apparemment.

Peu importe. Nick n'allait pas se laisser intimider et Sam constituait un atout de plus dans sa main.

— Je vous sers un verre, messieurs ? s'enquit un vieil homme en se levant pour se diriger vers le bar.

Il leur montra une longue bouteille rectangulaire bien connue dans la région. Tout le monde reconnaissait le bouchon en forme de dôme et l'éclair sur l'étiquette, la marque de Rusty.

— Je ne suis pas un grand amateur de liqueurs, déclara Sam en triant ses cartes. Mettez-moi un bourbon.

— Moi aussi, dit Nick en serrant les dents pour s'empêcher de rire.

— On n'a que de l'Éclair blanc ici, leur indiqua l'autre en reposant la bouteille. Vous devez bien être les premiers à refuser ce bon vieil élixir.

— Si vous me proposiez quelque chose de savoureux, ce serait une autre histoire, plaisanta Nick, s'attirant quelques gloussements étouffés, sauf de la part de Rusty. On joue à cinq cartes ? C'est ce que je préfère.

Le téléphone de Nick vibra dans sa poche. Il l'ignora. En ce vendredi soir, il n'avait rien d'autre à faire. Hormis son futur bébé, le plus important pour lui restait encore de s'échiner à accomplir la dernière volonté de sa mère. Nick comptait bien se battre jusqu'au bout, et pas seulement pour ses affaires, mais pour tous les établissements pris en tenaille.

Une heure plus tard, lui et Sam avaient gagné quelques mains, et Rusty fulminait de plus en plus. Au bout d'un moment, celui-ci avait même arrêté de toucher à son verre comme à son cigare, désormais abandonné dans le cendrier. Une fureur sans nom devait l'habiter. Tant mieux. Lockwood devait apprendre que tout ne se plierait pas éternellement à sa volonté.

Nick avait enchaîné les parties en ignorant son portable. Il répondrait plus tard. Il avait trop attendu pour lancer la suite des hostilités, il devait donc rester concentré.

— C'est vous qui retapez cet hôtel sur le mont Silversmith ?

— C'est moi, confirma Nick en se tournant vers l'homme qui lui avait proposé un verre. On devrait ouvrir à la fin de l'été.

— On manque d'endroits de ce type, avec tous les touristes.

— C'est là-dessus que je mise, acquiesça Nick en réclamant une carte. Mais ma mère envisageait mieux que ça. Nous avons donc prévu des suppléments uniques dans le coin.

— Une vraie mine d'or, ajouta Sam en se couchant. L'économie tourne bien par ici. Plus il y aura d'hôtels, plus les gens visiteront les distilleries.

Rusty grommela en étudiant son jeu. Il saisit son verre pour agiter son alcool bas de gamme aux antipodes d'un bourbon bien mature ou d'un bon vin. Il n'y connaissait vraiment rien.

Nick posa ses cartes sur le feutre vert de la table puis attendit que les autres révèlent leur main. Il afficha une mine impassible en raflant la mise grâce à des as et des valets.

— Vous jouez souvent ? s'enquit un troisième quidam.

— Pas autant que je le voudrais, s'amusa-t-il.

— Je ne pense pas pouvoir me le permettre toutes les semaines, s'esclaffa Sam. Mais pour ce soir, mon argent est à vous.

Nick empila ses jetons avant de peser ses mots sans quitter Sam du regard.

— Ah, mais mon argent sera tout à toi quand nous aurons officialisé notre partenariat.

Sam se contenta d'acquiescer en examinant sa nouvelle main. Nick, lui, laissa planer ses paroles sans s'occuper de Rusty. Inutile d'observer la réaction de ce dernier pour savoir qu'il avait fait mouche. Par ailleurs, un échange trop direct aurait équivalu à une menace en bonne et due forme. Autant ne pas aller trop loin le même soir.

Une heure couronnée de belles victoires plus tard, Nick se leva.

— Messieurs, je dois partir, mais je repasserai la semaine prochaine si vous acceptez les nouveaux membres.

Tous dans la salle, à l'exception de Nick et Sam, observèrent la réaction d'un Rusty sur le point d'exploser à en croire son visage écarlate ou ses narines gonflées. Il allait devoir s'y habituer, car Nick comptait bien semer la pagaille dans son petit monde parfait.

— C'est un cercle privé, répondit Rusty un instant plus tard. J'ignore qui vous a tuyautés pour ce soir, mais ça ne se reproduira pas.

À ces mots, Nick fit mine de s'avancer, mais Sam l'attrapa par l'épaule.

— Qui sait ? dit-il. Vos amis ne semblent pas de cet avis.

Après un long échange silencieux, Nick se recula et salua les autres d'un signe. Il suivit ensuite son partenaire hors de la salle saturée de fumée.

— Bon, ça s'est plutôt bien passé, ricana Sam. J'étais curieux de voir ce que tu allais faire, mais j'ai préféré nous sortir de là en toute dignité. Et si je peux éviter la prison…

Nick secoua la tête, les poings serrés le long du corps.

— Je ne l'aurais pas frappé. J'en meurs d'envie depuis des années, mais je ne le laisserai pas m'atteindre ni ne lui ferais ce plaisir.

Ils longèrent la ruelle entre deux bâtiments de briques pour regagner le parking.

— Bon, même heure la semaine prochaine ? s'enquit Sam.

— Oh que oui !

Sam s'éloigna alors, grimpa à bord de sa voiture et prit la route. Nick l'imita puis découvrit tous les messages et appels manqués sur son téléphone.

Il comprit vite quel problème phénoménal il avait ignoré en essayant d'en régler un autre.

Il arriva sur le chantier en un temps record, espérant que Silvia allait bien et que l'ouvrier ne porterait pas plainte.

Il avait choisi le pire moment pour s'absenter et s'était maudit tout le long du chemin à travers les montagnes. Il avait d'abord cru à un problème avec le bébé en voyant le nom de Silvia partout sur son écran. Il ne voulait pas reconnaître ce que cette inquiétude lui disait : il se souciait d'elle bien plus que de raison.

Mais qu'allait-il bien pouvoir y faire ?

- 8 -

— Enfin ! Heureusement que tu es venu.

Silvia se tenait au bord du plancher effondré où l'ouvrier était tombé. Par miracle, celui-ci s'était seulement foulé la cheville et écorché les bras.

Pendant près d'une demi-heure, Silvia avait cherché à joindre Nick, de toute évidence trop occupé pour se soucier d'elle ou son entreprise. Plus elle avait étudié les lieux avec le contremaître, plus elle avait cédé à la fureur. L'ouvrier, resté sur place pour poncer le parquet, avait fini par arracher des lattes trop fragiles après une fausse manœuvre.

Silvia ne savait pas si elle pouvait croire à cette histoire, car les experts n'avaient pas repéré de planches vermoulues.

Une fois seule, elle s'était efforcée de découvrir la vérité malgré sa fatigue et son envie de rentrer. Il s'agissait là d'un des pires aspects de son métier adoré.

Elle aurait souhaité que Nick arrivât plus tôt, qu'il prît ses responsabilités. Après tout, ils devaient travailler en équipe, d'autant plus maintenant.

Il sortait peut-être avec une fille. Cette simple idée sembla la percuter de plein fouet et elle se figea. Quand bien même, ils n'étaient pas en couple, si ? Elle n'aimait pas le poids de cette jalousie nouvelle et intrusive.

— Je suis venu aussi vite que j'ai pu, déclara-t-il en s'avançant avec prudence. Dis-moi tout.

Silvia lui adressa un regard par-dessus son épaule, surprise de déjà le voir porter son casque de chantier.

— Un des ouvriers s'est foulé la cheville à cause de sa négligence. Et tu étais injoignable, voilà le problème. J'ignore avec qui tu étais, mais si tu pouvais dire à tes conquêtes que tu as certaines obligations…

— Mes conquêtes ? s'étonna Nick en la saisissant par l'épaule. Vraiment ? Je te croirais presque jalouse si je n'étais pas furieux de cette remarque.

Elle, jalouse ? Un peu de sérieux, par pitié. Ce n'était pas le cas. Loin de là. Cela aurait impliqué qu'ils aient une vraie relation.

— D'un point de vue professionnel, je mérite qu'on me réponde. C'est ton hôtel, tu aurais dû être présent.

— Et je le suis, rétorqua-t-il en la lâchant. Mais j'ai d'autres établissements à gérer.

Alors, elle remarqua sa tristesse. Plus encore, une certaine détermination tapissait cette douleur. Il ne mentait pas. Peut-être s'était-elle fait un cinéma à l'imaginer avec une femme tandis qu'elle réparait les pots cassés. Le stress et l'irritabilité ne constituaient pas des excuses valables.

— Pardon, Nick. Je n'aime pas les accidents, encore moins quand je les trouve louches. Mon patron ne va pas apprécier, mais tant pis. Ce type n'avait rien à faire ici.

— Ce n'est rien, la rassura Nick. Et personne ne peut t'accuser de quoi que ce soit. Pour ma part, cet incapable ne remettra plus les pieds sur mon chantier.

Silvia hocha la tête puis jeta un nouveau coup d'œil au sous-sol à travers le trou béant.

— Le contremaître l'a déjà suspendu sans solde jusqu'à ce qu'on en sache plus.

Elle lui expliqua alors la situation plus en détail. Il l'observait tandis qu'elle parlait, comme si la moindre de ses paroles comptait. Il ne cherchait pas à interpréter les choses à sa manière ni à la contredire. Non, il prenait son avis très au sérieux, l'écoutait, respectait son statut d'architecte du projet.

L'air sembla s'alourdir, au point de devenir presque moite à mesure qu'elle parlait. Elle se surprit à devoir essuyer la sueur apparue sur ses joues. Et ce casque qui n'arrangeait rien. Lorsque des points noirs apparurent devant ses yeux, Silvia dut fermer les paupières pour prendre une grande inspiration, en vain. La chaleur, l'altitude peut-être aussi, lui pesaient.

Et soudain, le monde bascula, la faisant tituber entre de solides bras puis contre un large torse bien ferme.

— Silvia ? s'inquiéta Nick.

Elle voulut le rassurer, mais n'en trouva pas la force. Que lui arrivait-il ? Elle… Elle restait sans voix, elle avait terriblement chaud, elle transpirait, vidée de toutes ses forces tout à coup.

Tandis que Nick l'installait près de la fenêtre, son casque rebondit par terre dans un bruit sec. Elle tenta de se redresser, mais une nouvelle nausée la saisit.

— Attends…, murmura-t-elle, agrippée à ses épaules. Une minute.

Elle sentit les doigts de Nick glisser sur son cou.

— Tu es toute pâle et en sueur. Je t'amène aux urgences.

— Non, le coupa-t-elle en ouvrant doucement les paupières pour découvrir l'inquiétude qui le tiraillait. Ils te diront simplement que je suis enceinte.

— Et s'il y avait autre chose ? Je n'y connais rien,

mais c'est aussi pour ça que je préfère ne prendre aucun risque.

La pièce s'était arrêtée de tourbillonner, mais Silvia se sentit encore plus amorphe que jamais. Elle prit une longue inspiration et posa la main sur le torse de Nick.

— Ne me colle pas comme ça, lui intima-t-elle. Je vais bien, il me faut de l'air, c'est tout.

Nick se recula sans la lâcher de ses yeux bleu clair.

— Tu as beaucoup travaillé aujourd'hui ? l'interrogea-t-il, cherchant sans doute à déterminer ce qui clochait. Tu t'es peut-être surmenée.

— J'avais une réunion à 9 heures, puis j'ai essayé de redessiner la réception. Je sais que tu as dit que ça allait, mais je n'en suis pas satisfaite. C'est l'arche, à mon avis. Je crois qu'elle est trop féminine. Va savoir, je l'ai déjà modifiée tellement de…

— Concentre-toi, lui ordonna-t-il en écartant une mèche du visage de la jeune femme. Qu'as-tu fait après avoir travaillé sur l'arche, qui est très bien comme ça d'ailleurs ?

— On m'a interrompue en me livrant ton fauteuil. J'ai enchaîné avec une autre réunion concernant ma période d'essai.

Elle se remémora cette rencontre avec ses employeurs. Satisfaits d'elle, ils attendaient qu'elle acceptât de nouveaux projets sans relâcher ses efforts. Elle travaillait déjà plus que bon nombre de ses collègues. Son futur congé maternité allait leur faire un sacré choc. Elle ne savait absolument pas quoi espérer de leur part.

— Puis, je suis rentrée chez moi, où m'attendait ton autre surprise. C'était inutile, mais quand même très gentil.

— Et tu as aimé ?

— Je venais de tout ranger quand on m'a appris pour l'accident.

— Donc tu n'as pas mangé. À quelle heure as-tu pris ta pause déjeuner ?

— Je n'en ai pas pris, admit-elle avec un haussement d'épaules. Juste une barre de céréales et une pomme vers 11 heures.

Nick jura à voix basse.

— Mais ça ne va pas ? Tu pouvais peut-être sauter des repas ou te contenter de grignoter avant, mais notre enfant a besoin de forces.

Silvia se redressa d'un coup et se releva, fière de n'avoir presque pas vacillé.

— Je me passerai de tes bons conseils à propos de ma santé ou celle du bébé. J'étais occupée. Je voulais manger normalement quand on m'a appelée. Tout ça parce que, toi, tu ne répondais pas, soit dit en passant.

— J'avais à faire, expliqua-t-il, l'air plus sombre, les lèvres pincées.

Silvia plaqua les mains sur les hanches et lâcha un ricanement sardonique.

— Et tu ne pouvais pas lire tes messages ? Je sais que tu avais ton téléphone sur toi.

— Ma vie privée ne te regarde pas, riposta-t-il.

Cette réplique la blessa plus que de raison. L'idée qu'il ne se souciât pas assez d'elle pour se confier la percuta de plein fouet, malgré les promesses de discrétion et d'une relation purement physique entre eux. Après tout, c'était elle qui avait établi ces limites.

— Ça fonctionne dans les deux sens, répondit-elle. Je suis assez grande pour me débrouiller, alors arrête avec tes cadeaux. Je n'ai pas besoin d'une nounou. Maintenant, si tu veux bien m'excuser, j'aimerais rentrer me coucher.

Silvia se retourna, ramassa son casque puis son sac et son téléphone. Elle préféra ignorer le regard insistant de Nick. N'importe quel autre homme aurait continué de se chamailler avec elle, se serait excusé, l'aurait arrêtée, n'importe quoi. Pas lui. Il se contenta de la dévisager de cette façon si agaçante, aussi dut-elle fournir un effort surhumain pour ne pas lui jeter ce casque à la figure.

— Tu arriveras à conduire ? demanda-t-il enfin, incertain.

— Ne t'inquiète pas, assura Silvia en le regardant par-dessus son épaule. Occupe-toi de cet ouvrier plutôt, essaie de savoir ce qu'il s'est vraiment passé.

Elle n'attendit pas sa réponse, elle préféra le laisser seul dans ce bazar ambiant. En plus du rapport à rédiger pour cet accident, elle allait devoir s'occuper de ce plancher troué. Elle relativisa alors, il s'agissait d'un moindre mal ; ç'aurait été pire si tout cela était arrivé après l'ouverture de l'hôtel. Peu importe le responsable, personne ne désirait voir son nom entaché par une telle négligence.

Elle suivit la route, furieuse de tant se fourvoyer quant à ses sentiments pour Nick. Où en étaient-ils ? N'avait-elle pas appris la leçon ? Son enfance lui avait prouvé qu'elle ne pouvait compter sur personne.

Sans parler de ce gouffre béant et cette quête insatiable tout au long de sa vie. Trente-deux ans à chercher un peu d'amour et de stabilité. Elle doutait de pouvoir un jour combler ce vide… sans jamais cesser d'espérer, quelque part.

Si les paroles de Nick l'avaient blessée, elle n'allait cependant pas se priver de dévorer ce qu'il lui avait commandé. Ne restait plus qu'à dénouer ses sentiments pour lui. Elle lui en voulait, néanmoins elle ne pouvait ignorer cette attirance indépendante de sa grossesse ou de la façon dont son corps chavirait encore en repensant à leurs ébats. Le voir tous les jours ne la poussait que davantage au bord du gouffre.

Sans pouvoir se l'avouer, elle sentait tout de même un certain manque s'apaiser en sa présence.

Que se passerait-il si elle l'acceptait dans son cœur ? Nick finirait-il par le lui briser, lui aussi ?

Nick envoya un message au maire, une invitation à une rencontre exceptionnelle à la distillerie Hawkins. Avec Sam, ils avaient commencé à déplacer leurs pions, et discuter avec le maire seul, loin de l'influence de Rusty et sa bande, ça équivalait à un vrai coup de maître.

Son portable en main, il étudiait la maison de Silvia, une construction dans les montagnes. Il avait dû chercher son adresse, une initiative nécessaire au vu de l'évolution de leur relation. Ils ne pouvaient plus garder autant de secrets l'un pour l'autre.

Cette belle bâtisse de pierre et de bois semblait s'illuminer de partout. Les nombreuses fenêtres s'ouvraient sur le vaste paysage, le sommet du premier étage absorbait la lumière à travers les impostes. Les lanternes à l'ancienne de part et d'autre de l'entrée ressemblaient à une invitation mais, à son avis, Silvia ne voulait pas de lui chez elle.

Il méritait de rester à la porte. Il méritait sa colère. Il accepterait tout et n'importe quoi de sa part pourvu qu'ils avancent.

Nick sortit de sa voiture.

Il avait blessé Silvia, comme si elle était responsable du chaos dans sa vie à lui. Comment honorer la mémoire de Lori s'il traitait la jeune femme avec si peu d'égards ? Ce qu'il aimait par-dessus tout chez sa mère, c'était sa façon de rendre chacun heureux, de donner à tout le monde cette impression de se sentir unique.

Et Silvia comptait. Bien trop, bon sang.

Nick ne s'étonna pas quand la porte d'entrée s'ouvrit au moment où il arriva sous le porche. Silvia portait un T-shirt à épaules dénudées. Si elle l'avait sans doute choisi pour se sentir à l'aise, cela la rendait plus attirante que jamais. Dès le premier jour, Nick avait eu envie d'elle. Tout chez cette femme lui agitait les sens, éveillait en lui des choses encore inédites. Elle pouvait tout autant se glisser dans un tailleur, telle l'architecte impitoyable qu'elle était, avant de le troquer pour un charme plus naturel porté par ses seuls yeux bleus perçants et sa folle chevelure enflammée.

Il avait de plus en plus de mal à ignorer la façon dont elle lui vrillait le cœur.

Nick ne trouvait aucune raison à cette attirance constante, aussi ressassait-il sa vulnérabilité récente.

— Tu viens t'excuser ? lui demanda-t-elle en bloquant la porte.

— Oui, acquiesça-t-il.

— Alors tu peux entrer.

Il dut refréner un sourire face à cette invitation insolente, mais franche.

Silvia disparut tout à coup, laissant ouvert derrière elle. Nick n'allait pas ignorer le message ni ce roulement de hanches. S'il s'était toujours félicité de sa parfaite maîtrise de soi, face à elle, il se demandait qui tirait les ficelles.

Il la suivit à l'intérieur de la maison, empreinte de la personnalité de Silvia, de sa vie. Un plan de travail rectangulaire dans la cuisine dissimulait quatre tabourets en cuir. Une corbeille exhibait des citrons verts sur le comptoir. Un chiffre pair à n'en pas douter. Droit devant se dessinaient de hautes fenêtres fendant les deux étages pour accentuer la vue magnifique sur les montagnes et la vallée à ses pieds. La cour accueillait même une piscine et un brasero autour duquel on pouvait s'installer confortablement.

Dans le salon, le mur de la cheminée exposait les pierres des fondations. Un tapis moelleux cachait une bonne partie du parquet sombre. Des fauteuils et un canapé gris clair se paraient de tout un arsenal de coussins colorés aux motifs variés. Nick y décela une certaine espièglerie derrière des aspects plus bruts.

Silvia s'agitait dans la cuisine, rangeait des choses dans le réfrigérateur, nettoyait un peu. Nick s'installa sur un des tabourets et s'accouda au comptoir.

— Désolé de m'être emporté.

— Ça, tu peux l'être.

Il eut un mal fou à ne pas rire. Elle n'allait pas lui faciliter la tâche. Il était persuadé qu'elle avait voulu lui sauter à la gorge, l'autre jour. Voilà sans doute d'où lui venait son charme. Elle ne reculait devant rien ni n'acceptait tout sans broncher. Elle prenait les choses en main avec dignité.

— Je ne sais pas gérer ça…, avoua-t-il. Ce qu'il se passe entre nous, j'entends. Tu veux rester discrète. Quelque part, ça m'énerve, mais je comprends. Seulement, il y a certains problèmes dont je ne peux pas encore te parler.

S'il abordait jamais le sujet. Il y avait un monde entre accepter l'identité de son père et le crier sur tous les toits. Chaque jour, Nick attendait un appel, une visite à son bureau ou chez lui de la part de ses demi-frères.

Devait-il les retrouver ? Voulait-il vraiment chambouler leur vie à eux aussi ?

Rusty savait-il au moins qu'ils existaient ? D'après la lettre, oui. Toutefois, Russ ne devait pas connaître l'identité de ses enfants, ou alors il ne s'en souciait pas du tout. Nick préférait envisager toutes les options. À ce stade, plus rien ne l'aurait surpris.

Dire qu'il se trouvait à bout de nerfs était un euphémisme.

— Nous avançons tous les deux à l'aveuglette dans cette histoire, reprit Silvia en repliant son torchon dans un carré parfait avant de le poser sur l'évier. Mais tu n'as pas à te montrer odieux. Si tu préfères ne pas me parler de tes problèmes, je comprendrai. Je n'exige aucune promesse de ta part ni d'être la seule dans ta vie. Je me doute bien que tu aimerais sortir et rencontrer d'autres femmes. Tu ne devrais pas te sentir prisonnier de moi à cause de…

Nick avait contourné le plan de travail sans même s'en rendre compte. Il ne l'avait pas laissée finir sa phrase et l'avait prise entre ses bras pour l'embrasser.

— La seule…, soupira-t-il. Et si c'était exactement ce que je voulais ? Peut-être que je ne supporte pas de devoir me cacher quand tout ce que je souhaite c'est te voir en dehors des horaires de bureau ou en pleine rue.

Il ne le réalisa lui-même qu'à cet instant. Que lui arrivait-il, enfin ?

— Quoi ? s'étonna-t-elle. Non. Ça serait une vraie relation. On ne se lance pas là-dedans. Ce n'est pas parce que je suis enceinte que parler de « nous » devient une bonne idée. Nous ne sommes pas faits pour le long terme et nous nous connaissons à peine.

Pourquoi devait-elle se montrer si rationnelle quand il en voulait plus, même s'il ignorait quoi exactement ?

— Je ne dis pas ça parce que tu es enceinte, affirma-t-il. Mais parce que j'aimerais ne pas te résumer à ton travail ou à ce que nous faisons au lit.

Elle écarquilla les yeux un instant avant de se renfrogner.

— Mais ce n'est pas nous. Nous ne sommes pas faits pour ça. Je… Je ne peux pas.

Face à la terreur sans nom dans sa voix, Nick aurait souhaité lui demander ce qui l'effrayait tant. Il voulait réunir toutes les pièces du puzzle afin de tout savoir d'elle.

— J'ai été marié avant, hésita-t-il. Pas longtemps.

S'il s'ouvrait, peut-être allait-elle en faire de même.

Se rendant compte qu'il la serrait encore, Nick se recula puis enfouit les mains dans ses poches. Ce mariage raté aurait peut-être dû lui rappeler pourquoi il ne devait pas jouer avec Silvia. De quel droit exigeait-il plus de sa part ? Après tout, le sang de Rusty Lockwood coulait dans ses veines. Était-il seulement digne de ce qu'elle voulait, de ce qu'elle méritait ?

Cela ne l'arrêta pas pour autant.

— Je l'ai épousée après le lycée, continua-t-il, espérant qu'elle vît à quel point il était prêt à s'ouvrir à elle. Nous étions tout le temps l'un sur l'autre, mais je ne pense pas que nous comprenions ce qu'était l'amour. C'est toujours assez flou à mon sens, d'ailleurs, mais peu importe. Son père aurait pu me tuer, ce qui m'a encore plus incité à rester avec elle.

— J'imagine, s'amusa Silvia. Comment s'appelait-elle ?

— Molly. Nous avons compris notre erreur environ deux mois plus tard, mais nous avons préféré nous voiler la face. Nous voulions trop prouver à ses parents que nous avions raison.

— Et qu'en a pensé ta mère ?

— Que j'étais trop jeune pour ça, s'esclaffa-t-il. Mais qu'elle me soutiendrait malgré tout. Elle ne m'a jamais laissé tomber.

Aujourd'hui, au moment où il aurait eu le plus besoin d'elle, il avait l'impression de tituber dans la vie comme s'il devait trouver un nouvel équilibre.

— Mais vous avez quand même divorcé.

— Oui, six mois plus tard. Nous nous sommes séparés en bons termes. Molly s'est même remariée et a quatre enfants.

— Quatre ? s'exclama Silvia en riant. À croire que vous n'étiez vraiment pas compatibles. Je ne t'imagine pas du tout en train d'entraîner une équipe de football ni discuter du beau temps avec les autres parents devant l'école.

Nick n'y avait même jamais songé. Et s'il n'était simplement pas ce type de père ? Il n'en savait rien. Cependant il désirait cet enfant… et Silvia pour le moment. Et tant pis pour cet avenir flou. Les années filaient à toute vitesse ; s'il voulait quelque chose, il devait prendre les devants.

— Je n'étais pas prêt pour tout ça.

— Et aujourd'hui, Nick ?

— Est-ce une demande en mariage ? ricana-t-il.

— Pas du tout, s'écria-t-elle en sursautant, crispée. Ce n'est pas le bon moment pour ça, s'il existe un bon moment.

— Tu es contre le mariage ?

— J'ai essayé une fois, soupira-t-elle. Ça a duré à peu près aussi longtemps que le tien, alors autant éviter les redites. Je préfère apprendre de mes erreurs.

Intéressant. Plus ils parlaient, plus il perçait sa carapace, et plus il percevait leurs similitudes. Chaque discussion lui révélait un nouveau trait de caractère extraordinaire.

Combien devrait-il encore en dévoiler avant de voir les lignes de leur vie se tresser l'une avec l'autre de façon définitive ?

- 9 -

Silvia n'avait pas compris comment ils s'étaient retrouvés dehors autour d'un feu crépitant, bien au chaud sous une couette sur la même méridienne. Un instant ils partageaient un peu de leur passé, et la seconde d'après, elle lui faisait visiter la maison et il tombait amoureux de l'extérieur.

— Je passerais mes journées entières sur cette terrasse, si je vivais ici, s'extasia-t-il.

— C'est pas mal aussi, chez toi.

Silvia étendit les jambes pour les croiser, s'efforçant bon gré mal gré de ne pas se frotter à lui plus que de raison. Encore une fois, nul besoin de l'effleurer pour ressentir cette incontrôlable envie de lui arracher ses vêtements.

Toujours est-il qu'elle tentait de se maîtriser, de ne pas agir comme une adolescente en pleine ébullition.

— C'est la vue qui m'a poussée à m'installer ici, admit-elle. Toutes ces fenêtres à l'arrière, cette fosse avec le brasero. La piscine, c'est le petit bonus. Comme je suis arrivée il y a six mois à peine, j'ai raté les couleurs de l'automne. Cet endroit est magique pour se pelotonner au coin du feu à faire griller des chamallows. Oh ! peut-être que je devrais acheter un berceau d'extérieur.

— C'est une superbe maison pour élever un enfant, assura-t-il.

— C'est vrai, répondit-elle avec un sourire. J'ai déjà imaginé la nouvelle décoration de la chambre d'amis des centaines de fois.

Nick se tourna légèrement vers elle.

— Tu te sens mieux ?

Elle l'observa puis se détourna pour contempler les flammes taquiner les ténèbres.

— Oui, je devais manger, voilà tout. Je te jure que je serai plus prudente. J'ai du mal à comprendre que je dois m'occuper de quelqu'un d'autre, désormais.

Nick glissa les mains sous l'épaisse couverture pour les poser sur le ventre encore plat de la jeune femme. Silvia se contracta un brin, et elle se tourna de nouveau vers lui. À sa grande surprise, il la dévisageait.

— Je respecte ton indépendance, mais tu dois savoir que je vais m'inquiéter et te taper sur les nerfs. Je sais très bien que tu t'en sortirais sans moi, mais j'aimerais que tu comprennes que tu ne seras pas seule.

Silvia déglutit, incapable de garder les idées claires. Entre ce geste tendre, cette intensité et cette voix si sensuelle, Nick cumulait les qualités qu'elle aurait voulu fuir. Même s'il incarnait la perfection, elle ne pouvait se permettre de nouvelles blessures.

En vérité, même Nick ne pouvait prendre une décision si capitale en ce moment. Ils allaient devenir parents, Silvia ne devait pas l'oublier. Elle devait écarter ses rêves, ses désirs et, par-dessus tout, sa peur.

— Que faisons-nous au juste ? s'enquit-elle enfin en plongeant ses yeux dans les siens.

— On profite d'une belle soirée.

Elle posa la main sur la sienne pour la retirer de son ventre.

— Tu sais de quoi je parle. Je ne veux pas me mettre en couple. Et toi… Eh bien, tu n'es pas prêt non plus.

— Peut-être, admit-il. Mais faut-il vraiment se priver de passer du bon temps ensemble ? On s'entend bien, toi et moi. C'est plutôt rare de nos jours. Je pensais que toi, plus que quiconque, l'avais compris.

Silvia bascula en arrière pour observer les étoiles. Elle aurait souhaité posséder toutes les réponses, avoir quelqu'un à qui se confier et demander conseil. Si elle s'était habituée à ce vide, elle ne l'appréciait pas pour autant.

— Je n'arrive pas à m'ouvrir à toi, Nick. Je n'ai rien à offrir sauf ce que je donnerai au bébé.

Nick se redressa alors pour se placer au-dessus d'elle et la forcer à le regarder.

— Je ne t'ai jamais rien demandé, et ça ne changera pas.

— Tu n'en sais rien.

Son silence à cet instant en dit plus long que tous les beaux discours.

— Je sens bien ton attirance, ajouta-t-elle. C'est dur de ne pas y prêter attention. Seulement, nous devrions accepter que ce n'est qu'éphémère.

— Éphémère…, murmura-t-il, comme insulté. Tout ça parce que tu as peur de la réaction de tes collègues ? Très bien. Garde-moi au cœur de tes petits secrets pour l'instant, mais… garde-moi.

Les lèvres de Nick trouvèrent les siennes sans lui laisser le temps de répondre. Une vague de chaleur la consuma instantanément. Silvia se cambra contre ce corps musclé. Tout chez Nick l'attirait. Aucune belle parole, aucune volonté au monde n'auraient su l'empêcher de céder à un homme si séduisant.

Il la saisit à la cuisse d'une main et posa l'autre près de sa tête pour la surplomber.

La bouche de Nick explora la sienne puis son cou jusqu'à son épaule dénudée. Le sang de Silvia bouillonna, mais elle savait où cela les mènerait. Ils connaissaient tous deux ce langage commun nécessaire à leur vie marquée par le doute et les émotions contraires.

— Tant pis si ça ne dure pas, murmura-t-il contre ses lèvres. Mais faisons en sorte que ce soit agréable.

Comment contredire une telle logique quand tous deux cherchaient un peu de tendresse ? Peut-être se servaient-ils l'un de l'autre pour mieux affronter leurs peines, mais peu importe, elle ne trouvait aucune raison de se priver de cet instant… ni de ceux à venir.

Nick la libéra pour l'observer. Ces longs cils suffisaient à l'émoustiller presque autant que ses caresses. Sans plus penser à rien d'autre, Silvia retira son T-shirt et le jeta avec insouciance.

S'il n'avait pas été son client, elle aurait sans doute eu moins peur de s'aventurer à tâtons sur ce territoire sauvage. Une relation physique, elle s'y habituerait. La garde partagée, elle s'en accommoderait. Laisser son cœur entrer en jeu, en revanche, cela la pousserait au fond du gouffre.

— Je ne veux pas te mettre la pression, fit-il.

Silvia s'agrippa alors à son T-shirt à lui sans le quitter des yeux.

— Est-ce que j'ai l'air de me forcer ?

Avec un sourire entendu, Nick l'aida à le déshabiller. Dans un mélange flou de gestes et de rires, ils jetèrent le reste de leurs vêtements çà et là.

— J'imagine que c'est l'avantage de vivre loin de

tout, s'amusa-t-elle tandis qu'il récupérait un préservatif dans la poche de son pantalon tombé non loin.

— J'en connais d'autres, plaisanta-t-il en se faufilant entre ses jambes.

Nick lui empoigna l'arrière des cuisses avec vigueur quand leurs corps s'effleurèrent. Silvia se contracta, impatiente de s'unir à lui, prise d'un désir si soudain qu'elle ne put retenir un gémissement.

Seulement, il resta là à la dévisager, un sourcil arqué.

— Viens, lui intima-t-elle.

Il s'exécuta et elle se cambra en soupirant. Il ne prit pas son temps, il ne ralentit pas. Non, Nick joua des hanches contre les siennes. Silvia tenta de le caresser, mais en un instant il les fit basculer, et elle se retrouva sur lui. Les mouvements rapides de Nick trahissaient son désir.

Silvia fit serpenter ses doigts sur ses épaules tout en suivant ses va-et-vient frénétiques. Chacune des cellules de son corps s'électrisait d'une soif que seul Nick pouvait étancher. Il prit ses seins en coupe tout en capturant ses lèvres une nouvelle fois.

Il l'embrassait avec une telle fougue qu'elle comprit absolument tout ce qu'il attendait d'elle. Silvia se redressa légèrement pour se déhancher encore et arracher un gémissement viril à son amant. Elle voulait lui faire perdre la tête, devenir son seul fantasme, son unique besoin.

Mais à défaut de ce rêve inatteignable, elle allait se contenter de savourer l'instant. Elle méritait le bonheur, même le plus infime. Cette tourmente au sujet de Nick pouvait bien attendre. Elle ne voulait qu'absorber tout le plaisir qu'il allait lui offrir.

Lorsqu'il interrompit leur baiser pour lui embrasser

la poitrine, Silvia passa les doigts dans ses cheveux et s'autorisa à se laisser emporter au-delà de toute raison par les caresses de Nick, par sa fougue.

L'air frais se lovait contre sa peau nue comme pour mieux exacerber ses sens en émoi. Elle trouva quelque chose de follement libérateur, tellement délicieux à s'exhiber ainsi en pleine nature. Elle aurait voulu savourer cette volupté pour toujours, mais elle atteignit ses limites et ne put retenir plus longtemps cette explosion d'euphorie.

Silvia poussa un cri au moment où Nick glissa une main au creux de leur union. Il agita les hanches de manière incontrôlable tandis que tout son être se raidissait. Silvia bascula la tête en arrière pour mieux se fondre à leur extase.

Quand les lèvres de Nick remontèrent la vallée entre ses seins, Silvia revint à la réalité. Il marmonna quelque chose contre sa peau brûlante, mais elle ne pouvait pas à la fois accueillir cette félicité et déchiffrer ses paroles.

Ses spasmes s'arrêtèrent enfin, et Nick la serra. Elle se blottit contre son cou, là où s'élevait son parfum musqué et boisé.

— Je peux dormir ici, Silvia ? Nous sommes libres demain.

Elle aurait dû lui demander de partir, tenter de définir des limites dans cette relation confuse, seulement elle ne pouvait ignorer un fait de la plus haute importance. Son cœur s'immisçait dans cette histoire et elle craignait déjà les chagrins à venir.

Les arômes de café torréfié réveillèrent Silvia. Elle sourcilla dans la lumière du jour filtrée par les fenêtres.

Elle dormait rarement assez longtemps pour savourer les rayons du soleil au petit matin. Elle regarda l'heure.

Ce mouvement brusque combiné à l'odeur du café et de ce que Nick cuisinait lui retourna l'estomac sans crier gare.

Elle bondit de sous les draps pour courir à la salle de bains juste à temps. Le front en sueur, elle maudit ces bouffées de chaleur. Elle retira le T-shirt de Nick, avec lequel elle avait dormi, pour accueillir la fraîcheur du carrelage.

Lorsqu'elle fut certaine de ne plus se trouver malade, elle prit une longue inspiration et ferma les yeux, concentrée sur sa respiration en attendant d'aller mieux. Il fallait faire quelque chose pour cette odeur.

Elle tenta de se relever en grognant, mais ses jambes encore faibles la trahirent alors que la pièce se remettait à tourner. Elle lâcha un soupir en entendant les pas lourds dans le couloir puis la chambre.

Elle aurait préféré offrir à Nick une vision plus angélique, mais elle n'y pouvait pas grand-chose quand les nausées matinales semblaient vouloir s'imposer à coups de pied dans sa vie.

— Silvia, fit Nick, figé sur le pas de la porte. Dis-moi si je peux t'aider.

— Pas vraiment, répondit-elle en prenant appui sur le lavabo. Ça va passer, mais si tu pouvais jeter ce que tu cuisines. Désolée.

— À vos ordres.

Il disparut aussitôt. Elle se réjouit de ne pas le voir insister. Elle voulait vraiment pouvoir se rincer le visage, se brosser les dents toute seule, et préférait ne pas avoir de public si les nausées la reprenaient.

Nick la laissa tranquille, et elle en profita pour prendre une douche rapide.

Après avoir retrouvé un tant soit peu de dignité, elle enfila de nouveau le T-shirt de son amant puis s'attacha les cheveux. Elle se rendit à pas de loup dans le salon, où elle trouva toutes les fenêtres ouvertes et nulle trace de nourriture.

Nick, accoudé au comptoir de la cuisine, buvait un café.

— Tu veux de l'eau ou un jus de fruits ?

— Je vais me servir, lui indiqua-t-elle en s'avançant. Qu'est-ce que tu préparais ?

— Du pain perdu. Que j'ai jeté. Puis, j'ai sorti la poubelle.

Malgré les gargouillis de son ventre, Silvia ne pouvait absolument rien avaler pour le moment. Elle prit une tranche de pain de mie pour la placer dans le grille-pain. Le fade et le sans goût semblaient éclairer la voie de son nouveau régime alimentaire.

— C'est gentil de me préparer le petit déjeuner, commença-t-elle en se tournant vers lui. Mais, autant être claire…

— Tu regrettes déjà ? demanda-t-il en sirotant son café comme si tout cela ne l'atteignait pas. Je croyais sincèrement qu'on n'en était plus là.

Silvia serra les dents.

— Non, ce n'est pas ça. Je dis simplement que c'est inutile de se leurrer et de jouer au papa et à la maman.

— Mais je ne joue pas, moi, affirma-t-il en posant sa tasse pour s'approcher de Silvia. Si tu as peur de tes sentiments, je peux le comprendre, mais ne viens pas me dire que tout ça c'est mal.

— Sauf que ça l'est, le coupa-t-elle. Je veux être avec toi sans être avec toi. Et, oui, c'est stupide.

— Je ne te ferai pas de mal, tu sais.

Elle dut le repousser gentiment pour l'empêcher d'avancer plus.

— Et si moi je te blesse ?

— Tu ne serais pas la première, assura-t-il en attrapant sa main pour entrelacer ses doigts aux siens. Nous avons tous les deux vécu un divorce et la perte d'êtres chers, mais regarde-nous. Ça ne nous a pas tués. Tu as si peur que ça de nous donner une chance ?

Elle étudiait l'éclat de ses pupilles en l'écoutant.

— Pourquoi insistes-tu tellement ?

Nick pinça les lèvres et serra les mâchoires avant de lui répondre.

— Parce que j'ai vu ma mère batailler, s'échiner à être deux parents à la fois. J'aimerais t'éviter ça, et si nous arrivions à accepter que nous allons bien ensemble, à faire en sorte que ça colle entre nous, alors ce serait mieux pour notre enfant.

Leur enfant.

Ses sentiments à elle ne semblaient pas entrer en compte.

De toute évidence, il aimait coucher avec elle ; seulement, pouvait-elle espérer plus ? Il devait bien éprouver quelque chose, même des sentiments infimes, sans quoi il ne se donnerait pas tant de mal pour elle.

Néanmoins, sa gentillesse visait uniquement à faciliter la grossesse de Silvia, pas à prendre soin d'elle, alors qu'elle se sentait de plus en plus en phase avec lui.

— Je ne dirai rien, Silvia, mais ne me rejette pas avant même de m'avoir laissé une chance de savoir si c'est la bonne décision.

Pour le bébé.

Ces mots la torturaient comme s'il les avait prononcés

lui-même. Mais n'avait-elle pas désiré cette distance émotionnelle ? N'avait-elle pas songé que cela valait mieux ? Et n'avait-elle pas envie de lui, au moins temporairement ?

Après tout, s'il s'agissait de penser au bébé, ils pouvaient bien tenter le coup, sans risquer les crises de larmes. Elle n'aurait qu'à se blinder le cœur à tout prix.

Il leur faudrait établir des règles, malgré tout, notamment s'il continuait de se montrer si ouvert, gentil et séduisant. Sans cela, elle courait droit à la catastrophe amoureuse.

— Finis, les cadeaux.

Nick acquiesça.

— Finis, les dîners.

— Il faut bien que je mange, fit-il remarquer, un sourcil arqué.

— Bon, d'accord, lui accorda-t-elle sans cacher son amusement. Finies, les livraisons chez moi.

— Quoi d'autre ?

— Si un jour tu en as assez, dis-le-moi. D'ici là, ce sera purement sexuel et en toute discrétion.

Comme Nick prit une longue inspiration et fit mine de protester, elle dut lui poser un doigt sur les lèvres.

— C'est comme ça et pas autrement.

Il soutint son regard un instant avant de hocher la tête.

Voilà. De cette manière, elle garderait un certain contrôle. Avec un peu de chance, rien qu'un peu, elle ne souffrirait plus.

- 10 -

Nick se gara en ricanant sur la place de parking réservée aux membres honorifiques. Plutôt mourir que de devenir un client privilégié de La Foudroyante. Il s'agissait de pure mesquinerie, et il n'allait pas s'en excuser. En un sens, il était héritier de cette dynastie de bouseux.

Avait-il rendez-vous avec Rusty ? Pas du tout. Avait-il mieux à faire ? Absolument. Voulait-il pousser le vieil homme à bout ? Toujours.

Prendre l'ennemi par surprise constituait la meilleure stratégie selon Nick. Après la partie de poker, il avait songé que faire irruption sur le territoire de Rusty serait une excellente façon de le réduire aux abois. Il voulait que cet escroc se demande ce qu'il se passerait ensuite. Rien ne valait un imprévu du lundi matin pour dérouter son ennemi juré.

Nick se rendit vers les bureaux en sifflotant, les mains dans les poches. Il allait improviser et ne se souciait de rien. Il avait fini par embrasser l'idée de cueillir le jour, de prendre ses décisions au fur et à mesure.

Le vieux bâtiment en brique à deux étages se dressait près du ruisseau à l'arrière de la propriété, comme chez Hawkins. Après avoir emprunté l'entrée principale, Nick se dirigea droit vers la réception. Là où il s'était attendu à une jeune fille, il trouva un quinquagénaire derrière l'accueil. Très bien. Peu importait.

— Puis-je vous aider, monsieur ?

— Je viens voir Rusty.

L'homme passa de Nick à son écran d'ordinateur, parcourut quelques pages puis revint à son visiteur.

— Rappelez-moi votre nom.

— Nick Campbell.

Le réceptionniste sourcilla à peine, il fallait lui accorder cela. La réputation de Nick devait l'avoir précédé. Quant à savoir ce que son très cher papa avait pu raconter à son sujet…

— Vous n'avez pas rendez-vous ce matin.

— C'est une urgence familiale, assura Nick dans un sourire. Je suis sûr que Rusty préférera en discuter en privé plutôt que me laisser vous dévoiler certaines informations ou les publier sur les réseaux sociaux.

Il en avait peut-être déjà trop dit, mais tant pis, il s'en arrangerait plus tard.

— Serait-ce une menace ?

La porte derrière Nick s'ouvrit, mais il n'y prêta aucune attention. Il glissa les pouces dans son ceinturon en haussant les épaules.

— Une promesse, plutôt, s'amusa-t-il. Faites-moi confiance. Rusty préférera me parler d'homme à homme, et je ne partirai pas sans l'avoir vu.

Il sentit une présence dans son dos. Un bref regard lui valut un rictus nerveux de la part d'une blonde d'une vingtaine d'années.

— Comme je vous le disais…, reprit-il en se concentrant de nouveau sur le réceptionniste. Il ne tient qu'à vous que je vous laisse tranquille. Indiquez-moi simplement le bureau du patron.

— Je pourrais aussi appeler la sécurité.

— Aussi, acquiesça Nick. Mais Rusty n'apprécierait

pas. Il vaudrait mieux que je m'entretienne avec lui. Tout de suite.

Nick ne bougea pas d'un poil. Il fixait son interlocuteur, le défiant de mettre sa menace à exécution.

Au bout de quelques secondes, le réceptionniste finit par céder.

— Premier étage à gauche. La porte du fond.

— Passez une bonne journée, le salua Nick, l'air jovial.

Dans l'escalier, il ignora la nervosité qui le rongeait, trop concentré sur la raison de sa venue ici : sa mère. Elle aurait voulu qu'il mette un terme à tout cela, qu'il se batte pour la bonne cause. Il fallait bien l'avouer, cette lutte de pouvoir dépassait une simple querelle à propos de licences.

Rusty cherchait à monopoliser les millions qui transitaient à travers les restaurants et les hôtels de la région, mais Nick refusait de rester sans rien faire comme tant d'autres avant lui. Il s'opposerait au vieil homme jusqu'à ce que celui-ci abandonne ou tombe en faillite. Nick jouissait de l'avantage de la jeunesse, de motifs plus sincères et de fonds plus vastes que cette ordure. Et l'argent pesait lourdement dans la balance.

Il atteignit une grande porte double au bout d'un long couloir, à l'opposé de quelques bureaux plutôt silencieux. Nick préférait ne pas imaginer la vie sous les ordres de Rusty… Un vrai cauchemar.

Être son fils demeurait pire encore, mais seulement si Lockwood l'apprenait. Ce dernier s'en servirait sans doute contre lui.

Nick ne s'embêta pas à toquer, le sous-fifre à l'entrée avait probablement déjà fait son rapport. Il poussa la porte et trouva Rusty face à la baie vitrée ouverte sur l'arrière-cour.

— Vous devez vraiment aimer ma compagnie pour vous incruster à ma table de jeu puis venir ici intimider mes employés.

Nick le prit comme une invitation. Il ferma derrière lui puis avança dans la vaste pièce jusqu'au grand bureau.

— Que vous faut-il pour que vous laissiez le maire et ses associés m'autoriser à vendre de l'alcool dans mon établissement ?

Sur un rire gras, le vieil homme se tourna enfin.

— Mais ce n'est pas moi qui décide. Ces messieurs ont assez de jugeote pour flairer une bonne affaire quand on leur en présente une, et il se trouve que je suis arrivé sur le marché en premier. La maturité et l'expérience priment dans ce milieu.

Nick croisa les bras en se redressant.

— Soit, mais cette décision date d'il y a plusieurs décennies déjà et vous n'êtes plus le seul producteur de la région. La liqueur n'a rien à voir avec le bourbon. Il y a de la place pour tout le monde.

Rusty ancra son regard dans le sien, ses sourcils en bataille, sa chemise tendue contre sa bedaine protubérante. Et au moment où Nick se demandait s'il allait devoir se répéter, l'autre poussa un ricanement guttural.

— Vous vous êtes déplacé pour me raconter les mêmes âneries que la dernière fois ? s'étonna Rusty, un de ses doigts potelés posé sur le dossier de son fauteuil. Vous en avez, du temps à perdre.

— Vous ne gagnerez pas, répliqua Nick. Impossible. Autant vous faciliter la tâche et coopérer. Pour une fois dans votre vie, faites ce qui est juste ou vous pourriez le regretter.

— Des menaces ? s'offusqua Rusty.

Nick leva les mains d'un geste nonchalant.

— Prenez-le comme vous voudrez. Vous êtes assez malin pour reconnaître un adversaire de choix quand il se présente à vous.

— Vous n'êtes rien pour moi. Vous ne pouvez rien contre moi. Mais continuez, c'est assez amusant.

Nick n'était rien ?

Si seulement Lockwood savait.

La vérité changerait-elle la donne ? Rusty se montrerait-il plus doux s'il apprenait l'existence de ses trois fils ?

Face à cet homme impitoyable, Nick ne percevait aucune ressemblance. Sa mère n'avait certainement pas menti. Elle n'aurait trouvé aucun intérêt à révéler ce secret après sa mort. Si Nick voulait rencontrer ses frères, il ne souhaitait pas non plus semer la pagaille dans leur vie. Par ailleurs, il préférait se consacrer corps et âme à écraser son père.

— Vous trouvez ça amusant ? murmura-t-il. Savez-vous ce qui le sera réellement ? Révéler à vos petits copains ce que je sais de plus honteux à votre sujet, leur montrer le véritable visage de l'ordure égoïste que vous êtes.

— Des secrets honteux ? Balivernes.

— Vous n'apprécieriez pas ce genre de publicité, croyez-moi, affirma Nick. Tout le monde a des cadavres enterrés quelque part, Lockwood. Reste à savoir si vous êtes prêt à courir ce risque.

Rusty se rembrunit en contournant son bureau. Nick ne bougea pas. Rien chez cet homme ne l'intimidait. Sans son trafic de liqueur, il n'aurait jamais gagné des millions ni ouvert cette distillerie. L'histoire de l'Éclair blanc et de Rusty Lockwood n'avait rien de glamour.

— Vous voulez donc jouer au plus malin, maugréa le vieux requin en s'avançant à quelques centimètres de Nick, plus grand que lui. Eh bien, allez-y. Dites-moi ce que vous savez.

— Et vous révéler mon atout ? s'esclaffa-t-il. Et puis quoi encore ? Je préfère que vous vous rongiez les sangs à vous demander ce qui pourrait réduire à néant tout ce que vous avez bâti. Mais je suis assez généreux pour vous accorder deux semaines. Ça vous laissera le temps d'y réfléchir.

Rusty serra les dents, les narines dilatées.

— Personne ne se pointe chez moi pour me menacer !

Nick sourit en faisant un pas en arrière.

— À croire que les choses ont changé.

Il se retourna alors pour se diriger vers la sortie, avant de s'arrêter en plein milieu de la pièce.

— Deux semaines, répéta-t-il en jetant un regard à Rusty par-dessus son épaule. Ensuite, toute la ville se délectera de la vérité. Et il va y avoir du spectacle.

— Le pouls est bien marqué, le bébé a l'air en forme.

Silvia poussa un soupir de soulagement. L'image de son enfant sur l'écran la propulsa dans la réalité des choses. Entendre ses battements de cœur avait même failli lui arracher une larme.

— Quand pourra-t-on connaître le sexe ? demanda Nick, à ses côtés.

Silvia se tourna vers lui.

— Tu veux savoir ?

— Si ça ne te dérange pas.

— Je préférerais attendre.

— Très bien, alors, acquiesça-t-il.

Il avait insisté pour la conduire à son échographie.

Elle avait trouvé un cabinet à trente minutes de chez elle afin d'éviter les commérages.

Si elle s'était réjouie de la compagnie de Nick, elle se demandait ce qui clochait chez lui. Il n'avait pas beaucoup parlé après l'avoir récupérée, comme absent. Elle ne savait pas à quoi s'attendre dans le cadre de cette relation particulière… qui était en grande partie de son fait. Malgré les règles établies, elle cherchait encore un nom exact à un tel lien.

Quoi qu'il en soit, il agissait de façon étrange.

À la fin du rendez-vous, ses photos en main, Silvia sortit dans le couloir avec Nick.

— Tu veux aller manger ?

Il lança un regard alentour.

— Je dois passer au bureau. Tu préfères que je te dépose chez toi ou sur le chantier ?

Le doute l'assaillit. Après tout, ce n'était pas un rencard. Ils n'avaient pas prévu de choisir un nom au bébé autour d'un repas avant de regarder un bon film.

— Chez moi. Je prendrai ma voiture.

Elle ignorait pourquoi il avait insisté pour l'accompagner si c'était pour la ramener aussitôt chez elle. Peut-être avait-il voulu aborder un sujet en particulier sans trop savoir comment. Peut-être avait-il besoin de compagnie ou pensait-il que c'était elle qui ne voulait pas rester seule. Il l'avait dit, il allait se montrer très protecteur. Elle aurait préféré ne pas le voir venir par simple obligation, mais parce qu'il en éprouvait l'envie.

Silvia le prit par le bras.

— Tu n'es pas forcé d'assister à chaque rendez-vous. Je sais que ça te tient à cœur, mais tu as du travail.

— C'est vrai, mais j'aurai toujours le temps pour mon bébé. Je suis le père. Je me dois d'être là, moi aussi.

Bon, d'accord, comment argumenter face à cela ? Au moins, il n'agissait pas comme ces hommes qui pensaient que seule la mère était responsable des enfants.

— Quelque chose ne va pas, Nick ? Tu as l'air… ailleurs.

Il sortit ses clés de sa poche en arrivant dans le parking souterrain.

— Rien de grave. Tout va bien.

Il n'était pas obligé d'affronter cela tout seul. Il n'arrêtait pas de le lui répéter. Il avait aussi le droit d'appliquer ses bons conseils à lui-même.

— Si tu te montrais un peu moins buté et en parlais à quelqu'un, ça irait mieux.

Il se figea d'un coup et elle se cogna à lui. Nick se tourna alors et lui empoigna l'épaule pour lui éviter de tomber.

— Tu peux prendre ton après-midi, Silvia ?

Elle cligna des yeux, surprise. Prendre son après-midi ? Il plaisantait ? Il savait ce que cela signifiait.

— Euh, je ne devrais sans doute pas. J'ai déjà du retard à cause de ce matin.

Il eut beau hocher la tête, elle décela sa déception. À quoi avait-il songé ? Elle n'avait jamais vu cette étincelle chez lui jusque-là.

— On peut se rejoindre plus tard, par contre, lui suggéra-t-elle, espérant qu'il accepterait ce maigre rameau d'olivier.

— D'accord. Très bien. Faisons comme ça.

Quelque chose clochait, elle s'en rendait bien compte. Elle se jura de mettre le doigt dessus.

- 11 -

Nick se replongea dans les paroles de sa mère. Il ne comptait plus les fois où il avait lu cette lettre, ni ne savait ce qu'il espérait encore y trouver. Sans doute cherchait-il un lien infime avec elle à travers ce modeste héritage ou désirait-il simplement voir son écriture.

Et peut-être que, en disséquant ces mots, il comprendrait pourquoi elle avait lâché cette bombe dans sa vie après avoir gardé le silence si longtemps.

L'application reliée au portail d'entrée fit sonner son téléphone. Il le sortit de sa poche en rangeant le courrier. La voiture de Silvia apparut sur l'écran. Surpris de la voir, il tapa le code d'ouverture. Ils avaient évoqué la possibilité de se retrouver plus tard dans la journée, mais rien n'avait été confirmé.

Nick était de mauvaise humeur depuis sa visite chez Rusty, deux jours plus tôt. Chaque seconde sans un appel du vieil homme l'agaçait un peu plus. Il préférait éviter autant que possible de le passer à la moulinette, car sa mère était impliquée elle aussi. Il ne pouvait qu'espérer que Lockwood céderait. Il lui restait encore le temps, mais Nick pensait de plus en plus que l'autre n'avait pas mordu à l'hameçon.

Il se dirigea vers l'entrée pour accueillir Silvia. Encore une fois, il devait s'excuser. Cela semblait devenir une habitude. L'enterrement l'avait vraiment chamboulé. Il n'était plus le même.

Il n'avait pas voulu se montrer si acariâtre. Elle n'y pouvait pas grand-chose si son père était un moins-que-rien, le poison de son existence, un fou inarrêtable. Cela ne posait aucun problème à Nick de s'en prendre à Rusty, il aurait simplement préféré savoir mieux dissocier ses sentiments. Il éprouvait de plus en plus de difficulté à assumer son rôle auprès de Silvia et leur bébé à force de se laisser hanter par son secret.

Nick se posta sous le porche au moment où elle arriva. Quand elle descendit de voiture, il remarqua immédiatement sa tenue. Elle avait troqué son irrésistible tailleur-pantalon pour une robe légère toute simple, une veste en jean et des bottes.

— Une vraie miss Tennessee, plaisanta-t-il.

Elle baissa les yeux sur ses vêtements et rit.

— J'aime bien ce style. Décontracté et tendance.

S'il ne s'intéressait pas trop à la mode, il savait que Silvia le laissait sans voix dans cet ensemble au charme dévastateur.

— Désolée de ne pas avoir pu me libérer avant. Je n'ai pas trouvé d'excuse valable. Je ne peux pas perdre ce travail.

— Aucun problème, l'arrêta-t-il d'un geste. Je n'ai pas réfléchi sur le moment. Ce n'est pas grave.

Elle pencha la tête sur le côté, faisant cascader sa chevelure sur ses épaules.

— À quoi pensais-tu ?

La mauvaise humeur de Nick se dissipa d'un coup. Après tout, ses problèmes pouvaient attendre. En vérité, une petite virée ne leur ferait pas de mal.

— Est-ce que tu as confiance en moi ? demanda-t-il avec un sourire en lui prenant la main.

Elle releva le menton, l'air dubitatif.

— Est-ce que ça implique que je perde mes vêtements ?

— Ce n'est pas à ça que je pensais, mais je peux m'adapter si tu y tiens.

— Attendons déjà de voir comment la soirée se passe, s'amusa-t-elle en refermant les doigts sur les siens.

Il l'aida à monter les marches et l'amena jusqu'au garage.

— Où m'emmènes-tu ? s'enquit-elle en observant la décoration. C'est n'importe quoi cette maison, soit dit en passant.

Il fronça les sourcils.

— Dans le bon sens du terme. C'est impressionnant. Je n'avais pas encore eu le temps de m'en rendre compte.

— Je te ferai visiter à notre retour, promis, lui assura-t-il. J'ai déjà des images de toi nue sur ce canapé en cuir devant la cheminée.

Elle ne put réprimer un ricanement.

— Tu devrais travailler ta technique de drague.

Alors il la tira contre lui, assez pour voir ces nuances bleu marine dans ses iris.

— Je crois qu'elle est parfaite, tu me tombes déjà dans les bras.

— Touché.

Une fois dans le garage, ils prirent la voiture de Nick. Sur la route, Silvia se tourna vers lui.

— Sinon, où est-ce que tu m'emmènes ?

Le volant bien en main, il sillonnait les épingles vers le pied de la montagne.

— Tu n'aimes pas les surprises, toi, on dirait.

— Si… Quand je sais ce qui m'attend.

— Ce n'est pas ce que j'appelle une surprise, s'esclaffa-t-il en lui caressant la cuisse. Profite de la balade, ce ne sera pas long.

— L'aéroport ? s'étonna Silvia. Nick, je ne peux pas partir. Je travaille demain.

Il semblait infiniment heureux tandis qu'ils se garaient devant un avion privé.

— Je te jure que tu seras rentrée en un éclair.

Elle observa l'appareil, puis Nick.

— Je croyais que tu voulais me montrer quelque chose ou aller manger un hamburger.

Qui pouvait se permettre cela ? Qui s'envolait vers l'inconnu sur un caprice ? Elle n'avait pas l'habitude d'un tel mode de vie. Ses nuits de folie consistaient à venir à bout de sa lessive.

Nick sortit de voiture et se précipita pour lui ouvrir la portière.

— Tu n'as pas le mal de l'air, rassure-moi ?

— Je ne sais pas trop, répliqua-t-elle avec nonchalance avant de le suivre. J'imagine qu'on ne va pas tarder à le découvrir. Tout dépendra des talents de notre pilote.

— Il se tient devant toi.

Silvia s'arrêta net, sidérée.

— Tu es aussi pilote d'avion ? Est-ce qu'il y a quelque chose que tu ne saches pas faire ?

Un sourire malicieux et affriolant se dessina alors sur ses lèvres.

— Je n'ai jamais eu d'enfants, je ne sais pas comment je m'en sortirai.

Silvia sentit son cœur se serrer. Plus ils discutaient d'éducation, plus elle se demandait combien de temps cette relation purement physique pourrait durer quand chaque seconde, chaque jour en sa compagnie l'entraînait plus loin et plus loin encore dans son univers. Elle craignait de ne jamais vouloir en repartir.

N'avait-elle pas grandi ainsi ? À force d'essayer de s'intégrer dans le monde des autres, elle avait fini par ne désirer qu'un endroit à elle. Un seul foyer, une seule famille. Nick représentait désormais l'attirail complet, là, à portée de main. Cet homme séduisant, le futur père de son enfant, capable d'assouvir tous ses fantasmes, de la faire rire. Or, que se passerait-il si, comme à son habitude, elle ne parvenait pas à se saisir de ce rêve ?

— Hé, ça va ?

La voix de Nick la ramena à la réalité.

— Très bien. Allez, emmène-moi au-dessus des nuages.

Il parut vouloir insister, mais se contenta finalement de lui effleurer le bas du dos pour l'inviter à rejoindre l'appareil. Silvia s'installa avec lui dans le cockpit plutôt que dans la luxueuse cabine. L'avion disposait de sofas en cuir marron, d'un minibar et même d'une chambre à l'arrière.

Elle préférait ne pas savoir combien de femmes il avait épatées au cours d'un vol improvisé. Elle voulait se sentir unique, croire à quelque chose de différent entre eux, et au-delà d'un enfant à naître ou d'une attirance incontrôlable.

Idiot, certes, mais elle ne pouvait s'en empêcher.

Nick lui expliqua le moindre de ses faits et gestes en lançant l'avion. Peu après, ils se dirigèrent vers la piste éclairée. Il avait l'air dans son élément, ici. Il ne lui avait jamais parlé de cette passion… Il marmonna quelque chose à propos de vérification de vol avant d'actionner des manettes et autres commandes. Elle n'aurait jamais cru trouver cela si attirant, mais aimait déjà cette sensation.

Lorsque le nez de l'appareil se souleva, Silvia se tourna vers le hublot latéral. L'aéroport rapetissa en quelques secondes, les routes devinrent des traits flous entre des océans de lumière baignés par les éclats orangés du soleil.

— C'est superbe, s'exclama-t-elle, désireuse de tout absorber d'un seul regard. C'est ça que tu voulais me montrer ?

— Non, je ne savais même pas que tu n'avais jamais pris l'avion, sinon je t'aurais emmenée plus tôt.

— Alors, où allons-nous ?

— Profite de la vue sur les montagnes, se contenta-t-il de dire en riant.

Malgré tout, Silvia ne put se détourner de lui. Sa mâchoire solide, ses lunettes, sa barbe de trois jours, l'intensité qu'il dégageait. Se montrait-elle trop orgueilleuse de croire qu'elle avait sa place à ses côtés ?

En un rien de temps, une trentaine de minutes, ils atterrirent sur une autre piste. Silvia ne reconnaissait pas la région.

— Allez, tu peux me dire où nous sommes, maintenant, insista-t-elle lorsque l'avion s'arrêta.

— Je croyais que tu me faisais confiance, répondit-il en lui prenant la main.

— Pour ce soir, oui.

Elle s'inquiétait plus pour tout le reste.

— Silvia…

— N'en parlons plus, fit-elle en souriant et en posant un doigt sur les lèvres de Nick. Montre-moi ma surprise.

Une pointe d'incertitude traversa le regard de son amant, mais il lui donna un baiser. Quelque chose en elle aurait voulu le laisser s'exprimer alors, mais dans le fond sa part blessée préférait ne pas savoir.

- 12 -

Assis en face de Silvia dans un des box du Double Délice, Nick l'observait savourer un *cruller*, sorte de beignet frit au miel. Quand elle laissa échapper un soupir et se lécha les doigts, il dut se tortiller pour interrompre la rude bataille entre son anatomie et son pantalon.

— Alors, tu valides ? s'enquit-il.

Ses yeux s'ancrèrent dans les siens tandis qu'elle essuyait ses lèvres brillantes. Dommage. Il avait espéré pouvoir s'en charger d'un baiser.

— N'hésite pas à me surprendre tous les jours avec des donuts doubles comme celui-là.

Nick éclata de rire en prenant son café glacé.

— Je me suis dit que tu aimerais les pâtisseries servies par chiffres pairs.

— Je n'aurai bientôt plus de secrets pour toi.

Il apprenait jour après jour, même à son propre sujet. Il en voulait plus, sans trop savoir quoi. Sa seule certitude restait d'évoluer dans un tourbillon de confusion, au sein de ce chapitre de sa vie apparemment écrit par un autre.

— C'était un des cafés préférés de ma mère, admit-il dans l'espoir de ne plus se torturer. Nous venions ici toutes les semaines avant qu'elle ne puisse plus se déplacer. Elle aimait les pâtisseries et les balades en avion. Elle passait toujours une bonne journée.

Silvia se pencha pour lui prendre la main.

— Désolée. Je ne voulais pas éveiller de mauvais souvenirs.

Les doigts entrelacés aux siens, il sirota son café avant de secouer la tête.

— Ne t'excuse pas. Ça fait des mois que je ne suis pas venu. Au contraire, c'est agréable.

— Alors, c'était le box où vous aviez l'habitude de vous asseoir ?

— En fait, maman préférait s'installer au bar pour observer la cuisine. Stan, le patron, avait même fini par la laisser aller à l'arrière. Le jour de l'enterrement, il a fermé le café et toute l'équipe est venue aux obsèques.

Silvia versa subitement quelques larmes. Elle se mordit la lèvre et son menton se mit à trembler.

— Je ne t'ai pas raconté ça pour te faire pleurer, dit-il en riant, gêné par ce genre de situation. Je suis content de partager ça avec toi, voilà tout.

D'ailleurs, il n'avait pas trop su comment il allait réagir avant d'avoir franchi les portes. La présence de Silvia lui faisait l'effet d'un remède dont il n'avait pas encore saisi la nécessité. Elle avait trouvé sa place dans son cœur bien avant le décès de Lori ; elle l'apaisait, comblait un vide inexplicable, différent de celui causé par l'absence de sa mère.

Il aimait l'idée de la voir se hisser au sommet d'un milieu à prédominance masculine. Il n'aurait pu rêver meilleur modèle pour son enfant : une femme de tête sans peur, indépendante.

— Pourquoi me regardes-tu comme ça, Nick ?

Il déposa un baiser sur ses phalanges.

— J'ai envie de rentrer tout à coup.

Il saisit un éclair soudain de désir en elle.

— Il me semble qu'il y a une chambre dans cet avion.

La femme parfaite. Se trouver sur la même longueur d'onde ne faisait qu'accroître les étincelles entre eux.

— J'adore ta façon de penser.

Nick sortit du café aussi vite qu'il put. Il attrapa les boîtes de beignets et la tira jusqu'à leur voiture, celle qu'il gardait à l'aéroport. Silvia ne put s'empêcher de rire en courant avec lui.

— Tu trouves ça drôle ? lui demanda-t-il en la bloquant contre le véhicule.

Sous la lumière chaude des lampadaires, il réalisa qu'il voulait être le seul à la faire sourire, pour toujours. Il voulait devenir le seul à provoquer cette étincelle dans son regard.

Avant de s'engouffrer trop profondément dans cette sensation, Nick se pencha pour lui voler un baiser. Lorsqu'elle soupira en lui rendant ses assauts, il crut la dévorer. Il la prit par les hanches pour la rapprocher de son tourment le plus vif en cet instant.

Silvia lui passa une main dans les cheveux, laissant ses lunettes de travers. Nick se dégagea pour les remettre en place et glisser un doigt sur la bouche humide de Silvia.

— L'avion nous attend, lui susurra-t-il, impatient de rentrer à Green Valley.

— Nick. Tu as entendu ?

Nick se frotta la nuque et replaça son téléphone contre son oreille. Silvia était repartie vers 22 heures la veille. Après leur caprice impromptu, il avait passé une bonne partie de la nuit à tenter de mettre de l'ordre dans ses idées, mais quand Silvia entrait en jeu, il ne savait plus rien. Son absence ressemblait à un néant infini.

Il n'aurait pu désirer ni mériter quoi que ce fût

davantage. Mais recherchait-il réellement cette vie qu'il n'avait pas connue ? Même s'il avait voulu fonder une grande famille heureuse, il craignait de ne pas savoir comment faire.

Cependant, l'empêchant de sombrer dans la folie face à ses angoisses chaotiques, Sam l'avait appelé pour lui apprendre des nouvelles aussi inattendues que sidérantes.

— Répète un peu.

— Il paraît que Rusty s'est servi dans les fonds de la fondation Nouveau Départ, affirma Sam. La somme que donnent ses employés chaque année et qu'il prétend doubler de sa poche… Eh bien, d'après la rumeur, il aurait simplement détourné tout cet argent.

Nick, assis à son bureau, se leva pour observer les montagnes qui s'étendaient à perte de vue par la baie vitrée.

— J'aimerais te dire que ça me surprend, mais plus rien ne m'étonne avec ce type. Ça fait des années qu'on entend ce genre de ragots à son sujet.

Nick soupira face à ce fatras soudain d'émotions indésirables. Cet escroc était son père.

— Mais même pour lui, voler une œuvre de bienfaisance au profit des enfants, c'est très bas.

L'organisation Nouveau Départ s'occupait de jeunes atteints de handicaps physiques ou mentaux. Les fonds récoltés finançaient des camps de vacances ou autres programmes visant à cibler leurs points forts afin de les orienter vers un avenir plus glorieux.

— Cette ordure se bâfre sur le dos des faibles pour satisfaire son ego et améliorer sa réputation, ajouta Sam. Je n'ai aucune preuve, mais d'après une source fiable une enquête serait en cours.

Nick serra les dents. Était-ce la raison pour laquelle

Rusty n'avait pas répondu ni cédé ? Il devait crouler sous le travail à force de démêler le vrai du faux avec des avocats.

Pourquoi avait-il pris cet argent quand sa compagnie lui rapportait déjà des millions chaque année ? Des dettes de jeu ou d'autres maîtresses à soudoyer peut-être...

Peu importe, Nick obtiendrait gain de cause. Les problèmes de Lockwood n'étaient pas les siens.

— S'il vole une œuvre de charité, même le meilleur des comptables aura du mal à le dissimuler, commenta Nick. Il se fera prendre un jour ou l'autre, mais ne relâchons pas la pression. Tu es partant pour un autre poker ce week-end ?

— Je ne peux pas. Je m'absente quelques semaines. J'achète deux restaurants sur la côte et j'ai des plans de rénovation à valider.

Nick se tourna pour se pencher sur les écrans de surveillance de sa propriété. À part un cerf près du patio, rien ne bougeait, ce matin-là.

— Je m'occupe de Rusty en attendant. Il finira peut-être par coopérer grâce à cette histoire.

— Je crois qu'il en faudrait beaucoup plus pour qu'il lâche la bride au conseil municipal. Ce petit club de gentlemen à l'ancienne remonte à loin.

Certes, mais Rusty ignorait l'existence de ses enfants illégitimes. Dans un monde parfait, ils se seraient unis pour abattre le tyran, mais la réalité collait à la peau de Nick.

— Rusty commence à faire des erreurs, rétorqua-t-il à Sam. Son club ne vaudra bientôt plus rien, surtout quand les autres comprendront tout le potentiel financier lié à l'ouverture des licences. Plus ils se tourneront vers le libéralisme, plus les touristes afflueront, et plus la ville et les contribuables en bénéficieront. Il suffit d'un calcul simple, et d'un peu de bon sens.

— Rappelle-moi de toujours rester dans tes petits papiers, s'amusa Sam.

Nick reçut alors un second appel d'un numéro inconnu. Il ne s'agissait sans doute pas de publicité, pas sur sa ligne professionnelle.

— Je dois te laisser, Sam. Je te tiendrai au courant.

— Je te contacte si j'ai du nouveau.

Nick raccrocha pour répondre à l'autre interlocuteur.

— Oui, allô ?

— Monsieur Campbell ?

— C'est moi.

— Je suis Gertie, l'assistante personnelle de M. Lockwood. Il aimerait vous voir à 11 heures, ce matin.

Nick regarda l'heure à l'horloge ancienne sur son bureau ; il était 9 heures passées. Rusty devenait-il raisonnable ? Nick avait hâte de le découvrir.

— Je viendrai à 10 h 30, déclara-t-il sans ambages. J'ai un autre rendez-vous que je ne peux pas rater.

Il raccrocha sans lui laisser le temps de répondre ou d'argumenter. Il ignorait à quoi s'attendre, mais cela concernait certainement les licences, non pas qu'il pensât voir le vieil homme changer d'avis si facilement. Au moins, son coup de poker semblait avoir capté son attention. L'enquête au sujet de l'œuvre de bienfaisance lui avait probablement donné envie de relâcher un peu de pression.

Peu importe la raison de cette rencontre inattendue, Nick se sentait plus que prêt à monter au créneau avec son père… Et peut-être n'aurait-il pas à jouer la carte familiale.

- 13 -

Silvia se massa le ventre avec délicatesse et prit une longue inspiration. Elle n'avait pas encore eu de nausées au travail jusqu'à présent, et aujourd'hui, voilà qu'elle élisait résidence aux toilettes.

Elle grogna quand on frappa à la porte. Elle ne savait pas si elle allait pouvoir se lever sans avoir le tournis… mais y parvint finalement.

Elle se rinça la figure avant de se tamponner les joues avec le dos des mains. Son reflet dans la glace renvoyait tout sauf l'image de l'employée heureuse et épanouie. Tant pis. Elle n'allait pas se cacher ici à tout jamais, même si elle se sentait mal.

Silvia réajusta sa chevelure et son veston. En ouvrant la porte, elle se retrouva nez à nez avec Edwin, le directeur adjoint, déjà prêt à toquer une nouvelle fois.

— Oh ! Silvia, dit-il en s'écartant pour la laisser sortir. Euh, est-ce que ça va ?

Était-ce le cas ? Entre sa grossesse après une aventure sans lendemain et ses sentiments envers un homme qui n'éprouverait jamais rien à son égard, non, rien n'allait.

— Vous devriez peut-être rentrer, s'inquiéta Edwin en la dévisageant. La dernière personne que j'ai vue aussi pâle et tremblotante, c'était ma femme quand elle était enceinte de notre fils. Il va avoir un mois.

Silvia se força à sourire malgré ses nerfs à vif. Elle

n'avait vraiment pas besoin qu'un collègue trop curieux vienne fourrer son nez partout.

— Ça ira mieux dans quelques minutes, assura-t-elle. Mon petit déjeuner se rebelle.

Edwin sembla croire à cet euphémisme, ainsi s'excusa-t-elle avant de s'éloigner. Il valait mieux monopoliser les toilettes à l'étage jusqu'à être certaine de pouvoir travailler sans risque.

Elle tourna dans le couloir menant à l'ascenseur. Soudain, son patron apparut devant elle, lui bloquant le chemin.

— Silvia.

La voix de Clark sembla résonner dans son crâne de façon agaçante. Elle voulait un peu d'intimité et des commodités, rien de plus. Était-ce trop demander ?

— Je ne vous ai pas trouvée à votre bureau. J'ai appris pour l'accident sur le chantier Campbell. Je voulais savoir ce qu'il s'est passé et si cela allait nous poser problème avec le client.

— L'ouvrier a décidé de ne pas porter plainte, répondit-elle, une main sur le ventre. D'ailleurs, il n'a rien de grave. Il a déclaré avoir été négligent et a été transféré sur un autre projet.

— Bonne nouvelle, acquiesça Clarke d'un air satisfait. J'avais peur des répercussions sur la compagnie, mais vous vous en êtes tirée à merveille. Vous avez su prendre vos marques ici. J'envisage un poste durable pour vous, voire une promotion. Rien de plus normal pour encourager quelqu'un d'aussi déterminé et dévoué. À en juger par votre façon de faire passer le travail avant tout, vous semblez apte à accepter plus de responsabilités.

Silvia s'illumina tout à coup, très vite rattrapée par le

poids de son secret. Devenir mère donnerait l'impression qu'elle allait moins s'investir dans les projets.

— Merci beaucoup. C'est un vrai rêve de travailler ici.

— Continuez sur cette lancée, l'encouragea-t-il avant de s'en aller.

Silvia se dirigea vers l'ascenseur. Elle ne se sentait pas prête à annoncer son état à son supérieur, pas quand il saluait son dévouement. Si elle donnait la priorité à son bébé et prenait un congé maternité comme elle s'apprêtait à le faire, on pourrait la retirer du chantier de Nick. Même si ce dernier ne l'autoriserait jamais, elle refusait qu'on vienne à sa rescousse.

Au moment où les portes se refermèrent, Silvia appuya la tête contre le métal froid de la paroi. Elle n'avait aucune raison de ne pas réussir à allier une carrière prometteuse à une vie de mère. Cela allait simplement exiger de se dédoubler et de bien s'organiser, voilà tout.

Elle devrait tenir le coup. Elle ne devait laisser personne au cabinet douter de ses talents, et faire en sorte qu'on la supplie de revenir après son congé maternité. Cet emploi lui tenait plus à cœur que jamais, elle voulait pouvoir s'occuper de son bébé seule.

Elle repensa à tous ces foyers dans son enfance, à cette fichue instabilité. Elle ne pouvait se laisser distraire par Nick, elle devait définir leur relation une bonne fois pour toutes.

Aurait-il une place dans son avenir ? C'était là sa plus grande peur, qu'il puisse disparaître du tableau.

Nick entra dans le bureau de Rusty et referma derrière lui. Son hôte se tenait près de la baie vitrée, les mains dans les poches.

— Allons-nous mettre un terme à ce jeu ? s'enquit Nick sans s'embarrasser de salutations.

— Je ne joue jamais en affaires, riposta Rusty. Cependant je suis prêt à parler de ce que vous savez, ou pensez savoir, à mon sujet.

Nick soupira en s'avançant dans la grande pièce.

— Au risque de me répéter, je ne vous dirai rien, mais je vous promets que j'ai des preuves. Si vous m'avez appelé pour ça, vous nous faites perdre notre temps à tous les deux.

Le vieil homme le défia du regard sans bouger. Nick ne sourcilla pas, lui non plus. Il n'allait pas repartir sans ce qu'il exigeait ou sans l'assurance d'avoir fait un pas de plus dans cette direction. L'œuvre de bienfaisance allait constituer un angle d'attaque.

— Si vous vous êtes attiré des ennuis, peut-être devriez-vous faire ce qui est juste pour une fois, reprit Nick.

— Et de quoi parlez-vous ? se rembrunit Lockwood.

Nick éclata de rire en se rapprochant. À l'évidence, Rusty aimait jouer.

— Un homme aussi riche et immoral que vous se retrouvera toujours au cœur d'un scandale.

— Un scandale ? Non, mais vous fabulez !

Rusty lâcha un ricanement guttural, comme si les allusions de Nick frisaient le ridicule. C'en était bien assez pour trahir son anxiété. Nick pourrait exploiter cela : Russ allait bientôt désespérer de pouvoir se faire passer pour un homme d'affaires exceptionnel et peinerait à redorer son blason. Même ses nombreux amis ne le soutiendraient pas s'il s'avérait qu'il volait une œuvre de charité.

— Tant pis pour vous, alors, affirma Nick. Bon, que me voulez-vous ?

—Petit arrogant, pesta Rusty après un moment.

Tel père, tel fils.

Peut-être qu'avec un peu de chance il n'avait rien hérité de plus de lui.

Nick resta silencieux, il se contenta de croiser les bras. La patience était maîtresse dans ce genre de situation. Il se demanda tout à coup s'il allait pouvoir attendre longtemps avec Silvia. Pourquoi diable songeait-il à elle maintenant ?

— Je n'ai rien à vous dire, ajouta enfin Lockwood. Vous voulez jouer dans la cour des grands ? Eh bien, vous allez devoir dévoiler vos cartes, parce que ça ne prend pas.

Exactement ce que Nick craignait. Tant pis, il n'allait pas se laisser faire, cette vieille fripouille le comprendrait assez vite.

— Vous le regretterez, répondit Nick. À croire que ça vous amuse de miser votre vie et votre réputation. Dans tous les cas, j'obtiendrai ce que je veux. Demandez-vous simplement si vous préférez me le donner avec dignité comme l'homme d'exception que vous pensez être, ou après avoir défrayé la chronique. À vous de décider.

Rusty se tut. Il cilla à peine, mais Nick sentait son inquiétude derrière cette attitude bravache. Le vieil homme avait beau avoir gagné des millions, la vérité restait limpide. Il n'était qu'un criminel immoral prêt à tout pour amasser toujours plus d'argent.

— Je ne me laisserai pas intimider, gronda Rusty. Si vous ne me révélez rien, c'est parce que vous n'avez rien contre moi.

Nick ne se donna même pas la peine de continuer cette

joute. Il se contenta de s'en aller en faisant claquer la porte derrière lui. Il ne se sentait pas prêt, malgré tout il allait peut-être devoir dévoiler son secret. Mais avant cela, il tenterait toutes les approches possibles.

Après son entrevue avec Lockwood, Nick passa chez un fleuriste pour les deux femmes de sa vie. Il avait décidé de s'arrêter au cimetière ; il n'y était pas retourné depuis l'enterrement. Il avait besoin de réfléchir au calme et de se rapprocher de sa mère.

Que lui aurait-elle conseillé ? Elle ne lui avait pas laissé ce mot pour rien malgré les inimitiés entre Nick et son père. Avait-elle voulu se soulager d'un poids ou pousser les deux hommes à se confronter ? Cette lettre mystérieuse soulevait autant de questions qu'elle apportait de réponses. Et plus Nick restait assis là sur le banc devant la tombe de Lori, plus ses pensées s'emmêlaient.

Il ne s'était jamais senti aussi seul. Même ses centaines d'employés à travers le monde ne pouvaient remplacer un cercle de confiance, de vrais amis, ce lien si ténu entre lui et sa mère.

Or, il pouvait trouver du réconfort dans la vie qu'elle avait menée. Elle n'avait jamais baissé les bras. Jusqu'à son dernier souffle, elle avait aimé de tout son être et s'était raccrochée à son rêve de posséder un magnifique hôtel en montagne.

Nick sonda son cœur, son âme, en vain. Il ne se trouva aucun but inassouvi. Bien sûr, il avait suivi des objectifs et des plans de carrière, mais aucun idéal en particulier. Pas vraiment.

Triompher de Rusty, terminer ce chantier, s'occuper de son enfant, c'étaient ses seules ambitions. Peut-être honorerait-il la mémoire de Lori en poursuivant ses rêves, en accomplissant quelque chose qui l'aurait rendue fière.

En fin de compte, même après sa mort, Nick agissait encore dans le seul but de perpétuer son héritage.

Il se leva pour aller effleurer le nom de Lori sur la pierre tombale.

— Je t'aime, maman.

Lorsqu'il se retourna, il s'essuya les yeux, bien résolu à terminer tout ce que sa mère avait commencé.

- 14 -

Après la nuit dernière, Silvia s'étonna de ne pas avoir de nouvelles de Nick. Pas un appel, pas un message, rien. Pas même un rendez-vous professionnel.

Elle s'arrêta au Mama Jane pour commander un double poulet frit, des pommes de terre, des petits pains, le tout accompagné d'une tarte meringuée à la banane. Si tôt dans la soirée, elle pouvait encore surprendre Nick et lui rendre sa gentillesse de la veille. En vérité, après leur écart endiablé dans l'avion, elle pensait qu'ils étaient quittes.

Néanmoins, même sans leurs ébats torrides, elle aurait voulu prendre soin de lui, le réconforter du mieux possible. Il portait un si lourd fardeau ; tant pis si leur relation ne menait à rien de romantique, elle voulait qu'il puisse se confier à elle.

Silvia s'engagea dans la pente raide jusque chez Nick et s'arrêta devant le portail. Elle sonna et attendit. C'était le problème avec les surprises, on ne savait jamais si la personne se trouvait chez elle. Dans le cas contraire, elle aurait de quoi manger pour plusieurs repas. Elle n'avait toujours pas fini les restes de l'autre fois, mais elle voulait dîner avec lui.

Quand le portail coulissa enfin, elle emprunta le chemin le long de la montagne. À chaque seconde sur cette route sinueuse, elle ne put ignorer les papillons dans son ventre, sensation étrangère aux nausées. Elle était sortie avec des hommes auparavant, mais aucun ne lui avait jamais donné l'impression de redevenir une adolescente.

Elle se sentait on ne peut plus ridicule de sombrer face à ces sentiments si neufs et innocents alors qu'elle était déjà enceinte de Nick. Un peu tard pour le coup de foudre et les gloussements hystériques.

Silvia s'arrêta devant le porche. Nick ne l'y attendait pas cette fois-ci. Bizarre. Il était peut-être occupé. Après tout, sa vie ne tournait pas autour d'elle, elle aurait dû s'en souvenir et le respecter.

Nick aussi voulait se protéger. Mieux valait se rappeler qu'il se servait peut-être d'elle pour trouver un peu de réconfort au cœur d'un orage passager.

Ignorant ces idées noires, Silvia saisit les sacs pour monter les marches en béton estampé de l'entrée.

Elle jonglait presque avec les paquets lorsque Nick ouvrit la porte. Ses lunettes étaient posées sur ses cheveux en bataille. Il portait un T-shirt sombre moulant, bel écrin pour ses bras et ses épaules musclées, et avait les pieds nus. Cependant, quelque chose clochait, elle saisit tout de suite la tristesse sur son visage malgré son allure décontractée.

Comme l'autre jour, quand il l'avait repoussée.

— Est-ce que je te dérange ? s'inquiéta-t-elle en s'arrêtant sur la troisième marche.

Nick fit non de la tête puis retira ses lunettes de sa tête pour les fourrer dans sa poche avant de venir l'aider.

— Tout va bien, assura-t-il. Et si tu es passée chez Mama Jane, c'est encore mieux.

Ce petit restaurant au pied des montagnes proposait

depuis des décennies le summum en matière de poulet frit et de pommes de terre sautées.

— Dis-moi que tu as pensé au dessert, ajouta-t-il en l'invitant à entrer.

— On ne se trompe jamais avec un gâteau à la banane.

Nick la suivit dans la cuisine, où il commença à vider les sacs sans un mot. Il sortit ensuite des assiettes, des couverts et des verres. Elle l'observa porter le tout dans le patio, toujours en silence. Elle mit quelques secondes à comprendre qu'ils allaient manger dehors avant de l'aider.

Au bout d'un moment, Silvia ne supporta plus ce mutisme. S'il ne lui disait pas ce qui le tracassait, il n'irait jamais mieux, ce qui n'arrangerait pas leur situation.

— Qu'est-ce qui ne va pas ?

Il posa les assiettes sur la table puis invita Silvia à s'asseoir.

— Rien de bien intéressant, affirma-t-il sans la regarder.

Elle sentit une anxiété et un malaise soudains. Allait-il lui apprendre qu'il avait rencontré quelqu'un ? Leur relation secrète ne lui convenait-elle plus ? Peut-être s'inquiétait-il de des sentiments qu'il éprouvait pour elle ou de ne pas trouver son compte sur le long terme.

Elle comprenait ce dernier point, mais son cœur ignorait la raison. Tout ce qu'elle savait, c'était qu'elle désirait Nick.

Elle fonçait droit vers la déception, elle le sentait. Elle avait beau se le répéter, la passion n'évoluait jamais en relation stable. Et il n'avait jamais dit en vouloir plus. Toutefois, elle n'aurait pas pu réprimer ses sentiments, pas plus qu'elle n'aurait pu empêcher le soleil de se lever.

— Tu mens, répondit-elle en s'avançant vers lui. Tu peux te confier à moi, tu sais. Je suis douée pour écouter les autres. Je vois bien que quelque chose te pèse.

Nick se tourna vers le crépuscule derrière les montagnes. Silvia resta concentrée sur lui. Il serra les dents et crispa les doigts sur la chaise.

— Je ne suis pas sûr que ce soit une bonne idée, soupira-t-il. Je… Je ne suis pas en forme, je ne serai pas de très bonne compagnie.

Silvia l'ignora pour s'avancer encore un peu jusqu'à se tenir près de lui. Comme elle posait une main sur la sienne, elle le sentit se raidir.

— Alors, j'ai vraiment bien fait de venir, le rassura-t-elle avec patience.

Il se tourna vers elle. Sa tourmente ébranla Silvia. Il voulut parler, mais préféra secouer la tête et s'asseoir.

— J'ai faim.

Génial. Elle avait beau vouloir le soutenir, il la rejetait une nouvelle fois. Incapable d'ignorer sa peine, elle ne pouvait pas non plus le forcer à s'ouvrir. Non, cela devait venir de lui-même.

D'une certaine façon, Silvia comprenait qu'il préférât affronter seul ses problèmes plutôt que de les partager. Si elle ne savait pas vraiment à quoi ressemblait un couple normal, il lui semblait cependant que tout cela s'en approchait très peu. Il menait sa vie, elle la sienne. Autant s'en souvenir lorsqu'ils se lasseraient.

Silvia s'installa à table, se servit une grande cuillerée de pommes de terre. Elle préférait gérer ce chaos affectif à travers un acte simple : manger.

— Tu ne veux pas de poulet ?

— J'ai passé une journée horrible, avoua Silvia. Je vais éviter les aliments trop lourds.

La fourchette de Nick tomba avec fracas dans son assiette.

— Est-ce que ça va ? Mince, je ne pense qu'à moi-même, j'aurais dû prendre de tes nouvelles. Il fallait rentrer te reposer.

— Ce n'est rien.

De toute évidence, il cherchait à focaliser l'attention sur elle. Elle qui aurait pu devenir son amie, à défaut de mieux. Ne lui faisait-il pas confiance ? S'il ne voulait simplement pas parler, elle pouvait le comprendre ; sinon, c'était blessant.

Elle finit son assiette sans essayer de relancer la conversation. Elle se contenta ensuite de débarrasser ses couverts pour aller les laver. Tandis qu'elle rinçait le tout, de grands bras l'enlacèrent. Nick posa la tête au creux de son cou. Elle coupa l'eau.

— Sois patiente avec moi, murmura-t-il contre sa peau. J'aimerais ne pas réfléchir, ne pas parler ni m'inquiéter. Rien que pour cette nuit.

Cette confession brute lui serra le cœur. Il ne lui devait aucune explication, elle n'avait pas insisté dans ce but, seulement pour l'aider à traverser un moment difficile. En fin de compte, elle avait beau ne pas apprécier cette idée, ils ne pouvaient compter que l'un sur l'autre.

Silvia se retourna pour glisser ses mains humides autour de son cou.

— Pour cette nuit, acquiesça-t-elle avant de l'embrasser.

Nick la souleva, elle le cercla de ses jambes. Elle s'abandonna à cette étreinte, lui offrant ce dont il avait besoin. Peu importait où il l'emmènerait, du moment qu'il ne la lâchait plus.

Tout cela finirait par l'anéantir, mais elle préférait ne pas y penser pour le moment. Elle ne voulait plus penser à rien.

La brise lui courut sur la peau tout à coup ; ils étaient ressortis. Nick l'allongea avec délicatesse sur une balancelle suspendue à un vieux chêne et se déshabilla sans quitter Silvia des yeux. Un feu infernal la consuma.

Elle ne se fit pas prier pour l'imiter, trop pressée de sentir sa peau contre la sienne.

Nick se pencha sur elle après avoir saisi un préservatif dans son pantalon, poussant la balancelle qui se mit à bouger doucement. D'un geste vif, il installa Silvia sur ses genoux. Elle ne s'était jamais sentie aussi vulnérable, pas même quand ils avaient couché ensemble sur la chaise longue. Là, elle se trouvait à la merci des regards indiscrets, sous le soleil rougeoyant à l'horizon, impuissante face à Nick.

Il lui prit les seins en coupe et elle se cambra. Agrippée à ses épaules, elle se pencha sur lui afin de l'inviter en elle.

Nick pinça les lèvres, serra les dents. Cette façon de la dévorer donnait à Silvia l'impression de devenir invincible, irrésistible. Comment ne pas succomber face à cet homme quand il lui faisait découvrir de nouveaux territoires de plaisir, quand il la poussait à désirer bien plus qu'il ne voulait lui offrir ?

Cette fragilité mêlée à ces sentiments bruts donnait envie à Silvia de le protéger de tout. Il avait besoin d'elle ; personne n'avait jamais eu besoin d'elle. Ce constat annihila encore plus ses velléités de résistance.

Et s'ils se guérissaient l'un l'autre pour avancer ensemble ?

Nick fit glisser ses mains depuis le creux des hanches de la jeune femme jusque sur ses reins brûlants. Il la tenait avec fermeté au rythme frénétique de leurs ébats. Silvia ne pouvait refréner des gémissements en s'imprégnant de sa vivacité, ses sentiments.

La balancelle bougeait. Les doigts de Nick s'enfonçaient dans la peau de Silvia. Elle lui rendait ses assauts tout en le dévorant de baisers, sa chevelure leur voilant le reste du monde. Alors Nick lui empoigna le bas du dos et accéléra le mouvement. La volupté envahit Silvia qui dut se dégager pour jouir de cette sensation incontrôlable. Elle se pencha en arrière, bien droite pour mieux bouger le bassin.

Nick l'étreignit plus fort encore au moment où il se crispa sous elle et la suivit dans l'extase. Silvia ferma les paupières dans l'espoir de dissimuler ses sentiments véritables à ce moment où elle se sentait trop fragile, sur le point de tomber amoureuse.

Lorsque leurs corps cessèrent de palpiter, elle se lova contre lui. La balancelle s'agitait encore avec lenteur comme pour la bercer vers la sérénité. Elle n'avait pas connu une telle paix depuis des années.

Nick l'enlaça, elle garda les yeux fermés. Rien d'autre n'importait plus hormis le moment présent, cet homme.

Tous ses problèmes pouvaient attendre. Pour l'heure, le monde tournait à la perfection.

- 15 -

— Ma mère m'a laissé un mot.

Nick avait parlé sans vraiment s'en rendre compte. Il ne le regrettait pas. Il devait exorciser ce tourment avant de se perdre et finir par ne plus se reconnaître. Il avait refusé d'en discuter pour éviter de trop donner corps à cette abjecte vérité.

Or, Silvia l'avait changé.

Elle pivota entre ses bras. Il ignorait combien de temps ils avaient passé là, nus, sans se soucier de rien. Le soleil s'était couché, mais Nick ne voulait pas bouger.

— Son notaire m'a donné une enveloppe à sa mort, continua-t-il, heureux de l'absence de lumière hormis celle de la piscine. J'ai mis plusieurs jours avant de l'ouvrir, j'avais trop peur. Je me disais que, si je la gardais, je pouvais encore espérer une dernière conversation avec elle. Je voulais me raccrocher à ça.

L'émotion voilait sa voix. Silvia posa le menton sur son torse. Il ne la regarderait pas… impossible. S'il saisissait la moindre trace de pitié ou de tristesse, il ne parviendrait pas à finir son histoire.

— Je l'ai ouverte au cimetière, ajouta-t-il en se raclant la gorge face au souvenir encore trop vif de cette nouvelle. Ma mère m'y apprenait l'identité de mon père biologique.

— Tu n'as pas l'air de t'en réjouir.

Se réjouir ? Il n'éprouvait qu'un dégoût indicible,

aussi aurait-il presque voulu ne pas le savoir. Non, en fait, il aurait préféré ne rien avoir à faire avec Rusty Lockwood, encore moins s'il était son père.

— C'est un salaud de première, soupira-t-il, soulagé de se délester un peu de ce poids. Il ne sait même pas que j'existe. Enfin, il sait qu'il a des enfants, mais il ne connaît pas leur identité.

Silvia s'appuya sur lui. Il ne put éviter son regard à cet instant, peu surpris de son air sidéré.

— S'agit-il de quelqu'un de Green Valley ?

— Rusty Lockwood.

Elle ravala sa salive, réaction similaire à la sienne lorsqu'il l'avait appris.

— Tu comprends mieux pourquoi j'étais si lunatique. Je ne suis pas certain de bien réaliser encore.

— Tu en es sûr ? Tu lui as parlé ?

Nick se concentra alors sur le ciel étoilé.

— Je suis allé le voir, mais pour autre chose. Je crois qu'il ne se rappelle même pas le nom de ma mère.

Cela éveilla en lui une colère inédite. Les hommes comme son père pensaient vraiment que l'argent réglait tout. Le vieux requin s'en était sorti de cette manière jusque-là. Seulement, aujourd'hui, il s'était attiré trop d'ennuis pour se tirer d'affaire aussi aisément.

Nick serra un peu plus Silvia.

— Je ne sais absolument pas comment être un bon père. Qu'est-ce qui est le mieux ? Grandir avec de mauvais parents ou ne pas en avoir du tout ? Même ça, je l'ignore. Malgré tout, je vais tout faire pour notre bébé, car si je m'enfuis sa vie commencera par un échec qu'il ne mérite pas.

— Ah, Nick…

La tristesse dans sa voix l'acheva. Il chassa quelques

larmes. La faiblesse ne trouverait pas sa place ici. Jamais il n'avait dû se montrer si fort ; pour lui et son enfant. Pour Silvia aussi. Elle méritait quelqu'un de stable.

— Je ne veux pas de ta pitié, dit-il en toute franchise. Je serai là pour le bébé mais, en ce qui concerne Rusty, je ne sais pas si je dois lui apprendre la vérité ou le faire mariner le plus longtemps possible.

— Tu es sûr qu'il est vraiment ton père ?

— Ma mère n'aurait pas menti à ce sujet. Elle n'aurait rien dit si elle n'en avait pas été certaine. C'est aussi pour ça qu'elle a attendu, elle savait à quel point ce serait difficile.

— Tu seras un père fantastique. Moi aussi, j'ignore comment je m'en sortirai avec les piètres exemples que j'ai eus… Mais au sujet de Lockwood, je ne trouve pas les mots.

— Il n'y a rien à dire. Je devais juste en parler, et comme je n'ai pas toujours été correct avec toi, je préférais que tu saches que tu n'étais pas responsable du fait que ma vie m'a explosé en pleine figure.

Les doigts de Silvia arpentèrent le torse nu de Nick. Cette caresse le calma bien plus qu'il ne l'aurait imaginé. Leur douleur mutuelle les avait peut-être réunis. Il ne connaissait personne d'aussi fort qu'elle. Elle avait traversé tellement d'épreuves dans son enfance, elle savait écouter sans juger. Et pour l'heure, il ne cherchait pas forcément de conseils, mais une oreille attentive.

— Ce n'est pas tout, ajouta-t-il en lui prenant la main. D'après ma mère, j'aurais deux frères.

— Quoi ? haleta-t-elle.

Nick se redressa, propulsant la balancelle.

— Je ne connais pas leurs noms. Elle a dit qu'ils recevraient une lettre eux aussi. Pour l'heure, je peux juste attendre qu'ils se présentent à ma porte ou demander à Rusty s'il sait quoi que ce soit.

Silvia se blottit contre lui pour poser le front contre le sien.

— Je t'ai vu lire ce mot, au cimetière. Voilà donc ce que tu faisais. Et moi qui pensais trop à mes problèmes pour voir autre chose que ta tristesse.

— C'était beaucoup à intégrer d'un coup, admit Nick en déglutissant pour ne pas se laisser aller.

Après tout ce qu'il avait appris ce jour-là, il s'étonnait encore de ne pas avoir craqué.

— Alors, que vas-tu faire ? l'interrogea Silvia. Dire la vérité à Rusty ou engager quelqu'un pour retrouver tes frères ?

Nick bascula légèrement en arrière pour lui replacer une mèche derrière l'oreille. Il lui effleura la joue en l'observant. Ce qu'il avait pris pour de la pitié s'avérait tellement plus noble, plus intense.

Silvia le regardait avec compassion et détermination, parée à affronter ses démons à sa place. Il n'existait rien de plus exaltant et attirant qu'une femme de caractère prête à protéger son homme.

Son homme ?

Non, il s'emballait peut-être. Trop de gens l'avaient déjà déçue, il ne voulait pas rejoindre la longue liste.

— J'aimerais faire tellement de choses, j'ignore par où commencer avec Lockwood. Mais je ne sais pas non plus comment agir avec toi. Est-ce qu'on sort ensemble ? Est-ce qu'on va juste élever un enfant ensemble ? Je suis perdu, Silvia. Je sais que j'ai envie de toi, c'est clair, mais que puis-je t'offrir d'autre ?

Elle sembla s'attendrir.

— Nick…

S'il exhibait rarement ses faiblesses de la sorte, il ne pouvait plus garder ces sentiments enfouis.

— Je ne peux pas me permettre une relation ouverte avec toi, s'empressa-t-elle de dire. Ma carrière est sur le point d'évoluer. On m'a même parlé d'une promotion, aujourd'hui. Je peux tirer un trait dessus si mon patron apprend tout ça. J'ai trop connu l'instabilité jusque-là, je ne veux pas que notre bébé vive la même chose, ni dépendre de quelqu'un d'autre.

Il faillit se laisser submerger par la colère. Certes, Nick comprenait ce désir de devenir la meilleure dans son domaine, mais son côté macho voulait lui garantir qu'elle n'aurait plus jamais manqué de rien grâce à lui.

— C'est une réaction normale, Silvia, la rassura-t-il. Je ne vois aucun inconvénient pour le chantier. Et si ton patron a peur que je rompe notre accord, eh bien, il se trompe.

Silvia secoua la tête en se faufilant à l'autre bout de la balancelle. Nick ne sut comment interpréter ce mouvement soudain.

— Tu es un mec, tu ne peux pas comprendre. Si un homme batifolait avec une cliente, on considérerait cette histoire comme amusante, mais s'agissant d'une femme qui vient d'arriver en ville et s'implique avec son premier et seul client… tu peux imaginer le genre de sobriquets qu'on va lui attribuer !

La rage bouillonna de plus belle en lui, il dut se lever.

— Tais-toi, la coupa-t-il. Tu n'es pas comme ça et je n'ai jamais pensé ça de toi. Tous ceux qui te considéreront ainsi peuvent bien aller au diable. Ces idiots ont de la chance de t'avoir. S'ils ne s'en rendent pas compte, tant pis pour eux.

Silvia sursauta face à cet éclat de fougue et tant de compliments.

— Je ne me sens pas prête, avoua-t-elle ensuite. Encore un peu de patience.

Ils évoluaient tous les deux entre force et faiblesses. Nick s'inquiéta alors d'avoir empiré la situation par sa colère.

— Parle à Rusty, l'enjoignit-elle, le suppliant presque. Tu ne chasseras jamais ces démons sinon. Ce ne seront pas des retrouvailles attendrissantes, mais au moins la vérité aura éclaté au grand jour et il pourra décider quoi faire.

Nick s'était déjà préparé à cette éventualité, pour faire pression ou se soulager d'un poids.

— Je n'ai même plus envie de lui parler, affirma-t-il en faisant les cent pas. Je veux profiter un maximum sans me soucier du reste… Rien qu'un peu.

Silvia relâcha ses épaules, moins tendue tout à coup. Elle s'avança, lentement, pour se faufiler entre ses bras. Nick lui caressa les cheveux puis l'embrassa.

— Reste, lui susurra-t-il. Aussi longtemps que tu pourras.

Il réalisa qu'il lui disait toujours cela. Il se demanda alors si cet accord temporaire deviendrait un jour permanent.

Nick bascula en arrière dans son fauteuil de bureau, concentré sur la double porte. Il avait invité Rusty sur son territoire. Le vieil homme n'allait certainement pas refuser, il était à cran, trop inquiet de découvrir si Nick possédait vraiment des informations compromettantes.

Leur petite bagarre allait prendre fin.

— M. Lockwood est là, lui apprit la voix suave de son assistante dans l'Interphone.

Nick ne bougea pas. Il voulait paraître aussi à l'aise que possible malgré sa nervosité.

Une semaine entière s'était écoulée depuis sa discussion à cœur ouvert avec Silvia. Elle avait ensuite passé toutes ses nuits chez lui avant d'aller travailler comme à son habitude. Ils étaient tombés dans une routine des plus naturelles, proche de la perfection.

Les portes s'ouvrirent, l'assistante de Nick lui adressa un regard avant d'inviter en silence Rusty à entrer.

— Merci Natalie, fit Nick. Vous pouvez prendre votre journée, si vous le voulez.

— Merci, se réjouit-elle en acquiesçant.

Une fois cette dernière ressortie, les deux hommes se retrouvèrent seuls. Rusty inspecta les lieux un moment avant de se concentrer sur Nick.

— Vous donnez toujours quartier libre à vos employés en pleine semaine ?

— Une équipe heureuse est une équipe fidèle, répondit Nick avec nonchalance. Et cette fidélité facilite les affaires. Occupez-vous de votre entreprise et laissez-moi gérer la mienne comme je l'entends.

Il se leva lentement.

— Je vous offre à boire ? J'ai du Blanton, de l'Eagle Rare ou du Pappy.

— Je ne suis pas venu pour votre bourbon, s'offusqua Rusty. Allons droit au but et finissons-en.

Nick se dirigea vers le minibar, duquel il sortit un verre aux couleurs de sa compagnie. Il déboucha ensuite une bouteille de gin Hawkins avant d'y ajouter du tonic et un peu de citron vert. Il prenait son temps, afin de mieux irriter son hôte.

— Asseyez-vous, l'invita Nick en revenant près de son bureau.

Rusty resta debout près de l'entrée.

— Avez-vous déjà été marié, Rusty ? lui demanda Nick, appuyé à son fauteuil d'une main.

Surpris par une telle question, l'autre cligna des yeux.

— Moi ? Non. En quoi est-ce que ça vous concerne, bon sang ?

Nick haussa les épaules en avalant une gorgée.

— Simple curiosité. Je crois que vous avez connu ma mère.

Son pouls s'accéléra, ses paumes devinrent moites. Il détestait imaginer sa mère avec ce type, mais on ne pouvait changer le passé.

— Lori Campbell, ajouta-t-il quelques secondes plus tard.

Rusty fronça les sourcils puis secoua la tête.

— Je ne la connais pas. Travaillait-elle pour moi ?

— Oui, dans un de vos anciens hôtels.

Nick attendit l'once d'un souvenir, la moindre étincelle, en vain. Il serra alors les dents avant de prendre une grande inspiration.

— Savez-vous si vous avez eu des enfants ?

— Comment ? maugréa Rusty. Je ne vois pas le rapport.

— Je suis votre fils.

Il n'avait pas prévu de le dire de but en blanc, mais la vérité lui pesait trop. Nick posa ses lunettes sur son bureau pour observer la mine déconfite de son interlocuteur.

— Lori Campbell était ma mère. Elle est tombée enceinte de vous.

Rusty vira soudain au rouge, les traits crispés de colère.

— Si vous croyez pouvoir me faire chanter à cause de mon argent…

— Votre argent ? se moqua Nick. Que voulez-vous que j'en fasse ? Je pourrais vous racheter dix fois. Ce qui me met hors de moi, c'est que vous avez ignoré une femme qui attendait votre enfant. Vous l'avez payée une misère pour son silence, seulement ça n'a pas empêché le passé de revenir vous hanter.

Non, cette somme n'avait pas suffi. Lori avait dû cumuler deux emplois pour arrondir les fins de mois et, même après si longtemps, cette idée poussait toujours Nick dans une rage folle.

Rusty s'avança pour plaquer une main sur le bureau d'un geste vif.

— Je n'ai pas de fils ! déclara-t-il. J'ai offert une compensation à toutes les femmes qui pourraient affirmer le contraire. Peu importe ce que vous me voulez, laissez tomber.

Une compensation ? Nick crut vomir face à cette échappatoire minable. Il n'imaginait même pas la vie sans connaître ni voir son bébé. Il fallait vraiment être une ordure sans nom pour se débarrasser de cette responsabilité avec une telle insouciance.

Et cela demeurait la grande différence entre les deux hommes. Si le même sang coulait dans leurs veines, Nick n'avait rien d'un monstre au cœur sec.

— Ma mère m'a laissé une lettre à sa mort. Apparemment, j'ai des demi-frères. Savez-vous qui ils sont et où je peux les trouver ?

Rusty se recula, les bras croisés.

— Je vous l'ai dit, j'ai fait en sorte de ne pas avoir à m'impliquer dans ces histoires de bonnes femmes. Je n'avais pas le temps d'avoir des gamins dans les pattes, j'avais une compagnie à diriger, moi.

Alors Nick se releva pour venir se poster pile devant son ennemi juré.

— Tant mieux. Ma vie n'en a été que plus belle. Ma mère assurait bien assez son rôle de parent pour que je puisse me passer d'un père aussi minable que vous. Je me demande ce que penseraient vos petits copains s'ils apprenaient la nouvelle. On est loin de la noble image de bonhomie que vous vous efforcez de donner à tout le monde.

Quand Rusty fit mine de répondre, Nick l'en empêcha, s'avançant encore d'un pas, dominant d'une tête cet homme grassouillet.

— N'oubliez pas vos petits soucis avec la fondation Nouveau Départ. Vous risquez de vous retrouver au cœur d'un sacré scandale.

S'il avait cru voir Rusty devenir écarlate plus tôt, il n'était pas au bout de ses surprises. Lockwood semblait même céder à la panique peu à peu.

— Alors, souhaitez-vous négocier mes licences ou préférez-vous prolonger la partie ?

— Vous n'avez que ça comme preuve ? se défendit Rusty en s'écartant. La lettre d'une femme à l'agonie ?

Nick dut serrer les poings afin de ne pas le cogner en plein visage.

— Ma mère n'avait aucune raison de mentir. En vérité, je suis sûr qu'elle aurait préféré m'avoir avec n'importe qui d'autre. Pourquoi pensez-vous qu'elle a gardé ce secret si longtemps ? Elle se serait bien passée d'avoir affaire à vous.

— C'est du chantage si je comprends bien, hein ? insista Rusty avec un rire méprisant. Essayez donc. Vous ne serez pas le premier, c'est la rançon de la gloire.

— Ridicule, ricana Nick. Votre gloire, vous la devez

à votre malhonnêteté. Vous n'êtes qu'un escroc qui peut se payer le luxe de se cacher derrière une belle corporation. Mais je n'hésiterai pas à déterrer vos secrets les plus honteux jusqu'au dernier s'il le faut. Et vous pouvez être sûr que je retrouverai vos autres enfants. Votre petit règne sur la région touche à sa fin.

— Vous réglerez tout cela avec mes avocats, le menaça Rusty, les lèvres pincées.

— Oh ! mais j'ai hâte.

Alors le vieil homme sortit tel un ouragan. Nick resta face aux portes béantes encore un moment avant de reprendre son verre. Il le vida en une rasade, accueillant le goût rafraîchissant du gin et du citron vert.

Si Rusty voulait la guerre, Nick l'attendait de pied ferme. Il refusait de devenir comme lui : une vermine odieuse avec les femmes.

Néanmoins, cela ne changeait rien aux faits. Rusty était bel et bien son père. L'éventualité de partager ses gènes tracassait Nick. Voilà peut-être d'où provenait sa peur de s'impliquer auprès de Silvia.

- 16 -

Nick prit Silvia par la main au moment où ils quittèrent le cabinet du médecin. Un simple contrôle de routine, après l'échographie deux semaines plus tôt. Le bébé se portait très bien. Nick, lui, mourait toujours d'envie de connaître le sexe, mais il préférait se plier aux désirs de Silvia.

Il la raccompagna à sa voiture. Ils étaient venus chacun de leur côté malgré une réunion au chantier. Ils ne pouvaient arriver ensemble. Même si elle avait presque emménagé chez lui, elle ne pouvait se résoudre à révéler leur relation. Et son patron ne savait toujours pas pour sa grossesse. Nick ignorait combien de temps il tiendrait encore.

Silvia le lâcha pour chercher ses clés.

— Tu vas directement au chantier ? demanda-t-elle.

Il s'appuya sur le toit de la voiture.

— Je vais aller manger avant. Je te prends quelque chose ?

— Non, ça ira. Je dois passer au bureau et il me reste de quoi faire à la maison. On se voit dans une heure ?

Nick inspira et replaça une mèche écarlate derrière l'oreille de la jeune femme.

— Tu devrais peut-être dire à ton patron que tu es enceinte.

— Nick, je vais le faire, répliqua-t-elle, les yeux écarquillés. Laisse-moi juste…

— Le temps. Tu n'arrêtes pas de répéter ça. Ils finiront par le découvrir, et ce stress supplémentaire n'est pas bon pour toi et le bébé. Et puis, nous vivons pratiquement ensemble.

— J'ai encore ma maison, se défendit-elle.

— Où tu ne dors presque plus, je te rappelle. Je ne veux pas qu'ils l'apprennent par quelqu'un d'autre. Ce serait pire.

— Je vais le faire, promit-elle. Bientôt.

— Aujourd'hui ?

Elle se pencha pour lui donner un baiser.

— Bientôt.

D'une tape sur le torse, elle le poussa pour ouvrir sa portière. Il l'observa s'installer au volant puis prendre la route. Elle s'obstinait à dresser des murs entre eux.

Cependant, lui non plus ne pouvait pas continuer à se fermer s'il voulait faire partie de sa vie. Il ne la méritait pas, mais il la désirait. Une fois tous ces problèmes réglés, la prochaine étape consisterait à avancer avec elle.

Hélas, Rusty avait le culot de bloquer ses appels et de ne pas le recevoir. Aucun souci. Nick avait réussi à organiser cette réunion avec le maire.

Il était temps d'agir… À tous les niveaux.

Nick traversa le parking vers sa voiture en réajustant ses lunettes, prêt à reprendre le contrôle et à s'emparer de ce qui lui revenait de droit.

— Dois-je te féliciter ?

Silvia se figea alors qu'elle s'apprêtait à prendre un

yaourt dans le réfrigérateur de son bureau. Du coin de l'œil, elle aperçut un Kevin tout joyeux sur le seuil. Il agitait son téléphone devant lui comme s'il détenait un secret capital.

Lorsqu'elle loucha sur l'écran du portable, la terreur faillit avoir raison d'elle.

Non. Impossible.

Elle sortait à peine de chez le médecin. Comment un magazine pouvait-il déjà avoir publié cette photo ?

Silvia s'approcha. Au-dessus d'elle et Nick en pleine étreinte, le titre disait « De magnat à papa ? ».

Elle parcourut le reste de l'article, saisissant des mots comme « femme mystère » ou encore « Nick Campbell est-il sur le point de devenir père ? », ainsi que son nom et celui du cabinet Baxter. Ce journaliste n'avait pas perdu de temps.

Que faire ? C'était trop tard, elle n'avait plus aucune excuse.

— Je ne m'en doutais même pas, s'extasia Kevin, impassible face à la mine déconfite de Silvia. Et avec Nick Campbell ? Dis donc, tu ne fais pas les choses à moitié, toi. Clark sait-il que vous, euh… Tu vois, quoi.

Elle n'en revenait pas, elle n'avait pas vu de paparazzi fureter pourtant. Personne n'aurait pu savoir à part elle et Nick. Il s'était attardé plus que d'habitude près de sa voiture. S'agissait-il d'un geste volontaire pour laisser au photographe le temps de prendre le cliché parfait ?

Elle ne l'en pensait pas capable, mais qui pouvait trouver un intérêt à révéler leur histoire ? Peut-être Nick n'était-il pas celui qu'elle espérait. Elle avait connu d'autres déceptions, après tout.

— Excuse-moi, dit-elle en contournant Kevin.

Elle devait voir Clark sans tarder. Si quiconque lui montrait cette image avant, elle aurait du mal à se justifier ou à lui expliquer que sa relation avec Nick ne remontait pas à plus de deux mois.

Son cœur s'emballait toujours plus à chaque pas. Elle aurait dû tout avouer à Clark en dépit de sa peur de perdre son emploi. Mais, dès l'instant où elle le lui aurait appris, les choses se seraient envenimées et l'identité du père ne serait plus restée secrète très longtemps.

Parmi toutes les raisons de ne rien dire, aucune n'importait plus à cet instant. Comment pourvoir au bonheur d'un bébé, sans travail ?

Elle prit une longue inspiration en arrivant devant le bureau de Clark. Elle frappa à la porte, qui s'ouvrit doucement. Elle vit immédiatement son patron en train de loucher sur le portable de son assistant. Elle comprit sur-le-champ : ils savaient.

— Ah ! Silvia, la salua Clark. Entrez. On m'apprenait justement des nouvelles fascinantes à votre sujet. J'imagine que des félicitations s'imposent.

— Merci, monsieur.

L'assistant empocha son téléphone avant de prendre congé. Silvia n'avait jamais connu un tel état de stress.

— Je comptais vous prévenir, dit-elle dès qu'ils furent seuls. Comme je suis nouvelle et que je ne m'attendais pas à tomber enceinte, je ne savais pas trop comment vous l'annoncer.

— Je comprends, acquiesça son patron en basculant dans son fauteuil. Et je tiens sincèrement à vous féliciter, je vous assure. J'ai cinq enfants et trois petits-enfants, une vraie bénédiction. Votre grossesse ne me dérange pas. Cependant… votre relation avec un client au cours d'un de ses chantiers, ça, ça me pose problème. D'autant plus qu'il s'agit d'un de nos plus gros contrats.

Silvia joignit les mains, tentant de garder son calme. Son cœur battait si fort, son ventre se nouait de façon indescriptible… Malgré cela, elle ne montrerait ni sa peur ni ses angoisses, elle devait rester forte, pas pour son avenir, mais pour prouver à son patron qu'il avait besoin d'elle.

— Nous ne tolérons pas ce type de comportement. Ce que vous faites de votre temps libre ne me regarde pas, mais c'est différent si notre plus gros client entre en jeu. Je ne peux pas vraiment laisser couler.

— Je comprends, monsieur, mais je vous garantis que ma situation avec M. Campbell n'aura aucune répercussion sur le cabinet ou sur le projet.

— Mais c'est déjà le cas avec cette couverture médiatique, la coupa-t-il. Vous savez très bien à quelle vitesse se répandent ces histoires et jusqu'où elles peuvent aller.

— Je sais aussi que tout le monde aura tout oublié dès le prochain article, argua-t-elle. Vous m'avez complimentée sur mon travail, il y a peu. Laissez-moi continuer d'œuvrer pour le cabinet et vous prouver que vous avez besoin de moi.

Il l'observa, impassible, donnant à Silvia l'envie de filer en trombe pour retrouver celui qui avait posté cet article. Chaque chose en son temps, elle devait d'abord affronter son patron.

— Pourquoi ne prendriez-vous pas une semaine de vacances ? Rémunérée, bien entendu. Voyons comment la situation évolue. Nous bénéficions d'une réputation irréprochable, je ne peux pas laisser une toute jeune recrue entacher ce que j'ai mis des années à bâtir.

Une semaine de vacances ? Cela ne lui plaisait guère. Il la faisait culpabiliser pour avoir succombé aux charmes d'un homme irrésistible ; il ne s'agissait pas d'un problème de relation entre prestataire et client. Était-ce mal de céder à ses pulsions les plus humaines ? Sans ce bébé, son patron n'aurait jamais rien su de sa vie sexuelle désormais offerte en pâture aux réseaux sociaux et aux commérages de bureau.

— Vous apprendrez que moi aussi j'ai une excellente réputation, reprit-elle, prête à en découdre. Dans une semaine, je reviendrai et terminerai ce chantier. Mon client actuel et tous les autres à venir ne se soucieront pas de ma vie privée, et vous, monsieur, devriez en faire autant.

En temps normal, jamais elle n'aurait manqué de respect à celui qui signait ses chèques, mais elle devait s'affirmer. Elle ne regrettait rien. Elle n'avait pas jeté l'opprobre sur le cabinet ; d'ailleurs, en cherchant bien, elle était persuadée qu'elle trouverait d'autres histoires similaires.

— À la semaine prochaine, le salua-t-elle en se relevant pour sortir dignement, le dos bien droit, la tête haute.

Elle ne s'attarda pas dans les couloirs, préférant ignorer les murmures entre les bureaux. Peu importe qui colportait des rumeurs sur elle, elle avait d'autres problèmes. Les ragots ne changeaient rien à sa vie. Le plus urgent restait de découvrir qui avait fait éclater sa petite bulle de confiance.

Une semaine de libre ? Silvia ne pensait pas avoir besoin d'aussi longtemps pour trouver le coupable ; il l'attendait sans doute sur le chantier.

Mais s'il avait bel et bien menti, que ferait-elle ? Comment élever un enfant avec quelqu'un en qui on n'a pas confiance ? Tout ce qu'elle savait, c'était qu'il jouait trop les mâles dominants, à vouloir s'occuper d'elle.

Avait-il tout dévoilé pour s'assurer qu'elle aurait encore plus besoin de lui ?

Silvia n'allait pas tarder à le découvrir.

- 17 -

Nick arpenta le deuxième étage pour examiner la nouvelle charpente des suites. Il vérifia son téléphone une fois de plus, curieux de savoir ce qui retenait Silvia. Peut-être un problème au bureau, elle n'était jamais en retard.

Il descendit en évitant le premier étage, où les ouvriers s'affairaient, pour gagner la réception. Toujours aucun signe de la jeune femme. Il se rendit donc à l'arrière du bâtiment et sortit sur l'onéreuse terrasse en bois. C'était là, devant une vue hors du commun, qu'il avait prévu d'organiser les fêtes, réceptions privées et mariages. Sa mère avait même pensé à un cadeau de bienvenue très spécial pour les participants. Il lui tardait de découvrir le résultat final.

De tout ce qu'il avait entrepris dans sa vie, ce projet demeurait de loin son préféré. Contrairement à d'autres bâtiments, rénovés puis revendus, il ne se débarrasserait pas de celui-ci. Peut-être son enfant reprendrait-il les rênes un jour. Nick envisageait déjà cet établissement comme la première pierre de son héritage. Cela aurait rendu Lori si fière.

Une pointe d'espoir le transperça. Un avenir avec Silvia s'avérait possible. Que penserait-elle de fonder une famille, une dynastie ? Entre ses talents d'architecte et les siens pour les affaires, ils créeraient une compagnie du tonnerre. Bien entendu, ils s'installeraient à Green Valley, mais parcourir le monde avec leur enfant pour transformer d'anciens bâtiments en édifices grandioses devint un rêve.

En somme, cela ressemblait à la destinée qu'il s'était toujours imaginée. Il avait simplement dû trouver la femme avec qui la partager.

Nick savait que sa mère aurait adoré avoir des petits-enfants. Par ailleurs, elle aurait été très touchée en repensant à la rencontre de son fils et Silvia au cœur de circonstances difficiles. Désormais, il ne restait plus à Nick qu'à convaincre la jeune femme qu'ils étaient faits l'un pour l'autre, que le passé ne devait pas leur dicter leur avenir.

Nick se perdit par-delà l'horizon, où la vision de son mariage lui apparut.

Il sourit, incapable de retenir sa joie. Il aimait Silvia. Il avait dû tomber amoureux dès le premier jour et, aujourd'hui, il ne voulait plus se passer d'elle.

Offrir à leur bébé ce qu'ils n'avaient pas connu eux-mêmes resterait leur plus grande preuve d'amour et de fidélité. Cette simple épiphanie remplit Nick d'un espoir éclatant. Il aurait vraiment souhaité pouvoir partager cela avec sa mère.

— Dis-moi que tu n'as rien raconté à la presse.

Nick volta d'un bond. Silvia se tenait sur le seuil, l'air nerveux.

— Quoi ? s'étonna-t-il.

— On en parle partout sur les réseaux sociaux, précisa-t-elle en lui montrant les articles sur son téléphone. C'est toi le responsable ?

Perplexe, Nick la rejoignit pour examiner l'écran. Il

parcourut les photos, apparemment prises devant chez le médecin au moment où il l'avait embrassée.

Il l'observa une seconde. Elle ne plaisantait pas.

— Je t'avais dit d'attendre. Pourquoi as-tu fait ça ?

— Non mais tu penses vraiment que c'est moi ?

Il lui laissa le temps de nier, mais d'après son air à la fois blessé et furieux elle s'était réellement convaincue de sa culpabilité.

Doutait-elle de lui parce qu'il lui avait révélé l'identité de son père ? Nick s'était toujours efforcé de rester honnête et droit, d'autant plus maintenant qu'il savait quels gènes il devait combattre.

— Qui d'autre était au courant ? lui demanda-t-elle, ne tenant pas en place. J'imagine que tu préférerais que je dépende de toi, que je me laisse entretenir comme tu le voulais depuis le départ. Il suffisait donc de quelques photos sous un titre racoleur pour accélérer la manœuvre.

Un sentiment inconnu alourdit la poitrine de Nick, mais celui-ci anéantissait tout son bonheur et ses espoirs.

— Et tu me crois vraiment capable de ça ? insista-t-il pour lui offrir une deuxième chance.

— À toi de me le dire.

Nick poussa un soupir, tourné vers les montagnes. Sa vision d'eux en train de se promettre l'éternité venait de s'évanouir.

Il lui fit de nouveau face. Certes, il se trouvait en proie à une lutte intérieure, cependant cela ne signifiait pas qu'il pût blesser volontairement un être cher.

— Le fait que tu doives me poser la question vient d'annihiler toute confiance entre nous.

Elle ouvrit grands les yeux avant de les refermer. Elle lâcha un soupir en secouant la tête.

— J'ai d'abord cru que tu avais médiatisé tout ça

dans l'espoir que mon patron le verrait... Et ça n'a pas manqué.

Nick écarta ses sentiments un instant, inquiet pour la jeune femme.

— Comment a-t-il réagi ?

— Il m'a donné une semaine de congés payés en attendant de savoir si le scandale entache la réputation du cabinet.

Nick se laissa aller à une rage alimentée à la fois par la réaction de Silvia et la stupidité de son patron. Comment osait-il lui faire la morale au sujet de ses fréquentations ? Bien sûr, Clark devait soigner son image, mais il devait également traiter ses employés avec respect.

— Si tu me dis que tu n'as rien fait, je te croirai, reprit-elle.

Nick enfouit les mains dans les poches pour lui rendre son regard.

— Je n'ai rien à dire, répondit-il, de plus en plus déçu. Je pensais que tu me connaissais. En fait, tes doutes à mon sujet attestent seulement de tes peurs.

Elle vacilla comme s'il l'avait giflée.

— Je n'ai rencardé personne, continua-t-il, s'efforçant de rester calme et sincère. Je n'en reviens pas, moi non plus.

— Tu ne peux pas m'en vouloir de m'être posé la question, s'excusa-t-elle, les yeux embués de larmes. Ça tombait trop à point nommé.

— Sans doute, acquiesça-t-il, doutant une fois de plus de leur compatibilité. Mais si tu avais réfléchi rien qu'un instant avant de tirer des conclusions hâtives et ridicules, nous n'en serions pas là.

— Comment ça ? murmura-t-elle, une larme lui perlant sur le visage.

Par réflexe, Nick lui essuya la joue. Il n'avait jamais pensé pouvoir souffrir autant d'une peine de cœur. La perte de sa mère, la découverte de l'identité de son père, et maintenant, cela. C'en était trop.

— De retour à zéro, là où on ne se fait pas confiance, répondit-il, les bras ballants. Va profiter de tes vacances, mais ne compte pas sur moi. Je ne peux pas te rendre heureuse. Je serai là s'il y a quoi que ce soit avec le bébé mais, sinon, oublie-moi, Sil. Ça fait trop mal de t'aimer en sachant que tu ne me considères pas assez bien pour toi.

Il s'éloigna pour sortir par la porte principale. Il descendit les marches en vitesse pour regagner son véhicule. Sa vue s'assombrit à mesure que les larmes coulaient.

Tant d'émotions l'avaient assailli ces derniers temps, il ignorait quand il se sentirait à nouveau lui-même ni comment il retrouverait le goût de vivre.

Sa seule certitude restait de ne jamais avoir autant souffert.

Nick prit la route, les doigts crispés sur le volant à force de vouloir mettre de l'ordre dans ses idées. Comment avait-elle pu douter de lui à ce point, notamment après avoir tant insisté pour qu'il ne dise rien ?

Tout ce qu'il savait, c'était qu'elle ne le connaissait pas, et être né d'un père aussi vindicatif et vicieux ne jouait pas en sa faveur. Lui-même ne s'était pas cru assez bien pour elle. Il s'était efforcé de lui prouver le contraire ; il avait mis son cœur sur la table tout en sachant qu'il s'agissait d'une erreur.

Sans le réaliser, il se rendit au cabinet de Silvia. Si elle avait eu son mot à dire, alors il ne se gênerait pas de son côté. Il était leur client après tout, et il se sentait tout aussi responsable de cette crise.

Au moment où il se gara sur le parking et coupa le moteur, son téléphone bipa. Un message de Rusty Lockwood. Nick l'ouvrit pour découvrir la photo partagée sur les réseaux sociaux et un mot :

Tel père, tel fils.

Furieux, Nick lui répondit sur-le-champ.

Moi, j'assume mes responsabilités.

Il mit son portable en mode vibreur et descendit de voiture. Il n'avait pas besoin de se rappeler que le sang de son père aussi coulait dans ses veines. Il avait grandi auprès de la plus impressionnante femme au monde ; il n'y avait aucune trace de Rusty en lui.

Ignorant sa crainte de finir comme le vieux Lockwood, Nick fonça vers l'accueil, où il exigea de s'entretenir avec Clark sans tarder. Le réceptionniste, Kevin s'il se souvenait bien, pianota sur le téléphone en vitesse. L'attitude de Nick devait l'avoir trahi ; il n'allait ni attendre ni discuter de la pluie et du beau temps.

— Il va vous recevoir, lui indiqua Kevin en raccrochant.

Nick le remercia d'un hochement de tête avant de se diriger vers l'ascenseur. Quelques instants plus tard, il traversait le troisième étage directement vers le bureau du patron, déjà ouvert.

— Nick, le salua Clark en se levant. Content de vous voir. Venez.

— J'imagine que vous savez pourquoi je suis là.

— Je pense, oui, répondit-il en désignant un bar près du mur. Puis-je vous offrir un verre ?

— Je ne serai pas long. Je tiens juste à vous dire que,

si vous confiez mon chantier à quelqu'un d'autre que Silvia ou si vous la renvoyez, je vous retirerai le projet et ne collaborerai plus jamais avec vous.

— Je lui ai simplement offert une semaine au calme, précisa Clark, l'air plus grave désormais.

— Je le sais, assura Nick, refusant toute concession. Mais je sais également qu'il s'agit là d'un moyen de réfléchir à ce que vous allez faire d'elle. C'est votre cabinet, c'est vrai, mais je tiens à mettre les choses au clair. Dans une entreprise aussi importante, elle ne doit pas être la seule à s'être rapprochée d'un client. Silvia n'est certainement pas la première.

— Je prendrai tout cela en considération, répondit Clark en déglutissant. Merci de votre visite.

Le message se voulait clair, Nick devait s'en aller. Peu importe, il avait exprimé son point de vue. Silvia n'apprécierait pas qu'il ait pris sa défense ainsi, mais il s'en moquait. Cette histoire le concernait tout autant qu'elle. De plus, même s'il lui en voulait, elle ne méritait pas d'affronter cela toute seule. Il l'aimait, et personne ne l'avait jamais soutenue.

Malgré les éclats de voix ou les crises de nerfs, il ne pouvait pas renier ses sentiments.

Plus encore, elle avait tant lutté pour en arriver là, elle méritait d'exercer ce métier dans lequel elle excellait.

Une fois devant sa voiture, Nick repensa au message de Rusty. Il ne chercha pas plus loin, il savait qui avait informé la presse. Cette bassesse, cette volonté de faire suivre Nick pour déterrer la crasse, cela ressemblait bien à Lockwood.

Nick ne s'en inquiéta même pas, en vérité. Tout le monde aurait fini par le découvrir.

Nick préféra rentrer chez lui pour travailler afin

d'éviter ses employés et leurs éventuelles questions. Ils avaient dû avoir vent des dernières nouvelles eux aussi.

Pour l'heure, il voulait se consacrer à l'hôtel, et à rien d'autre. Silvia et cette déception devraient attendre dans un recoin de son esprit et de son cœur.

- 18 -

Silvia alluma dans la future chambre du bébé. Elle s'était couchée vers minuit, mais ses pensées s'emmêlaient trop. Elle ne savait plus du tout où elle en était. Après deux heures à contempler les ténèbres, elle avait préféré se lever. La pièce lui servait de bibliothèque pour le moment. Elle y avait installé tout un mur d'étagères. La baie vitrée lui offrait un coin de lecture parfaitement confortable, même si elle n'avait pas eu le temps pour cela récemment.

Elle avança pieds nus sur l'épais tapis rose pour aller s'asseoir au bord de la fenêtre. Silvia attrapa un gros coussin en fourrure qu'elle serra contre elle, le regard perdu sur les étoiles, la pleine lune et les montagnes.

Le sommeil la fuirait encore longtemps. De jour comme de nuit, elle revoyait sans cesse les traits meurtris de Nick. Sans l'avoir accusé de façon directe, sa question avait suffi. Bon sang, elle savait qu'il n'agirait jamais ainsi. Pas lui. Elle n'avait jamais rencontré quelqu'un d'aussi affectueux, gentil et protecteur. Comment avait-elle pu croire un seul instant, même quand tout semblait le désigner comme le coupable idéal, qu'il la blesserait délibérément ?

Il avait raison du début à la fin : elle redoutait le bonheur. Elle ne savait comment l'accueillir dans sa vie.

Cependant, elle se servait de tout cela comme d'excuses pour mieux faire du mal à l'homme qu'elle aimait.

Elle n'aimerait jamais personne autant que lui.

Silvia n'avait pas eu de nouvelles de Nick depuis trois jours. Trois jours de désespoir absolu. Son lit lui semblait vide, ses journées se berçaient de solitude. Il lui manquait trop.

Pas un mot de Clark non plus, ce qui l'irrita d'autant plus. À force de réfléchir à la réaction de son patron, elle avait fini par revoir ses désirs. Quitte à vouloir œuvrer pour un cabinet prestigieux, autant en éprouver de la fierté. Sans pécher par orgueil, elle savait que son travail était exceptionnel. Nick et sa mère ne l'auraient jamais engagée s'ils n'avaient pas apprécié son portfolio.

Silvia se tenait à la croisée des chemins. Elle avait le choix entre se résoudre à une vie de tristesse sans Nick au sein d'une entreprise où elle endosserait probablement le rôle de brebis galeuse, et reprendre les rênes de ce bonheur tant attendu, s'excuser auprès de l'homme de ses rêves pour voir où cela la mènerait.

Elle observa la pièce, se demandant ce qu'il ferait… dans la mesure où il la pardonnerait. Voudrait-il habiter ici ou chez lui ? Retravaillerait-il avec elle après cet hôtel ?

Rien ne lui garantissait plus de regagner sa confiance. D'après lui, ils étaient de retour à la case départ. Néanmoins, elle allait écarter ses peurs et accepter son amour pour lui.

Nick avait souffert lui aussi. Cela ne l'avait pas empêché de s'ouvrir à elle. Tout cela pour qu'elle lui broie le cœur à mains nues. Le savoir ne l'aiderait pas à dormir. Elle ne supportait pas de lui avoir fait tant de mal quand il n'avait jamais voulu que la porter aux nues alors qu'il affrontait encore le deuil de sa mère.

Silvia serra un peu plus le coussin. Elle devait se reposer, réfléchir à la marche à suivre pour changer les choses.

Elle ne put s'empêcher de reprendre espoir. Clark et Nick ne reconnaîtraient pas cette femme nouvelle ; elle souhaitait simplement ne pas se tromper.

Nick ajusta sa cravate et s'observa dans la glace. Silvia lui avait écrit la veille pour lui donner rendez-vous à l'aéroport. Elle avait précisé avoir des nouvelles. Elle s'était excusée en ajoutant qu'elle ne méritait pas son pardon, mais que cela ne durerait que quelques minutes.

Il ignorait où elle voulait en venir ni pourquoi il devait porter un costume noir, mais il n'aurait raté cela pour rien au monde. Il se sentait trop seul sans elle. Il s'était même surpris à manger ses aliments par chiffres pairs.

Le souvenir de ces petites manies, le grand sourire de Silvia et ses yeux pétillants hantaient ses jours. Sa maison, ses draps semblaient froids, il regrettait le temps passé autour du feu dehors, le soir. Elle lui manquait.

Il espérait avoir la chance de s'excuser. Au lieu de discuter, il s'était enfui. Il ne voulait pas devenir cet homme-là, elle ne méritait pas cela. Il était désormais prêt à lui prouver qu'il était digne d'elle.

Nick lui avait laissé de l'espace, donné du temps pour réfléchir, dans l'espoir de la retrouver. Elle devait comprendre les choses par elle-même, elle était assez forte pour cela.

Son seul défaut ? La peur.

Enfin, lui aussi avait eu peur. Qu'elle ne revînt jamais, qu'il eût détruit tout ce qu'ils auraient pu construire.

Il espérait donc pouvoir parler de leur avenir avec elle.

Nick cessa de jouer avec sa cravate puis attrapa son téléphone et ses clés. Vingt minutes plus tard, il arrivait près du hangar où stationnait son avion.

Il crut halluciner. On avait sorti son Cessna sur le tarmac. Une piste miniature de bougies allumées s'étendait depuis la place de parking jusqu'à l'appareil, où se tenait Silvia. Nick retrouva son souffle en la voyant dans sa robe blanche sans bretelles sur laquelle ondulaient quelques mèches rouges.

Il se gara, descendit de voiture puis remonta l'allée.

— C'est toi qui as sorti mon avion ? s'enquit-il en arrivant à sa hauteur.

— Ne m'en veux pas, hésita-t-elle en plissant le nez, un peu gênée. J'ai appelé le directeur de l'aéroport pour qu'il m'aide.

Lui en vouloir ? Impossible. Il se posait simplement des milliers de questions.

— Mais pourquoi as-tu besoin de mon avion ? demanda-t-il en fourrant les mains dans ses poches pour s'empêcher de la serrer.

— Selon toi, je te connais, alors je compte sur le fait que tu as dit que tu m'aimais. Je compte sur toi pour m'accorder une autre chance même si je ne la mérite pas. Je compte sur toi pour nous emmener vers une destination que j'ai ajoutée à ton plan de vol.

À la fois sous le choc et impressionné, Nick s'avança d'un pas. Là, il ne put s'empêcher de saisir une mèche cascadant sur l'épaule de la jeune femme. Elle était belle à en mourir, il n'en trouvait même pas les mots. La moindre seconde loin d'elle s'était résumée à un enfer.

— Je te connais, continua-t-elle. Je sais que tu es la meilleure chose qui me soit arrivée dans la vie. Je sais que tu seras un père exceptionnel parce que tu insistes au bon moment et me laisses tranquille quand je suis odieuse.

— Ce n'est pas moi qui ai contacté les médias. C'était Rusty. Je m'occuperai de lui en temps voulu. Il a engagé un photographe pour me suivre et dénicher des informations compromettantes à mon sujet.

— Désolée qu'il soit ton père, murmura-t-elle. Navrée qu'il te fasse du mal.

Oui, Nick s'en serait passé, mais cela importait peu à cet instant. Lockwood ne trouvait pas sa place ici.

Nick prit le visage de Silvia en coupe pour lui effleurer la lèvre inférieure du bout du pouce.

— Il paraît que tu es allé parler à Clark, ajouta-t-elle d'un air malicieux. Je peux me débrouiller seule, mais c'est quand même mignon.

— Clark et sa bande ne te méritent pas.

— Non, tu as raison, s'amusa-t-elle. C'est pourquoi je vais démissionner. Pas d'inquiétude, j'ai déjà une idée, je ne vais pas vivre à tes crochets.

Nick ne pouvait s'empêcher de sourire bêtement.

— Vraiment ?

— J'ai même payé pour ce petit voyage, mais j'ai besoin de tes talents de pilote.

— Et où allons-nous ? demanda-t-il en réduisant le minuscule écart entre leurs corps parfaitement alignés. Parce que je n'aurais rien contre rentrer chez moi et t'apprendre à mieux me connaître.

Silvia lui passa les mains autour du cou.

— D'abord, une petite virée. Il faut qu'on parle, et je dois me changer les idées.

L'espoir rejaillit en lui pour la première fois depuis leur dispute.

— D'accord. Et excuse-moi de t'avoir traitée ainsi l'autre jour. Je ne veux pas agir comme ça avec toi.

— Je sais, répliqua-t-elle en laissant ses doigts sillonner sa chevelure. Tout comme je ne veux pas être celle qui doutera toujours de toi.

Nick posa ses lèvres sur les siennes, incapable de ne pas vouloir se noyer sous ses caresses et son amour.

— Tu avais seulement peur, je ne peux pas rester fâché après toi. Je serai là pour m'assurer que le reste de ta vie ne soit que bonheur et souvenirs heureux.

— Je crois que ça collera parfaitement bien avec mes plans, dit-elle en se reculant, radieuse.

— Tes plans ?

— Que dirais-tu d'une petite escapade vers la côte, d'un mariage au soleil levant et puis… Qui sait ?

Nick se figea, son cœur s'emballa à l'idée de passer le reste de ses jours avec elle.

— Un mariage ?

Elle fit un pas en arrière et lui prit la main.

— Veux-tu m'épouser ? Veux-tu fonder cette famille que nous n'avons jamais connue ? M'aimeras-tu un peu plus chaque jour ?

— Je n'en reviens pas, s'esclaffa-t-il.

Elle devint plus grave tout à coup.

— Alors, tu ne…

Il la souleva et se mit à tournoyer sans la laisser finir.

— Chut, la coupa-t-il d'un baiser. Je t'épouserai où tu voudras, quand tu voudras. Comment as-tu organisé tout ça ? Tu savais que j'allais dire oui ?

— J'ai tiré quelques ficelles, lui apprit-elle, radieuse. Mais je te l'ai dit, je te connais, je savais que tu accepterais.

Nick l'embrassa pour mieux retrouver celle qu'il avait toujours attendue sans le vouloir.

— Je t’aime, Silvia.

— Moi aussi, Nick, dit-elle en posant la tête contre son torse. Il faudra juste faire une petite escale avant d’atterrir sur la côte.

— C’est-à-dire ?

— Au Double Délice, pour récupérer notre gâteau de mariage.

— Tu as vraiment pensé à tout, fit Nick, fou de joie.

— Je n’ai rien trouvé d’autre pour rendre hommage à ta mère. Le patron a promis de préparer son donut préféré en pièce montée à deux étages.

— Deux, forcément.

— Il n’y a qu’une chose que je veuille en un exemplaire.

— Quoi donc ?

Elle l’embrassa.

— Ma vie avec toi.

Vous avez aimé *Une grossesse inattendue* ?
Découvrez la suite de la série
« Liaisons scandaleuses » dès le mois prochain,
dans votre collection Passions.

KIMBERLEY TROUTTE

Un chef si charmant

Traduction française de
MARIE MOREAU

PASSIONS

HARLEQUIN

Titre original :
A CONVENIENT SCANDAL

Histoire de Plunder Cove

Depuis des siècles, les Harper sont maîtres dans l'art de faire des affaires.

Dans les années 1830, le riche éleveur Jonas Harper acheta, sur la côte californienne aujourd'hui si prisée, un domaine de six mille hectares baptisé Plunder Cove. On dit que le roi d'Espagne avait volontiers cédé ce territoire aux Américains, bien que celui-ci fût très riche, car c'était une crique constamment assaillie par les pirates. On raconte aussi que personne ne croisa plus le moindre bateau de pirates à compter du jour où Jonas eut acquis ces terres pour un prix défiant toute concurrence.

Depuis lors, les Harper transmettent cette légende de génération en génération pour rappeler aux membres de la famille qu'il y a un pirate en chacun d'eux. Tous sont appelés à contribuer, par leurs efforts, à faire croître l'héritage familial, parfois au prix de grands sacrifices, comme le magnat du pétrole R.W. Harper le fit en chassant ses enfants du domaine dix ans plus tôt.

À présent, R.W. souhaite voir revenir ses enfants. Il leur a demandé de rentrer à Plunder Cove, mais sous certaines conditions. Il est prêt à tout pour obtenir ce qu'il veut. Et si ses projets aboutissent, il se pourrait que les Harper trouvent finalement l'amour à Plunder Cove.

- 1 -

Debout devant la grande baie vitrée de son appartement qui surplombait Central Park, Jeff Harper soupira en regardant la foule des paparazzis qui le guettaient depuis la rue, vingt-deux étages plus bas.

Par chance, à la hauteur où il se trouvait, ils ne risquaient pas de le prendre en photo. Mais il savait que, à la seconde où il mettrait un pied dehors, ils se jetteraient sur lui. Chacun de ses mots et de ses gestes serait utilisé contre lui, pour enfouir un peu plus son image et sa carrière sous le tas de boue qui les recouvrait déjà.

Il n'arrivait pas à accepter cet échec.

Avant cette semaine, Jeff s'était accommodé de l'intérêt que les médias portaient à sa vie privée. Il avait même appris à s'en servir. Sa célébrité venait du fait qu'il était le dernier prince célibataire de Harper Industries, et qu'il avait sa propre émission de télévision, *Secrets and Sheets*, dans laquelle il exerçait devant les caméras son métier de critique hôtelier. Dès qu'il passait une soirée avec une femme, des paparazzis étaient là pour les photographier au restaurant et remplir les pages mondaines de leur magazine, comme si c'était le début d'une grande histoire passionnelle. Cela faisait trois ans que le nom de Jeff apparaissait sur la liste des célibataires les plus convoités des États-Unis. Lors des interviews, quand on l'interrogeait sur sa vie sentimentale, il répondait systématiquement qu'aucune femme ne tenait un rôle particulier dans son existence et qu'il n'avait pas l'intention de se marier un jour. Les commentaires étaient toujours les mêmes : « Jeffrey Harper a juste besoin de rencontrer son âme sœur pour changer d'avis. » Mais les gens se trompaient.

L'exemple de ses parents l'avait dégoûté à vie du mariage.

Jusque-là, il avait toléré les indiscrétions de la presse à scandale. Mais tout avait basculé le jour où il avait découvert en une, sur papier glacé, une photo de lui à moitié nu avec une femme dans les bras, et des titres grossiers et insultants.

Il s'était fait piéger.

Cette photo était tirée d'une vidéo compromettante qui avait rapidement circulé sur Internet, alimentant le tapage autour de l'affaire.

La diffusion de sa dernière émission avait été annulée. Tout ce qu'il avait construit, sa carrière qui le passionnait, sa réputation, la place qu'il s'était faite dans le monde de l'hôtellerie, avait été détruit.

En un claquement de doigts, on avait fait de lui un paria.

S'il ne trouvait pas très vite une solution pour réparer ce qui avait été brisé, il ne récupérerait jamais ce qu'il avait perdu.

À ce stade, une seule personne était encore susceptible de l'engager. Évidemment, cette personne n'était autre que celle à qui il s'était promis de ne jamais rien demander.

Jeff prit son téléphone et composa à contrecœur le numéro qu'il n'appelait jamais.

Son père décrocha à la première sonnerie.

— Jeffrey, j'attendais ton coup de téléphone.

Cela voulait tout dire.

— Salut, papa. Je me demandais…

Il s'interrompit et s'éclaircit la voix. Cette conversation s'annonçait encore plus difficile qu'il l'avait prévu.

— Ton projet d'hôtel est-il toujours d'actualité ? demanda Jeff.

Un an plus tôt, quand Matt, le frère de Jeff, était retourné s'installer à Plunder Cove, sur les terres familiales, leur père avait proposé à Jeff de prendre en charge la transformation de la demeure de style espagnol. Il voulait en faire un hôtel cinq étoiles.

Cette idée avait séduit Jeff, bien plus qu'il aurait osé l'admettre. La conception d'un palace, le management et l'accueil des clients, c'était tout ce dont il rêvait depuis l'âge où il avait eu ses premiers jeux de construction. Toute sa vie, il avait travaillé dur pour devenir un expert international en la matière. Mais la proposition de son père dépassait cela. Jeff n'avait pas de mots pour décrire ce que cela représentait pour lui de métamorphoser la maison où il avait passé son enfance. En faire un lieu de paix et de rêve. Personne ne pouvait imaginer combien c'était précieux pour lui de refaçonner le passé.

Pourtant, il avait dit non. Parce que son père, R.W. Harper, était un homme méchant et égoïste, qui n'avait jamais eu le moindre respect pour Jeff.

Hélas, nécessité faisait loi. Il n'avait plus le choix.

— Tu as changé d'avis, dit R.W. d'un ton affirmatif.

— La chaîne de télévision a retiré mon émission de la grille, admit Jeff. J'ai du temps devant moi.

— Formidable.

Le terme était étrangement choisi compte tenu des circonstances, mais R.W. avait l'air enchanté. Jeff se détendit un peu en s'apercevant qu'il n'allait pas avoir besoin de le supplier. En prenant son téléphone, il s'était attendu à ce que son père prenne plaisir à se faire prier.

— Je serai là demain, dit Jeff.

— Il y a une condition.

Jeff se raidit de nouveau. Il aurait dû se douter que les choses ne seraient pas aussi simples.

— Oui ? Laquelle ?

— Il faut que tu redores ton image, répondit R.W. J'ai vu la vidéo.

— Ce n'est pas ce que tu crois, grommela Jeff en faisant les cent pas dans son salon. Il ne faut pas se fier aux apparences.

— Tu me rassures, parce que les apparences sont désastreuses. Toi avec une femme de chambre dans un ascenseur de l'hôtel de Xander Finn. Franchement, mon fils, ce n'est pas digne des Harper. Tu aurais pu louer une suite.

— C'est ce que j'ai fait justement.

Cela avait fait partie de sa stratégie pour révéler une injustice. Hélas, rien ne s'était passé comme prévu.

Jeff se souciait des gens, et c'était important pour lui d'utiliser son nom, sa notoriété et son émission pour améliorer les choses dans son domaine de compétence. Du haut de son piédestal, R.W. ne comprendrait sûrement jamais pourquoi Jeff prenait des risques dans le but de dénoncer les agissements des individus puissants et malhonnêtes comme Xander Finn.

Des semaines plus tôt, Finn avait menacé l'équipe de *Secrets and Sheets*. Il avait clairement fait comprendre aux employés de Jeff que, s'ils osaient franchir les portes de son palace de Manhattan pour enquêter, il n'hésiterait pas à s'en prendre à eux physiquement. Son agressivité avait éveillé les soupçons de Jeff. Si Finn se montrait à ce point sur la défensive, c'était sûrement qu'il avait des choses à cacher. Alors Jeff avait décidé d'entrer et de filmer lui-même. Il n'en avait pas cru ses yeux. Avec ce qu'il avait enregistré, les téléspectateurs auraient dû découvrir comment l'un des hommes les plus riches de New York trompait ses clients et maltraitait son personnel.

Jeff avait été loin d'imaginer que c'était lui qui allait devenir la risée des réseaux sociaux, et que l'épisode auquel il tenait tant n'allait même pas être diffusé.

— Le succès dépend de l'image, dit R.W. La tienne en a pris un sacré coup, Jeffrey. Tu ne savais donc pas qu'il y avait des caméras de surveillance dans les ascenseurs des hôtels ?

— Bien sûr que si, je le sais. J'ai été piégé !

Jeff serra la mâchoire pour se retenir d'expliquer à son père ce qui s'était réellement passé dans cet ascenseur. Ce dernier ne s'était pas donné la peine de le protéger de maltraitances quand il avait six ans, alors pourquoi prendrait-il sa défense aujourd'hui ?

Non, Jeff ne pouvait pas compter sur lui, si ce n'était pour cette offre d'emploi, sous condition.

— Attends, dit-il soudain, comment sais-tu que c'est un ascenseur de l'hôtel de Finn ? Il t'a envoyé la vidéo en entier ?

— Xander et moi, nous nous connaissons depuis toujours. Je sais de quoi il est capable. Non, je n'ai pas tout vu, mais il m'a annoncé que le pire restait à venir. J'imagine que tu n'as aucune envie que le public découvre la suite. Je me trompe ?

Jeff soupira. L'extrait qui circulait sur Internet avait déjà fait assez de dégâts. Si le reste de la vidéo était publié, il ne pourrait pas s'en relever.

— Qu'est-ce qu'il veut ?

— Devine, répondit R.W.

— Les images que j'ai faites dans son hôtel en caméra cachée.

— Gagné. Ainsi qu'une déclaration filmée dans laquelle tu affirmes que son hôtel est irréprochable. Que c'est le plus grand palace que tu aies jamais connu. Xander veut te voir ramper devant lui, ajouta R.W. après une pause.

— Il n'en est pas question. C'était l'un des pires établissements sur lesquels j'aie enquêté. Pense aux gens qui ont économisé pendant des années pour s'offrir un séjour de rêve chez Finn. Non. C'est inacceptable. Je ne me laisse plus impressionner par personne, papa.

— Dans ce cas, nous avons un problème.

— Nous ?

— Harper Industries a une réputation à tenir et des actionnaires à satisfaire. Je ne peux pas me permettre d'engager un obsédé…

— Je t'ai dit que c'était un piège !

— Le chantage ne marche que parce que tu as été filmé en mauvaise posture. Tu as commis une erreur.

Là, Jeff reconnaissait mieux le père qu'il avait toujours connu. C'était exactement ce ton condescendant qu'il s'était attendu à entendre en lui téléphonant.

— Le chantage ne marchera que si je cède, répliqua Jeff. Ce que je ne ferai pas.

— Réfléchis bien. Xander menace de dévoiler toute la vidéo petit bout par petit bout tant que tu n'auras pas accepté de faire ce qu'il exige. S'il continue à alimenter ce scandale indéfiniment, tu ne retravailleras jamais dans le milieu de l'hôtellerie à New York. Ni ailleurs, du reste. Pas même pour moi.

Jeff se figea.

— Alors il me tient, si je comprends bien.

— Sauf si nous le controns avec une bonne stratégie de communication, dit R.W. Nous devons agir vite pour éviter que le scandale dans lequel tu es pris entache le projet de Plunder Cove tout entier. J'ai promis aux gens du coin qu'ils toucheraient un pourcentage des bénéfices, et je compte bien tenir parole.

— Les habitants de Pueblicito risquent de perdre leur part de profit ? C'est donc ça qui te préoccupe le plus dans ce qui m'arrive ?

— Notre famille leur doit bien ça, Jeffrey.

Jeff secoua la tête. Les Harper étaient des pirates. Ils prenaient, se servaient sans vergogne. Les boucaniers et les propriétaires terriens qui peuplaient leur arbre généalogique avaient fait des habitants de Pueblicito leurs serviteurs. R.W. n'était ni moins impitoyable ni plus généreux que ses ancêtres. Tout ce qui lui importait, c'était de faire croître le chiffre d'affaires de Harper Industries.

La cupidité avait détruit leur famille.

Et maintenant, R.W. voulait faire don de ses bénéfices à des gens qu'il ne connaissait même pas ? Qu'est-ce que cette nouvelle idée pouvait bien cacher ?

Jeff ne croyait pas une seconde à la sincérité de son geste. Son père n'avait pas de cœur. Il ne voyait pas ce qui aurait pu le faire changer du jour au lendemain.

— Pourquoi maintenant ? demanda Jeff.

— J'ai mes raisons. Cela ne te regarde pas.

La dissimulation. Les secrets. C'était toujours la même histoire. Jeff ignorait quel plan machiavélique R.W. avait bien pu fomenter, mais il n'était pas dupe de cette bonté soudaine.

— Tu as le choix, ajouta R.W. Tu peux céder soit aux

demandes de Xander, soit aux miennes. Ensemble, toi et moi, nous pourrions le battre à son propre jeu.

— Comment ? Vas-y, je t'écoute.

— Nous offrons aux médias et au public un nouveau Jeffrey Harper, honnête et respectable, digne de diriger un grand hôtel. Tu redeviens le brillant homme d'affaires admiré de tous. Nous fournissons à nos actionnaires la preuve que tu es la bonne personne pour prendre en charge ce projet de palace.

— Comment ?

— Grâce à un contrat signé devant témoins.

— Quel genre de contrat ? demanda Jeff avec circonspection.

— Le genre qu'on signe pour la vie. Jusqu'à ce que la mort vous sépare.

Oh ! non. Pas ça.

Jeff se laissa tomber sur le canapé.

— Il n'est pas question que je me marie.

— Tu ne pourras pas éternellement jouer les séducteurs, rétorqua R.W. Il est temps que tu t'assagisses, que tu fondes une famille.

— Comme toi, tu veux dire ? Tu penses que je devrais suivre ton exemple ?

C'était un coup bas, Jeff en avait conscience, mais son père l'avait bien cherché. Jeff ne pourrait jamais pardonner à ses parents ce qu'ils avaient fait subir à son frère, à sa sœur et à lui-même.

R.W. ne répondit pas. Ce n'était pas surprenant. Un long silence s'ensuivit, et Jeff ne chercha pas à le combler.

Au bout d'un moment, R.W. reprit finalement.

— D'ici la fin de la semaine, je dois engager un chef de projet. Une fois que l'hôtel sera prêt, je recruterai un directeur. Si tu acceptes mes conditions, ces deux postes seront pour toi. Si tu refuses, tu devras te débrouiller tout seul.

Je me débrouille tout seul depuis que j'ai seize ans, depuis le jour où tu m'as chassé de la maison.

Voilà ce que Jeff aurait pu répondre à son père, mais il se retint de justesse. Il n'avait aucune envie de poursuivre cette conversation.

— Réfléchis bien, dit R.W. en se radoucissant. L'hôtel que tu pourrais créer à Plunder Cove sera un héritage familial. Je n'accorde pas facilement ma confiance, mais je sais que tu serais à la hauteur de cette mission.

Jeff resta bouche bée. Son père ne lui avait jamais parlé comme cela.

Il aurait voulu croire que ce dernier avait changé, mais c'était impensable. Le fait qu'il lui impose cette condition absurde le prouvait.

— Enfin, papa, tu ne peux pas me demander de me marier.

— Je te laisse quelques jours pour peser le pour et le contre, répondit R.W.

Quelques jours ? C'était plus qu'il n'en fallait pour qu'un million de personnes supplémentaires partagent sur Internet la vidéo qui l'incriminait. La campagne menée contre lui sur les réseaux sociaux ne cesserait pas tant qu'il n'aurait pas organisé sa contre-attaque.

La stratégie de son père, aussi ridicule soit-elle, apparaissait hélas comme la seule issue possible.

— Bon, marmonna Jeff à contrecœur. Demande à ton équipe de commencer à chercher un chef disponible. Un chef de haut niveau.

— Tu veux épouser une cuisinière ?

— Non, je te parle du restaurant de l'hôtel. Un palace doit offrir à ses clients une table d'exception. C'est la base, c'est ce qui fera avant le reste notre réputation. Le bouche-à-oreille est plus rapide pour un restaurant que pour un hôtel de luxe. Il me faudrait une sélection de chefs parmi lesquels je choisirai celui qu'il nous faut. Trouve les meilleurs, et assure-leur des revenus et des conditions de travail à la hauteur de leur talent. Fais-les venir à Plunder Cove, et je goûterai leurs plats pour rendre un avis définitif.

— Un concours de cuisine ? C'est ça, ton idée ?

— Disons plutôt un entretien au long cours, qui comportera des dégustations. Nous verrons qui est capable de résister à la pression. C'est une qualité indispensable pour diriger la cuisine d'un grand restaurant.

— C'est très bien, tout ça, mais ne change pas de sujet. Tu *dois* te marier, Jeffrey. C'est ma seule exigence. Peu m'importe quelle femme tu épouses, du moment qu'elle te permet de retrouver ta respectabilité.

Jeff ne voulait pas se marier. Il voulait diriger un hôtel.

S'il parvenait à faire de Plunder Cove un lieu de vacances d'exception, il récupérerait sa dignité. Et cette victoire lui donnerait encore plus de force pour l'avenir.

Un plan commençait à se former dans son esprit.

Cela faisait des années que le producteur de *Secrets and Sheets* harcelait Jeff pour tourner une émission sur l'histoire de sa famille et le domaine des célèbres pirates de Californie. Jeff avait toujours refusé. Pourquoi célébrer un endroit qui lui donnait encore des cauchemars ?

Mais tout avait changé du jour au lendemain. À présent, la maison de son enfance représentait sa seule chance de relancer sa carrière.

— Très bien. Mon équipe filmera la cérémonie dans l'un des jardins de la propriété, ou sur la plage. La réception aura lieu dans le restaurant, toujours sous l'œil de nos caméras. Tu ne peux pas rêver d'une meilleure publicité pour ton nouveau palace.

Les médias allaient adorer.

— Ah ! s'exclama R.W. avec enthousiasme. J'aime quand tu vois les choses en grand.

Alors il n'allait pas être déçu. Ce que Jeff venait de décrire, ce n'était que le début. Car il comptait bien vendre le film du mariage à son producteur en échange d'une chose beaucoup plus importante : le dernier épisode de *Secrets and Sheets.* Celui qui avait été tourné dans l'hôtel de Xander Finn. Jeff regrettait tant d'avoir confié ses images au producteur… Il n'avait pas pensé à conserver une copie, et maintenant, il n'avait plus rien à utiliser contre Finn.

Mais il comptait bien y remédier. Et dès qu'il aurait récupéré son film, il le diffuserait par tous les moyens possibles et imaginables. Le chantage cesserait et le monde connaîtrait enfin les secrets honteux de Finn.

Jeff ne se laissait pas attaquer sans réagir.

Pour la première fois depuis plusieurs jours, il sentit un sourire se dessiner sur ses lèvres.

Assise sur le lit de sa sœur, dans l'institut qui l'accueillait, Michele Cox lisait d'une voix douce le livre préféré de Cari. *Le Cheval magique de Rosie* racontait l'histoire d'une petite fille qui partait, chevauchant un bâton de glace à tête de cheval, pour découvrir un trésor de pirates et sauver sa famille de la misère. Cari était fascinée par ce conte et par ses illustrations. Était-ce davantage cette chevauchée héroïque qui la passionnait ou le fait qu'un simple bâton de glace soit à l'origine d'une si grande aventure ? Michele l'ignorait, mais Cari tenait à ce qu'elle lui lise cette histoire tous les soirs.

Ce soir, Cari s'était endormie au bout de quelques pages, mais Michele continuait à lire. Cette histoire lui faisait du bien, à elle aussi. Quand elle eut fini le livre, elle le referma et se leva doucement pour ne pas réveiller sa sœur.

Elle se pencha vers Cari pour l'embrasser sur le front.

— Bonne nuit, ma cavalière, chuchota-t-elle avec tendresse. Fais de beaux rêves.

Le cœur lourd, Michele sortit dans le couloir et rejoignit la salle du personnel pour parler à l'éducatrice spécialisée qui s'occupait de Cari.

— Je téléphonerai tous les soirs pour lui lire son livre, dit Michele. Vous avez mon numéro. N'hésitez pas à m'appeler en cas de besoin.

— Entendu, répondit l'éducatrice. Et ne vous inquiétez pas, nous prendrons soin d'elle. Vous savez qu'elle est bien ici.

Michele sentit sa gorge se serrer. Cari avait mis six mois à prendre ses marques dans cet institut. À présent, elle s'y sentait comme chez elle. Que se passerait-il si Michele n'avait plus les moyens de payer sa pension ?

— Merci pour tout ce que vous faites pour Cari, dit Michele avec émotion. Elle est ma seule famille.

— C'est un plaisir de l'avoir avec nous. Partez sans crainte. Profitez-en et amusez-vous. Vous l'avez bien mérité.

Non, Michele n'avait pas mérité de prendre du bon temps. Elle s'en voulait tellement… Si elle n'avait pas été aussi stupide, elle n'aurait pas perdu l'argent dont elle avait besoin pour sa sœur.

Elle rentra chez elle, se servit un verre de vin et s'assit

à la table de sa cuisine, enveloppée par un silence triste et pesant. Elle se sentait terriblement seule. Elle avait perdu son père à l'âge de dix ans, et depuis la mort de sa mère six mois plus tôt, plus personne d'autre qu'elle n'était là pour prendre en charge les soins dont Cari avait besoin. Or son soi-disant associé lui avait volé toutes ses économies.

Elle n'avait plus qu'une solution pour se sortir de la situation désastreuse dans laquelle elle s'était mise.

Elle prit l'enveloppe posée à côté d'elle et regarda pour la énième fois le nom de l'expéditeur inscrit en relief. Harper Industries. Puis elle en sortit l'offre d'emploi qu'elle contenait.

> *Les candidats seront priés de faire la cuisine sur place. Leurs plats seront dégustés et jugés par Jeffrey Harper.*

Depuis qu'elle avait reçu ce courrier, Michele lisait et relisait cette phrase avec une appréhension grandissante.

Elle n'aimait pas l'émission de télévision de Jeffrey Harper. Son attitude de play-boy ne la séduisait pas le moins du monde. Les hommes arrogants et intraitables ne lui inspiraient plus la moindre confiance depuis son expérience traumatisante. Elle avait donné tout ce qu'elle avait au dernier chef pour qui elle avait travaillé, tout cela pour quoi ? Pour finir seule et ruinée. À cause de lui, elle avait perdu son envie de cuisiner. Cette passion héritée de sa mère l'avait désertée.

Ce lien entre sa mère et elle, Michele l'avait longtemps cultivé comme un trésor. Dès l'âge de sept ans, elle avait été initiée aux recettes familiales transmises de génération en génération. Les moments passés en cuisine avec sa mère avaient toujours été ponctués de rires, de danses et d'émotions gustatives. Ils faisaient partie de ses plus beaux souvenirs. Leur famille avait connu son lot d'épreuves mais, pour Michele, la cuisine avait été la pièce de la maison où le malheur n'entrait pas.

Dès qu'elle avait été en âge de se mettre seule aux fourneaux, elle s'était démenée pour faire du bien à sa mère et à sa sœur grâce aux plats qu'elle leur préparait. Sur les conseils de sa mère, Michele avait participé à des concours de cuisine organisés autour de chez elle, et non sans surprise, elle les avait tous remportés. La presse locale lui avait consacré des articles entiers, faisant d'elle une « enfant prodige de la cuisine ».

À l'époque, pour elle, la cuisine avait été un jeu. Elle avait aimé s'amuser avec les couleurs, les textures et les saveurs. Pour élaborer ses recettes, elle n'avait eu qu'à suivre son instinct.

C'était fini. Aujourd'hui, elle se sentait vide, à cours d'inspiration. La source de sa passion s'était tarie.

Que deviendrait-elle si ce don, le seul talent qui lui ait permis de gagner sa vie, ne devait jamais revenir ?

Si Michele Cox n'était plus chef cuisinière, qui était-elle ?

Elle tapota du bout du doigt l'offre d'emploi de Harper Industries. Pouvait-elle se faire passer pour ce qu'elle n'était plus ? Jeffrey Harper était un critique désagréable, qui détruisait publiquement ceux qui n'étaient pas à la hauteur de ses propres critères de qualité. Saurait-il faire la différence entre une cuisine faite avec passion et un travail bien exécuté mais dénué de conviction et d'âme ? Si oui, il l'écraserait.

Mais sinon…

Le poste de chef chez les Harper était accompagné d'une prime de bienvenue de vingt mille dollars. Vingt mille dollars ! Avec une telle somme, elle pourrait continuer à payer les séances d'équithérapie de Cari, qui comptaient tant pour elle. Michele avait entendu dire que le contact avec les chevaux pouvait être bénéfique pour les personnes atteintes de trisomie 21, mais elle ne s'était pas attendue à voir sa sœur se métamorphoser à ce point. Elle ne supportait pas l'idée de devoir la priver d'un tel plaisir faute d'argent.

Hélas, c'était bien ce qui risquait d'arriver, car elle n'aurait bientôt même plus de quoi payer son loyer.

Elle n'avait pas le choix. Il fallait qu'elle décroche ce poste.

Elle prit un stylo, remplit la fiche de candidature et la signa. Il ne lui restait qu'une chose à faire : enregistrer une vidéo dans laquelle elle devait répondre à cette unique question : « Pourquoi voulez-vous travailler pour Harper Industries ? »

Quand elle fut face à son ordinateur, elle se redressa, regarda la caméra et commença son enregistrement.

— Je souhaite travailler pour Harper Industries car j'ai besoin de croire que des choses bien peuvent arriver aux gens bien.

En entendant sa voix faiblir, elle mit aussitôt sur pause. Avait-elle perdu la raison ? Elle avait failli parler de ce qui s'était passé chez Alfieri's !

Elle devait se ressaisir. Les Harper ne l'engageraient jamais si elle leur racontait dans les détails l'expérience traumatisante qu'elle avait vécue.

Après avoir respiré profondément, elle se lança de nouveau.

— Je suis Michele Cox, l'ancienne chef du restaurant Alfieri's à Manhattan. J'ai remporté plusieurs prix et certaines de mes spécialités ont fait parler d'elles, comme en attestent les articles que j'ai joints à ma candidature.

Toutefois, ce ne sont ni les récompenses ni la notoriété qui m'ont donné envie de devenir chef. La cuisine est bien plus qu'un métier pour moi. C'est un moyen de faire du bien aux gens. Un convive qui se sent seul trouvera du réconfort dans un plat de merveilleux cannelloni à la ricotta. Ce que je veux, c'est que les clients sentent que les mets qu'ils dégustent ont été préparés avec amour. Voilà ce qui les rendra heureux. C'est ce que je ferai pour votre nouveau restaurant, si vous m'en donnez la chance. Merci.

Bon. Ce n'était pas si mal. Avant d'avoir changé d'avis, elle envoya la vidéo par e-mail et glissa la fiche de candidature et les coupures de presse dans une grande enveloppe qu'elle allait poster de ce pas.

Il était temps de laisser Alfieri derrière elle et de retrouver le goût de cuisiner. Cette offre d'emploi, c'était l'occasion de prendre un nouveau départ. Elle ne pouvait pas laisser passer une telle chance.

- 2 -

Perchée sur ses talons hauts, Michele traversa le parking aussi vite qu'elle put en essayant de ne pas se fouler la cheville et de ne pas casser les roulettes de sa valise. Elle était arrivée la veille à Los Angeles et avait passé la nuit dans un hôtel proche de l'aéroport, précisément afin d'être à l'heure aujourd'hui pour son vol à destination de Plunder Cove. Le chauffeur de taxi s'était trompé de terminal en la déposant, ce qui l'avait mise en retard. Il n'avait sans doute pas trouvé concevable qu'une femme comme elle doive bel et bien monter à bord d'un jet privé.

Elle arriva enfin au portique de sécurité, essoufflée et le cœur battant.

— S'il vous plaît, dit-elle tout en essayant de reprendre sa respiration, dites-moi… que je ne suis pas… en retard.

— Votre nom, répondit l'agent de sécurité.

— Michele Cox. Je suis censée prendre l'avion de Harper Industries pour…

Il ouvrit la barrière.

— Vous êtes attendue.

Une fois de l'autre côté du portique, Michele vit une dame en tailleur bleu.

— Par ici, dit l'hôtesse en lui faisant signe. Oh ! ma chère, vous avez les joues toutes roses. Venez, nous avons de l'eau fraîche dans le salon privé. En revanche, vous n'aurez pas de temps pour une douche. M. Harper est prêt à partir.

Il y avait une douche dans le salon privé de l'aéroport ? Et Jeffrey Harper était là en personne ?

Elle se demanda soudain ce qu'elle faisait ici. De toute évidence, elle n'était pas à sa place. Elle osait à peine imaginer de quoi elle avait l'air après sa course effrénée sous le soleil californien. Ses joues devaient être plus rouges écarlates que roses.

Mais il était trop tard pour faire demi-tour. Maintenant qu'elle était là, elle devait s'efforcer de faire bonne figure.

Elle se passa la main dans les cheveux pour se recoiffer à la hâte et suivit l'hôtesse en essayant de se convaincre que tout allait bien se passer.

Quand elles eurent fait quelques pas, elles passèrent une porte et Michele se trouva tout à coup dans ce qui ressemblait à une suite de palace. Des fauteuils en cuir beige, du parquet massif, de beaux luminaires, des tables de jeux et un bar en bois de cerisier. Cinq jeunes femmes étaient là, en train de discuter, une flûte de champagne à la main.

— Michele Cox ?

Elle se retourna en entendant la voix d'homme qui l'appelait.

— J'étais à deux doigts de partir sans vous, ajouta-t-il.

Après une seconde d'angoisse, elle se rendit compte que ce n'était pas Jeffrey Harper. C'était un très bel homme, grand, brun, à la silhouette imposante. Et marié, comme l'indiquait l'alliance qui brillait à sa main gauche. Qui était-il et comment connaissait-il son nom ? Elle l'ignorait.

— Je suis désolée ! s'exclama-t-elle.

Et voilà. Cette fois, la roulette de sa valise était cassée.

Elle saisit la poignée de son bagage et le traîna pour aller à la rencontre l'homme qui s'était adressé à elle.

— Merci de m'avoir attendue, ajouta-t-elle. Il y avait un monde fou dans le terminal des vols internationaux et…

Oh ! non. Maintenant, c'était le talon de sa chaussure qui venait de se briser.

— Les vols internationaux ? C'est à presque deux kilomètres d'ici ! Vous êtes venue de là-bas à pied ?

— Deux kilomètres seulement ? demanda-t-elle. J'ai eu l'impression de courir un marathon.

— Laissez-moi vous aider.

Il lui prit sa valise des mains et la confia au steward qui venait l'en débarrasser. Pendant ce temps, elle se baissa pour ramasser son talon.

Elle promena les yeux autour d'elle. C'est alors qu'elle reconnut Suzette Monteclaire, la reine de la cuisine française. Que faisait-elle ici ?

— Maintenant que nous sommes au complet, dit le bel homme en élevant la voix, permettez-moi de me présenter. Je suis Matt Harper, le frère de Jeff, et c'est moi qui vais piloter l'avion qui vous mènera à Plunder Cove. Avant que nous embarquions, avez-vous des questions ?

Les jeunes femmes se regardèrent. Michele eut un mauvais pressentiment. Après une seconde d'hésitation, elle osa lever la main.

— Oui, mademoiselle Cox ?

— Sommes-nous *toutes* là pour passer l'entretien en tant que chef ? demanda-t-elle.

— J'en ai bien l'impression, répondit Matt avec un haussement d'épaules.

— Je ne comprends pas. Je croyais qu'il y avait un seul poste à pourvoir.

— Moi aussi, renchérit une autre jeune femme. Pourquoi sommes-nous toutes ici ?

Celle qui se trouvait au milieu du groupe émit un rire moqueur. Elle avait d'épais cheveux bruns et de beaux yeux verts.

— Cela me paraît pourtant évident ! dit-elle. C'est un concours. La gagnante sera choisie pour travailler auprès du sexy Jeffrey Harper, ajouta-t-elle en adressant un clin d'œil à Matt.

— Est-ce que cela fait partie de son émission de télé ? demanda doucement l'une des candidates. Ils n'en ont jamais parlé dans *Secrets and Sheets*.

En la regardant, Michele crut reconnaître Lily Snow, la chef du China Lily, un grand restaurant chinois de Manhattan.

— Il commence une émission de cuisine, non ? demanda une autre femme avec un accent suédois.

Elle avait les cheveux d'un blond presque blanc, et ses yeux brillaient comme deux saphirs au milieu de son visage de porcelaine. Elle était grande, mince, superbe.

Michele essaya d'essuyer discrètement la sueur qu'elle sentait perler sur son front. Jeffrey Harper allait faire de sa détresse un moment de téléréalité. Ce n'était pas seulement face à lui qu'elle allait devoir redevenir, au moins en apparence, la cuisinière pleine d'inventivité qu'elle avait été. C'était sous les yeux de millions de téléspectateurs. En était-elle capable ?

— Écoutez, dit Matt en secouant la tête, je ne peux pas vous en dire plus. Tout ce que je sais, c'est que je dois vous emmener à Plunder Cove. Si certaines d'entre vous ont changé d'avis, je les ferai reconduire à leur terminal par un chauffeur et je prendrai en charge leurs frais de retour.

En voyant tous ces talents rassemblés dans la salle, Michele fut tentée de prendre ses jambes à son cou et de rentrer à New York sans demander son reste. Mais elle avait besoin de ce travail. Pour Cari et pour elle-même.

Elle ne bougea pas. Les autres jeunes femmes non plus.

— Personne ? demanda Matt. D'accord. Alors suivez-moi.

Trois heures plus tard, assise dans une limousine avec les cinq autres candidates, Michele admirait les arbres ornés de fleurs violettes qui bordaient la route.

— Ça y est ! s'exclama l'une des passagères. Nous sommes à Casa Larga, je vois la maison !

Michele se pencha pour regarder par le pare-brise et découvrit la grande bâtisse qui se dressait au bout de l'allée. Le tableau qu'elle avait devant elle ressemblait à la couverture d'un magazine. Elle avait l'impression d'entrer dans un autre monde.

Toutes les jeunes femmes se mirent à parler en même temps. Elles échangèrent des informations sur la famille Harper, notamment sur la sœur de Matt et Jeffrey, qui était la professeure de yoga des stars à Hollywood. La gorge sèche, Michele était incapable de participer à la conversation. Comment allait-elle bien pouvoir trouver sa place au milieu de ces fortes personnalités, de tous ces gens habitués au luxe et à la célébrité ? Elle aurait dû accepter la proposition de Matt Harper et rentrer chez elle au lieu de monter dans son jet privé. L'erreur du chauffeur de taxi, la roulette de sa valise, le talon de sa chaussure… C'étaient autant de signes qui auraient dû l'alerter.

— Jeff est tellement beau ! soupira l'une des candidates.

Michele ne pouvait pas la contredire sur ce point, mais qu'est-ce que cela changeait pour elle ? Les hommes étaient bien la dernière de ses préoccupations en ce moment. Et elle n'avait aucune envie d'avoir un play-boy ou un critique arrogant comme patron. Elle avait besoin que Jeffrey Harper l'engage et la laisse tranquille dans sa cuisine.

En outre, elle ne comprenait pas pourquoi toutes les concurrentes étaient des jeunes femmes. Comment se faisait-il qu'aucun homme n'ait été convié pour cette série d'entretiens et de tests ?

Le chauffeur de la limousine se gara et les passagères se bousculèrent pour descendre de voiture. Aussitôt, une ravissante jeune femme vêtue d'une jupe jaune vint à leur rencontre pour les accueillir.

— Soyez les bienvenues à Casa Larga, dit-elle d'une voix douce et mélodieuse. Je suis Chloe Harper, la sœur de Jeff. C'est moi qui vais vous montrer vos quartiers. Vous serez installées dans des chambres deux par deux, au moins cette nuit. Pour la suite... Eh bien, nous verrons comment les choses se déroulent. Suivez-moi, je vais vous faire visiter.

Elles franchirent une porte vitrée à double battant et se retrouvèrent dans une vaste entrée. Michele leva les yeux pour contempler le lustre le plus énorme qu'elle ait jamais vu.

— Je vous donnerai l'emploi du temps de ces prochains jours, poursuivit Chloe. Chacune de vous saura ainsi à quel moment elle devra se présenter en cuisine pour préparer quelque chose. Ce devra être un plat signature, celui qui représente votre identité en tant que chef.

La cuisinière suédoise leva un index parfaitement

manucuré pour prendre la parole. Au cours du trajet, Michele avait appris qu'elle s'appelait Freja.

— La toilette et le maquillage d'abord, hein ? Mes fans vont me regarder depuis la Suède. Ils peuvent voter aussi, non ?

Prise de panique, Michele crut que ses jambes allaient se dérober sous elle. Elle avait été à des lieues d'imaginer cela. Un concours de cuisine, et télévisé qui plus est ! Elle ne savait plus quelle cuisinière elle était. Elle était perdue, ignorant même si elle pouvait encore réussir une seule recette. Si elle échouait devant les caméras d'une émission aussi regardée que celle de Jeffrey Harper, elle pourrait dire adieu à sa carrière.

Chloe regarda Freja avec stupeur.

— Il ne s'agit pas d'une émission de téléréalité, répondit la sœur de Jeff. Il s'agit d'un concours. À la fin, Jeff choisira l'une d'entre vous pour diriger la cuisine du restaurant. Il n'est pas question de faire voter le public.

Michele se sentit mieux, mais son soulagement fut de courte durée.

— Une équipe de télévision viendra, poursuivit Chloe, mais seulement une fois que le restaurant sera prêt à ouvrir. Celle qui aura été désignée comme chef devra s'attendre à voir beaucoup de caméras ce jour-là.

Malgré son angoisse grandissante, Michele espérait toujours obtenir le poste. C'était une occasion inespérée de retrouver une stabilité financière. Sans cela, comment ferait-elle pour subvenir aux besoins de Cari ? Elle voulait que sa sœur soit heureuse et en bonne santé, et sans argent, elle serait contrainte de la priver des activités et des soins qui lui faisaient tant de bien.

Elle n'avait pas le choix. Elle devait convaincre Jeffrey Harper que c'était elle, la cuisinière dont il avait besoin.

D'une façon ou d'une autre, elle allait devoir réveiller son talent, celui que tant de gourmets avaient célébré par le passé.

Debout à côté de Matt sur le palier du premier étage, Jeff observait le groupe de jeunes femmes qui traversaient l'entrée, guidées par Chloe. Elles avaient toutes un point commun : leur renommée en tant que cuisinières. C'était tout ce qui l'intéressait.

— Tu es sûr de vouloir faire ça ? demanda Matt. Te marier après l'ouverture du restaurant ?

— Je n'ai pas vraiment le choix, répondit Jeff en grimaçant. C'était la condition pour que je prenne la tête de ce projet. J'ai accepté le marché.

— Papa et toi, vous êtes très forts pour conclure des marchés. C'est stupide. Le mariage n'est pas un accord commercial. Tu n'imagines pas l'intensité du lien qu'on peut avoir avec sa femme. Moi, avant Julia, j'étais loin de penser que je vivrais un jour quelque chose d'aussi fort. Ma femme me fait découvrir des sensations que je ne soupçonnais pas.

— Tu m'as tout l'air d'un homme qui passe de belles nuits, répondit Jeff d'un ton ironique.

— Oh ! tais-toi, soupira Matt en lui donnant une tape sur l'épaule. Sérieusement, tu devrais te donner une chance de trouver l'amour. C'est tout ce que je dis.

Jeff savait parfaitement qu'il ne connaîtrait jamais ce dont lui parlait son frère. Il n'était pas fait pour ce genre de relations.

Au rez-de-chaussée, les jeunes femmes suivaient Chloe en discutant. Elles étaient toutes belles et talentueuses. Manifestement, aucune d'elles n'avait remarqué qu'il se tenait là à les regarder, et c'était très bien comme cela. Il ne comptait pas entrer en contact avec elles avant d'avoir goûté leur cuisine. À quoi bon perdre du temps à bavarder s'il n'était pas convaincu par leurs qualités professionnelles ?

Alors que la candidate qui fermait la marche passait sous ses yeux, elle s'arrêta et leva la tête vers lui, comme si elle avait senti sa présence. Leurs regards se rencontrèrent. La lumière projetée par le lustre faisait briller ses longs cheveux blonds.

Elle se figea une seconde, puis lui fit un petit signe.

Il lui répondit en levant la main à son tour.

Elle lui sourit, et de là où il se trouvait, il vit deux fossettes apparaître aux coins de sa bouche. Elle avait l'expression la plus délicieuse qu'il lui ait été donné de voir.

Le visage et l'allure de cette femme le fascinaient. Elle étincelait comme un diamant.

Non sans déception, il la vit se détourner brusquement de lui et s'éloigner d'un pas pressé pour rejoindre le groupe.

— Allô, Jeff, tu m'entends ? demanda Matt en agitant la main devant ses yeux.

Jeff se tourna vers son frère.

— J'ai mal vu ou elle boitait ?

— Tu n'as donc rien écouté de ce que je viens de dire ? répliqua Matt. C'est ce que j'étais en train de t'expliquer. Oui, elle boite, parce qu'elle a cassé le talon de sa chaussure en courant pour attraper le jet.

Jeff pensait encore au sourire qui venait de l'ensorceler.

— Elle a cavalé presque deux kilomètres sur ses talons hauts. Je ne connais aucune des candidates, mais je peux te dire que celle-ci a de la volonté. Et beaucoup de courage. Un peu comme ma femme.

— Tu aimes bien dire ça, hein ? demanda Jeff.

— Quoi ?

— Ma femme.

— Oh ! oui, répondit Matt avec un air rêveur. Toi aussi, tu pourrais aimer dire « ma femme », si tu t'autorisais à trouver ton âme sœur. Tu ne permets à personne d'être proche de toi. Il serait temps que tu te livres un peu plus. Que tu montres vraiment qui tu es. Le jour où tu le feras, tu trouveras l'amour. Je t'assure.

— Désolé, Matt, mais je ne suis pas comme toi. Julia et toi, vous étiez faits l'un pour l'autre. C'était une évidence. Je ne connaîtrai jamais la même chose.

— Tu pourrais, si tu te débarrassais de ton armure. Si tu acceptais de tomber le masque pour être un homme sincère, naturel. Un homme normal.

Avait-il envie de normalité ? Il n'était même pas sûr de savoir ce que cela voulait dire.

— Tu pourrais commencer par la jeune femme que tu viens de dévorer du regard, suggéra Matt. Michele Cox n'est pas seulement belle et courageuse. Elle est aussi adorable.

— C'était Michele Cox de chez Alfieri's ? Je me souviens encore de son poulet cacciatore. L'un des meilleurs de ma vie. Sa cuisine m'avait bouleversé.

— Ah, tu vois que tu es sur la bonne voie.

— Tu te trompes, rétorqua Jeff. Ces jeunes femmes ne sont pas venues pour ça. En revanche, il se pourrait bien que j'engage Michele Cox. Je l'ai vue un jour à la télévision dans une émission de cuisine. Elle cuisinait avec une telle passion, un tel instinct ! Les épices, les herbes aromatiques, les saveurs et les couleurs semblaient trouver leur place d'elles-mêmes. Je n'avais jamais vu ça. C'était un spectacle poétique, presque féerique.

— Un spectacle poétique et féerique ? répéta Matt. On dirait que tu as pas mal pensé à elle, dis-moi.

Jeff ne pouvait pas contredire son frère. Après avoir vu cette émission, il était allé plusieurs fois s'attabler dans le restaurant où travaillait Michele Cox. Un soir, il avait même demandé à Alfieri, le patron de l'établissement, s'il voulait bien l'inviter en cuisine, qu'il rencontre la cuisinière. Hélas, elle était partie trop tôt pour qu'il puisse la voir. Quand il y était retourné quelque temps plus tard, il avait appris, non sans déception, que le chef avait changé.

— Je le vois bien à l'expression de ton visage, dit Matt. Elle te plaît.

— Je ne la connais même pas.

— C'est l'occasion. Invite-la à dîner pour faire connaissance. C'est un défi que je te lance.

— Non, non, répondit Jeff en riant. Pas question. Je ne cherche pas une relation amoureuse. J'ai besoin d'une grande cuisinière, d'une part, et d'une femme qui accepte un mariage de façade avec moi, d'autre part.

Matt secoua la tête avec un air dépité.

— Ce n'est pas comme ça que tu la trouveras.

— Que je trouverai quoi ? demanda Jeff.

— Ton âme sœur.

- 3 -

Michele contempla la superbe chambre dans laquelle elle était logée. La pièce, dont le sol était couvert d'un carrelage ancien, comportait un coin salon, un bureau, deux grands lits et deux télévisions. Une légère brise entrait par la baie vitrée entrouverte et lui caressait le visage. Attirée par cette douceur presque méditerranéenne, elle sortit sur le balcon où se trouvait déjà Lily Snow, allongée sur une chaise longue.

— Oh ! bonjour, dit Lily avec un grand sourire. Quelle belle vue nous avons d'ici !

La maison était entourée de jardins arborés, et au loin s'étendait la mer dont la surface scintillait sous le soleil.

— Oui, c'est magnifique, approuva Michele.

— Et immense. Cette chambre seule fait la surface de mon appartement tout entier à Manhattan.

— Moi aussi. Je me présente, ajouta Michele en tendant la main, je suis Michele Cox de…

— De chez Alfieri's, acheva Lily en lui serrant la main avec enthousiasme. Je sais. Puis-je me permettre de dire que j'adore vos lasagnes ? C'est le meilleur plat italien que j'aie jamais goûté.

— Merci, je suis flattée. Tout le secret est dans la sauce, répondit Michele avec un clin d'œil. Et pour ma part, j'ai une passion pour vos dim sum.

— Ah, nous sommes admiratrices l'une de l'autre

alors. Vous vous joignez à moi ? proposa Lily en désignant l'autre chaise longue.

Michele s'assit à côté d'elle et respira profondément. Elle était fatiguée par le voyage et le décalage horaire, et elle avait mal aux pieds.

— J'ai l'impression de m'asseoir pour la première fois depuis des années.

— La journée a été longue, approuva Lily. Je ne savais pas en venant ici que j'allais participer à un concours. Et toi ? Tu veux bien qu'on se tutoie, au fait ?

— Oui, bien sûr. Non, je ne savais pas non plus que c'était un concours. Je ne suis pas sûre que je serais venue si je l'avais su, d'ailleurs, confia Michele à voix basse. Tu connais les autres chefs ?

— Pas personnellement. J'ai reconnu Freja Ringwold, qui est très connue en Suède où elle anime une émission de cuisine à la télévision. Il y a aussi Tonia Sanchez, la brune aux yeux verts, qui possède trois grands restaurants en Arizona. Quant à Suzette Monteclaire, c'est la meilleure pour…

— La cuisine française, compléta Michele. Oui, je sais bien. Et qui est cette superbe femme à la peau brune ? Nadia, je crois ?

— C'est la première fois que je la vois, mais Internet va nous en dire plus, lança Lily en tapotant sur son smartphone. Alors… Nadia est une chef originaire d'Arabie Saoudite, où elle a remporté plusieurs prix de cuisine. Son père est un cheik, et il y a une photo de lui en compagnie du père de Jeff, R.W. Harper. La photo date d'il y a quinze ans. De toute évidence, c'est une amie de la famille.

C'était de pire en pire. Michele se sentait comme un

poisson hors de l'eau. Elle n'avait aucune chance de gagner ce concours.

— On peut dire que nous formons un groupe éclectique, dit Michele. Tu sais ce que recherche Jeffrey Harper ?

— Un excellent chef. J'imagine que, en théorie, nous pourrions toutes faire l'affaire.

Ce que Lily ignorait, c'est que Michele n'était plus la cuisinière qu'elle avait été. Loin de là.

— Si ce n'est pas trop indiscret, demanda Lily, pourquoi es-tu partie de chez Alfieri's ? Il me semblait que c'était une très belle place. D'après ce que j'ai lu, c'était à la suite d'une réorganisation ?

— On peut dire ça comme ça.

— Pardon, je me mêle de ce qui ne me regarde pas.

Michele observa la jeune femme qui partageait sa chambre et ne décela pas la moindre trace de méchanceté dans l'expression de son visage. Cela faisait longtemps qu'elle n'avait pas eu une amie à qui parler. Elle s'était toujours confiée à sa mère, et maintenant qu'elle l'avait perdue, elle se sentait infiniment seule.

— Non, répondit-elle à Lily, ça ne me dérange pas d'en parler. Alfieri était… difficile. Je ne pouvais pas rester. Pourtant, je sais que je lui dois ma carrière. Il m'a recrutée comme jeune apprentie. C'était un grand chef et un merveilleux professeur. Tout se passait bien au début. Cette époque me manque.

Un élan d'émotion lui serra la gorge et elle entendit sa voix faiblir.

— Oh ! murmura Lily. Tu étais amoureuse de lui ?

Alfieri l'avait impressionnée, mais elle n'avait jamais eu de sentiments pour lui. Certains aspects de sa personnalité l'avaient même terrifiée.

— Non, répondit-elle. Il avait quinze ans de plus que

moi, je me nourrissais de son expérience. J'arrivais de l'Indiana, j'étais naïve et je découvrais la jungle new-yorkaise. Alfieri représentait davantage un guide. J'ai sans doute préféré ne pas voir…

Elle s'interrompit en se remémorant le soir où il avait essayé de jeter sur elle une sauce bouillante qu'il avait jugée trop salée.

— J'ai fait abstraction de ses défauts, poursuivit-elle. Jusqu'au jour où la situation est devenue intenable.

Elle avait la gorge sèche. D'une main tremblante, elle attrapa la bouteille d'eau minérale posée sur la table. Même après tout ce temps et alors qu'elle se trouvait à l'autre bout du pays, cet homme continuait à avoir une terrible emprise sur elle. C'était insensé !

— Que s'est-il passé ? demanda Lily avec un regard plein de sollicitude.

C'était étrange, mais Michele sentait qu'elle pouvait se confier à cette jeune femme qu'elle venait de rencontrer. Maintenant qu'elle avait commencé à lui parler, elle ne pouvait plus s'arrêter.

— Je l'ai menacé de m'en aller, parce qu'une partie de moi était en train de disparaître. Je perdais toute confiance en moi. Ses remarques acerbes me minaient. Il m'a présenté ses excuses, il m'a promis qu'il serait moins agressif à l'avenir et même qu'il suivrait une formation pour améliorer son management. Il m'a suppliée de rester. Puis il m'a proposé de devenir son associée. Il ouvrait un deuxième restaurant et voulait m'y nommer chef. Ainsi, disait-il, nous n'aurions plus à travailler ensemble et je pourrais m'émanciper dans ce nouveau lieu où la cuisine serait mon domaine réservé. Pour moi, c'était un rêve qui devenait réalité. J'ai accepté et je lui ai confié toutes mes économies en tant que part dans notre association. Je lui faisais confiance. Erreur fatale, conclut-elle en regardant Lily.

— Oh ! non.

— Pour résumer cette triste histoire, il a engagé un autre chef pour son nouveau restaurant, sans même me prévenir. J'ai démissionné et lui ai demandé de me rendre mon argent. Il m'a répondu qu'il ne voyait pas de quoi je parlais mais que, si je voulais, je pouvais toujours engager un avocat. Il savait que je n'avais plus de quoi payer une procédure. Je m'en veux tellement d'avoir été aussi bête…

Michele ne se rendit compte qu'elle pleurait que lorsque Lily se leva pour aller chercher une boîte de mouchoirs à l'intérieur.

— Quelle honte, murmura Lily en s'asseyant près d'elle pour la réconforter. J'espère qu'Alfieri paiera pour le mal qu'il t'a fait.

Michele prit un mouchoir et remercia Lily. C'était la première personne à qui elle racontait ce qui lui était arrivé. Si elle préférait garder cela pour elle, c'était avant tout parce qu'elle avait honte. Elle aurait dû démissionner bien plus tôt, mais son admiration pour Alfieri l'avait poussée à lui trouver des excuses. Comme si la cruauté était tolérable, et même normale, venant d'un grand chef.

En acceptant cette situation, elle s'était laissé ronger par la tyrannie de son patron. Le talent que lui avait transmis sa mère s'était peu à peu éteint.

Michele sursauta en entendant du bruit dans la chambre. Une seconde plus tard, la sœur de Jeff les rejoignait sur le balcon.

— Ah, vous voilà, dit Chloe de sa voix chantante. Lily, vous serez la première à vous mettre aux fourneaux. Vous pourrez vous présenter en cuisine dans une demi-heure. Michele, votre tour viendra demain. Bonne chance à toutes les deux !

De la chance, c'était bien ce dont Michele allait avoir besoin.

Jeff faisait les cent pas dans la vaste cuisine de la maison familiale, essayant en vain d'évacuer sa nervosité.

Il ne comprenait pas ce qui lui arrivait.

Les deux premières cuisinières lui avaient préparé des plats fantastiques, dignes des plus grands restaurants. Dignes de son futur palace. Ces chefs étaient douées et intelligentes. Il n'avait absolument aucun reproche à leur faire. Le problème ? Il n'avait pas été ému.

Leur cuisine était parfaite, mais elle manquait de poésie et de féerie.

Qui était la prochaine sur la liste ?

Il jeta un œil à la fiche que lui avait donnée Chloe et son regard fut aussitôt attiré par le nom inscrit en avant-dernière position. Michele Cox.

Il prit son téléphone pour appeler sa sœur. Chloe était revenue depuis peu à Plunder Cove, elle aussi, et elle l'aidait dans le processus de sélection des candidates.

— Comment vas-tu ? demanda-t-elle en décrochant. Tu es prêt pour Tonia ?

— Je voudrais passer directement à Michele Cox.

— Son entrée en lice n'est prévue que pour le déjeuner de demain.

Il ne pouvait pas attendre aussi longtemps. Il avait besoin de savoir si sa cuisine était aussi magique que dans son souvenir.

— Alors changeons le planning, répondit-il.

— Je te comprends, moi aussi je l'aime beaucoup. Elle est, comment dire…

— Étincelante.

Le mot s'était échappé de sa bouche sans qu'il ait le temps de le retenir.

— Étincelante, exactement, approuva Chloe. Ses yeux, ses fossettes… Je ne sais pas, elle a quelque chose de particulier. Tu la connais ?

— Pas vraiment. Et ne lui dis surtout pas que je t'ai parlé d'elle. Si sa cuisine n'est pas à la hauteur de mes attentes, je la renverrai chez elle comme les deux premières.

— Tu les élimines déjà ? Ne bouge pas, je te rejoins tout de suite.

À peine une minute plus tard, Chloe entrait dans la cuisine.

— Tu es sérieux ? demanda-t-elle à Jeff. Les deux premières candidates sont déjà congédiées ? On ne peut pas dire que tu leur as vraiment donné une chance de s'exprimer. Tu sais que l'une d'elles, la fille du cheik, était choisie par notre père ?

— Ce n'est pas lui qui prend les décisions cette fois-ci. C'est moi. Pourquoi les garder ici plus longtemps ? Ce serait une perte de temps pour elles comme pour nous.

Il s'appuya contre le plan de travail et croisa les bas.

— Voilà, répliqua Chloe. Une fois de plus, tu montres que tu ne veux pas faire d'efforts pour apprendre à connaître les gens. Quand accepteras-tu enfin de créer des liens, Jeff ?

— Pourquoi tu dis ça ?

— Je m'inquiète pour toi. Quand était-ce, la dernière fois que tu as eu une vraie relation ? Amicale ou sentimentale ?

Jamais.

— Je n'ai pas le temps pour ce genre de choses.

— Il faut que tu essaies, insista Chloe. Sinon, tu te réveilleras un jour, triste, vieux et seul. Il n'y a pas que le travail dans la vie, tu sais. Une vraie relation, c'est autre chose que trois minutes dans un ascenseur, ajouta-t-elle avec un sourire qui adoucit quelque peu la pique qu'elle venait de lui lancer.

Il n'allait certainement pas discuter de la fameuse vidéo avec sa petite sœur. La scène avait duré plus de trois minutes, mais très peu de gens savaient ce qui s'était vraiment passé dans cet ascenseur, et Jeff préférait que cela reste ainsi.

— Je vais bien, assura-t-il.

— Vraiment, tu vas bien ? Après ce que maman t'a fait ? De nous trois, c'est toi qui as subi le pire. Cette nuit dans la cabane à outils me donne encore des cauchemars.

Il sentit un frisson glacé le traverser.

— Comment est-ce possible ? demanda-t-il. Tu devais avoir, quoi… trois ans ?

— Je m'en souviens quand même.

Jeff serra les poings. Il refusait d'en parler.

— Je te dis que je vais bien. Tu peux cesser de t'inquiéter pour moi. Tu n'es pas au courant ? Je vais me marier.

— Ce n'est pas drôle, Jeff.

— Tu ne me crois pas ? Demande à papa.

— Arrête de dire n'importe quoi. Combien de fois je t'ai entendu jurer que tu ne te marierais jamais…

— Mais les gens changent, répondit-il avec un haussement d'épaules.

Elle le fixa du regard et ouvrit soudain de grands yeux.

— Je n'en reviens pas, murmura-t-elle. Tu es sérieux.

— On ne peut plus sérieux.

— C'est incroyable. Quelle merveilleuse nouvelle ! Qui est l'heureuse élue ? Pitié, dis-moi que ce n'est pas la femme de l'ascenseur.

— Oh ! non. Pas quelqu'un de New York.

— Une fille d'ici ? C'est pour ça que tu as finalement décidé de rentrer ?

— Je ne suis pas Matt, grommela-t-il en fronçant les sourcils. Aucune femme n'est restée ici à m'attendre des années.

— Qui, alors ?

— C'est toute la question. Tu as une idée ?

Elle inclina la tête et le dévisagea avec perplexité.

— Je ne comprends pas.

— Le grand R.W. Harper a déclaré qu'il y aurait un mariage, expliqua Jeff. Alors il y aura un mariage. Dès qu'une mariée se présentera et donnera son accord pour une union sans amour.

— Non, Jeff, tu ne peux pas faire ça. Tu ne vas pas te marier sans être amoureux !

— Je ne serais pas le premier de la famille à le faire. Je doute que nos parents aient jamais eu de l'affection l'un pour l'autre.

— Et tu as vu le résultat ! Je t'en prie, Jeff, dit-elle en lui prenant le bras. Tu peux encore changer d'avis. Je veux te voir heureux.

— Je n'ai pas vraiment le choix, vu ce qui m'arrive en ce moment. Au cas où tu n'aurais pas remarqué, la vidéo continue de circuler sur les réseaux sociaux.

— Oui, je sais, murmura-t-elle en se serrant affectueusement contre lui. Je suis désolée.

Il se demanda s'il devait lui dire ce qui s'était passé dans l'ascenseur. Pouvait-il espérer qu'elle comprenne ?

— Tu es un homme bien, ajouta-t-elle. Tu mérites d'être aimé. Je suis prête à faire tout mon possible pour t'aider à trouver la femme de ta vie.

— Aucune chance.

— Tout ce que tu dois faire, c'est ouvrir ton quatrième chakra. La place de ton cœur. Tu peux compter sur moi pour te montrer comment t'y prendre.

Pensait-elle qu'il avait besoin d'apprendre à ressentir des émotions ? Qu'il en était incapable ?

Elle avait sans doute raison.

— Laisse tomber, sœurette. Je suis une cause perdue. Du reste, je m'en suis sorti jusqu'à maintenant sans amour, alors pourquoi le chercher aujourd'hui ?

— Oh ! Jeff, murmura Chloe, les yeux humides. S'en sortir, ce n'est pas être heureux. Je l'ai appris à mes dépens. Je peux te donner des conseils pour que tu fasses plus attention à toi, que tu te sentes mieux.

Il ne voulait pas vexer sa sœur, mais ce n'était pas le yoga qui allait régler ses problèmes. Hélas, Jeff tenait de sa mère. Il avait hérité de son incapacité à aimer.

— J'ai un chef à recruter et un palace à créer, répondit-il. Et à ce sujet, ajouta-t-il en se redressant, j'aimerais que tu dises à Michele Cox de descendre d'ici vingt minutes. Elle sera la dernière ce soir.

— D'accord.

Chloe le serra dans ses bras avant de s'éloigner. Jeff s'assura que personne n'arrivait, puis il ouvrit son ordinateur portable et chercha parmi les vidéos de candidature celle de Michele Cox.

« Un convive qui se sent seul trouvera du réconfort dans un plat de merveilleux cannelloni à la ricotta. Ce que je veux, c'est que les clients sentent que les mets qu'ils dégustent ont été préparés avec amour. Voilà ce qui les rendra heureux. C'est ce que je ferai pour votre nouveau restaurant, si vous m'en donnez la chance. Merci. »

La voix de Michele était aussi intense que ses propos. Forte, confiante. Alors pourquoi Jeff avait-il l'impression que cette jeune femme était plus fragile qu'elle voulait bien le montrer ?

Il remit la vidéo au début.

« Je souhaite travailler pour Harper Industries car j'ai besoin de croire que des choses bien peuvent arriver aux gens bien. »

Il mit sur pause afin d'observer le visage de Michele sur l'écran. Il regarda ses grands yeux noisette. Cette lueur lui rappelait quelque chose qu'il ne connaissait que trop bien.

Son cœur se mit à battre plus vite.

Michele Cox était une survivante, elle aussi.

- 4 -

Seule dans la grande cuisine de Casa Larga, Michele posa les mains à plat sur le plan de travail en marbre.

Elle ferma les yeux et s'encouragea mentalement.

Je suis une grande cuisinière. Talentueuse et créative. Je vais préparer une recette géniale.

C'était un rituel qu'elle avait adopté chez Alfieri's, pour se concentrer et se donner confiance avant une soirée importante. À l'époque, cela avait marché. Mais ce soir ? Pas tellement.

De mauvais souvenirs envahirent son esprit et attisèrent l'anxiété qui la dévorait depuis son arrivée en Californie. Les paroles accablantes d'Alfieri lui revinrent en mémoire, lui donnant l'impression qu'il l'avait poursuivie jusqu'à Plunder Cove.

Comment peux-tu te croire capable de réussir ? Tu es désespérante.

L'écho de cette voix la fit frémir. Elle rouvrit les yeux et serra les poings, tentant de reprendre le dessus. Elle n'avait pas droit à l'erreur ce soir.

Après une longue hésitation, elle céda et afficha sa recette sur l'écran de son téléphone.

Évidemment, tu es obligée de tricher. Tu n'arriveras à rien sans moi.

— La ferme, Alfieri ! chuchota-t-elle.

S'appuyer sur sa propre recette, ce n'était pas tricher.

C'était elle qui l'avait créée. Normalement, elle la faisait de tête, en se permettant de petites variations selon son humeur, comme le lui avait appris sa mère. Mais depuis quelque temps, cette liberté n'était plus possible. Elle ne savait plus ce qu'elle faisait, elle avait perdu son instinct et sa confiance en elle.

Elle posa son téléphone devant elle et se mit au travail.

Le pain à la sauge et au romarin était au four, et le mélange de citron, d'huile d'olive, de vin blanc italien et d'épices chauffait à feu doux. Une odeur divine flottait dans l'air. Elle farcit des calamars avec du jambon de Parme, de la mozzarella fumée et de l'ail, les posa délicatement dans une poêle, puis elle versa dessus un filet de la sauce aux truffes dont elle avait le secret. Elle fit ensuite bouillir ses linguine et les réserva au chaud. La salade de roquette, basilic et raisin chardonnay légèrement assaisonnée de citron et d'huile était déjà prête. Tout semblait parfait. Et pourtant… Michele avait le sentiment qu'elle avait manqué quelque chose.

Oui, c'était ça. Elle avait oublié l'ail dans le dernier calamar.

Il n'était pas encore cuit. Elle avait le temps de rectifier son erreur.

Elle baissa le feu, saisit une écumoire et récupéra le calamar. Seulement, la sauce aux truffes avait rendu le mollusque glissant et il retomba aussitôt dans la poêle. Michele ne portait pas de tablier car tous ceux qu'elle possédait étaient brodés au nom de son ancien restaurant. Ce qui devait arriver arriva. Quand le calamar tomba, la sauce gicla et tacha son chemisier en soie.

— Merci beaucoup, sale bête visqueuse !

— Mademoiselle Cox ?

La voix profonde qui venait de résonner derrière

elle la fit sursauter. L'écumoire toujours en main, elle catapulta le calamar qui s'envola dans les airs. Elle eut tout juste le réflexe de tendre la main pour le rattraper avant qu'il s'écrase par terre.

Tout en le cachant derrière elle, elle se retourna et se trouva face à face avec… lui.

Debout dans l'encadrement de la porte, Jeffrey Harper était là, dressé de toute sa hauteur. Elle ne pouvait ni s'enfuir, ni faire comme s'il n'avait pas vu ce qui venait de se passer. Elle aurait voulu disparaître.

— Monsieur Harper, balbutia-t-elle. Vous m'avez fait peur.

Il avança vers elle et elle sentit son cœur cogner de plus en plus fort contre sa poitrine. Jeff portait une chemise en lin blanc et un jean ajusté qui moulait parfaitement ses longues jambes musclées.

Dans cette tenue décontractée, il était beaucoup plus sexy qu'à la télévision.

— Je suis désolé, dit-il. Je ne voulais pas interrompre votre conversation avec…

Comme il se penchait vers la poêle, une mèche couleur de cuivre tomba sur son front. Il fit un mouvement de tête pour la remettre en place.

— Ces sales bêtes visqueuses, ajouta-t-il.

Était-ce possible de mourir de honte ?

Michele se prépara mentalement et physiquement à recevoir son regard dégoûté, celui qu'il avait affiché dans l'une de ses émissions en voyant des rats galoper dans la cuisine d'un hôtel. Mais au lieu de cela, il la regarda avec… amusement ?

— Je ne leur parlais pas à tous, expliqua-t-elle. Je m'adressais seulement à celui-ci.

Elle se résolut à lui montrer le calamar qu'elle avait caché derrière son dos.

— Il s'est mal comporté, murmura-t-elle.

Au lieu de s'en prendre à elle et de la chasser de sa cuisine comme l'aurait fait Alfieri, Jeff lui sourit.

Il avait des lèvres sublimes.

— Je vois, répondit-il. Que comptez-vous faire de lui ?

Il s'approcha un peu plus d'elle.

Il était si grand qu'elle dut lever la tête pour le regarder en face. Il avait des yeux bleu pastel, parsemés de petits points dorés qui ressemblaient à des étoiles. Michele comprenait mieux maintenant pourquoi il fascinait les femmes à ce point.

Elle regarda le calamar difforme. Alfieri se serait mis en colère.

Cette erreur sera déduite de ta fiche de paie.

— Le jeter ? proposa-t-elle.

— Pourquoi ? Cuisinez-le avec les autres. Je le mangerai.

Elle mit de l'ail dans son calamar, tout en s'efforçant de contrôler le tremblement de ses mains. Puis elle réarrangea la farce à l'intérieur et le reposa dans la poêle.

Elle était troublée, mais pas seulement à cause de la scène humiliante qu'elle venait de vivre. La présence de Jeff à côté d'elle, son charisme, son parfum… Il la déstabilisait.

— Je ne vois pas de poulet, dit-il.

Elle crut percevoir une légère déception dans sa voix.

Était-ce une consigne qu'elle n'avait pas lue ou pas entendue ?

— Ce sont des calamars farcis, poêlés, assaisonnés de sauce aux truffes. Les linguine et les palourdes au bouillon sont déjà prêtes, dit-elle d'une voix nerveuse.

Il croisa les bras et elle comprit à son expression qu'il n'approuvait pas son choix de menu.

— Mademoiselle Cox, dit-il, la place de chef dans mon restaurant exige une excellence absolue. Je veux être impressionné par chaque plat.

Cette fois, son attitude lui rappelait un peu plus Alfieri. Le ton condescendant de sa voix la mit hors d'elle.

— Que dois-je faire de plus, monsieur Harper ? répliqua-t-elle sèchement. Jongler avec des palourdes et les attraper avec mes dents ?

Il la regarda, bouche bée. Elle devait reconnaître qu'elle était aussi surprise que lui par ce qu'elle venait de dire. Ce n'était pas son genre d'être impertinente, et surtout pas lors d'un entretien d'embauche.

Elle attendit qu'il lui demande de partir.

Mais Jeff Harper ne la chassa pas de chez lui. Au lieu de cela, il se mit à rire. Ce son grave et rauque, qui semblait venir du fond du cœur, la fit sourire malgré elle.

Il avait un rire à la fois communicatif et très sensuel.

— Non, mademoiselle Cox, ce n'est pas ce que j'attends de vous. Tout ce que je vous demande, c'est de m'enthousiasmer. Je veux être transporté par ce que je goûte.

Pour l'instant, c'était elle qui était enthousiasmée et transportée par ce qui se passait. Par la voix de Jeff, son sourire, la façon qu'il avait de la regarder.

Elle lutta pour se concentrer.

— Chardonnay ? proposa-t-il.

— Oui, si c'est ce que vous voulez boire. Je me permettrais néanmoins de suggérer soit un rouge pas trop tannique, à l'acidité prononcée, un sangiovese par exemple, soit un blanc de type viognier. Qu'en pensez-vous ?

— Je vais voir ce que nous avons dans la cave.

En le regardant sortir de la cuisine, Michele songea que Jeffrey Harper paraissait beaucoup moins arrogant en vrai qu'à la télévision. Il n'avait pas élevé la voix une seule fois.

Elle sortit le pain du four, l'enveloppa dans un torchon coloré et le plaça dans une corbeille. Jetant un œil sur sa recette, elle s'assura qu'elle n'avait rien oublié, puis disposa les différents mets dans une assiette. Les pâtes comme les calamars étaient cuits à la perfection. Elle avait bien dosé ses épices. Dans le saladier, les feuilles de roquette apparaissaient comme de la dentelle ornée de basilic et de grains de raisin. L'assaisonnement était un autre petit secret de Michele, qu'elle ne manquait jamais. Son repas n'était pas une œuvre d'art, mais il était appétissant, il sentait bon, et elle ne doutait pas de l'avoir réussi. C'était le mieux qu'elle pouvait faire ce soir.

Elle soupira. Elle n'était pas là pour faire quelque chose de bien. Elle devait être excellente, si elle voulait pouvoir rivaliser avec les autres candidates.

— J'ai une bouteille de chaque vin, dit Jeff en revenant dans la cuisine. Lequel des deux préférez-vous ?

Elle le regarda avec étonnement.

— Moi ?

— Je ne compte pas boire tout seul, répondit-il.

— Ah, d'accord, dit-elle en pliant une serviette de table en forme de fleur. Eh bien, j'opterais plutôt pour le blanc. Merci.

Elle apporta l'assiette de Jeff à table.

— Du viognier, déclara-t-il en ouvrant la bouteille. Comme vous me l'avez demandé. Je vous en prie, asseyez-vous.

Il lui servit un verre et le posa en face de lui.

Manifestement, elle était censée le regarder dîner. Allait-il lui expliquer bouchée après bouchée qu'elle n'était pas à la hauteur ? Que sa cuisine ne le « transportait » pas ? Allait-il lui lancer son assiette à la figure et lui ordonner de tout nettoyer, comme l'aurait fait Alfieri ?

Elle regarda la table et se rendit compte qu'elle avait oublié la salade sur le plan de travail. Une autre erreur de débutante. Qu'allait-elle encore rater ce soir ?

— Je reviens tout de suite, dit-elle précipitamment.

Quand elle fut de retour avec le saladier, elle découvrit avec stupeur qu'il avait séparé son entrée en deux parts et mis la moitié dans une seconde assiette.

— Monsieur Harper ? Que faites-vous ?

— Je partage avec vous. Je déteste prendre un repas seul.

Il affichait un sourire plus sincère que hautain, et dans ses yeux, elle crut déceler une émotion inattendue. Était-ce de la tristesse ? Un sentiment de solitude ? Elle n'aurait su le dire exactement.

Elle aussi détestait se mettre seule à table. Non sans embarras, elle s'assit en face de lui.

— Merci, dit-il d'un ton presque soulagé.

Sa gentillesse la surprenait tant qu'elle le regarda pour voir s'il n'était pas en train de se moquer d'elle. Ce n'était pas le cas.

— Commencez, lui enjoignit-il.

Ça alors. Voilà qu'elle était invitée à dîner en tête à tête avec l'un des célibataires les plus en vue des États-Unis. Elle ne s'en sortait pas mal, après un entretien d'embauche aussi catastrophique que celui qu'elle venait de passer. Pas mal du tout.

Jeff alluma deux bougies et les disposa de façon à ce qu'elles éclairent le beau visage de Michele Cox.

Il n'avait jamais rencontré un chef comme elle.

Au départ, en arrivant dans la cuisine, il n'avait pas été impressionné. Il n'avait vu ni poésie, ni féerie. Elle lui avait semblé crispée et hésitante. Et puis, pourquoi avait-elle regardé plusieurs fois son téléphone ? Utilisait-elle la recette de quelqu'un d'autre ?

C'était lorsqu'elle s'était énervée contre son calamar qu'elle avait révélé tout son tempérament. Et quand elle l'avait rattrapé au vol, il avait dû se retenir pour ne pas éclater de rire. Il avait vu combien elle était gênée qu'il l'ait surprise à ce moment-là. Ses joues étaient devenues écarlates, ses beaux yeux couleur de miel s'étaient emplis d'inquiétude. Et pourtant, elle lui avait répondu avec un mélange d'insolence et d'humour.

Il aimait cet aplomb. C'était une qualité dont un grand chef avait besoin. Et sa réaction pleine d'esprit avait donné envie à Jeff d'en savoir plus sur elle.

Il coupa une bouchée de calamar et un filet de beurre aillé coula dans son assiette. Lentement, il porta le morceau à sa bouche et le mâcha en regardant Michele. Il lut de l'espoir dans ses yeux. Plus que cela, de l'optimisme. Elle voulait remporter cette bataille. Plus que tout.

En temps normal, cela l'aurait laissé indifférent et froid. Il ne l'aurait jugée que sur la qualité de son plat. Mais il ressentait quelque chose de particulier cette fois-ci, une émotion qu'il n'arrivait pas à définir.

Il prit ensuite une bouchée de linguine, puis de salade. Il n'avait encore fait aucun commentaire. Non parce qu'il avait la cruauté de vouloir faire attendre Michele, mais parce qu'il savourait ce moment. Elle et lui, assis l'un en face de l'autre, les yeux dans les yeux, en train de partager le même repas.

— Attendez, dit-il, vous avez un peu de…

Il déplia sa serviette et essuya la goutte de beurre que Michele avait sur le menton.

— Merci, dit-elle avec un sourire qui fit apparaître ses ravissantes fossettes.

Il était si captivé par elle qu'il en oublia presque qu'il devait juger son travail.

— C'est bon, dit-il en finissant son assiette.

Le deuxième calamar, celui qui était déformé, lui parut deux fois plus aillé que le premier. C'était mauvais signe.

— Oui, murmura-t-elle en regardant tristement sa propre assiette. Bon, mais pas magique.

Elle avait le mérite d'être lucide.

— Ça m'a plu, assura-t-il, mais pourquoi ne pas avoir préparé votre plat signature ?

— Mon poulet cacciatore ?

— Oui. Je l'avais goûté à New York. L'un des meilleurs plats que j'aie jamais mangés.

Avec cette recette, elle aurait pris plusieurs longueurs d'avance sur ses concurrentes. Pourquoi avait-elle pris le risque de cuisiner des fruits de mer ?

— J'avais créé cette recette pour Alfieri's, répondit-elle. Je ne la ferai plus.

— Pourquoi ? Elle était extraordinaire.

— Je suis désolée… Je ne… C'est impossible, balbutia-t-elle d'une voix étranglée.

Puis elle vida son verre de vin d'un trait.

Qu'avait-il bien pu dire pour la mettre dans cet état ? Elle était pâle tout à coup, et il crut même voir des larmes naître dans ses yeux.

— Mademoiselle Cox, ça ne va pas ?

— Ce n'est rien, répondit-elle en reposant son verre. Merci pour votre gentillesse. Je n'ai pas l'habitude.

Sa gentillesse ? C'était bien la première fois que Jeff entendait cela.

— Je suis sincère, c'est tout.

— Les bougies ? répliqua-t-elle. Ce couvert mis pour moi ? C'est très gentil, vu que nous savons tous les deux que je n'aurai pas le poste.

Sa remarque le stupéfia. Pourquoi essayait-elle de se disqualifier elle-même ?

— Avez-vous changé d'avis ? demanda-t-il.

— Non ! J'ai terriblement besoin…

Elle se tut et pinça les lèvres avant de reprendre :

— Je veux travailler pour Harper Industries. Vraiment. Mais je… Pardon, c'est très gênant. Je n'ai pas réalisé un dîner d'exception ce soir. Je ne suis pas sûre d'être encore capable de le faire.

Elle ne lui disait pas tout, mais apparemment elle éprouvait de la peur. Avait-elle des ennuis ?

— Vous êtes dure avec vous-même.

— Non, je ne crois pas, répondit-elle en se mordant la lèvre, comme pour s'empêcher de pleurer.

Était-elle susceptible à ce point ? Pour être chef dans un grand restaurant, il fallait avoir les nerfs solides.

— Si vous voulez bien m'excuser, dit-elle, je vais débarrasser et ranger la cuisine pour la prochaine candidate.

Comme elle se penchait pour prendre l'assiette de Jeff, celui-ci posa la main sur celle de Michele pour arrêter son geste.

— Mademoiselle Cox ? De quoi avez-vous terriblement besoin ?

Elle se figea. Elle affichait une expression à la fois

grave et concentrée, comme si la réponse à cette question était la clé de tout.

— De retrouver ce que j'ai perdu, pour que je puisse prendre soin d'elle.

Alors qu'il réfléchissait au sens de sa réponse, elle ôta sa main de la sienne avant de la lui tendre courtoisement, en signe de salut.

— Merci de m'avoir offert cette chance, monsieur Harper. Je vous souhaite bonne chance pour trouver la personne qu'il vous faut. Je suis navrée de vous avoir fait perdre votre temps.

Avec une profonde déception, il lui donna la poignée de main qu'elle attendait. Il aurait voulu dire quelque chose, mais il ne le pouvait pas. Elle avait le droit de renoncer au concours. Il n'avait aucune raison de le prendre contre lui.

Alors pourquoi avait-il l'étrange impression qu'elle le quittait, lui ?

Il la regarda s'éloigner et but son verre de vin. Seul.

- 5 -

Michele rejoignit la chambre qu'elle partageait avec Lily sans cesser de pester contre elle-même.

Comment avait-elle pu commettre des erreurs aussi stupides devant un critique aussi renommé que Jeffrey Harper ? Un mot de lui et elle ne trouverait plus jamais de travail nulle part dans le monde de la restauration. Il avait le pouvoir de détruire sa carrière à jamais.

Enfin, si elle ne la détruisait pas elle-même avant cela...

Elle frappa à la porte et eut la surprise de voir que Lily était déjà en pyjama.

— Pardon, dit Michele. Je t'ai réveillée ?

— Non, répondit Lily en bâillant. Mais j'étais sur le point de me coucher. Le décalage horaire m'a épuisée. Pas toi ?

Curieusement, Michele ne sentait plus la fatigue. Sans doute à cause des émotions que ce dîner avec Jeffrey avait éveillées en elle. Elle était à la fois déçue et gênée, mais aussi troublée par son attirance pour lui. Contrairement à ce qu'elle avait cru, elle le trouvait infiniment séduisant, et cela rendait son échec encore plus difficile à vivre.

Elle entra dans la chambre et prit son sac à main.

— J'ai un coup de téléphone à passer avant de me mettre au lit, dit-elle à Lily. Je vais aller ailleurs pour ne pas te déranger.

Elle avait promis à Cari de l'appeler tous les jours pour lui lire son histoire. Elle aurait voulu le faire plus tôt aujourd'hui mais elle avait été appelée en cuisine à la dernière minute, alors qu'elle s'était attendue à entrer en scène le lendemain seulement.

— Attends, fit Lily en s'asseyant sur son lit. Avant de partir, tu peux me dire comment s'est passé ton entretien ? Je ne sais pas trop quoi penser du mien.

— Pourquoi ? demanda Michele en se rapprochant de Lily. Que s'est-il passé ? Jeffrey Harper n'a pas apprécié ta cuisine ?

— Si, si. Il a dit que c'était excellent. Les meilleurs dim sum qu'il ait jamais goûtés.

Michele ne put s'empêcher de ressentir une pointe de jalousie. Jeff n'avait pas jugé son plat « excellent ». Seulement « bon ».

C'était la preuve de ce qu'elle avait déjà deviné. Jeffrey avait détesté ses calamars.

— Alors pourquoi te poses-tu des questions ? demanda Michele. Tu as toutes les raisons de te réjouir.

— Pendant mon entretien, Jeffrey était… Je ne dirais pas froid, mais… distant. Comme si le cœur n'y était pas. Il m'a posé une seule question personnelle, puis il m'a remerciée et il est parti.

Michele fut surprise par les propos de Lily. Jeffrey n'avait pas été froid avec elle. Bien au contraire.

— Il ne t'a pas invitée à t'asseoir à table avec lui ?

— Non ! s'exclama Lily en écarquillant les yeux. Il a mangé debout dans la cuisine. Pourquoi ? Il t'a demandé de partager son dîner, toi ?

— Je pense qu'il a eu de la peine pour moi. Ma recette a été un fiasco.

— Jeffrey Harper ne me donne pas l'impression d'être

ce genre d'homme. Il est toujours intraitable dans son émission. Il n'a aucune indulgence pour les gens qui ne se montrent pas à la hauteur de ses attentes.

Lily avait raison. Le personnage que Michele avait vu à la télévision l'aurait sévèrement renvoyée à la seconde où il l'aurait vue rattrapant son calamar au vol. C'est aussi ce qu'aurait fait Alfieri, non sans ajouter une ou deux insultes.

Encore plus déphasée que tout à l'heure, Michele mit son sac sur son épaule et s'assura que le livre de Cari était bien à l'intérieur.

— Bon, dit-elle à Lily, je vais téléphoner. Je ferai attention de ne pas te réveiller en revenant.

Comme toujours lorsqu'il avait le moral au plus bas, Jeff se dirigea machinalement vers la cuisine. Il ne comprenait pas pourquoi Michele Cox s'était retirée du concours. Mais surtout, il ne comprenait pas pourquoi il était aussi affecté par sa décision.

À peine était-il entré dans la pièce qu'il s'arrêta net. Assise sur l'une des chaises hautes qui entouraient l'îlot central, une femme dormait, la tête posée sur le bras. Ses longs cheveux blonds tombaient en cascade. Il fit un pas vers elle, et non sans surprise, il découvrit qu'elle avait, ouvert devant elle, un livre illustré.

Ses cheveux avaient l'air si doux… Il les souleva délicatement pour découvrir son visage et murmura le nom qui hantait son esprit depuis des heures.

— Mademoiselle Cox.

Elle sursauta et ouvrit de grands yeux apeurés.

— Cari !

— C'est Jeff. Vous n'avez rien à craindre.

Quand il se rendit compte qu'il était en train de lui frotter doucement le dos pour la réconforter, il s'écarta d'elle et enfouit les mains dans ses poches.

— Vous n'étiez pas bien dans votre lit ? demanda-t-il.

— Désolée, dit-elle en se redressant brusquement. Je devais passer un coup de téléphone et je ne voulais pas déranger Lily Snow, avec qui je partage ma chambre. On est si bien dans cette cuisine… Je me suis endormie sans m'en rendre compte.

Infiniment attendri, il ôta les mains de ses poches et s'assit à côté d'elle.

— Je faisais ça tout le temps quand j'étais petit, confia-t-il. À chaque fois que mes parents se disputaient, la cuisine était le meilleur endroit pour trouver le sommeil.

Elle le regarda avec compassion.

— Cela arrivait souvent ? demanda-t-elle d'une voix douce.

— Tous les jours, voire plusieurs fois par jour. Pendant des années, j'ai cru que tous les parents se détestaient et maudissaient le jour où ils avaient eu des enfants.

— Je suis navrée. Ce devait être très dur pour vous.

En général, quand quelqu'un faisait preuve de gentillesse envers Jeff, c'était dans l'espoir d'obtenir quelque chose de lui. Un poste ou une bonne critique. Ce n'était pas le cas avec Michele Cox, puisqu'elle s'était retirée du concours.

Et puis elle était différente. Attentive et spontanée. Il ne parlait jamais de son passé mais, en rencontrant le regard de Michele, il se sentit en confiance.

— C'est surtout Matt, mon frère aîné, qui a subi les colères de notre père. C'était terrible. Il a fallu qu'il soit très fort pour résister aux mauvais traitements physiques et psychologiques. Pourtant, parfois, je l'enviais, parce que notre père ne l'ignorait pas comme il le faisait avec moi. J'en arrivais à faire toutes les pitreries imaginables pour qu'on me remarque enfin. J'ai même cassé le vase Ming de ma mère. Mais qui a été puni pour ça ? Matt. Il a menti pour me protéger.

Il se passa les mains dans les cheveux pour cacher qu'elles tremblaient.

— Pourquoi je vous raconte tout ça ?

— Je vous promets que je ne le répéterai à personne, dit-elle en souriant. Rappelez-vous, j'ai signé un accord de confidentialité.

Il ne put résister à l'envie de lui prendre la main pour la porter à ses lèvres.

— Merci, murmura-t-il.

En voyant combien ce baiser l'avait surprise, il libéra sa main délicate.

— Et… sinon, balbutia-t-elle, qu'est-ce qui vous amenait dans la cuisine, monsieur Harper ? Vous avez déjà faim ?

— S'il vous plaît, appelez-moi Jeff. Maintenant que vous connaissez mes secrets.

— D'accord, à condition que vous m'appeliez Michele.

Pour cela, il n'allait certainement pas se faire prier.

— Alors ? demanda-t-elle. Avouez. Vous avez caché votre calamar sous votre serviette, et maintenant, vous mourez de faim.

— Mais pourquoi refusez-vous de me croire ? répliqua-t-il en riant. Je vous ai dit que j'avais aimé votre plat. Je vous assure que j'ai tout mangé. Mais c'était il y a un moment, et je suis venu pour me faire un sandwich grillé au fromage.

— Un sandwich grillé au fromage ? Et si je vous le préparais ? Cela me permettrait peut-être de recouvrer un semblant de dignité, après le fiasco du calamar volant. Ce sera mon final.

— Eh bien, avec grand plaisir, merci beaucoup.

— Que voulez-vous, demanda-t-elle en se levant, la version enfant ou adulte ?

À l'instant où elle s'éloigna, il sentit un frisson de froid le traverser. Comment faisait-elle pour lui réchauffer le cœur et le corps par sa seule présence ? Pourquoi ressentait-il le besoin d'être près d'elle alors qu'il la connaissait à peine ?

C'était insensé. Et surtout, il allait devoir s'empresser de passer à autre chose, puisqu'elle avait décidé de partir.

À moins que…

Oui, voilà ce qu'il devait faire. La convaincre de rester. Il pouvait encore la faire changer d'avis.

D'une façon ou d'une autre, il fallait que Michele reste.

- 6 -

Michele ne pouvait le nier. Jeffrey Harper la troublait de plus en plus. Il était non seulement sexy et charismatique, mais elle découvrait aussi à quel point il était sensible. Cette histoire sur son enfance l'avait profondément émue. Cela lui serrait le cœur d'imaginer qu'un enfant en arrive à briser des pièces de collection dans le seul but d'attirer l'attention de ses parents. Elle avait connu beaucoup de malheurs dans sa vie. La mort de son père, les problèmes de santé de sa sœur, les difficultés financières et la maladie de sa mère ; mais jamais elle n'avait souffert du manque d'affection ou de l'indifférence de ses parents.

Préparer un sandwich pour Jeff était une belle façon de lui dire au revoir avant qu'elle rentre chez elle. Au revoir, et surtout merci. Et… peut-être que c'était aussi le meilleur moyen de s'offrir quelques minutes de plus en sa compagnie.

À peine fut-elle devant le réfrigérateur qu'il se leva pour la rejoindre. Le simple fait de le sentir près d'elle la fit frissonner de plaisir.

— Quelle est la différence entre les deux versions ? demanda-t-il avec un léger sourire.

— Pour les enfants, j'opte pour la douceur. Mais pour un homme comme vous…

La lueur pleine d'humour qu'elle voyait briller dans ses

yeux bleus et dorés la rendait insouciante. Qu'avait-elle à perdre ?

— Je verrais quelque chose de plus brûlant, poursuivit-elle. Des piments grillés. Peut-être des habaneros.

— Un homme comme moi ?

— Un homme avec votre piquant devrait pouvoir tenir le choc, dit-elle en le tapotant du bout de l'index.

Il regarda fixement le doigt de Michele, puis leva les yeux vers elle. En voyant l'expression espiègle de son visage, elle comprit ce qu'elle avait fait. Elle avait franchi une barrière. Et elle ne pouvait nier que cela lui plaisait.

— J'aime aussi la douceur, murmura-t-il.

La façon dont il prononça ces mots, avec une infinie sensualité, la fit fondre encore un peu plus.

— Un de chaque, alors ? proposa-t-elle.

Il acquiesça, croisa les bras et s'appuya contre le plan de travail.

— D'accord, dit-elle, mais je vous conseille de vous éloigner un peu. La fumée des piments risque de vous faire mal aux yeux.

— Dans ce cas, mettez ça, répliqua-t-il en sortant de sa poche une paire de lunettes de soleil.

Il s'approcha de Michele, mit les mains dans ses longs cheveux pour les dégager de son visage et posa les lunettes sur son nez. Elle resta droite, sans bouger, pour savourer ce moment. Cela faisait si longtemps qu'elle ne s'était pas sentie appréciée, désirée… C'était bon de voir le regard d'un homme sur elle, de sentir ces mains masculines l'effleurer.

Finalement, elle était comme toutes les autres femmes. Sous le charme de Jeffrey Harper.

— Voilà, dit-il. Maintenant, vous êtes prête.

Elle fit un signe de tête et mit les piments à chauffer

dans un peu d'huile d'olive. Au bout de quelques minutes, elle commença à tousser, et Jeff mit aussitôt le ventilateur en marche.

— C'est mieux comme ça ? demanda-t-il.

— Beaucoup mieux. Merci.

Quand les piments furent bien grillés, elle les sortit de la poêle et les plaça dans une assiette en attendant qu'ils refroidissent un peu. Puis elle en coupa une tranche qu'elle hacha finement et mélangea avec un peu de confiture de framboise dans l'huile d'olive pimentée restée dans la poêle. Elle coupa une focaccia en deux et versa de la sauce sur chaque moitié.

— Et ce qui reste de piment ? demanda Jeff. Vous ne le mettez pas dans le sandwich ?

— Vous avez envie de vous brûler la gorge ? Je vous assure qu'il vaut mieux les mettre de côté. Ils serviront pour une autre recette.

— Vous disiez pourtant qu'un homme comme moi devrait tenir le choc.

— Il y a des limites. Ces petites choses-là sont dangereuses. Je vous promets que ce que j'ai mis dans la sauce a déjà de quoi vous donner un bon coup de fouet.

Sur ces mots, elle mit du fromage sur les deux tranches de pain et les fit griller dans un mélange d'huile d'olive, de sel, d'ail et de romarin. Puis elle ôta ses lunettes, mit le sandwich dans une assiette et le donna à Jeff. Il mordit dedans et, en voyant l'expression de son visage, elle sut qu'elle avait bien fait son travail. Cela faisait des mois qu'elle n'avait pas ressenti une telle satisfaction.

— C'est le meilleur sandwich grillé de ma vie, dit-il.

Après quelques bouchées, il posa son assiette pour se servir un verre d'eau.

— C'est pimenté, admit-il avec un sourire.

— Je vous l'avais dit.

Tandis qu'il continuait à manger, elle frissonna en entendant ses murmures de plaisir. Les sons qui s'échappaient de sa gorge étaient si sensuels…

— Pour ma sœur, je fais la même recette sans le piment, dit-elle en s'efforçant de chasser les images érotiques qui lui venaient à l'esprit.

— C'est à elle que vous lisiez ce livre tout à l'heure. Cari, c'est ça ?

— Oui. Comment le savez-vous ?

— Vous avez prononcé son nom dans votre sommeil.

— Ah. C'est un bonheur de cuisiner pour elle. Elle est plus enthousiaste que les critiques enquiquinants.

— D'accord. Super. Merci.

— Vous désapprouvez ma description ?

— Pas du tout. Elle est très juste.

Elle ne put s'empêcher de rire. Elle n'aurait su dire à quand remontait la dernière fois où elle s'était autant amusée dans une cuisine. Enfin, elle retrouvait ses sensations d'autrefois. Cela n'avait pas de prix.

— Et quand je le fais pour un enfant, dit-elle, voilà ce que j'ajoute toujours. Venez voir.

— Une pomme ?

Il vint vers elle et posa la main sur son épaule. Elle sentit alors son souffle chaud dans son cou.

— Vous voyez une pomme ? demanda-t-elle. Moi, je vois un drôle de petit bonhomme rouge.

Elle prit un couteau et l'approcha de la pomme. À cet instant, une voix surgit de nulle part.

Tu vas tout rater, une fois de plus. Devant lui. Tu ne sais plus faire la cuisine. Tu ne t'en sortiras pas sans moi.

Alfieri était revenu la hanter.

Sa main se mit à trembler.

— Michele, murmura Jeff. Que se passe-t-il ?

— Je suis nulle, soupira-t-elle en posant son couteau. Je n'aurais jamais dû me porter candidate pour ce poste. Je ne suis pas la personne que vous recherchez.

Elle baissa les yeux pour éviter de voir l'expression de son visage. Il devait être effaré par tant de faiblesse.

— Détendez-vous, dit-il avec une douceur qui n'avait rien à voir avec le dédain qu'il montrait volontiers à la télévision. Ce que vous faites maintenant ne fait pas partie du concours. Inspirez, puis soufflez lentement.

Elle expira.

— C'est ce que je fais pendant les tournages, confia-t-il. Quand je suis nerveux. Voilà, comme ça. Recommencez jusqu'à ce que vous vous sentiez mieux.

Elle suivit ses instructions.

— Maintenant, ajouta-t-il, prononcez ces mots : « C'est moi la patronne. Je ne vais pas laisser cette pomme me résister. »

Au lieu de répéter sa phrase, elle éclata de rire.

— Allez-y, dit-il en souriant. Vous êtes un fauve et cette pomme est votre proie.

Elle prit la pomme et sculpta un premier œil dans sa chair. Elle dessina une pupille et ajouta même une petite étoile au milieu.

— Vous êtes nerveux pendant les tournages ?

— Plus je suis tendu, meilleure est l'émission.

Il se pencha pour regarder ce qu'elle avait fait.

— C'est un œil ! Incroyable, mademoiselle Cox.

— Michele, rectifia-t-elle.

L'enthousiasme qu'elle percevait dans sa voix la comblait de joie. Sa confiance retrouvée, elle sculpta le second œil du bonhomme et roula un bout d'épluchure pour faire le nez. Puis elle lui fit une bouche souriante, et pour finir, un chapeau.

— J'ai fait ça un jour pour ma sœur, pour l'inciter à manger des fruits frais. Maintenant, elle veut que toutes ses pommes soient des petits bonshommes rouges.

— C'est magique, dit-il en prenant la pomme pour la contempler sous tous les angles. Je n'ai jamais vu ça.

L'espace d'un instant, ses mots d'encouragement lui firent presque oublier les critiques incessantes d'Alfieri. Son ancien patron avait pensé la rendre plus forte en la traitant aussi mal, mais il avait obtenu le résultat inverse. Elle n'arrivait plus à cuisiner.

Elle ferma les paupières et repoussa l'image du regard cruel d'Alfieri.

— Michele.

Elle rouvrit les paupières, et vit le regard de Jeffrey fixé sur elle.

— J'ignore quelles difficultés vous rencontrez, dit-il, mais vous devriez faire confiance à votre talent. Vous êtes formidable.

La tentation était trop forte.

Elle se haussa sur la pointe des pieds et l'embrassa sur la bouche.

Michele Cox était pleine de surprises. Drôle, sexy, douce, avenante, brillante et… dévorée par le doute. Ce dernier trait de caractère n'allait pas avec le reste de sa personnalité. Il était certain qu'elle avait vécu une mauvaise expérience. S'il avait su de quoi il s'agissait, il aurait peut-être pu faire quelque chose pour elle.

Sans un mot, elle s'éleva et posa ses lèvres sublimes sur celles de Jeff. Pris au dépourvu, il resta immobile, préférant faire preuve de prudence après ce qui s'était passé dans l'ascenseur. Si elle lui avait accordé un instant de plus, il l'aurait prise dans ses bras pour l'embrasser avec beaucoup plus de ferveur. Mais elle s'écartait déjà de lui.

— Pardon, dit-elle en ouvrant grands les yeux, comme si elle était elle-même étonnée de ce qu'elle venait de faire. Ce n'était pas professionnel. Normalement, je ne… Il vaut mieux que je vous laisse. Bonne chance !

Sans qu'il ait eu le temps de la retenir, elle s'enfuit en le laissant seul. Une fois de plus.

- 7 -

Michele se réveilla avec un sentiment désagréable. Cela lui arrivait presque tous les jours depuis qu'elle avait quitté Alfieri's, mais ce matin c'était encore pire.

Elle avait passé la nuit à ressasser toutes ses erreurs de la veille. Ses erreurs commises en cuisine, sous les yeux de Jeffrey Harper, mais aussi et surtout… ce baiser !

Morte de honte, elle cacha sa tête sous son oreiller. Il avait dû la prendre pour une folle.

Mais d'où venait ce bruit qu'elle entendait ?

Elle se redressa et remarqua que le lit de Lily était vide. Comme les sons provenaient de la salle de bains, elle se leva, mit sa robe de chambre et alla frapper à la porte.

— Lily ? Est-ce que ça va ?

La porte s'ouvrit. Lily avait les yeux rouges et tenait un mouchoir contre son nez.

— Il ne veut pas de moi, dit la jeune femme en sanglotant. On m'a priée de faire mes valises et de rentrer chez moi.

— Quoi ? Quand ça ? demanda Michele avec stupeur.

— Je faisais mon tai-chi tôt ce matin, dans le jardin, quand Chloe m'a rejointe pour sa séance de yoga et de méditation. Elle a attendu que nous ayons fini toutes les deux pour m'annoncer la nouvelle, le plus gentiment possible.

— Oh ! Lily, je suis désolée.

Michele avait le cœur serré. Elle s'était déjà prise d'affection pour Lily et avait espéré que ce serait elle qui remporterait le concours.

— Nous pourrions peut-être appeler un taxi et partir ensemble, suggéra Michele. Je vais me préparer rapi…

— Mademoiselle Cox ?

Elle se retourna et vit Chloe qui avait passé la tête par la porte entrouverte de la chambre.

— Vous êtes attendue dans le hall avec les autres chefs pour recevoir les instructions concernant la suite du concours, annonça la sœur de Jeff.

Michele échangea un regard étonné avec Lily.

— Euh, il doit y avoir une erreur, répondit-elle à Chloe. Je me suis retirée de la compétition hier.

— Vous avez envie de partir ?

Non, Michele n'avait aucune envie de partir. Elle avait besoin de ce poste et de l'argent qui allait avec. Elle avait envie de retourner dans cette cuisine où elle avait retrouvé le plaisir et la joie hier soir, en préparant un simple sandwich grillé. Et surtout, elle mourait d'envie de passer un peu plus de temps avec l'homme qui lui faisait tourner la tête depuis son arrivée ici.

Mais justement, c'était pour cela qu'elle devait s'en aller. Elle s'était assez ridiculisée avec lui. Et dire qu'elle l'avait embrassé !

— Je n'ai pas ma place parmi ces grandes cuisinières, répondit-elle.

— Ce n'est pas l'avis de mon frère, dit Chloe en souriant. Vous l'avez impressionné hier soir.

Michele resta bouche bée. Elle avait du mal à croire que cet en-cas improvisé ait fait oublier à Jeffrey les calamars ratés.

— À vous de décider, conclut Chloe. Si vous préférez

nous quitter, nous réserverons votre billet de retour pour New York. Personne ne vous en voudra. Jeff tient à ce que vous fassiez votre choix en toute liberté, et surtout que vous n'ayez pas de regrets. Si vous souhaitez continuer, rejoignez-nous dans le hall.

Sur ces mots, Chloe ressortit en fermant la porte derrière elle.

— Ça alors, murmura Michele en s'asseyant sur son lit. Je ne pensais pas qu'il voudrait que je reste.

— Cela me console un peu, dit Lily d'une voix douce. Puisque je ne peux plus gagner, j'espère que ce sera toi.

Jeff attendait Chloe dans le couloir.

— Alors ? demanda-t-il en la voyant arriver. Qu'est-ce qu'elle a dit ?

— Qui ça ?

Il lui lança un regard noir et elle se mit à rire.

— Je te taquine. Michele avait l'air surprise. Elle m'a dit qu'elle s'était retirée du concours hier.

— C'est le cas, répondit Jeff.

Chloe fronça les sourcils.

— Tu peux me dire pourquoi tu la retiens au lieu de te concentrer sur les chefs qui ont vraiment envie d'être là ? demanda-t-elle.

— Elle t'a dit qu'elle n'avait pas envie d'être là ? Qu'elle ne voulait pas être avec moi ? Enfin… *travailler* avec moi ?

Trop tard. Il remarqua le sourire amusé sur les lèvres de Chloe.

— Jeff, si Michele te plaît, pourquoi ne pas mettre un terme à la compétition ? Fais-lui la cour. Invite-la à dîner. Essaie de la séduire. Tu verras bien ce qui se passe.

— Ce n'est pas si simple. Elle est différente des femmes que je fréquente d'habitude. Elle est… unique.

Il sentait qu'elle était fragile, qu'elle luttait contre quelque chose de douloureux, et qu'il fallait faire attention à elle.

— T'a-t-elle dit qu'elle voulait quitter Casa Larga ?

— Pas exactement. Elle prétend qu'elle ne mérite pas d'être ici.

— Elle manque cruellement de confiance en elle, alors que c'est une cuisinière exceptionnelle. As-tu réussi à la convaincre ? Elle va rester, oui ou non ?

— Je lui ai laissé le choix. Nous allons voir d'une minute à l'autre si elle se présente dans le hall où je lui ai donné rendez-vous avec les autres, et où je devrais déjà me trouver. Bonne chance ! ajouta-t-elle en embrassant Jeff sur la joue.

Puis elle s'éloigna.

Une seconde plus tard, il entendait sa voix résonner dans le vestibule :

— Bonjour, mesdames !

Jeff mourait d'envie d'avancer discrètement pour voir si Michele avait décidé de venir. Mais il ne voulait pas lui mettre la pression. Elle était libre de faire ce qu'elle voulait.

Une séance de sport. Voilà ce dont il avait besoin.

Il se dirigea vers la salle de musculation pour évacuer la tension qui s'était emparée de lui. C'était étrange. Une semaine plus tôt, s'il avait ressenti cette frustration, il aurait invité une femme à passer la soirée avec lui. Aujourd'hui, il recherchait la solitude.

— Monsieur Harper ?

En entendant qu'on l'appelait, il se retourna et reconnut Lily Snow, celle des chefs qu'il avait déjà congédiée.

— Monsieur, excusez-moi de vous déranger. Pourrais-je vous parler ?

— Ma décision n'est en rien une remise en cause de vos qualités, dit-il en toute sincérité. Je pensais ce que j'ai dit, j'ai adoré vos dim sum.

— Merci, monsieur. Venant de vous, cela me fait très plaisir. Je regarde toutes vos émissions. J'ai presque l'impression de vous connaître, ajouta-t-elle en rougissant.

— Je ne suis pas le personnage que vous voyez à la télévision. Je suis juste… un type comme les autres.

— Non, non. Vous êtes un grand professionnel. Ce qui vous est arrivé est très injuste.

Sur ce point, il ne pouvait pas la contredire.

— Merci pour votre soutien et pour votre participation à ce concours. Je suis désolé que cela n'ait pas marché. Je vous souhaite le meilleur pour la suite.

Il allait poursuivre son chemin, mais elle le retint.

— Vous méritez le succès et le bonheur, dit-elle. Prenez garde en faisant votre choix. Certaines de ces chefs sont peut-être là pour de mauvaises raisons.

Il se figea. Lily partageait sa chambre avec Michele, non ? De quoi avaient-elles parlé ?

— Vous allez devoir m'en dire plus, répondit-il.

— Je n'ai rien à ajouter. Seulement… faites attention.

Que devait-il comprendre ?

De qui devait-il se méfier ?

Michele disait qu'elle avait besoin du poste, mais qu'elle ne le méritait pas. Elle semblait hantée par une souffrance qui le touchait particulièrement, parce qu'elle lui rappelait la sienne. Avait-elle comme lui été maltraitée par des gens qui auraient dû la protéger ?

Toutes ces questions le rendaient fou. Il avait vraiment besoin de se dépenser pour se vider l'esprit.

- 8 -

Le lendemain, Jeff eut droit à trois nouvelles dégustations : le petit déjeuner de Tonia, le déjeuner de Freja et le dîner de Suzette. Là encore, il n'eut rien à redire. Tout était parfait. Et pourtant, aucun de ces repas ne le fascina autant que la pomme sculptée par Michele.

Sa fibre artistique la rendait unique en son genre. Mais, hélas, son irrégularité la rendait inapte à diriger la cuisine de son futur restaurant. Il ne pouvait pas se permettre de parier sur elle.

Alors pourquoi ne l'avait-il pas laissée partir quand elle l'avait voulu ?

Peut-être parce qu'il n'arrivait pas à oublier le goût de ses lèvres sensuelles…

Il ne cessait d'y penser tout en travaillant d'arrache-pied sur son projet. Le restaurant devait être prêt à ouvrir d'ici six mois. C'était un objectif ambitieux, mais plus tôt l'activité commencerait, plus vite on parlerait de cette table d'exception au lieu de s'attarder sur les déboires de Jeff, qui continuaient à défrayer la chronique.

En début de soirée, il ôta son casque de chantier et rejoignit Matt dans la dépendance pour une partie de billard.

— Alors ? demanda Matt en lui tendant une bière fraîche. Ça y est, tu es marié ?

— Tu m'énerves.

— Quoi ? Tu n'as à t'en prendre qu'à toi-même. Ce n'est pas de ma faute si tu as eu cette idée stupide.

— Ce n'est pas la mienne, c'est celle de notre père. Et je n'en suis pas là. J'ai déjà assez de mal à choisir une cuisinière.

— Tu peux encore renoncer, déclara le frère de Jeff en mettant la main sur son épaule. Dis à R.W. que tu préfères aller voir ailleurs et vis ta vie. Trouve le bonheur.

— Le bonheur. Tout le monde ne parle que de ça, mais qu'est-ce que c'est au juste ? J'aime ce que je fais ici. Je crois en ce projet et je n'ai pas envie de l'abandonner maintenant.

Il redoutait aussi que Finn publie le reste de la vidéo. Pour l'instant, les avocats de son père se démenaient pour l'en dissuader, et Jeff avait encore l'espoir que cette fâcheuse histoire se termine.

— Ce n'est pas la seule chance que tu auras de réaliser ton rêve. Nous parlons d'un hôtel-restaurant, Jeff. Tu peux faire ça où tu veux, quand tu veux. Construire une relation solide et un mariage heureux ? Ça, c'est l'œuvre d'une vie. Donne-toi une chance de faire les choses bien.

— Tu vas te décider à jouer au lieu de me faire des discours ? demanda Jeff en choisissant sa queue de billard.

Matt ne pouvait pas comprendre Jeff. Il avait tout ce qu'il voulait : une épouse merveilleuse, un fils et un travail qu'il aimait. Jeff n'avait rien de tout cela, alors il n'allait pas gâcher sa chance de s'engager dans un projet professionnel qui le passionnait.

— D'accord, d'accord, je joue, répondit Matt. Prépare-toi à perdre, je me sens en forme ce soir.

En un coup, Matt fit tomber deux billes. Cette partie promettait d'être courte… et démoralisante.

Chloe entra par la porte coulissante de la baie vitrée.

— Je me disais bien que je vous trouverais là tous les deux, lança-t-elle gaiement.

— Eh oui, plaisanta Matt. Monsieur se cache ici pour échapper à ses quatre superbes cuisinières.

— Tu n'as pas encore fait ton choix ? demanda Chloe en se tournant vers Jeff.

— Non, répondit celui-ci.

Il claqua un coup sec et sa bille tomba dans une poche avec un bruit fort.

— Hé ! doucement, dit Matt. Tu vas devoir nous acheter une nouvelle table, si tu continues.

— Désolé, grommela Jeff. Dis-moi, Chloe, pourquoi ce ne serait pas toi qui choisirais notre chef ?

— Pas question, répondit-elle en secouant la tête. Ce n'est pas ma spécialité. Je donne seulement un coup de main en attendant l'ouverture de l'hôtel. Papa m'a promis le poste de directrice des activités et des animations.

— Tu ne comptes pas repartir à Los Angeles ? demanda Matt.

— Non. J'en ai assez de Hollywood. C'est trop superficiel. Et ça ne me fera pas de mal de prendre un peu mes distances avec maman.

— Sans blague ? Nous ne risquons pas de te contredire, Jeff et moi. Nous avons pris cette décision il y a dix ans déjà. Qu'est-ce qu'elle fait, en ce moment ? demanda Matt.

— Elle est sur un yacht en Europe avec…

Chloe s'interrompit et regarda Jeff avec attention. Elle dut remarquer quelque chose dans l'expression de son visage, car elle préféra changer de sujet.

— Inutile de parler d'elle ce soir, dit-elle. Jeff, tu devrais choisir ta chef en te fiant à tes goûts. Tu ne te tromperas pas.

Pour l'instant, le seul goût qui obsédait Jeff était celui

des lèvres de Michele. Il se pencha au-dessus de la table de billard et frappa fort, plus fort que prévu, si bien que sa bille décolla du feutre et partit en fusant comme un missile. Elle se dirigea droit vers la tête de Matt, qui se baissa juste à temps pour l'éviter. La bille heurta le mur avec un bruit sourd et laissa sa marque dans le lambris.

— Je rêve. Tu veux m'assommer ? s'exclama Matt en riant.

— Jeff, ça va ? demanda Chloe d'un ton inquiet.

— Je crois que je suis un peu… contrarié.

— Un peu contrarié ? répéta Matt. Heureusement que tu n'es pas franchement en colère alors ! S'il te plaît, ajouta-t-il en désignant un tabouret de bar, assieds-toi avant de m'avoir défiguré.

Jeff soupira et alla s'asseoir avec Chloe.

— Que pouvons-nous faire pour t'aider ? lui demanda sa sœur avec douceur.

— Soit vous choisissez une cuisinière à ma place, répondit-il en se passant la main dans les cheveux, soit je tire au sort.

— D'après ce que j'ai compris, dit Matt, ce sont toutes de grandes professionnelles, mais il n'y en a pas une que tu préfères aux autres ?

Si, il y en avait une que Jeff préférait. Mais il ne pouvait pas la déclarer gagnante du concours. Michele n'était pas assez solide.

Il avait trois priorités actuellement : choisir la meilleure chef, finir le restaurant et trouver une femme qui accepte de l'épouser sans l'aimer. Il avait donc besoin de deux femmes face auxquelles il soit capable de rester froid et lucide.

Michele ne pouvait pas être l'une d'elles. Elle faisait naître beaucoup trop d'émotions en lui. Oui, il était terriblement attiré par elle, mais il ne pouvait pas se permettre d'aller plus loin avec elle. Il ne la méritait pas, tout simplement.

Pourquoi diable son père avait-il convoqué uniquement des jeunes femmes pour ce concours de cuisine ? Le choix aurait été tellement plus simple si Jeff n'avait eu que des hommes à juger…

— Je ne les connais pas assez pour répondre à cette question, dit-il à Matt. Et le temps presse. Aide-moi, Chloe. Choisis-en une.

— Je ne choisirai pas à ta place, mais je peux t'aider, répliqua-t-elle en souriant. Matt, sauvons ce pauvre homme du désespoir.

— Tu as raison, sœurette, approuva Matt avec humour. Il faut faire quelque chose. Qui sont les candidates encore en lice ?

— Freja, la Suédoise sophistiquée ; Tonia, la beauté latine venue d'Arizona ; et Suzette, la Française piquante.

— Tu peux éliminer la dernière, décida Jeff. Sa cuisine est divine, mais je la trouve hautaine.

— Alors elle ne peut pas rester, approuva Matt en buvant une gorgée de bière. Il n'y aura pas de place dans ce restaurant pour deux ego surdimensionnés.

— Tais-toi, lança Jeff en donnant une tape à son frère. Je ne suis pas prétentieux, je suis exigeant. Nuance.

— Mais oui, bien sûr.

— Oh ! dit Chloe. J'allais oublier la dernière. La pétillante Michele.

— Non, dit Jeff. Elle ne fait plus partie des candidates.

Il ne comprenait pas pourquoi le simple fait de prononcer cette phrase lui serrait la gorge. Après tout, il n'avait aucune raison de tenir à ce que Michele reste. Ce projet de restaurant était trop important pour prendre le risque de la choisir. Il avait été témoin de ses fragilités et de ses incertitudes.

Alors pourquoi avait-il envie de lui faire confiance malgré tout ? Comment pouvait-il être tenté de faire reposer sur elle la réussite de son établissement, alors qu'clle reconnaissait elle-même qu'elle n'était pas à la hauteur ?

Si cela prouvait une chose, c'était que cette femme le troublait au point de lui faire perdre sa lucidité et sa capacité de jugement.

Il se leva et se tourna vers la table de billard pour que sa sœur ne remarque pas l'émotion sur son visage. Mais Chloe le suivit et posa la main sur son bras pour l'empêcher de jouer.

— Je croyais qu'elle avait décidé de rester, dit-elle.

— Oui, répondit Jeff, mais je ne peux pas la garder. Elle manque de constance et de confiance en elle, et j'ai entendu dire qu'elle était là pour de mauvaises raisons.

— Mais encore ? demanda Matt.

— Je n'en sais pas plus. Elle a parlé de sa sœur, qui avait besoin d'aide. C'est tout.

— Papa m'a montré le dossier qu'il avait sur elle, dit Chloe. Il a fait faire des recherches sur toutes les candidates.

— Et je peux savoir pourquoi il ne m'a pas montré ces rapports ? demanda Jeff, furieux.

Manifestement, son père ne le respectait pas plus qu'autrefois.

— Tu les lui as demandés ? répliqua Chloe. Je me suis doutée que notre père avait fait travailler ses enquêteurs pendant le processus de sélection, alors je lui ai posé la question.

— Ah. Non, en effet, je n'ai pas demandé, reconnut Jeff en se rendant compte qu'il s'était emporté un peu vite.

Il est vrai qu'il avait eu d'autres choses en tête ces derniers temps…

— Et que disait le rapport sur la Michele de Jeff ? demanda Matt.

— Ce n'est pas *ma* Michele, grommela ce dernier tout en attendant la réponse de Chloe.

— Michele a la charge de sa sœur, qui est atteinte de trisomie 21. Les soins et l'encadrement dont celle-ci a besoin coûtent cher. Elle est logée dans un institut spécialisé qui a très bonne réputation et qui n'est pas donné, loin de là, conclut Chloe.

Jeff ne s'était pas attendu à cela. Quand il avait surpris Michele avec son livre illustré à la main, il avait pensé qu'elle avait fait la lecture à un enfant. La réalité l'émut encore plus.

— Ah, dit Matt. Je savais que je l'aimais bien.

Jeff aussi aimait bien Michele. Plus que cela, même. Mais il ne pouvait pas en tenir compte.

— Il faut être sérieux, marmonna-t-il. Le restaurant d'un palace doit être dirigé par un chef infaillible.

— Mlle Pétillante n'est pas aussi talentueuse que les autres ? demanda Matt.

— C'est plus compliqué que ça, répondit Jeff en soupirant. En fait, je pense que c'est la meilleure, ou du moins que *c'était* la meilleure. Il lui est arrivé quelque chose et elle s'est mise à douter d'elle-même. Elle a perdu… je ne sais pas… la passion, peut-être.

— Tu sais, dit Chloe, à l'occasion de mes cours de yoga à Hollywood, j'ai côtoyé des artistes et des acteurs qui se trouvaient dans la même situation que Michele. Ils avaient traversé une épreuve et avaient du mal à s'en relever. Certains ne se remettent jamais vraiment. Quel est le traumatisme de Michele ?

— Je n'en sais rien et ça ne me regarde pas.

Il ne voulait pas s'y intéresser. Il n'avait aucune raison de le faire. Il était là pour juger sa cuisine, rien de plus.

Seulcment, la lueur qu'il avait vue dans son regard lui donnait follement envie de mieux la connaître.

— Tu veux mon avis ? demanda Matt en lui tapotant le dos. Ne renonce pas si vite à Michele. Attends de voir si elle peut retrouver la passion.

— Elle m'a annoncé qu'elle partait, répondit Jeff avec amertume.

— Mais elle est revenue, souligna Chloe. Tu l'as dit toi-même, elle souffre d'un manque de confiance en elle. Je suis d'accord avec Matt. Tu devrais lui accorder une deuxième chance.

Comment contredire son frère et sa sœur ? La perspective de garder Michele auprès de lui le réjouissait, bien plus que de raison…

— D'accord, dit-il en finissant sa bière. Elle peut rester dans le concours un jour de plus. Si elle ne redresse pas la barre, elle devra s'en aller.

— Donc, pour récapituler, dit Matt, qui nous reste-t-il ?

— Michele, Freja et Tonia, répondit Chloe. Mais attention à Tonia. Elle a des courbes sublimes et elle sait s'en servir.

— Tu ne peux pas lui reprocher d'être sexy, protesta Matt.

— Nous essayons de redorer l'image de Jeff. Ce n'est pas difficile d'imaginer Tonia jouer à son tour la comédie dans un ascenseur pour l'incriminer.

Jeff sursauta en entendant les propos de sa sœur.

— Quoi ? s'exclama-t-il. Tu savais que la femme de chambre de la vidéo jouait la comédie ?

— C'est une évidence, non ? Franchement, ajouta-t-elle en riant, qui peut y croire ? D'ailleurs, à mon avis, ce n'était pas une femme de chambre. Plutôt une femme recrutée spécialement pour ça.

— Tu as raison. Quelqu'un l'a engagée pour me piéger dans cet ascenseur. Je ne l'avais jamais vue avant.

— Tu veux dire que c'est elle qui s'est jetée sur toi ? demanda Matt.

Jeff s'assombrit.

— Je ne préfère pas en parler, répondit-il, la gorge serrée.

Il n'avait aucune envie de rire. Si son grand frère se moquait de lui, il risquait fort de perdre son sang-froid. Mais le regard compatissant de Matt le rassura.

— Je suis désolée, Jeff, murmura Chloe. Je n'aurais pas dû plaisanter sur ce sujet. Je ne me rendais pas compte que tu le vivais aussi mal. Ça te ferait peut-être du bien d'en parler à quelqu'un, non ?

— Je n'ai pas besoin d'en parler. J'ai besoin de travailler, de passer à autre chose.

Chloe et Matt échangèrent un regard.

— En tout cas, dit Matt, nous sommes là pour toi. Tu sais que tu peux compter sur nous.

— Merci. Pouvons-nous en revenir aux chefs ? Vous étiez censés m'aider à trouver une cuisinière, pas me psychanalyser.

— Bien sûr, répondit Chloe. Nous parlions de Tonia. Si c'est elle que tu choisis, nous pourrons sans doute faire en sorte qu'elle paraisse un peu moins sensuelle devant les caméras. Ce ne sera pas un problème.

Était-il tenté de choisir Tonia ? Il ne ressentait aucun lien particulier avec elle. Tout le contraire de Michele.

Il frissonna en pensant à ses fossettes, à sa silhouette, à ses lèvres… Un seul baiser d'elle ne lui avait pas suffi. Il était obsédé par l'idée de l'embrasser à nouveau et de poser enfin les mains sur son corps de rêve.

— Freja, elle, a l'allure d'un top model, dit Chloe. Elle est très célèbre en Suède. Certaines de ses recettes sont des références dans le monde de la gastronomie. Cependant…

Chloe avait raison. Freja était superbe, et en cuisine, elle réussissait les boulettes de viande comme personne.

— Cependant quoi ? demanda Jeff.

— Ne le prends pas mal, mais qu'est-ce qui a bien pu l'amener ici ? Elle a fait plus de couvertures de magazines que toi. Quel intérêt trouverait-elle à travailler pour toi ? Qu'a-t-elle à y gagner ?

— Toi, tu sais remettre un homme à sa place, dit Matt en riant.

— Chloe a raison, admit Jeff. Et avant de partir, Lily m'a averti que l'une des cuisinières était peut-être là sous un prétexte.

— Elle n'a pas précisé laquelle ? demanda Matt.

— Non. J'ai d'abord cru qu'elle parlait de Michele, mais en fait je n'en sais rien du tout.

— Pourquoi ne pas leur faire passer un test pour découvrir les réelles motivations de chacune ? proposa Chloe.

— Un test ? Quel genre de test ?

— Je m'en occupe. Je vais organiser des sorties pour te donner l'occasion de les connaître un peu mieux, et de savoir ce qui les a vraiment poussées à venir.

— Je ne sais pas si c'est une bonne idée, répondit

Jeff. Tu l'as dit toi-même, je ne suis pas doué pour créer des liens.

— Justement, tu verras avec qui tu as le plus d'affinités. Après cela, tu sauras qui choisir.

— Ça ressemble à une émission de rencontres pour la télévision, plaisanta Matt.

Jeff était d'accord avec lui, mais il n'avait pas de meilleure idée que celle de Chloe à proposer.

[illegible] de l'[illegible], je ne vais pas le [illegible] pour [illegible]
[illegible]

— Justement, [illegible] qui m'a le plus frappé [illegible]. Après cela, [illegible] qui [illegible]
— [illegible] à une question de [illegible] plusieurs fois.

Jeff était d'accord avec lui, quoiqu'il n'ayant pas de meilleure idée que celle de Chloé à proposer.

- 9 -

Michele se leva tôt pour appeler le service comptabilité de l'institut où vivait Cari. Malgré toutes les précautions qu'elle avait prises pour tenir ses comptes, elle n'avait d'autre choix que de demander un délai pour payer la pension de sa sœur.

Mais quelle ne fut pas sa surprise quand on lui annonça au téléphone que toutes les dépenses du mois avaient été réglées par Harper Industries ! Jeffrey était vraiment incroyable. Comment avait-il su ? Et pourquoi se montrait-il aussi généreux avec elle ?

Alors qu'elle sortait dans le couloir pour aller le remercier, elle tomba sur Chloe.

— Bonjour, Michele. Vous êtes bien matinale. Vous êtes toujours à l'heure de New York ?

— Je suis une lève-tôt, répondit-elle en souriant.

Elle était aussi capable de se coucher tard. Chez Alfieri's, elle avait toujours été la première à arriver et la dernière à partir.

— Vous allez pouvoir profiter de cette journée pour vous détendre et vous reposer, dit Chloe. J'organise des sorties entre Jeff et chaque candidate pour qu'il fasse plus ample connaissance avec vous. Il sera occupé une bonne partie de la journée avec les deux autres chefs encore en lice. J'essaie de prévoir quelque chose pour vous et lui ce soir, mais rien n'est encore fixé. Je vous tiendrai au courant quand j'en saurai davantage.

Ce concours était de plus en plus étrange.

— Entendu, répondit Michele, décontenancée. Donc… je ne verrai peut-être pas Jeffrey de la journée ?

Chloe inclina la tête et la regarda avec attention.

— Sans doute pas, à moins que vous vous croisiez par hasard. Il est très occupé. Prenez du temps pour vous. Vous pouvez vous baigner dans la piscine, vous promener dans le jardin, aller à la plage. Si vous avez envie de bonne cuisine mexicaine, je vous recommande de flâner dans Pueblicito et de vous attabler au Juanita's Café. Quand vous commanderez, donnez le nom de Jeff et dites qui vous êtes. Tout ce que vous achèterez sera mis sur notre compte, c'est déjà prévu. Tant que vous séjournez ici, vos dépenses sont prises en charge par Harper Industries.

— À ce sujet, je tiens à vous remercier pour la pension de ma sœur.

— Je n'y suis pour rien. Hier soir, Jeff a évoqué un virement qu'il voulait faire avant de se coucher. J'imagine que c'était ça. Il a l'air bourru comme ça, mais il y a un cœur qui bat sous cette carapace de muscles. J'espère que vous lui donnerez une chance.

Michele resta bouche bée. Qu'elle donne une chance à Jeff ? N'était-ce pas elle qui attendait qu'il lui accorde une seconde chance ?

Il l'avait fait, du reste. Et cette fois, elle était décidée à être forte. Ce poste était l'opportunité de sa vie.

— Je vous souhaite un excellent jour de congé, dit Chloe avant de poursuivre son chemin.

Cela faisait au moins cinq ans que Michele n'avait pas pris de vacances. Pas même une journée de repos.

N'était-ce pas le meilleur endroit possible pour s'accorder enfin un peu de bon temps ? Le soleil californien, une propriété de rêve, la générosité d'un homme terriblement sexy.

Le seul fait de penser à Jeffrey lui donna envie de l'embrasser, et pas seulement pour le remercier d'avoir payé la pension de Cari.

Tandis qu'elle s'acheminait vers sa chambre, elle aperçut Suzette qui se dirigeait vers la porte d'entrée avec sa valise. C'était à peine croyable. Jeffrey avait renvoyé la reine de la cuisine française ? Alors que Michele, elle, était toujours là ?

Dans un regain d'espoir et d'énergie, elle alla mettre un sweat-shirt et de bonnes chaussures pour partir se promener. Un bol d'air et un peu d'exercice allaient lui faire le plus grand bien.

Elle avait fait quelques pas dans l'allée quand une luxueuse berline qui venait de la maison s'arrêta près d'elle. Elle était conduite par un homme d'un certain âge, élégant et souriant.

— Mademoiselle, voulez-vous que je vous conduise quelque part ?

— Je ne sais pas, répondit-elle. Il faut combien de temps pour se rendre à Pueblicito à pied ?

— Personnellement, je mets une bonne demi-heure, parce que mes jambes ne sont plus ce qu'elles étaient. Pour vous, vingt minutes devraient suffire. La route descend dans ce sens-là.

— Dans ce cas, je préfère marcher. Merci beaucoup.

— Puis-je me permettre une suggestion ? Si vous faites des achats en ville, appelez-moi pour que je vienne vous chercher. Le retour risque d'être plus difficile.

Il lui tendit sa carte de visite. Elle vit qu'il s'appelait

Robert Jones et qu'il était employé comme chauffeur par Harper Industries.

— Merci, Robert. Et au fait, je m'appelle Michele.

— Je sais, mademoiselle.

Sur ces mots, il la salua et fit demi-tour. Elle suivit sa voiture des yeux et passa quelques instants à contempler la belle maison ainsi que le jardin luxuriant qui l'entourait. N'importe quel enfant aurait rêvé de vivre ici, et pourtant, à en croire Jeffrey, il avait connu beaucoup de souffrance entre ces murs.

Elle était touchée qu'il se soit ainsi confié à elle. D'autant plus qu'il lui donnait l'impression de ne pas se livrer facilement. La sincérité et la gentillesse dont il avait fait preuve avec elle la motivaient encore plus. Elle voulait lui prouver qu'elle était une cuisinière digne de son futur restaurant.

Plus elle pensait à lui, à son sourire, à ses yeux bleus, à son corps d'athlète, plus elle avait envie de rester.

— Non mais, qu'est-ce que c'est que ça ?

Debout à côté de sa sœur, Jeff regardait Freja avancer sur la passerelle qui menait au bateau comme sur le podium d'un défilé de mode. Elle portait un large pantalon en crêpe, un chemisier à fleurs, un foulard en soie et des chaussures à talons de dix centimètres. Un grand chapeau couvrait ses cheveux blond platine. C'était la tenue de pêche la plus improbable qu'il ait jamais vue.

— Pas un mot, chuchota Chloe. Allez, amuse-toi bien !

Sa sœur s'en alla et le laissa seul avec Freja. Quand sa passagère eut embarqué, il démarra le moteur et largua les amarres. Moins d'une heure plus tard, ils étaient de retour.

Chloe avait dû voir le bateau entrer dans la baie depuis la maison car elle était là pour les accueillir sur le ponton.

— C'était rapide ! dit-elle avec étonnement. Est-ce que… Oh ! s'écria-t-elle soudain. Mais que s'est-il passé ?

Jeff offrit sa main à Freja pour l'aider à mettre pied à terre, mais celle-ci refusa son geste avec mauvaise humeur. Son chapeau dégoulinait. Ils étaient tous les deux trempés jusqu'aux os.

— Un chef de cuisine ne va pas chercher les produits dans la nature ! lança Freja à Chloe. On les lui apporte !

Elle fit claquer ses talons hauts sur la passerelle et partit d'un pas furieux.

— Sur ce point, elle n'a pas tort, dit Jeff à Chloe en penchant la tête pour chasser l'eau de son oreille. Et toi, tu me dois un smartphone.

— Qu'est-ce qui vous est arrivé ?

— Chloe, si un jour je me mets à me comporter comme une diva simplement parce que je suis passé à la télévision, je compte sur toi pour me remettre à ma place.

Elle lui donna un coup sur le bras.

— Aïe ! s'exclama-t-il. Ce n'est pas drôle. Franchement, si tu avais vu Freja… Elle était convaincue qu'elle était filmée. Elle n'arrêtait pas de se tourner pour présenter son meilleur profil à des caméras qui n'existaient pas. Si elle s'était contentée de rester assise et de tenir la canne à pêche comme je le lui avais montré, elle n'aurait pas perdu l'équilibre et elle ne serait pas tombée à l'eau. Et moi, je n'aurais pas eu besoin de plonger pour aller la récupérer.

Il vit que sa sœur se mordait les lèvres pour ne pas rire.

— Elle croit que nous filmons les candidates en cachette ? demanda-t-elle en prenant avec lui le chemin de la maison.

— Apparemment, oui. J'ai bien essayé de lui dire que ce n'était pas le cas, mais impossible de la convaincre. Elle pense être la seule à avoir deviné la vérité.

— Donc, si je comprends bien… tu n'as pas vraiment créé de lien avec elle.

— Je lui ai sauvé la vie. Ça ne compte pas ?

— Pas cette fois, non, répondit Chloe en riant. Mais nous en savons un peu plus sur elle. Manifestement, elle est là pour attirer le feu des projecteurs, ce qui n'est pas forcément un point négatif. Elle saurait utiliser les caméras pour améliorer ton image et promouvoir le restaurant. Elle a déjà une belle notoriété en Europe. Et elle est très belle. À moins que tu l'aies prise en grippe, je pense qu'il ne faut pas l'éliminer tout de suite.

— Je ne l'ai pas prise en grippe, mais je dois dire que c'est difficile de communiquer avec elle. Elle ne s'intéresse pas à mes histoires, et elle ne m'a pas fait rire une seule fois.

Il secoua ses cheveux mouillés en se demandant ce qui lui arrivait. Depuis quand était-ce important pour un chef d'avoir le sens de l'humour ?

Michele Cox avait vraiment une mauvaise influence sur lui.

— Va prendre une douche chaude, dit Chloe. Tu as rendez-vous avec Tonia à 13 heures devant l'écurie.

Debout à l'aube, il avait commencé par travailler un bon moment sur le chantier avant de conclure la matinée avec cette sortie en mer mémorable. Et maintenant, il apprenait qu'il allait passer l'après-midi à cheval ! Sa sœur essayait-elle de l'achever ?

— D'accord, répondit-il, à condition que ce soir je puisse me prélasser dans le jacuzzi. Ça fait une éternité que je n'ai pas monté à cheval. Je vais avoir mal partout.

Il s'efforça de chasser de son esprit l'image de Michele venant le rejoindre en petite tenue dans le bain à remous.

— Bien sûr, dit Chloe, tu pourras le faire. Après le dîner donné par l'Association californienne des hôteliers et restaurateurs. Papa ne peut pas y aller et te demande de le remplacer.

— Alors là, pas question.

Il n'était pas encore prêt à affronter le public. Il pourrait le faire une fois qu'il aurait un projet à défendre, mais c'était beaucoup trop tôt. Il n'avait rien de positif à avancer pour contrer les mauvaises langues.

— Papa savait que tu dirais ça. Il a fait imprimer des brochures pour présenter le futur palace. Elles sont superbes, et tu es le mieux placé pour parler de ton projet. Cela va te faire du bien de sortir et de montrer à tout le monde que tu ne te laisses pas décontenancer par cette stupide vidéo. C'est toi qui commandes. Comme dans ton émission. Tu verras.

Il avait du mal à s'en convaincre depuis quelque temps. Cette vidéo lui avait causé beaucoup de tort, c'était indéniable. Mais Chloe avait raison. Il devait se relever et travailler dur pour devenir encore plus fort.

Comme Michele.

- 10 -

Pueblicito était une ville aussi petite que charmante. Sur la rue principale donnaient quelques commerces, une église ancienne en pisé, un minuscule bureau de poste, une station essence et des boutiques familiales. Il n'y avait aucun feu de circulation, mais trois autres rues qui menaient vers les quartiers résidentiels de la ville.

Cherchant à se diriger vers la plage, Michele emprunta l'une d'elles et passa devant de grandes maisons qui semblaient vieilles d'au moins un siècle. Un homme occupé à laver une moto devant chez lui leva la tête sur son passage.

— Mademoiselle Cox ! appela-t-il d'une voix chaleureuse. Vous êtes perdue ?

C'était Matt, le frère de Jeffrey. Il habitait ici ?

— Je cherche la plage, répondit-elle.

— Faites demi-tour, marchez quatre cents mètres, et vous trouverez le chemin pour y accéder. Vous verrez, c'est indiqué.

— Merci beaucoup. Et pour le déjeuner ? Vous avez un endroit à me recommander ?

— Vous ne trouverez pas ici de restaurant gastronomique, mais pour la cuisine mexicaine personne n'arrive à la cheville de Juanita, ma belle-mère. Vous repérerez facilement son café dans la rue principale.

Sa belle-mère ? C'était intéressant. Ce garçon né de

la famille la plus riche du coin avait quitté Casa Larga pour s'installer dans le bourg avec une femme d'ici.

— Merci, dit Michele.

— Je vous en prie. Et pour le concours, je suis avec vous !

La remarque de Matt lui fit chaud au cœur. Cela faisait du bien de voir quelqu'un croire de nouveau en elle. Elle était peut-être capable d'y arriver.

— Merci, répéta-t-elle avant de s'éloigner.

Elle revint sur ses pas et ne tarda pas à trouver le Juanita's Café, qui vendait aussi des produits mexicains. L'odeur des grillades lui ouvrit l'appétit. Il était près de midi et elle n'avait pas pris de petit déjeuner. Les quelques tables disposées en terrasse étaient toutes occupées par des clients qui parlaient et riaient en mangeant des plats plus alléchants les uns que les autres. Si elle voulait goûter aux tortillas et leur sauce maison, elle allait devoir prendre une commande à emporter.

— Bonjour, ma petite dame, lui dit l'une des clientes du café. Vous voulez vous joindre à nous ?

— Oui, venez, renchérit une autre femme attablée avec la première. Nous voulons bien partager. Enfin, sauf Nona, ajouta-t-elle en regardant la troisième convive qui trempait sa tortilla dans un petit bol de guacamole qu'elle gardait jalousement pour elle.

— Je t'avais dit d'en commander un pour toi, rétorqua celle qui n'avait pas encore parlé. Je n'aime pas qu'on soit à deux sur la même coupelle. Mais vous êtes la bienvenue, ma chère, ajouta-t-elle en montrant la quatrième chaise à Michele. *Por supuesto, siéntate.*

Michele sentit qu'elle n'avait pas vraiment le choix. Elle prit place sur la chaise vide.

— Merci, mesdames. Je m'appelle Michele.

— Vous êtes l'une des grandes cuisinières de Jeffrey. Je suis Alana, voici Flora, et la mangeuse de guacamole égoïste, c'est Nona. Nous sommes trois sœurs.

— Je ne suis pas égoïste, protesta Nona. Je préfère que chacun garde ses microbes pour soi, c'est tout.

— Ma sœur et moi aussi, nous nous disputions à propos de la nourriture, dit Michele en soupirant. Ces moments me manquent.

Flora et Alana la regardèrent avec compassion.

— Nous avons été séparées de notre sœur pendant un temps, dit Nona. Par chance, elle est de nouveau parmi nous. Je suis sincèrement navrée que vous ayez perdu la vôtre.

— Oh ! non, répondit Michele. Elle est à New York. Elle va bien. C'est juste que… j'ai l'habitude de la voir tous les jours. Cela me fait de la peine d'être loin d'elle.

— Je comprends, dit Alana. Je ne sais pas ce que je deviendrais si ces deux-là n'étaient plus là pour m'embêter. Servez-vous, ajouta-t-elle en poussant vers Michele l'assiette de tortillas. Nous allons appeler la serveuse pour qu'elle prenne votre commande.

— Alors ? demanda Nona. Comment se passe le concours ? Il paraît que vous n'êtes plus que trois chefs.

Les nouvelles allaient vite !

— C'est un concours passionnant, répondit Michele en se délectant d'une bouchée de tortilla. Mais je ne crois pas avoir ma chance.

— Pourquoi ? demanda Nona.

— Il semble que j'aie égaré ma confiance en moi et mon talent.

— Jeffrey est la bonne personne pour vous aider à vous remettre sur les rails, assura Alana. Il a une force de caractère impressionnante. Vu la façon dont le traitaient ses parents, il aurait pu devenir fou. Ces gens étaient horribles.

— Ce sont leurs histoires de famille, rétorqua Nona sur un ton de réprimande. Cela ne nous regarde pas.

— Jeffrey m'a dit que ses parents se disputaient beaucoup, confia Michele.

— Ah ? s'étonna Nona. Il vous en a parlé ? C'est qu'il doit avoir une grande confiance en vous. Mais ce n'est pas à nous de jeter de l'huile sur le feu, ajouta-t-elle en lançant un regard autoritaire à ses sœurs.

— *Claro*, répondit Alana avec un air de défi. Il ne faudrait pas que tout le monde sache que cette mère cruelle pouvait ignorer son petit garçon pendant des jours et soudain hurler sur lui pour un oui ou pour un non.

— C'est affreux, murmura Michele.

— Une de nos amies qui travaille comme cuisinière chez les Harper nous a raconté qu'elle s'assurait sans arrêt que Jeffrey avait mangé à sa faim, ce qui n'était pas toujours le cas, dit Flora. Cette femme était une mère abominable. Elle ne méritait pas ces trois merveilleux enfants. Le petit Jeffrey était tellement adorable avec ses cheveux cuivrés et ses taches de rousseur… Comment ne pas l'aimer ?

Michele eut le cœur serré. Elle n'arrivait pas à imaginer les souffrances qu'avait traversées Jeffrey. Elle avait connu des épreuves, mais jamais elle n'avait eu à douter de l'amour de ses parents.

— J'espère qu'elle ne reviendra jamais à Plunder Cove, marmonna Alana. C'était une vraie sorcière.

— Elle a même prétendu que j'avais battu le petit Matthew, dit Nona d'un ton révolté. Si je ne lui avais pas pris des mains le balai qu'elle brandissait, je me demande ce qu'il se serait passé… Enfin. Heureusement, elle n'est plus là et R.W. a fait revenir ses trois enfants auprès de lui.

Michele ne posa pas plus de questions au sujet de cette mère diabolique. C'était Jeffrey qui l'intéressait. Il traversait une période difficile, et elle avait envie de l'aider avant de repartir à New York. Elle lui devait bien ça, après ce qu'il avait fait pour elle et pour Cari.

— J'ai du mal à imaginer que Jeffrey ait connu une enfance aussi difficile, dit-elle. Il est tellement…

— Séduisant, dit Flora.

— Fort, ajouta Alana.

— Brillant, renchérit Nona.

— Oui, concéda Michele, il est tout cela, mais j'allais dire sûr de lui. Je lui envie cette confiance en soi.

— Malgré toutes ces qualités, il est seul. Il aurait besoin d'une épouse dévouée qui s'occuperait de lui comme ses parents ne l'ont jamais fait. Si seulement nous pouvions lui trouver une femme…

Michele se trouva soudain avec trois paires d'yeux fixées sur elle.

— Je suis seulement venue pour être engagée comme cuisinière, leur rappela-t-elle en riant.

Elle avait besoin de cette place, pas d'un mari. Elle recherchait de la stabilité pour pouvoir prendre correctement soin de sa sœur. Elle ne risquait pas d'y arriver en courant après un play-boy qui avait déclaré publiquement qu'il ne se marierait jamais.

- 11 -

Michele avait les bras chargés de paquets. À défaut d'avoir rencontré Juanita, elle avait acheté des tas de produits mexicains dans la boutique attenante au café.

Malgré le bon moment qu'elle avait passé avec les trois inconnues qui l'avaient accueillie à leur table, elle était encore sous le choc de ce qu'elle avait appris sur les Harper. Et son admiration pour Jeffrey n'en était que plus grande. Comment avait-il fait pour devenir l'homme qu'il était après avoir été maltraité dans son enfance et chassé de chez lui à seulement seize ans ?

Se mettant à l'écart sur le trottoir pour libérer le passage, elle prit dans son sac son téléphone et la carte de visite de Robert Jones, le chauffeur des Harper.

— C'est Michele Cox, dit-elle quand il eut décroché.

— Besoin d'une voiture, mademoiselle ? demanda-t-il gaiement.

— Oui, si c'est possible. Je suis devant le Juanita's Café.

— Très bien. Nous arrivons tout de suite.

Nous ? Jeffrey était avec lui ?

Elle sentit son cœur battre plus vite.

Alors qu'elle guettait l'arrivée de la berline de ce matin, elle eut la surprise, quelques minutes plus tard, de voir Robert approcher au volant d'une décapotable jaune. À côté de lui, sa passagère avait de longs cheveux blonds qui flottaient dans le vent. Ce n'était pas Jeffrey, mais sa sœur, la charmante Chloe.

Le chauffeur se gara le long du trottoir et descendit de voiture pour débarrasser Michele de ses sacs et les mettre dans le coffre.

— Je me suis permis de venir pour vous emmener dans une boutique que j'aime beaucoup, dit Chloe. Robert, vous voulez bien nous conduire chez Carolina's ?

— Carolina's ? demanda Michele en s'installant sur la banquette arrière.

C'était une enseigne qu'elle n'avait pas vue en parcourant le centre-ville.

— C'est un magasin où l'on trouve principalement des vêtements de cérémonie, comme les mariages ou les baptêmes, mais j'espère qu'ils auront au moins une robe qui vous conviendra pour ce soir.

— Je ne comprends pas.

— Votre sortie avec Jeff. Ça y est, tout est organisé. Les deux autres candidates sont déjà passées. Il est allé à la pêche avec Freja et en promenade à cheval avec Tonia.

— Quelle chance ! répondit Michele. Je n'ai jamais mis les pieds sur un bateau, mais ce doit être fantastique. Et j'aime beaucoup les chevaux. J'imagine que c'était une bonne journée.

— Disons qu'elle a été instructive, dit Chloe en souriant. Pour vous, ce sera quelque chose de complètement différent. Il s'agit d'un dîner donné à Seal Point, une autre ville de la côte, par l'Association des hôteliers et restaurateurs de Californie. Il y aura beaucoup de journalistes et de gens importants. Je vais être honnête avec vous. Le fait de participer à une soirée mondaine avec une cavalière respectable serait bon pour l'image de Jeff. Vous aurez juste à prendre place à table ensemble, et dès la fin du repas, vous pourrez rentrer. Robert vous ramènera tous les deux à Casa Larga.

Passer une soirée entière avec Jeffrey ?

Comme elle avait envie de dire oui… Mais justement, c'était beaucoup trop tentant. Elle devait se méfier de son attirance pour lui. Elle était là pour être engagée comme chef, pas pour tomber sous le charme du séduisant Jeffrey Harper.

— C'est un moment très important pour mon frère, précisa Chloe. S'il vous plaît, dites-moi que vous allez l'aider. Nous devons faire quelque chose pour répondre à cette vidéo catastrophique.

Porter une belle robe du soir, s'asseoir à la table de grands dirigeants… C'était si loin de l'univers de Michele ! Elle avait toujours travaillé dans l'ombre, et c'était là qu'elle se sentait à l'aise. Mais elle allait accepter la proposition de Chloe, dans le seul but de prouver à Jeffrey qu'elle était capable de représenter Harper Industries dans n'importe quelles circonstances. Si cela pouvait le convaincre de la choisir comme chef…

— Dites-moi ce qu'il faut que je fasse, répondit-elle. Je veux aider Jeffrey, de quelque façon que ce soit.

— Mon frère vous apprécie, Michele, dit Chloe en lui souriant. Contentez-vous d'être vous-même, et amusez-vous.

Retenant un bâillement, Jeff chercha une position sur son siège pour soulager son mal de dos. La promenade à cheval avait été encore plus éprouvante qu'il l'avait craint. Tonia savait à peine tenir sur sa selle, et elle lui avait fait subir un véritable interrogatoire sur lui et sur sa famille. Il avait éludé ses questions et s'était arrangé pour prendre un raccourci afin d'abréger ce moment désagréable.

Celui qu'il était en train de vivre n'était pas tellement plus distrayant. Le discours du gouverneur allait-il être encore long ?

Discrètement, il promena les yeux autour de lui. La salle était remplie de grands dirigeants du secteur hôtelier californien, ainsi que de quelques nouveaux qui essayaient de se faire une place. Jeff se situait quelque part entre les deux catégories. Il avait atteint des sommets, mais le scandale dont il faisait l'objet l'avait fait retomber tout en bas de l'échelle, du moins aux yeux de certains. Il se félicitait tout de même de constater que tout le monde ne lui était pas hostile. Il était soit adoré, soit détesté. L'histoire de sa vie.

Il sentit son téléphone vibrer dans sa poche et vit en le sortant qu'il venait de recevoir un SMS de Chloe.

Grand frère, prépare-toi à me remercier très bientôt.

Pourquoi ?

Tu vas voir. Comment se passe la réunion ?

Je suis sur le point de mourir d'ennui. Pourquoi je vais te remercier ?

Ton aventure de ce soir.

Il plissa le front.

Assez d'aventures pour aujourd'hui. Je suis crevé. Dès que je peux m'enfuir d'ici, je rentre me coucher.

Pas tout de suite. Papa tient à ce que tu participes au dîner. Il m'a chargée de m'en assurer.

Non.

Sa sœur savait pourquoi il détestait se mettre seul à

table. L'idée de partager son repas avec des inconnus ne lui plaisait pas davantage.

Allez, Jeff. C'est important pour toi de voir du monde et de parler de ton futur palace. Tu as une brochure à montrer, un projet à défendre. Et en plus, ta cavalière est déjà en route.

Un sentiment d'angoisse s'empara de lui.

Ma cavalière ?

Ne t'inquiète pas, j'ai fait porter ton smoking à l'hôtel où se tient la réunion. Il t'attend à la réception. Amusez-vous bien ! Robert vous ramènera tous les deux en fin de soirée. Je dois te laisser. Tu me remercieras demain.

Qui est ma cavalière ?

Pas de réponse.

Chloe !

Qui avait-elle bien pu envoyer ? Une femme qu'elle voulait lui présenter ? Ou alors…

Il avait déjà passé du temps avec Freja et Tonia aujourd'hui. Il restait une candidate avec qui il n'avait pas encore fait de sortie. La sublime et charmante Michele.

Le baiser qu'elle lui avait donné dans la cuisine l'obsédait. Il y pensait sans cesse, en regrettant de ne pas y avoir répondu. Il aurait dû la prendre par la taille et l'embrasser avec tout le désir qu'il ressentait pour elle.

En toute honnêteté, il espérait que ce n'était pas Michele qui devait le rejoindre ce soir, car il aurait le plus grand mal à se concentrer avec elle à ses côtés. Il n'aurait qu'une seule envie : regarder ses yeux, son sourire, ses lèvres irrésistibles…

Surtout, si la soirée se passait mal, il serait obligé de se montrer professionnel et de l'éliminer du concours. Elle repartirait chez elle dès le lendemain, et il ne la verrait plus. À cet instant, il ne pouvait rien imaginer de pire.

Michele ne se sentait pas très à l'aise, assise seule à l'arrière de la limousine conduite par Robert, mais il avait refusé qu'elle monte devant à côté de lui.

— Mademoiselle Cox, lui avait-il dit, vous ressemblez à une star de cinéma. Et c'est bien comme cela que je compte vous traiter ce soir. Détendez-vous et profitez de la vue. La route côtière est superbe.

Il ne lui avait pas menti. Le Pacifique s'étendait à perte de vue, étincelant sous le soleil couchant. C'était une splendeur.

Lorsqu'il s'arrêta et lui annonça qu'ils étaient arrivés, elle fut étonnée de découvrir un bâtiment sobre et non le palace intimidant qu'elle avait imaginé. Le jardin arboré, éclairé par des torches, avait quelque chose d'intime.

Aidée par Robert, elle descendit de voiture et sentit la brise chaude lui caresser la peau. Le parfum des fleurs flottait dans l'air. L'atmosphère était si magique, si romantique… Elle pensa à l'homme qui l'attendait à l'intérieur et sentit son cœur cogner contre sa poitrine.

Pour la première fois de sa vie, elle s'était fait maquiller par une professionnelle. Une coiffeuse avait arrangé ses cheveux à la perfection. La robe que Chloe avait achetée pour elle était rose pâle et si légère que Michele avait l'impression d'être vêtue d'un nuage.

Elle se sentait différente de d'habitude. Unique. Belle. C'était une sensation à la fois étrange et délicieuse. Elle en aurait presque oublié qu'elle était là pour le travail.

Mais son objectif restait le même. Obtenir le poste de chef. Ce soir, elle n'avait pas le droit de se laisser envoûter par la voix grave et le regard intense de Jeffrey. Sa mission était de donner de lui une image respectable, pas de céder à son attirance pour lui et de l'embrasser sur la bouche.

C'était un dîner professionnel, rien de plus. Elle se sentait capable de jouer son rôle, parce que Jeffrey avait besoin d'elle. Si elle se montrait à la hauteur, peut-être qu'il la choisirait pour diriger la cuisine de son restaurant.

Tu vas échouer, comme toujours. Tu vas faire honte à Jeffrey devant tout le monde.

— Tais-toi, Alfieri ! Laisse-moi tranquille, chuchota-t-elle entre ses dents.

— Mademoiselle ? demanda Robert en refermant la portière. Vous avez dit quelque chose ?

Elle eut soudain l'impression que ses jambes allaient se dérober sous elle.

— Robert, si je vous demandais de me ramener à Casa Larga, vous le feriez ?

Elle se rendit compte que sa voix s'était mise à trembler.

— C'est ce que vous désirez, mademoiselle ? demanda-t-il tout bas.

Si elle partait maintenant, elle pouvait directement faire ses valises pour rentrer à New York.

— Non, dit-elle finalement. Je suis juste un peu nerveuse. Je n'ai pas l'habitude de ce genre d'événements. Où dois-je aller ?

— Je pense que, une fois entrée dans le hall, vous serez guidée vers le restaurant par le personnel de l'hôtel.

— Oui, bien sûr, vous avez raison.

— Mademoiselle Cox ? Je vous attendrai dehors, vous et Jeffrey. Je serai là pour vous ramener à tout moment. Mais je suis persuadé que tout va bien se passer. Vous allez être formidable. Suivez le conseil de Chloe, soyez vous-même.

— Merci, Robert.

Elle respira profondément et avança vers l'entrée de l'hôtel. Une fois à l'intérieur, elle n'eut pas à demander son chemin. Elle suivit le son du piano et des rires, et se trouva bientôt dans la salle du restaurant. De belles nappes blanches recouvraient les tables et les flammes des bougies se reflétaient dans les vitres des grandes fenêtres. Fébrile, Michele chercha Jeffrey du regard.

À la seconde où elle le vit, elle frissonna de tout son être. Il était splendide en smoking. Sa veste sur mesure mettait en valeur sa carrure d'athlète. Quand son regard croisa le sien, elle lui fit un signe de la main et lut la stupeur sur son visage. Il se leva aussitôt et se figea, comme s'il était hypnotisé. Puis il lui sourit.

Tout à coup, ce fut comme s'ils étaient seuls tous les deux, les yeux dans les yeux. Comme si les gens qui les entouraient avaient disparu. Cet instant magique lui rappela la première fois où elle l'avait vu. Il avait un regard si intense, si troublant…

Tout en rêvant de se précipiter vers lui pour l'embrasser, elle se répéta que c'était un dîner professionnel. Purement professionnel.

- 12 -

Pendant quelques minutes, Jeff se demanda si la mystérieuse cavalière dont lui avait parlé Chloe allait vraiment arriver. Les convives assis à sa table avaient l'air de se poser des questions, eux aussi, sur la personne censée occuper le siège libre à côté de lui.

Le dîner était sur le point d'être servi et Jeff était déjà à court de sujets de conversation. Les organisateurs de la soirée l'avaient placé au fond de la salle, avec les gens les moins importants et les moins intéressants. Le haut du panier se trouvait près des baies vitrées, face à l'océan.

Énervé et fatigué, il serra les poings sous la table. Si la femme qu'il attendait n'arrivait pas très vite, il partirait.

Tout à coup, ce fut comme une apparition.

Michele entra dans la salle, vêtue d'une magnifique robe rose qui laissait apparaître ses épaules nues et marquait à la perfection la courbe de ses seins et de ses hanches. Ses cheveux blonds étaient noués en un chignon sophistiqué. La chaîne en or qui entourait son cou long et fin se terminait par un pendentif en forme de cœur, qui guida le regard de Jeff vers son sublime décolleté.

Le souffle coupé, il releva la tête vers elle et contempla son visage, ses yeux maquillés de noir et ses lèvres brillantes. Un frisson de désir le traversa. Elle était plus belle que jamais.

Quelqu'un lui posa une question, mais il l'ignora et se

leva pour aller à la rencontre de Michele. Elle l'attirait comme un aimant.

— Vous êtes magnifique, dit-il quand il fut près d'elle.

— Merci, vous aussi, répondit-elle en prenant le bras qu'il lui offrait.

Elle rougit légèrement et le regarda sous ses longs cils. Sa voix douce et rauque le rendait fou d'excitation. Elle paraissait si naturelle, si inconsciente de son pouvoir de séduction ! Si seulement il avait pu l'emmener à l'écart, dans un endroit intime… Mais les serveurs commençaient à apporter les assiettes, et elle avait fait l'effort de venir jusqu'ici pour lui. Pour l'aider à améliorer son image et à présenter le projet de ses rêves. Ils devaient au moins assister au dîner.

Quand ils furent assis à table, il la présenta aux autres convives et elle s'adressa à chacun avec un merveilleux sourire. Jeff bougea sur sa chaise, et par inadvertance, il toucha la cuisse de Michele avec la sienne. Ce simple contact lui procura un délicieux frémissement. Comme elle ne s'écartait pas, il laissa sa jambe contre la sienne. Elle se tourna vers lui et le regarda dans les yeux. Puis, après quelques secondes de suspens, elle s'adressa à sa voisine, comme si elle avait besoin de se reprendre.

— Parlez-moi de votre hôtel, dit-elle de sa voix charmante. Comporte-t-il un restaurant ?

Tout en commençant son plat, Jeff observa Michele. Elle était attentive aux autres, aimable et drôle. Elle parlait de gastronomie, valorisait chaque personne en l'appelant par son prénom et montrait de l'intérêt pour les anecdotes des uns et des autres. Elle trouva même l'occasion de mettre en avant Casa Larga, comme si c'était elle qui était là pour représenter Harper Industries. La description qu'elle fit de la maison, du jardin et de la plage privée était si séduisante qu'elle donna envie à Jeff lui-même d'y passer des vacances.

Cette femme était incroyable.

Plus il la regardait et l'écoutait, plus il avait la sensation d'être un homme affreusement égocentrique. Comme Finn.

Et comme R.W.

Dire qu'il s'était juré de ne jamais devenir arrogant, insensible et cruel comme son père… Toute sa vie, il s'était battu pour résister aux gènes hérités de ses parents. C'était avant tout pour cela qu'il avait créé *Secrets and Sheets*. Pour se dresser contre ceux qui abusaient de leur position sociale et de leur pouvoir. Mais avec la célébrité, n'était-il pas devenu aussi odieux que les puissants qu'il combattait ?

À la fin du repas, des couples se levèrent pour rejoindre le patio, où on avait installé une piste de danse. Michele se pencha alors vers Jeff.

— Vous vous sentez bien ? demanda-t-elle tout bas. Vous n'avez presque pas dit un mot de tout le dîner.

Il approcha son visage du sien.

— Je suis un imbécile.

Elle cligna des yeux et afficha un air confus.

— J'ai fait quelque chose de mal ? murmura-t-elle.

— Non, Michele. Au contraire. Vous m'impressionnez. C'est moi qui ai du mal ce soir.

— Vous avez le droit de ne pas être en forme. Je ne m'attends pas à ce que vous soyez parfait.

Sa remarque lui réchauffa le cœur. Elle ne pouvait pas imaginer à quel point les mots qu'elle venait de prononcer étaient précieux. Son agent, son producteur, ses fans, son père, les femmes qu'il fréquentait… Tout le monde voulait qu'il soit parfait ! Enfant, il n'avait jamais été assez bien pour ses parents. À la télévision, il était censé en faire plus à chaque épisode.

Jusque-là, il ne s'était pas rendu compte à quel point sa vie l'épuisait. Le seul fait d'être en présence de Michele le faisait réfléchir.

— Cela arrive aux meilleurs d'entre nous, ajouta-t-elle. Si vous préférez, nous pouvons partir tout de suite. Ou alors…

Elle fit un signe de tête en direction de la piste de danse.

— Oh ! non, répondit-il en riant. Je ne crois pas que ce soit une bonne idée. Vous n'êtes peut-être pas au courant mais, dans la famille Harper, un seul homme est un bon danseur. Mauvaise nouvelle, ce n'est pas moi. Je vous assure que ce serait un moment très gênant pour vous.

— Ne vous inquiétez pas, mes exigences sont loin d'être élevées. La première et la dernière fois que j'ai dansé, c'était à mon bal de promo. Et je ne suis pas sûre qu'on puisse appeler ça danser.

Il se leva et lui tendit la main.

— Voyons ce que nous arriverons à faire à nous deux, dit-il en lui souriant.

Elle plaça ses doigts sur les siens, et une fois debout à côté de lui, elle lui prit le bras pour se rapprocher de lui. Ce qu'il aimait la sentir tout près…

— Vous savez, dit-elle, je n'ai pas encore eu l'occasion de vous en parler, mais je tiens à vous remercier d'avoir payé la pension de ma sœur. Je vous promets que je vous rembourserai.

— Ce n'est pas nécessaire.

— Je pense que si. Mais je vous suis très reconnaissante.

Elle l'embrassa sur la joue.

— Dansez avec moi, susurra-t-elle au creux de son oreille.

Était-ce bien raisonnable de danser avec elle ? Dès l'instant où il aurait posé les mains sur elle, il mourrait d'envie d'aller plus loin. Il en était certain.

À l'instant où ils sortirent dans le patio, la musique se fit plus douce. Il prit Michele dans ses bras et la tint tout contre lui.

Il n'avait pas envie de la laisser s'éloigner, et pourtant, il savait que cette soirée était strictement professionnelle. Il ne pouvait pas se permettre de commencer avec elle quelque chose qu'il ne pourrait pas terminer. Une femme comme Michele attendrait de lui plus qu'il ne pourrait lui donner. Elle méritait mieux que lui.

Quand elle appuya la tête contre son torse, il dut prendre sur lui pour garder son sang-froid.

— Alors ? demanda-t-il. Suis-je meilleur ou moins bon danseur que les lycéens de votre bal de promo ?

Elle leva les yeux vers lui et lui sourit.

— Vous, Jeffrey Harper ? Vous êtes incomparable. Contrairement à eux, vous dansez.

Michele avait mis une main sur son épaule et l'autre autour de sa taille. Tandis qu'ils tournaient doucement au rythme de la chanson d'amour que jouaient les musiciens, il écouta son souffle tout en se laissant envelopper par la chaleur de son corps délicieusement féminin.

Lentement, il caressa son épaule dénudée du bout des doigts. Elle avait la peau douce comme de la soie. Il brûlait de désir d'enfouir le visage au creux de son cou pour l'embrasser.

— Michele ? murmura-t-il.

— Oui ?

— Mes proches m'appellent Jeff.

— Jeff, dit-elle dans un souffle.

Le simple fait de l'entendre prononcer son nom attisa

le feu qui brûlait en lui. Cela faisait si longtemps qu'il n'avait pas senti son corps aussi vivant… Il avait besoin de cela, de serrer dans ses bras une femme vraie et généreuse. Une femme qui l'attirait comme aucune autre.

— Vous vous souvenez du baiser que vous m'avez donné dans la cuisine ?

Elle cessa de danser et se cacha la figure dans la veste de Jeff.

— Je ne sais pas pourquoi j'ai fait ça… C'était tellement… embarrassant.

— Oui, ça l'était, répondit-il. Pour moi.

Il lui prit le menton pour l'inciter à lever la tête, afin qu'il puisse la regarder dans les yeux.

— J'ai vraiment tout gâché, poursuivit-il. Vous voudriez bien recommencer ?

Elle entrouvrit les lèvres et le dévisagea avec étonnement. Puis elle lui adressa le sourire le plus adorable qu'il ait jamais vu.

— Je me suis promis de ne plus vous embrasser, dit-elle.

— Et que dois-je faire pour vous convaincre, mademoiselle Cox ? Jongler avec des palourdes et les attraper avec mes dents ?

Elle éclata de rire et se cacha aussitôt la bouche en regardant autour d'elle pour s'assurer qu'elle n'avait choqué personne. Jeff, lui, n'était pas choqué. Il était sous le charme.

— D'accord, dit-elle avec des yeux pétillants, vous avez gagné.

Elle n'aurait pas pu lui faire plus plaisir.

Elle prit le visage de Jeff entre ses mains et se hissa sur la pointe des pieds. Cette fois, quand elle posa les lèvres sur les siennes, il ne resta pas sans réaction.

L'embrassant avec toute la fièvre qu'il ressentait, il la serra contre lui en se délectant du goût de ses lèvres et du contact de son corps souple.

Il était venu à cette soirée pour faire bonne impression aux autres propriétaires d'hôtels de la région, mais maintenant il se moquait complètement de ce qu'ils pouvaient bien penser de lui. Il embrassait Michele comme s'il n'avait jamais embrassé aucune femme avant elle, et il avait envie de beaucoup plus encore.

Lorsque le groupe commença un morceau plus entraînant, il dut abandonner ses lèvres, non sans regret. Il regarda ses joues rosies et ses yeux brillants, ses hanches qui ondulaient au rythme de la musique. Elle était incroyablement sexy. Incapable de résister, il la prit par la taille et se rapprocha d'elle pour l'embrasser à nouveau.

— Quelle honte, lança une femme en noir qui passait près d'eux. D'abord cette femme de chambre dans un hôtel, et maintenant cette pauvre petite ? Vous devriez le fuir, mademoiselle. Cet homme est dangereux.

Fou de rage, il laissa échapper un juron. Finn avait réussi à gâcher ce moment magique.

— Ignorez-la, dit Michele avec douceur. Elle ne vous connaît pas. Les gens ne voient que ce qu'ils veulent voir. Si cette personne s'intéressait à la vérité, elle saurait que vous n'avez rien à voir avec cette vidéo.

Il était si touché par ses paroles qu'il en arriva à se demander s'il n'était pas en train de rêver. Michele était-elle bien réelle ?

Les conseils de Matt lui revinrent en mémoire.

« Débarrasse-toi de ton armure. Accepte de tomber le masque pour être un homme sincère, naturel. Un homme normal. »

Michele lui donnait envie de faire tout cela. Elle lui donnait envie de vivre une relation vraie, de cesser de jouer un rôle et de se montrer tel qu'il était, avec ses failles et ses faiblesses.

Cela aurait dû l'alerter. Il aurait dû prendre ses distances avec elle pour la protéger de lui, car il savait qu'il n'était pas en mesure de s'engager dans une histoire. Mais son attirance pour elle était trop forte. Il ne pouvait pas se détourner d'elle alors qu'elle faisait naître en lui des émotions qu'il n'avait jamais connues.

Envoûté par l'intensité de son regard, il prit de nouveau possession de ses lèvres, puis la regarda dans les yeux.

— Allons nous mettre à l'écart, dit-il d'une voix rauque.

Elle hocha la tête en souriant.

— Cette soirée ne fait pas partie du concours, ajouta-t-il. Ce moment que je passe avec vous n'a rien à voir avec les sorties que j'ai faites aujourd'hui avec les deux autres candidates. Je ne veux pas que vous imaginiez que je me comporte comme cela avec toutes les femmes.

— Cela ne m'avait pas effleuré l'esprit.

Il lui prit la main et l'attira vers le chemin bordé de torches. Il cherchait un coin tranquille, de l'autre côté du bosquet, pour être enfin en tête à tête avec Michele, à l'abri des regards.

— Qu'est-ce que c'est ? demanda-t-elle en montrant du doigt une structure en séquoia qui faisait face à l'océan.

— Une pagode où l'on célèbre des mariages. Des couples viennent de partout pour se dire oui à cet endroit.

— C'est merveilleux. J'imagine très bien les mariés debout ici, les yeux dans les yeux, se promettant de s'aimer éternellement avec le bruit des vagues en fond.

— Vous êtes une romantique.

— Pas vous ? demanda-t-elle.

— Pas quand je parle de mariage, non. Mes parents ont brisé le mythe de cette institution.

— Alors c'est vrai, ce que j'ai lu sur vous. Vous ne comptez pas vous marier.

— Ne croyez pas tout ce que vous lisez. Je me marierai, mais certainement pas par amour.

Elle le regarda avec stupeur.

— Pourquoi, si ce n'est pas par amour ? Pour conclure un marché ? Pour unir deux royaumes ?

Manifestement, elle plaisantait. Mais il était très sérieux.

— Quelque chose comme ça, répondit-il. Je ne voudrais pas que ma femme tombe amoureuse de moi. Je la ferais souffrir comme mes parents se sont fait souffrir mutuellement.

— Ce n'est pas une fatalité. Mes parents se sont mariés par amour et ils se disputaient rarement. Pour ma sœur et moi, c'était un bonheur de former une famille avec eux. Pourquoi ne pourriez-vous pas tomber amoureux de votre femme, vous aussi, et vivre heureux avec elle ? Cela pourrait arriver.

— Pas à moi. Je n'ai pas la bonne constitution pour ça.

— Vous ne pouvez pas tomber amoureux ? demanda-t-elle avec un regard perplexe.

— Non. Cela ne fait pas partie de mon ADN, et je ne voudrais pas faire du mal à quelqu'un à cause de ça.

— Je ne peux pas y croire.

— Parce que vous n'êtes pas comme moi. Vous êtes chaleureuse et bienveillante. Douce. Cette pagode est faite pour les gens tels que vous, qui sont prêts à aimer pour la vie. J'espère que vous vivrez tout cela. Pour moi, le mariage sera un simple contrat bénéfique aux deux parties, rien de plus.

— Cela paraît très… insensible.

Oui, c'était précisément ce qu'il essayait de lui dire. Quoi qu'il se passe entre eux ce soir, il ne pourrait pas s'engager émotionnellement. Ni maintenant, ni jamais.

Assise sur un banc à côté de Jeff, Michele écoutait la chouette qui hululait dans un arbre non loin d'eux. Ils avaient trouvé ce petit coin reculé, à l'écart de la fête.

— Vous devez avoir froid, dit-il en enlevant sa veste pour la lui mettre sur les épaules.

Mais elle n'avait pas froid près de lui. Elle avait le corps brûlant rien qu'en repensant à ses baisers.

Elle mit la tête contre son bras puissant et regarda les étoiles.

— C'est magnifique, murmura-t-elle.

— C'est vous qui êtes magnifique, répondit-il en la regardant.

Comment pouvait-il s'intéresser à elle, alors qu'il avait fréquenté les femmes les plus en vue de New York ? C'était un mystère.

— J'aimerais que nous restions ici éternellement, dit-elle en mêlant ses doigts avec les siens.

— Et le restaurant que je dois finir ? Et les recettes au succès international que vous avez encore à créer ?

Elle soupira. Que se passerait-il si elle ne devait plus jamais arriver à inventer une recette ? Elle devait retrouver son don pour la cuisine. Sinon, cette soirée avec Jeff serait la dernière.

— Eh bien, dit-elle, si nous devons retourner à la réalité demain…

— Faisons de cette soirée un moment inoubliable, compléta-t-il.

Il se pencha vers elle et posa les lèvres sur les siennes. Avec un murmure de plaisir, elle ouvrit la bouche pour qu'il vienne à la rencontre de sa langue. Ses baisers étaient si sensuels… Plus il l'embrassait, plus elle avait envie de lui. Des images délicieusement érotiques lui venaient à l'esprit. Ce qu'il venait de lui confier sur sa vision du mariage aurait dû la faire fuir car, il avait raison, elle n'était pas comme lui. Elle recherchait l'amour et l'engagement. Mais jamais personne ne l'avait regardée comme il la regardait. Pour la première fois de sa vie, elle se sentait sexy et désirée. Et c'était beaucoup trop bon pour qu'elle y renonce.

Il lui caressa les jambes tout en relevant sa robe, en faisant une pause de temps en temps, comme s'il attendait qu'elle lui dise d'arrêter. Mais elle en était incapable. Tout en songeant que ce n'était pas un homme pour elle, elle ne pouvait ignorer ni la profondeur de son regard, ni les confidences qu'il lui avait faites, ni le bien qu'il lui faisait depuis qu'elle l'avait rencontré. Malgré ce qu'il prétendait, le terrible Jeffrey Harper avait un cœur, et c'était peut-être à elle de le lui montrer.

Quand sa robe fut relevée jusqu'en haut de ses jambes, il l'attira sur ses genoux pour qu'elle se mette à cheval sur lui. Elle sentit son érection à travers le tissu de son pantalon de smoking et la fine dentelle de sa petite culotte.

— Embrasse-moi, dit-elle, ivre d'excitation.

— Ma beauté, tes désirs sont des ordres.

Il l'embrassa, la caressa, jusqu'au moment où elle sentit sa main entre ses cuisses. Allait-il vraiment…

Il glissa les doigts sous sa petite culotte.

— Tu veux bien ? susurra-t-il d'une voix rauque.

Oh ! oui. Elle voulait bien. Elle avait beau savoir qu'ils étaient dehors, que quelqu'un pouvait passer à tout moment, elle n'arrivait pas à se raisonner. Ce qu'il lui faisait était beaucoup trop bon.

Elle se mit à onduler pour accompagner les mouvements experts de sa main. Lorsqu'il fit entrer son doigt en elle, elle retint de justesse un cri de plaisir et poussa un long soupir. Emportée dans un tourbillon de délices, elle se mit à bouger sur lui, quand soudain un flash apparut dans la nuit.

— Merci, Harper ! cria un homme qui partit aussitôt en courant.

Elle se figea.

Jeff lâcha un juron et cacha Michele sous sa veste, mais c'était trop tard. Un photographe les avait surpris dans une situation dénuée de toute ambiguïté. Tout le monde allait voir ce qui s'était passé entre elle et son potentiel employeur, sans savoir qu'ils s'étaient mis d'accord sur le fait que cette soirée était une parenthèse qui n'avait rien à voir avec sa candidature pour le poste de chef.

Au lieu de redorer l'image de Jeff, elle avait jeté de l'huile sur le feu.

Jeff palpa ses poches et poussa un soupir rageur.

— Tu as un téléphone ? demanda-t-il à Michele.

Elle prit son portable dans son sac à main et le lui tendit. Il appela aussitôt son chauffeur.

— Robert, venez tout de suite chercher Michele près de la pagode. C'est urgent.

Des paparazzis *ici* ? Au milieu de nulle part ? Quand ces rapaces allaient-ils enfin le laisser tranquille ?

Il regarda Michele. Elle était pâle et semblait vouloir disparaître sous sa veste. Il fallait qu'il fasse quelque chose pour elle. S'il ne réagissait pas, cette dernière aussi allait voir sa réputation entachée, elle qui était déjà fragilisée. Pourquoi avait-il fallu que cette soirée qui avait si bien commencé vire au cauchemar en une fraction de seconde ? Il aurait tant voulu poursuivre ce moment avec elle…

— Reste ici, lui dit-il. Dès que Robert arrive, monte dans la limousine et verrouille ta portière. Il te ramènera à Casa Larga.

— Et toi ? demanda-t-elle d'une voix faible. Où vas-tu ?

Il s'en voulait d'avoir eu autant envie d'elle. Il aurait dû être plus fort et se contrôler pour la protéger. Mais le seul fait de la regarder suffisait à attiser son désir, malgré ce qui venait de se passer.

— Je vais rester ici aussi longtemps qu'il le faudra pour retrouver ce photographe et lui faire effacer son cliché. Je rentrerai par mes propres moyens. Ne t'inquiète pas, Michele. Je m'en occupe.

— Comment comptes-tu t'en occuper ?

Mettre son poing dans la figure de ce photographe l'aurait sûrement soulagé, mais il savait que ce n'était pas une solution. Il n'avait pas besoin d'une plainte pour coups et blessures en plus du reste.

— Comme le font toujours les Harper, répondit-il avec amertume. Avec de l'argent.

Cela le dégoûtait de voir qu'il devenait vraiment comme son père.

La limousine arriva. Robert bondit à l'extérieur et ouvrit la portière arrière pour faire monter Michele.

— Ramenez-la vite à la maison, lança Jeff.

— Nous pouvons régler ça ensemble, dit Michele. S'il te plaît, Jeff, viens avec moi.

Elle tendit la main vers lui, mais il recula. Il avait

trop peur de lui faire du mal. Une femme qui voulait se marier par amour ne pourrait que finir par le détester.

— Je ne peux pas, répondit-il.

Il ne pouvait pas aimer.

Mais Michele le rendait fou de désir comme aucune autre femme avant elle. Pourquoi avait-il à ce point envie d'elle, comme si faire l'amour avec elle était devenu vital ? Il n'aurait su le dire. Mais il ne put s'empêcher de se rapprocher d'elle pour poser la main sur son épaule.

— Je te demande de rentrer avec Robert, dit-il. Tout est ma faute. Je suis désolé.

— Moi, je ne suis pas désolée.

Il dut prendre sur lui pour ne pas l'embrasser. Elle lui donnait envie d'être un homme meilleur, de laisser parler ses émotions, de tomber amoureux. Dans une autre vie, il aurait voulu vivre une histoire avec elle.

Il se pencha vers elle.

— N'imagine surtout pas que je regrette ce qui s'est passé entre nous ce soir, chuchota-t-il. C'était incroyable. Je suis seulement désolé d'être celui que je suis. Tu mérites mieux. Allez, partez maintenant.

— Jeff, s'il te plaît !

Le cœur brisé, il s'éloigna sans se retourner. Plus il se sentait attiré par elle, plus il comprenait qu'il devait mettre de la distance entre eux.

Il avait le devoir de protéger Michele de lui-même.

- 13 -

Michele se leva tôt pour essayer de voir Jeff. Elle ne savait même pas s'il était rentré.

Elle voulait lui dire qu'elle n'était pas en colère contre lui. Troublée, inquiète, oui. Mais pas en colère. Il lui avait offert la soirée la plus magique de sa vie. Encore plus qu'avant, elle avait envie d'être avec lui et de l'aider. Mais pour cela, il fallait d'abord qu'elle le trouve.

Après l'avoir cherché en vain dans la maison, elle sortit dans le jardin et passa par la piscine. C'est là qu'elle tomba sur Freja et Tonia.

— Tiens, tiens, regardez qui est là, dit Tonia d'un ton moqueur. Madame la séductrice.

— Quoi ? rétorqua Michele.

— Vous êtes dans le journal, railla Freja en lui montrant le magazine posé à côté d'elle.

Michele prit le journal d'un geste brusque et découvrit avec horreur la photo d'elle, la robe relevée, sur les genoux de Jeffrey. L'article qui accompagnait le cliché faisait de Jeff une description épouvantable. En revanche, celui qui l'avait écrit ne savait pas qui elle était, et on ne voyait pas son visage.

— Une bonne chef est choisie pour son talent, gronda Tonia. Je comprends que vous ayez voulu essayer de coucher avec le patron.

— La photo est mauvaise, mais c'est bien vous, non ? demanda Freja.

— Bien sûr que c'est elle, répondit Tonia. Elle n'était pas là hier soir. J'exige que vous soyez exclue du concours, ajouta-t-elle en regardant Michele avec mépris. Comme Jeffrey ne s'en chargera sûrement pas lui-même, je vais directement aller voir R.W.

Sur ces mots, Tonia noua son paréo autour de sa taille et s'en alla vers la maison.

— Dommage, dit Freja. Je vous trouvais plus sympathique qu'elle, mais elle a raison. Il vaut mieux que vous partiez.

Michele ne pouvait pas les contredire.

Elle s'en voulait tellement… Non seulement elle avait été incapable d'aider Jeff à se refaire une réputation, mais en plus elle avait perdu toute chance de décrocher le poste qui lui aurait permis de prendre soin de sa sœur.

Jeff était sur le chantier du restaurant, un marteau à la main, en train de planter des clous avec le reste de l'équipe. Ce travail manuel était le seul qu'il pouvait effectuer ce matin. Il ne voulait ni réfléchir, ni parler. Il ne voulait que planter des clous.

Il n'avait pas retrouvé le sale type qui avait interrompu hier la meilleure soirée de sa vie. Il s'en voulait terriblement d'avoir causé du tort à Michele, et pourtant, il n'arrivait pas à regretter ce qui s'était passé entre eux. Au contraire, son désir pour elle le dévorait de plus en plus. Il n'avait pratiquement pas fermé l'œil de la nuit, et une douche froide et deux tasses d'expresso n'avaient rien fait pour l'apaiser. Plus le temps passait, plus il se sentait attiré par elle, et cela commençait à l'angoisser.

Parce qu'il ne pouvait pas être avec elle.

Tout le monde avait vu la photo de Michele sur ses genoux. Heureusement, personne ne savait encore qui elle était, et il était bien décidé à tout faire pour que cela reste ainsi. Il n'était pas question qu'il l'entraîne dans sa chute.

Cette mésaventure n'avait fait que prouver ce qu'il savait déjà. Ils étaient trop différents pour être ensemble.

La mâchoire crispée, le corps tendu par la frustration accumulée, il frappa encore et encore.

À la mi-journée, Chloe arriva sur le chantier. En la voyant se baisser pour passer sous la chaîne, Jeff l'appela.

— Tu ne peux pas franchir cette limite sans casque ! lui cria-t-il. Règle élémentaire de sécurité !

— Alors viens me voir ! répondit-elle.

— Je ne peux pas. Je suis occupé.

Elle se tourna alors vers un ouvrier qui prenait sa pause à quelques pas de là.

— Dites, demanda-t-elle, vous voulez bien me prêter votre casque ?

— Bien sûr, madame, si vous n'en avez pas pour trop longtemps.

Quand elle eut la tête couverte, elle vint vers Jeff à grands pas.

— J'ai essayé de te joindre toute la matinée, dit-elle. Le nouveau téléphone que je t'ai acheté ne marche pas ?

— Je l'ai éteint. J'en avais assez que des folles m'appellent pour passer du bon temps avec moi.

Il ne plaisantait pas.

— S'il te plaît, Jeff. Arrête-toi une seconde pour

que nous puissions parler de ce qui s'est passé. Je m'en veux terriblement.

En voyant à quel point elle avait l'air touchée par cette histoire, il posa son marteau.

— Tu n'y es pour rien, Chloe.

Le seul responsable, c'était lui.

Elle le prit par le bras et l'attira à l'écart des autres ouvriers.

— Je m'inquiète pour toi, dit-elle. Tu dois cesser de penser que tu ne peux pas créer de liens avec les gens. Écoute ton cœur. À en croire cette photo de Michele et toi, tu ressens des choses quand tu es avec elle.

— Tu ne sais pas de quoi tu parles.

— Je te connais assez bien pour savoir que j'ai raison. Il se passe quelque chose de fort entre vous.

Il ne put la regarder dans les yeux.

— Tout va bien, assura-t-il. Tu n'as aucune raison de t'inquiéter.

— Ah bon ? Alors va voir Michele. Elle ne mérite pas que tu l'ignores comme ça.

Il regarda ses mains. Elles tremblaient presque tant il ressentait le besoin de la toucher.

— Il vaut mieux que j'évite de la voir pour l'instant, répondit-il.

— Parce qu'elle te plaît, dit Chloe en soupirant. Elle te plaît beaucoup, et ça te fait peur.

Il resta silencieux.

— Alors, demanda-t-elle, qu'as-tu décidé pour le concours ? Trois grandes chefs attendent ta réponse. Laquelle vas-tu choisir ?

Il n'en avait toujours aucune idée. Il savait laquelle il voulait engager, mais était-elle la meilleure pour ce poste ? Il avait plus de doutes que jamais.

— Je ne sais pas encore, répondit-il.

— Bon. Je te propose d'organiser un dernier événement. Nous pourrions inviter les habitants de Pueblicito à venir découvrir les plans du futur palace et l'avancée du chantier. Les trois candidates prépareront leurs meilleurs hors-d'œuvre, et nous verrons laquelle est la plus convaincante.

Ce n'était pas une mauvaise idée. Plus tôt il choisirait la future cuisinière en chef du restaurant, plus vite l'équipe marketing pourrait se mettre au travail et commencer la promotion de l'établissement. Et plus vite il saurait si Michele devait s'en aller… ou rester et faire partie du rêve qu'il était en train de construire.

— D'accord, répondit-il.

— Ce ne sera pas ce week-end car notre père sera absent, et il voudra sûrement participer à l'événement. Disons le week-end suivant ?

— Ça me va, si les candidates sont prêtes à rester aussi longtemps. Je suggère que nous augmentions leur prime.

Douze jours. Il n'aurait qu'à se réfugier dans le travail pendant tout ce temps pour s'occuper l'esprit.

— Je te confie Michele, dit-il à Chloe. Assure-toi qu'elle va bien.

— Pourquoi tu ne lui parles pas toi-même ? rétorqua-t-elle.

Il s'éloigna sans lui répondre.

Il ne devait plus penser à Michele. À présent, il était temps qu'il trouve une femme qui accepte de l'épouser. Une femme qu'il ne risquerait pas de faire souffrir.

Michele devait se rendre à l'évidence : Jeff l'évitait. Et cela faisait mal.

Elle avait cru qu'il se passait quelque chose de fort entre eux, mais de toute évidence elle s'était bercée d'illusions. Pour lui, elle n'avait été qu'une aventure d'un soir.

Après tout, elle ne pouvait s'en prendre qu'à elle-même. Jeff l'avait mise en garde, et malgré cela, elle avait décidé de s'abandonner entre ses bras. Elle avait eu la naïveté de croire qu'elle pouvait faire tomber le mur qu'il avait dressé autour de son cœur. Cet espoir l'avait conduite à mettre en danger ses rêves, mais aussi ses responsabilités.

Jeffrey Harper représentait l'exact opposé des choses sur lesquelles elle devait se concentrer : prendre soin de sa sœur, retrouver son talent en cuisine et penser à son avenir personnel. Elle avait envie de se marier et de fonder une famille.

Mais pour commencer, elle devait se préparer à l'ultime épreuve du concours. On lui avait demandé de faire des hors-d'œuvre pour une réception destinée à présenter le projet de palace de Jeff. Cette soirée allait être importante pour celui-ci, et Michele était bien décidée à faire de son mieux.

Assise dans sa chambre, elle cherchait sur Internet des idées de hors-d'œuvre italiens qu'elle pourrait agrémenter à sa façon, mais aucune ne lui semblait à la hauteur de l'événement.

Elle ferma les yeux et chuchota :

— Aide-moi, maman. J'ai besoin d'un peu de magie.

Un vent doux entra par la fenêtre ouverte. Elle sentit le parfum de la sauge et du romarin.

Soudain, elle rouvrit les yeux et poussa un cri de joie. Elle savait ce qu'elle allait faire.

Les jours qui suivirent, elle passa presque tout son

temps dans la cuisine des Harper. Ce n'était pas évident de travailler à côté de ses deux concurrentes, de partager avec elles les ustensiles et les appareils de cuisson. Elles faisaient toutes les trois des essais pour aboutir aux meilleures recettes possible. Voyant que Freja allait préparer un cioppino aux fruits de mer, Michele se permit de lui donner un conseil.

— Vous devriez peut-être vous orienter vers un autre choix, lui dit-elle. Jeff déteste les fruits de mer.

— Comment est-ce possible ? rétorqua Freja. Il m'a emmenée pêcher et m'a dit qu'il adorait la mer. D'ailleurs, il nage comme un poisson.

— Ne l'écoutez pas, glissa Tonia. Elle essaie juste de vous perturber.

— Je vous assure que je dis la vérité, insista Michele.

— Nous savons que vous êtes une tricheuse, asséna Tonia.

— Comme vous voudrez. Faites autant de fruits de mer que vous en avez envie.

Freja regarda ses ingrédients en se mordant la lèvre, puis, après un moment d'hésitation, elle remit le poisson dans le réfrigérateur.

— Je vais faire autre chose, décida-t-elle.

Finalement, le jour de la réception arriva. Michele s'était suffisamment entraînée. C'était comme si Jeff avait réveillé quelque chose en elle. En goûtant son échantillon de hors-d'œuvre, pour la première fois depuis son départ de chez Alfieri's, elle eut le sentiment d'avoir atteint l'excellence.

Elle monta dans sa chambre pour se changer. Était-elle sur le point de passer sa dernière soirée avec Jeff ? Cette pensée la rendait infiniment triste. Mais puisqu'il semblait être déjà passé à autre chose, elle avait tout intérêt à en faire autant. Ils étaient différents et n'attendaient pas la même chose de l'existence. Elle n'avait d'autre choix que de l'accepter.

Après avoir pris une douche, elle se maquilla, se coiffa et enfila un pantalon large noir et un haut dos nu bleu. Jeff semblait apprécier ses épaules. Et elle adorait qu'il les caresse et les embrasse.

Arrête, Michele !

Jeff n'allait plus l'embrasser. C'était fini. Et elle ne devait plus rêver qu'il le fasse.

Elle était là dans l'espoir d'être engagée comme chef. Point final.

En redescendant au rez-de-chaussée, elle vit que les invités avaient commencé à arriver. Freja et Tonia étaient déjà dehors, en train de passer des plateaux chargés de hors-d'œuvre. Elle courut dans la cuisine. Il ne lui restait que les deux plateaux les plus petits et les moins élégants. Elle se dépêcha de tout préparer. Sur l'un des plateaux, elle disposa ses raviolis fourrés à la saucisse italienne, aux épinards, au parmesan, à la mozzarella, aux tomates cerises et aux épices fraîches. Au centre, elle plaça un bol rempli d'une sauce tomate épaisse au vin rouge qu'elle avait réussie à merveille.

Sur le second plateau, elle mit ses crostini au fromage de chèvre et à l'huile d'olive, ainsi que des olives noires et violettes assaisonnées de romarin et d'un zeste d'orange. Ce plateau lui rappela le ciel étoilé qu'elle avait contemplé avec Jeff. Pour finir, elle forma un contour avec des beignets au jambon de Parme, à la mozzarella et au risotto, sur lesquels elle parsema quelques feuilles de roquette.

Ses plateaux étaient beaux, ils sentaient bon et elle savait que les convives allaient se régaler.

Elle avait retrouvé sa magie.

Elle était prête.

- 14 -

— Merci à tous d'être venus.

Tout en prononçant son discours de bienvenue à côté du futur restaurant, Jeff cherchait Michele du regard.

Même s'il savait que c'était une mauvaise idée.

Il avait envie de la voir.

Une cinquantaine de personnes étaient venues de Pueblicito pour découvrir la structure du nouveau bâtiment et goûter les recettes des chefs en compétition. Les « actionnaires ». Voilà comment R.W. avait nommé les habitants du village. Il semblait bel et bien décidé à leur reverser une partie des bénéfices du futur palace.

— Comme vous pouvez le constater, poursuivit Jeff, les travaux de construction avancent bien. Nous sommes dans les délais pour ouvrir l'établissement à la date prévue.

Des applaudissements et des acclamations s'élevèrent autour de lui.

Il ne put réprimer un sentiment de fierté. Cela faisait du bien, après ce qu'il avait traversé ces derniers temps. Il n'aurait pas imaginé être un jour aussi enthousiasmé par un projet qui concernait la maison qu'il avait détestée. Curieusement, le fait de travailler avec son père n'était même pas si terrible.

— Les plans de l'hôtel et du restaurant sont affichés sur le mur pour que vous puissiez tous les voir, dit-il, mais si vous le voulez bien, je vais vous mettre dans l'ambiance. Imaginez que vous venez d'arriver à Plunder Cove après un long voyage. Vous êtes fatigués, vous avez faim. Vous montez quelques marches…

Il leur montra l'endroit où la pelouse allait en pente vers un point de vue, là où il avait prévu de créer un escalier en pierre.

— Vous découvrez cette construction en bois, à la fois élégante, chaleureuse et pleine de charme, et l'océan Pacifique. La forme du bâtiment, le bois, cela vous fait penser à…

— Un bateau de pirates ! cria quelqu'un.

Il acquiesça, et ce fut au tour d'une des vieilles femmes de l'assemblée de prendre la parole.

— Nous savions que tu ferais ça bien, dit-elle. Nous avons confiance en toi, Jeffrey.

Il mit les mains contre son cœur et fit un petit salut. Puis il décrivit ce qu'il prévoyait pour le restaurant. À cet instant, Freja passa avec un plateau à moitié vide. Tonia était de l'autre côté du patio, entourée de gens qui jouaient des coudes pour avoir accès à ses hors-d'œuvre.

— Et s'il vous plaît, mangez ! ajouta-t-il. Nous avons trois des plus grands chefs du monde ici ce soir. Alors profitez-en.

Il promena son regard de droite à gauche.

C'est alors qu'il la vit.

Debout, légèrement à l'écart, son plateau à la main, Michele le regardait. À en juger par l'expression de son visage, elle avait l'air fière de ce qu'elle voyait. Fière de lui.

Il mourut d'envie de l'embrasser.

Tandis qu'il avançait instinctivement vers elle, un homme le percuta.

— De l'eau ! réclama-t-il d'une voix étouffée.

Une autre personne se mit à tousser, puis encore une autre.

— Il nous faut du pain ou du lait ! cria quelqu'un. C'est beaucoup trop pimenté !

Jeff regarda autour de lui. Un homme avait des larmes qui coulaient sur ses joues et sa femme essayait de le réconforter. Bon sang, mais que se passait-il ?

— Vous auriez pu nous prévenir, dit une femme en s'adressant à Michele. Mon mari ne supporte pas le piment. Il se pourrait qu'il doive aller aux urgences à cause de vous.

— Quoi ? fit Michele en blêmissant.

Les trois sœurs de Pueblicito volèrent à son secours.

— J'adore cette sauce, dit Nona. Les piments, c'est mon péché mignon.

— Moi aussi, approuva Flora.

— Juste la bonne dose, conclut Alana.

— Des piments ? s'étonna Michele.

L'air stupéfait, elle regarda Jeff.

— Mais je n'ai pas mis de piments dans la sauce.

— Tu en es sûre ?

— Non, il ne me semble pas…

Elle se tut et se mordilla nerveusement la lèvre. Puis elle goûta sa propre sauce et écarquilla les yeux.

— Il y a des piments dans cette sauce, murmura-t-elle dans un souffle.

Jeff se passa la main dans les cheveux. Toutes les molécules de son corps lui criaient d'ignorer son erreur et de lui accorder encore une chance. De lui permettre de rester. Non, de la convaincre de rester. Mais aurait-il été aussi indulgent avec Tonia et Freja si elles avaient commis les mêmes faux pas que Michele ? Sans doute pas.

Au fond, il savait que c'était son attirance pour elle qui

lui donnait envie de passer l'éponge sur ses faiblesses. Il n'arrivait pas à juger son travail avec objectivité.

Il n'avait plus le choix. Il fallait qu'il se ressaisisse et assume son rôle de patron. Après avoir demandé à un serveur d'aller chercher du lait dans la maison, il se tourna vers Michele.

— Michele, dit-il tout bas, la gorge nouée. Je ne sais pas ce qui s'est passé, mais c'est inacceptable. Tu sais combien cette soirée est importante. Nous ne pouvons pas nous permettre ce genre d'incident.

La tristesse lui serrait le cœur. Il était obligé de l'éliminer du concours, ce qui voulait dire qu'il ne la reverrait sans doute jamais.

— Je sais, Jeff. Je suis désolée. Cela ne nuira pas à ta réputation. Je suis la seule responsable. Je vais tout de suite réparer ça avant de m'en aller.

L'éclat qu'il aimait tant chez elle avait disparu.

Elle éleva la voix pour s'adresser à l'ensemble des invités.

— Mesdames et messieurs, je vous présente mes excuses pour ce désagrément. Lorsqu'un chef commet une erreur en cuisine, il doit trouver un moyen de se faire pardonner. S'il vous plaît, ne partez pas tout de suite. Spécialement pour vous, je vais créer quelque chose qui devrait vous adoucir le palais et la gorge.

Sur ces mots, elle se tourna vers Jeff et le regarda avec un air mortifié.

— Je suis vraiment désolée, murmura-t-elle.

Puis elle s'enfuit vers la cuisine.

Les trois sœurs de Pueblicito vinrent alors se mettre autour de Jeff.

— Tu as été trop dur avec elle, dit Nona en le toisant sévèrement.

— Oui, approuva Alana. C'est une fille super qui cuisine divinement. Tu as goûté ses raviolis ? Je vais en rêver pendant des semaines.

— Et ses beignets…, ajouta Flora avec une expression d'extase. Ils sont à tomber. Les deux autres chefs ne lui arrivent pas à la cheville.

— Je ne peux pas me fier à une cuisinière qui commet de telles erreurs, répondit-il froidement. Les affaires sont les affaires.

— Je vois, dit Nona sur un ton de reproche. Toi, tu n'as jamais fait d'erreurs. Tu n'as jamais été rejeté par les autres ? Traité comme si tu valais moins que rien ?

Il ne trouva rien à lui répondre.

— Nona a raison, renchérit Flora. Donne-lui une autre chance. C'est la femme qu'il te faut.

— Tu crois qu'il reste des raviolis dans la cuisine ? demanda Alana en se léchant les babines.

Ces femmes étaient la voix de la sagesse. Elles avaient entièrement raison. Tout ce que Michele avait servi ce soir était magique. Sa performance aurait été parfaite si le piment n'était pas venu s'inviter dans cette sauce.

Qu'est-ce qui avait bien pu se passer ? Cela paraissait absurde.

Michele était hors d'elle. Elle savait qu'elle n'avait pas utilisé de piments depuis le soir où elle avait préparé un sandwich pour Jeff. Il n'y avait qu'une seule explication possible : quelqu'un avait volontairement pimenté sa sauce à son insu.

Elle se hâta de préparer une spécialité que les convives allaient adorer. Dans ce dessert, les seuls ingrédients secrets étaient l'amour et la peine qu'elle ressentait à cet instant. Sa passion pour la cuisine était réapparue parce que Jeff avait remis de la magie dans sa vie. Rien que pour cela, elle éprouvait une immense gratitude. Mais il y avait autre chose. Elle ne pouvait nier l'évidence. Elle avait des sentiments pour lui. Des sentiments profonds, intenses, qu'elle n'avait jamais connus auparavant. Si seulement il lui avait donné une chance… Mais il était convaincu qu'il n'était pas fait pour elle. Qu'il ne pouvait pas lui donner ce qu'elle attendait.

Elle allait être privée à la fois de l'homme dont elle rêvait et du travail dont elle avait besoin.

Les larmes aux yeux, elle goûta son dessert. Il était parfait.

Elle prit son téléphone pour envoyer un message au seul membre du personnel dont elle avait le numéro.

Robert, vous voulez bien dire à Jeff de faire venir les invités dans le hall ?

Bien sûr, mademoiselle. Tout de suite.

Un instant plus tard, tout le monde était rassemblé dans la grande entrée de la maison. Michele fut soulagée de voir que personne n'était parti. Elle avait eu si peur d'avoir tout gâché pour Jeff… Tout à l'heure, en écoutant son discours, elle avait été à la fois émue et fière de lui. Elle avait vu à quel point ce projet comptait pour lui, et il en avait parlé à merveille.

Debout derrière la longue table qui lui servait de buffet, elle encouragea chacun à venir prendre l'une des coupelles qu'elle avait disposées.

— C'est un sabayon que j'ai préparé avec des épices soigneusement sélectionnées et du marsala. Ne vous inquiétez pas, il n'y a rien de fort dedans. C'est doux et…

— Délicieux ! s'exclama une femme qui venait d'en prendre une cuillerée. Quelle saveur incroyable !

Tous ceux qui avaient goûté se mirent à parler en même temps.

— Un pur délice.

— Le meilleur dessert que j'aie jamais mangé !

— Exceptionnel. Allez vite vous servir avant qu'il n'y en ait plus !

Soudain, quelqu'un tapa dans ses mains, et tout le monde se mit à applaudir. Cela lui réchauffa le cœur. Elle avait réussi.

C'est alors que Jeff s'approcha d'elle.

— Je peux te parler ? demanda-t-il.

Envahie par une tornade d'émotions, elle cligna des yeux pour retenir ses larmes et s'efforça de rester aussi professionnelle que possible. Au départ, c'étaient les avantages financiers du poste qui l'avaient fait venir jusqu'ici, puis elle avait fait la connaissance de Jeff et elle avait voulu réussir pour lui, pour l'aider à concrétiser son projet. Maintenant, d'un coup, tout était terminé.

— Bien sûr, répondit-elle. Et n'oublie pas de prendre une verrine.

Il fit ce qu'elle lui demandait et dégusta une bouchée de sabayon. Elle vit alors une expression de bonheur et de joie apparaître sur son visage, et à cet instant, il lui sembla encore plus beau que d'habitude.

Oui, il semblait enchanté par son dessert mais, curieusement, il n'avait pas l'air surpris. Comme s'il avait toujours su qu'elle était capable de cuisiner à ce niveau-là.

— Léger, crémeux, explosion de saveurs en bouche, dit-il en mangeant une deuxième cuillerée. C'est de la poésie à l'état pur. On dirait que tu es de retour.

— Merci, répondit-elle en rougissant de plaisir.

Il lui prit la main.

— Viens avec moi.

C'était déjà l'heure des adieux ?

En sortant du hall, ils passèrent devant Tonia qui mangeait son sabayon dans un coin, avec un air furieux.

— Attends-moi, dit Jeff. Il faut que je parle à Tonia.

Michele comprit ce que cela signifiait. C'était Tonia qui avait remporté le concours.

Cela voulait-il dire qu'elle ne verrait plus jamais Jeff ? Elle ne pourrait plus jamais le toucher, ni entendre sa voix, son rire. Elle ne pourrait plus embrasser sa bouche sublime.

Tout en restant légèrement à l'écart, elle entendit Jeff demander à Tonia :

— Vous n'aimez pas le sabayon ?

— Pas du tout, répondit Tonia. Et je peux savoir pourquoi Mlle Sainte-Nitouche a eu le droit de retourner en cuisine ?

De toute évidence, Tonia parlait fort pour s'assurer que Michele l'entende bien.

— Mon concours, mes règles, répondit Jeff en croisant les bras avec autorité.

— Je n'ai pas raté mes hors-d'œuvre, et pourtant, on ne m'a pas donné l'occasion de faire un dessert. C'est du favoritisme. Ce n'est pas juste.

— Et c'était juste de votre part de mentir en prétendant que vous saviez monter à cheval ? Vous m'avez raconté que vous montiez chaque été au ranch de votre grand-père, mais j'ai bien vu que c'était faux.

— J'étais juste un peu rouillée, comme je vous l'ai expliqué. Je pensais que vous comprendriez.

— Pour l'équitation, oui, j'aurais pu comprendre. Mais pas pour les piments.

— Je vous demande pardon ?

— Comment avez-vous eu l'idée d'utiliser spécifiquement ces habaneros pour saboter la sauce de Michele ?

— Qu'est-ce que vous sous-entendez au juste ?

— Je ne sous-entends rien. J'affirme. Vous nous avez espionnés, Michele et moi, le soir où elle m'a préparé un sandwich grillé au fromage.

— C'est ridicule, rétorqua Tonia. Ce n'était pas moi.

— Encore un mensonge. Les caméras de surveillance ont enregistré des images de vous. J'ai des preuves de ce que je dis. Vous saviez que Michele avait utilisé ces piments, et vous saviez que je m'en souviendrais. Pour vous, c'était la meilleure façon de la piéger.

Médusée, Michele se rapprocha d'eux.

— C'est vrai, Tonia ? Vous avez fait ça ? Mais pourquoi ?

— À votre avis, pourquoi ? gronda Tonia avec un regard furieux. Vous lui faisiez perdre toute lucidité, toute objectivité. Vous avez fait en sorte qu'aucune autre candidate n'ait de chance de gagner.

Jeff se tourna vers Michele.

— Tonia a raison, dit-il. Tu me perturbes au point que je suis incapable de m'intéresser aux autres. C'est toi que je choisis, Michele. S'il te plaît, reste.

- 15 -

En se réveillant le lendemain matin, Michele s'était demandé si elle avait rêvé ou si ses souvenirs de la veille étaient bien réels. Ce qui lui arrivait était tellement fou…

Jeff l'avait choisie comme chef pour son restaurant. Elle avait obtenu le poste. Elle n'en revenait toujours pas. Et comme si cela ne suffisait pas, il l'avait invitée à passer cette journée en bateau avec lui pour célébrer la nouvelle. Il voulait l'emmener sur l'une des plages privées de sa famille.

Cela faisait vingt minutes qu'ils étaient partis, et elle était toujours aussi émerveillée par l'expérience qu'elle était en train de vivre. Le mouvement du bateau sur l'eau, la beauté de la côte, l'océan à perte de vue… Cet endroit était un paradis sur terre, et c'était ici qu'elle allait vivre à présent. Ici qu'elle allait exercer le métier qu'elle aimait tant.

Elle espérait trouver un bon institut pour Cari dans la région. Elle regrettait de devoir lui faire quitter celui de New York, mais sa sœur n'aurait certainement pas trop de mal à s'habituer à ce cadre enchanteur. Surtout une fois qu'elle aurait rencontré les chevaux des Harper.

Elle regarda Jeff, debout à la barre du yacht, incroyablement sexy avec ses cheveux dans le vent. Il avait gardé ses distances avec elle ces derniers jours, et même hier soir, à l'issue de la soirée, mais elle comprenait pourquoi.

Il était occupé par la réalisation de son projet. Et surtout, comme il le lui avait dit, il n'était pas prêt à entamer une relation avec elle. Finalement, il la protégeait de ses propres sentiments en évitant de la voir trop souvent. Car plus elle passait de temps avec lui, plus elle était attirée par lui.

Hélas, elle devait être réaliste. Le lien qui était né entre eux n'était pas voué à durer.

— Tu veux barrer ? demanda-t-il.

— Je peux ?

Elle se sentit comme une adolescente à qui on confiait les clés de la voiture pour la première fois.

— Viens.

Il recula d'un pas pour lui laisser sa place. Elle se mit devant lui et, timidement, posa les mains sur la barre à roue.

— Détends-toi, dit-il. Ce n'est pas difficile.

Elle frissonna en entendant sa voix profonde au creux de son oreille, son souffle chaud dans son cou. Qu'elle se détende ? Alors qu'il posait les mains sur ses épaules et qu'elle sentait son torse puissant contre son dos ? C'était impossible.

Elle allait pourtant devoir s'habituer à cette situation. Être près de lui sans avoir le droit de le toucher, ni de l'embrasser. Sans pouvoir se blottir contre lui comme elle en rêvait, ni s'abandonner nue entre ses bras pour qu'il lui donne du plaisir.

Elle allait travailler pour lui, et il allait épouser une autre femme. Voilà l'avenir auquel elle devait se préparer.

Suivant ses instructions, elle entra dans une petite crique déserte et il reprit la barre pour manœuvrer. Après avoir jeté l'ancre, il coupa le moteur et enleva son sweat-shirt.

C'était la première fois qu'elle le voyait torse nu, et il était encore plus beau qu'elle l'avait imaginé.

— Prête ?

Non. Elle sentait sa volonté de résister s'affaiblir au fil des minutes.

Quand ils furent tous les deux assis dans le canot, Jeff rama jusqu'à la plage, puis elle l'aida à traîner l'embarcation sur le sable fin. Il se redressa, chassa ses mèches de ses yeux et regarda Michele avec un sourire enfantin.

— Ça fait des années que je ne suis pas venu ici, dit-il. Le cercle de pierres où nous faisions du feu est toujours là. Et la chambre à air dont nous nous servions dans l'eau comme d'une grosse bouée, Matt et moi. Ça fait drôle de revoir tout ça. Allons regarder si nous trouvons des crabes dans les flaques.

— D'accord. Vas-y, j'installe cette couverture et je te rejoins.

Il leva les pouces et courut à petites foulées vers les rochers. Le sourire aux lèvres, elle étendit sa couverture sur le sable chaud et se mit en maillot de bain. Elle aimait le voir comme cela. Gai, insouciant, déchargé de la pression qui pesait sur lui.

Elle avait intérêt à se surveiller.

Ce n'était pas une bonne idée de jouer avec le feu.

Et pourtant, elle en avait tellement envie… Elle était sûre qu'il se trompait quand il affirmait qu'il n'était pas capable d'aimer. Pourquoi ne pas essayer de lui prouver que, avec elle, il pouvait ouvrir son cœur et se laisser aller ?

Il lui suffisait de le regarder pour se sentir pousser des ailes. Si bien que, lorsqu'il vint s'asseoir à côté d'elle, elle ne put s'empêcher de lui demander :

— Cette sortie n'a rien de professionnel, nous sommes bien d'accord ?

— Elle est on ne peut plus personnelle, répondit-il en lui caressant l'épaule du bout des doigts.

— La dernière fois que nous sommes sortis du cadre professionnel, nous avons été brutalement interrompus. Tu crois que nous pourrions reprendre là où nous nous étions arrêtés ?

— Tu veux venir sur mes genoux ? demanda-t-il avec un grand sourire.

— Oui. Mais, non. J'ai une autre idée.

Quand elle s'était mise dans cette position, les choses lui avaient échappé trop rapidement. Cette fois, elle voulait lui montrer ce que c'était que de se sentir aimé.

— Allonge-toi, lui enjoignit-elle.

À genoux à côté de lui, elle commença à lui caresser les mains. Puis, lentement, elle remonta le long de ses bras, jusqu'à ses épaules et son cou.

— C'est bon…, murmura-t-il quand elle se mit à le masser.

Elle aussi, ce contact lui faisait du bien. Jamais elle n'avait eu envie de prendre soin de quelqu'un à ce point. Elle aimait sa peau, parsemée çà et là de petites taches de rousseur, et ses muscles qui se contractaient sous ses mains.

Peu à peu, elle descendit le long de son torse, passant les doigts sur ses abdominaux, jusqu'à la ceinture de son short. Il se mit à respirer plus fort. Elle arrêta son geste au niveau de son sexe et le caressa à travers ses vêtements. Ivre d'excitation, elle sentit son érection et se pencha vers lui pour l'embrasser. Les murmures rauques qu'il laissait échapper tout en lui dévorant les lèvres la rendirent encore plus folle de désir.

— Michele, dit-il dans un souffle, j'ai envie de toi.

Ces mots ne firent qu'attiser le feu qui brûlait en elle. Posant les mains sur ses hanches, elle baissa son short et prit son sexe dans sa bouche.

Il poussa un long soupir. Pendant un instant, elle put aller et venir avec sa langue, jusqu'à ce qu'il se redresse pour l'interrompre.

— Attends, dit-il en fixant sur elle un regard brûlant, je veux venir en toi. Enlève ton maillot.

Elle se déshabilla pendant qu'il sortait un préservatif de sa poche et le mettait d'un geste rapide. Puis il la prit sur ses genoux et la caressa avec fièvre. Elle sentit ses mains dans son dos, sur ses fesses et sur ses seins. Elle se hissa au-dessus de lui, et enfin, il la pénétra.

Enlacés, ils se mirent à bouger à l'unisson, au rythme de leur plaisir. Lorsqu'il prit son mamelon entre ses lèvres, elle rejeta la tête en arrière et se sentit envahie par la jouissance. À peine avait-elle atteint l'orgasme qu'il changea de position pour l'allonger et se placer au-dessus d'elle. Il se mit à aller et venir plus vite, plus fort, et elle connut une deuxième extase, encore plus intense que la première. Cette fois, il se laissa aller avec elle.

- 16 -

Michele ignorait combien de temps s'était écoulé, mais elle commençait à avoir faim. Jeff aussi, apparemment.

— Qu'est-ce que nous avons là ? demanda-t-elle en se penchant vers le panier de pique-nique. Tu nous as préparé un déjeuner ?

— Du jambon et du fromage. Ma spécialité.

— J'ai hâte de goûter.

Pendant quelques minutes, ils mangèrent en silence, assis côte à côte, face à la mer. Elle ne s'était jamais sentie aussi bien.

Finalement, ce fut Jeff qui reprit la parole en premier.

— Quand j'avais six ans, confia-t-il, je ne mangeais que des pâtes au fromage.

— Comme ma sœur, répondit-elle en riant. Nous devions trouver des stratagèmes pour la convaincre de goûter d'autres aliments.

— Chez moi, il n'y avait pas de stratagèmes. Seulement des ordres. « Finis ton assiette, Jeffrey. Sinon, tu n'auras rien à manger demain. » Ce genre de choses.

— C'est dur.

— Parfois, je préférais ne rien avaler. Comme les soirs où il y avait des fruits de mer. Ce que je pouvais détester les calamars…

Elle se frappa la poitrine.

— Je le savais, dit-elle. Tu n'as pas aimé mon premier plat ! J'aurais dû faire du poulet.

— Tu ne pouvais pas savoir. Les médias qui parlent des Harper n'ont jamais évoqué les sujets qui concernent mon enfance. Ce ne sont pas des choses dont les familles parlent. On préfère cacher ça sous le tapis.

Elle le regarda sans oser l'interrompre. Elle était émue qu'il se confie à elle.

— Un soir, poursuivit-il, comme je refusais de manger, ma mère a dit qu'elle en avait assez de m'entendre pleurnicher. Les pâtes aux fruits de mer étaient son plat préféré, alors son fils devait en manger, point final. Mon père n'était pas là. Elle a ordonné à tout le monde de m'ignorer, de faire comme si je n'existais pas. Au bout de quelques minutes, j'ai lancé mon assiette. Les crevettes et les nouilles glissaient le long du mur. Je n'avais jamais vu ma mère aussi en colère. Elle m'a attrapé par le bras et m'a traîné dehors. Plus je pleurais, plus elle s'énervait. « Arrête de faire le bébé ! » criait-elle. Elle m'a mis dans la cabane à outils et m'a dit : « Tu restes là, et tant que tu pleureras, je ne te laisserai pas sortir. » Puis elle est partie et elle a fermé la porte à clé. Matt m'avait dit que je ne devais pas m'approcher de la cabane parce qu'il y avait des serpents qui rôdaient autour et passaient sous la porte. Il faisait noir. Je commençais à avoir froid. J'ai hurlé jusqu'à en avoir mal à la gorge. J'ai tenté d'attraper un outil pour creuser un tunnel, mais ils étaient accrochés trop haut. J'ai essayé de creuser avec mes mains mais le sol était trop dur. J'ai cru que j'allais mourir là tout seul.

— Oh ! Jeff.

Michele était horrifiée par ce qu'elle venait d'entendre. Au moins, lorsque Alfieri s'en était pris à elle, elle avait été en âge de réagir, ne serait-ce qu'en s'éloignant de lui pour se protéger. Jeff n'avait été qu'un petit garçon. Cette expérience avait dû le traumatiser. Le simple fait de l'imaginer enfermé tout seul dans le noir lui donnait envie de pleurer.

— Quand t'a-t-elle finalement libéré ?

— Ma mère ? demanda-t-il avec un rire amer. Jamais. Elle voulait me donner une bonne leçon pour que j'apprenne à ne plus pleurer. Dans son monde, les émotions étaient un signe de faiblesse. Je comprends maintenant que sa constitution faisait qu'elle était incapable d'aimer. C'est un gène qu'elle m'a transmis.

Un gène qui rendait incapable d'aimer ? Michele n'y croyait pas une seule seconde.

— Jeff, je suis tellement désolée... Aucun enfant ne devrait connaître ça.

— Tu pleures, dit-il en lui essuyant la joue du revers de la main.

— Les émotions sont humaines, naturelles. Surtout pour un enfant. Je ne comprends pas la réaction de ta mère. Qu'a dit ton père quand il a appris ce qui s'était passé ?

— Ma mère lui a raconté qu'elle avait ordonné aux employés d'aller me chercher et que personne ne l'avait fait. C'était un mensonge. Donna, la cuisinière, m'a entendu pleurer le lendemain matin. Elle m'a trouvé roulé en boule sur le sol en terre de la cabane. À la seconde où je l'ai vue, j'ai couru vers elle et je l'ai serrée de toutes mes forces. Tous les membres du personnel ont fait bloc. Ils ont prévenu ma mère que, si elle entrait dans la cuisine, ils démissionneraient tous. Comme elle ne savait même pas faire cuire un œuf, elle a accepté. C'est comme ça que la cuisine est devenue mon refuge. C'était l'endroit où elle ne pouvait pas m'atteindre. Depuis ce jour, ajouta-t-il après une pause, je n'aime ni me mettre à table tout seul, ni entrer dans des espaces sombres et confinés. C'est pourquoi j'évite les ascenseurs, notamment.

— Ah ? dit-elle avec surprise. Pourtant, sur cette vidéo, tu étais avec une femme de chambre dans un ascenseur.

— C'est vrai. Mais il y a une raison à cela. Toute cette scène a été orchestrée par un patron d'hôtel qui voulait me mettre à terre.

D'un geste apparemment machinal, il se mit à caresser la main de Michele. Elle espérait que cela lui faisait autant de bien qu'à elle.

— Finn nous avait menacés de s'en prendre à nous physiquement si nous filmions son établissement, poursuivit-il. C'était la première fois que nous avions affaire à quelqu'un d'aussi agressif. Cela a éveillé mes soupçons. Je me suis dit que, s'il réagissait comme ça, il avait sûrement quelque chose à cacher. Alors je suis entré et j'ai filmé discrètement. Rien qu'avec les images que j'ai faites dans la cuisine, je pourrais détruire sa réputation. C'était effrayant.

— Tu as tout enregistré ?

— Oui, et ce n'est pas tout. Les employés m'ont révélé leurs mauvaises conditions de travail. Violation des règles de sécurité, droit du travail bafoué, scandales étouffés au prix de gros dédommagements. Cette émission allait être la meilleure de toutes. Mais elle ne sera jamais diffusée, ajouta-t-il en soupirant. Parce que Finn a placé ses vigiles au pied de l'escalier pour me forcer à prendre l'ascenseur. Je n'avais pas le choix, il fallait que je monte. Erreur de débutant. J'aurais dû me douter que Finn était capable des coups les plus bas pour m'empêcher d'agir, mais je…

Il secoua la tête avec dépit. Elle commençait à comprendre ce qui s'était vraiment passé.

— Tu étais perturbé à l'idée de monter dans un ascenseur.

— Oui, répondit-il en mêlant ses doigts avec les siens. Je tremblais déjà au moment où je suis entré dedans. Comme il y avait une femme de chambre à l'intérieur, je me suis efforcé de garder mon sang-froid. Mais quand l'ascenseur s'est bloqué… C'était un cauchemar qui devenait réalité.

Sentant qu'il se raidissait, elle serra sa main dans la sienne pour essayer de l'apaiser.

— C'est là que la femme de chambre a enlevé son chemisier.

— Quoi ? s'exclama Michele.

— Oui, cela paraît bizarre, mais certaines personnes sont prêtes à tout pour un quart d'heure de célébrité. J'étais en train d'appuyer sur tous les boutons pour tenter de faire redémarrer l'ascenseur quand elle s'est jetée sur moi pour m'embrasser.

— Ça alors. Je n'en reviens pas.

— Tout s'est passé tellement vite… Cela paraissait irréel. J'étais si stupéfait que je suis resté sans réaction pendant quelques secondes. Puis j'ai essayé de me dégager sans brutalité, mais à ce moment-là la lumière s'est éteinte. J'étais enfermé dans le noir, comme lors de cette fameuse nuit dans la cabane à outils. J'étais désorienté, terrifié. Quand j'ai senti quelque chose me pincer les fesses, j'ai machinalement brandi mes poings. La lumière s'est rallumée. La femme de chambre était par terre, à moitié dévêtue, les cheveux en désordre.

Son soutien-gorge était déchiré. Elle avait une marque rouge sur la joue.

Michele brûlait de le prendre dans ses bras pour le réconforter, mais elle n'osait pas bouger. Elle avait trop peur qu'il cesse de parler. Or elle sentait qu'il avait besoin d'aller au bout de son récit.

— Finn a fait arrêter l'ascenseur et éteindre la lumière. Il a payé la femme de chambre pour qu'elle joue cette scène, et il a tout filmé. Il a réussi à détruire ma carrière en divulguant la première partie de la vidéo. Il conserve la seconde, celle où j'ai l'air d'avoir frappé la jeune femme, pour me faire chanter.

— Mais c'est elle qui s'est jetée sur toi ! Comment peut-il utiliser ça contre toi ?

— Avec un bon montage, on peut faire croire ce qu'on veut aux gens.

Elle ne put s'empêcher de rougir de honte. Elle faisait partie de ces personnes qui avaient cru à ce qu'elles avaient vu sur ces images.

— C'est injuste, répondit-elle. Moi aussi, si un homme m'avait agressée dans un ascenseur, je me serais défendue. Tu n'as rien fait de mal.

— Mon trésor, je mesure un mètre quatre-vingt-dix. Elle était petite.

Il se tut et son visage s'assombrit.

— Michele, je te jure que je ne lèverais jamais la main sur une femme. Mais… J'ai des gènes défectueux. Je ne sais pas m'y prendre avec les autres. Je n'ai jamais les bonnes réactions. Je suis exactement comme ma mère.

— Oh ! Jeff, murmura-t-elle en lui caressant le visage. As-tu déjà parlé de tout ça à quelqu'un ? Un médecin, un thérapeute ?

— C'est la première fois que je raconte cette histoire.

Si elle venait à se savoir, si tout le monde apprenait ce que j'ai vécu dans mon enfance et ce qui s'est passé dans cet ascenseur, ce serait la fin du projet de Plunder Cove. J'ai besoin de réaliser ce rêve. Je veux qu'il soit aussi beau que dans mon imagination.

— Il le sera.

Elle le voulait autant que lui à présent.

Ils passèrent le reste de la journée sur la plage, sans évoquer ces sujets douloureux. Ils profitaient seulement du soleil et de la mer. La main dans la main, ils jouèrent dans les vagues comme des enfants, en riant et en s'embrassant. Puis ils retournèrent se réchauffer sur le sable.

Ils étaient enlacés sur la couverture, en train de s'enivrer de plaisir, quand un Zodiac arriva en trombe dans la crique. Surpris par le bruit, ils se redressèrent brusquement.

Un téléobjectif était braqué sur eux.

— Baisse-toi ! s'écria Jeff en couvrant la tête de Michele avec ses bras.

Mais c'était trop tard.

Une fois de plus, il avait été surpris en train de prendre du bon temps avec une femme. Au moment où il avait besoin de soigner sa réputation.

Si elle voulait [illegible] tout le monde [illegible]
[illegible]
[illegible] compte [illegible]
[illegible]
[illegible]

— [illegible]

Elle le voudrait [illegible] présent.

[illegible] Ils [illegible] deux [illegible] les [illegible] des enfants [illegible]

Ils [illegible]

— [illegible]

— [illegible]

[illegible]

[illegible]

- 17 -

Jeff ramassa ses affaires en vitesse et courut avec Michele jusqu'au canot. Ils avaient peut-être une chance de rattraper le photographe. Il s'inquiétait bien plus pour elle que pour lui-même. Lui, tout le monde le prenait déjà pour un play-boy. Mais elle ne méritait pas d'être traînée dans la boue comme il l'était depuis quelques semaines. Il était prêt à payer très cher pour convaincre ce paparazzi d'effacer ses photos.

Quand ils furent à bord du yacht, il s'assura que Michele était assise et se tenait bien, puis il démarra en trombe. Le bateau fendit les flots pendant quelques minutes, jusqu'au moment où Jeff dut s'avouer vaincu.

Il ralentit et poussa un long soupir. Le Zodiac était déjà loin.

— Je suis désolé.

— Que va-t-il faire de ses photos ? demanda-t-elle avec un regard inquiet.

— Ça va aller. Viens ici, dit-il en la prenant dans ses bras.

— Je ne sais pas, murmura-t-elle en levant les yeux vers lui. Il nous a surpris dans un moment tellement… intime.

Comme il s'en voulait ! Tout ça, c'était à cause de lui. Il n'était capable de lui faire que du mal.

— Il va les vendre à l'acheteur le plus généreux,

finit-il par répondre. Je vais mettre notre équipe de relations publiques sur le coup, en espérant que nous remporterons les enchères.

— Et si ça ne marche pas ? Si Finn utilise les photos contre toi ? Il faut l'arrêter, dit-elle avec détermination.

— C'est mon combat, pas le tien. Je n'aurais jamais dû t'entraîner là-dedans. Tu n'as rien à faire avec un type comme moi.

Elle mit ses bras autour de lui et appuya la joue contre son torse nu.

— Et si j'ai envie d'être avec un type comme toi ? demanda-t-elle avec douceur.

Ses paroles lui firent l'effet d'un souffle d'air frais sur sa peau brûlante.

— Malgré tout ce que je t'ai raconté ?

— Oui.

Elle se haussa sur la pointe des pieds et posa ses lèvres sur les siennes.

Le lendemain matin, Jeff se réveilla seul dans son lit, mais sa première pensée fut pour Michele. Il l'avait quittée la veille en lui disant qu'il avait du travail, puis il avait passé toute la soirée et une bonne partie de la nuit avec l'équipe des relations publiques, en vain. Ils n'avaient trouvé aucune information sur le Zodiac et son pilote.

Jusqu'à aujourd'hui, il ne s'était jamais vraiment préoccupé des femmes qui apparaissaient avec lui sur les photos des paparazzis. Mais avec Michele, tout était différent.

Elle l'avait transformé.

Il n'en revenait pas de tout ce qu'il avait réussi à lui

dire hier sur la plage. Des choses qu'il n'avait même pas osé admettre avant de les lui confier. Elle aurait pu avoir envie de s'enfuir en courant, mais non. Elle l'avait écouté, sans le juger. Elle l'avait touché comme aucune femme ne l'avait jamais fait. Avec un mélange de douceur et de fièvre qui l'avait rendu fou d'excitation.

L'alchimie qu'il y avait entre eux était indescriptible. Le seul fait de se remémorer leurs étreintes réveilla en un instant son désir pour elle.

Il rédigea un petit mot qu'il glissa sous la porte de sa chambre.

Tu veux bien dîner avec moi ce soir ? Non, cette invitation n'a rien de professionnel. S'il te plaît, dis oui.

Il rêvait déjà de la tenir de nouveau nue entre ses bras. De lui faire l'amour sous sa douche, dans son lit, pendant toute la nuit.

En fin de journée, il quitta le chantier et se dirigea vers la maison. Comme le concours était terminé, Donna avait retrouvé sa place en cuisine. Il la salua avant de monter à l'étage. Il poussa la porte de la chambre de Michele et la trouva sur le balcon, au téléphone. Le soleil couchant projetait sur elle sa lumière dorée. Les cheveux dans le vent, elle regardait le jardin qui s'étendait à ses pieds. Elle ne l'avait pas entendu arriver.

Elle était si belle qu'il en eut le souffle coupé. Jamais il n'avait ressenti d'émotion aussi forte. C'était à la fois merveilleux et angoissant.

— Oui, dit-elle à la personne qu'elle avait au téléphone, je comprends maintenant pourquoi vous étiez à ce point sous le charme de Jeffrey Harper. Oh ! oui, je comprends très bien.

Il sourit en entendant qu'elle parlait de lui. Allait-elle évoquer ses yeux bleus, ses muscles ou ses cheveux ? En général, c'étaient ces trois choses-là que les femmes retenaient.

— C'est un homme bien.

Ses paroles firent à Jeff l'effet d'un rayon de soleil au milieu de la tempête. Personne avant elle n'avait dit de lui que c'était un « homme bien », et le fait de l'entendre de sa bouche lui réchauffa le cœur. C'était une sensation délicieuse, mais aussi inquiétante.

Il aurait voulu être cet homme dont parlait Michele, mais la vérité était qu'il n'y avait rien de bon en lui. Cela n'allait pas changer. Il comptait bien profiter des moments qu'il passait avec elle et lui offrir autant de plaisir que possible, mais d'ici peu il serait obligé d'honorer la promesse qu'il avait faite à son père. Il devrait se marier.

Cette perspective le refroidit d'un coup.

— C'est arrivé vite, mais oui, dit Michele. Je ne vais pas le nier. Je suis en train de tomber amoureuse.

Jeff se figea. Ce n'était pas possible. Elle ne pouvait pas être amoureuse de lui.

— S'il vous plaît, poursuivit Michele, faites en sorte que Cari ne voie pas cette photo de Jeff et moi à la soirée. Elle va s'imaginer que nous allons nous marier, ce qui n'arrivera pas. Nous voulons des choses trop différentes.

Elle était donc dans le même état d'esprit que lui. Elle savait qu'ils ne pouvaient pas envisager d'avenir commun. Il aurait dû être soulagé de l'entendre parler ainsi, et pourtant, il se sentait mal tout à coup.

Pourquoi ?

En silence, il tourna les talons et s'en alla.

Une nuit de sommeil n'avait pas effacé la déception de Michele. Elle regrettait tant de ne pas avoir passé la soirée d'hier avec Jeff comme prévu… Hélas, l'une des employées de la maison lui avait déposé un mot pour la prévenir qu'il était retenu par son travail et qu'elle devrait dîner sans lui.

Elle avait rêvé de lui toute la nuit.

Une fois levée, elle descendit dans la cuisine et fit connaissance avec Donna, qui avait pris un congé pendant la durée du concours. Michele ne put retenir son émotion en se trouvant face à celle qui avait été si bonne pour Jeff.

— Merci d'avoir pris soin de Jeff, murmura-t-elle en lui serrant affectueusement la main. Il m'a raconté ce qui s'était passé dans la cabane à outils.

— Il vous l'a dit ? demanda Donna avec un air stupéfait.

— Je saurai garder le secret.

— Ma jolie, quelle merveilleuse nouvelle. Il était grand temps que Jeff rencontre une femme comme vous.

Sur ces mots, la cuisinière serra Michele dans ses bras, comme si elles étaient déjà de vieilles amies.

— Que voulez-vous que je vous prépare ? demanda Donna.

— En fait, répondit Michele, j'espérais pouvoir me joindre à vous afin de concocter un bon déjeuner pour Jeff.

Son esprit fourmillait d'idées de recettes. Elle avait bel et bien retrouvé son inspiration.

— Bien sûr ! s'exclama Donna. Il va être ravi.

— Je ne vous dérangerai pas longtemps. De toute façon, je m'en vais dans quelques jours.

— Quoi ? Mais non, vous ne pouvez pas partir !

— Je dois retourner à New York pour récupérer mes affaires et organiser la venue de ma sœur en Californie.

Mais avant de prendre l'avion, je voudrais faire quelque chose pour Jeff.

— Mais bien sûr, ma chérie. Ma cuisine est votre cuisine.

Plus tard dans la journée, Michele se rendit sur le chantier du restaurant. La charpente était achevée. Le bâtiment semblait prendre forme encore plus rapidement que prévu. Michele allait devoir se mettre sérieusement au travail, si elle voulait être fin prête pour la soirée d'ouverture.

Jeff vint à sa rencontre. Il ne souriait pas et semblait distant.

— Michele ? Qu'est-ce que tu fais ici ?

— Je t'ai apporté à déjeuner.

— Ce n'était pas nécessaire.

Elle fronça les sourcils. Pourquoi était-il aussi froid ? Lui en voulait-il pour une quelconque raison ?

— Non, répondit-elle. Mais je voulais…

Te voir. Te toucher. T'embrasser.

— … te préparer quelque chose. C'est tout.

— Merci, dit-il en prenant le paquet qu'elle lui tendait.

— Bon…

Elle resta sans bouger, à se demander ce qu'il avait.

Il attendit.

De toute évidence, il avait hâte qu'elle parte. Soit parce qu'elle l'avait interrompu et qu'il n'avait pas une minute à lui consacrer, soit parce qu'il était de mauvaise humeur.

— Je ne vais pas te déranger plus longtemps, conclut-elle après un silence. Je voulais juste te demander si je pouvais rentrer deux semaines à New York pour voir ma sœur.

— Bien sûr. D'ailleurs, c'est sans doute mieux que nous ne nous voyions pas pendant quelque temps.

— Jeff, tu peux me dire ce qui ne va pas ?

Il s'approcha d'elle et planta les yeux dans les siens.

— Tu ne dois pas m'aimer, Michele. Je te l'interdis.

L'espace d'un instant, ses mots la laissèrent bouche bée.

— Je te demande pardon ?

— Je te l'ai dit, répondit-il. J'ai un problème, le même que ma mère. Je sais que je te ferais du mal, et c'est la dernière chose au monde que je souhaite. Tu es une personne à part. Tellement douce, tellement généreuse. Cela me tuerait de te faire souffrir. Voilà pourquoi nous devons cesser de nous voir, du moins en dehors du travail.

Comment était-il au courant de ses sentiments pour lui ? Elle l'ignorait, mais elle ne pouvait pas le nier. Elle était en train de tomber amoureuse de lui.

Elle ne pouvait pas s'en empêcher.

— Jeff…

Elle voulut le toucher, mais elle s'en empêcha, de peur qu'il fasse un mouvement pour l'éviter.

— Peut-être qu'avec un peu de temps…

— Du temps, rétorqua-t-il, il ne m'en reste pas beaucoup justement.

— Comment ça ?

— Rentre chez toi et profite de ta sœur. Tu as trois semaines pour décider si tu veux toujours travailler pour moi, en sachant que je dois en épouser une autre.

Elle sentit son cœur se briser en mille morceaux.

— C'est ce que tu dois faire ? demanda-t-elle. Ou ce que tu veux faire ?

— Ce choix ne vient pas de moi. C'est une condition imposée par mon père en contrepartie de ma présence ici, à la tête de notre projet. Il exige que je sois marié pour l'ouverture de l'établissement.

— Mais… Cela veut dire… D'ici quelques mois ?

— J'espère encore pouvoir le faire changer d'avis, mais il est têtu comme une mule.

Elle n'arrivait pas à y croire. Il avait couché avec elle en sachant qu'il était sur le point d'épouser une autre femme ?

— Qui… ? demanda-t-elle d'une voix faible.

— Je ne sais pas encore.

— C'est de la folie ! Ton père ne peut pas t'imposer ça.

— Si. C'est une clause du contrat de travail que j'ai signé. Écoute, dit-il en soupirant, je suis désolé. J'ai adoré ce qui s'est passé entre nous, mais nous devons nous arrêter là. Je ne veux pas te mêler à mes histoires familiales. Tu es trop importante pour moi.

— En tant que chef.

— Et en tant qu'amie, j'espère. Mais c'est à toi d'en décider. Prends ces trois semaines pour y réfléchir. Si tu renonces à revenir, j'appellerai Freja. Je n'ai jamais voulu te faire de mal.

Sur ces mots, il fit volte-face et s'en alla.

Toute la journée, Jeff se tua à la tâche pour éviter autant que possible de penser à Michele. Mais le soir venu, alors qu'il prenait son dîner tout seul, leur conversation du matin lui revint à l'esprit et il eut soudain le cœur lourd. La tristesse qu'il avait vue dans les yeux de Michele lorsqu'il lui avait dit qu'il allait épouser une autre femme le torturait. Il s'en voulait tellement de lui faire subir cela…

Bon sang, il aurait dû désigner Freja comme gagnante du concours. Il ne voyait pas comment il allait faire pour voir Michele tous les jours ou presque sans céder à son envie de l'embrasser.

Qu'allait-elle décider de faire ? Venir travailler auprès de lui ou rester à New York ? Elle avait sûrement tout intérêt à renoncer au poste. Quant à lui… Il avait toujours autant envie de l'avoir à ses côtés. C'était terriblement égoïste de sa part, mais il voulait qu'elle fasse partie de ce projet.

Rien qu'à cet instant, il brûlait de la voir, de la toucher, de respirer son parfum.

Il fallait qu'il lui parle, qu'il lui présente ses excuses pour son attitude de ce matin. Comment avait-il pu se montrer aussi dur avec elle ? Soudain, il ressentait le besoin urgent de la serrer dans ses bras et de la supplier de rester.

Il monta l'escalier quatre à quatre et alla frapper à la porte de sa chambre. Comme elle ne répondait pas, il entra et trouva la pièce vide.

Elle était déjà partie.

L'avait-il perdue à jamais ? La seule femme qui ait vraiment compté pour lui ?

C'était à cause de son père. Sans cette obligation de se marier, il aurait pu poursuivre sa relation avec Michele sans se soucier de l'avenir. Cela n'aurait duré qu'un temps, mais au moins il aurait pu la garder encore un peu auprès de lui.

Il traversa la maison pour rejoindre l'aile dans laquelle habitait R.W. Il était bien décidé à lui faire supprimer cette clause insensée de son contrat de travail.

— Papa ? cria-t-il en avançant dans le couloir. Tu es là ?

Il ne tarda pas à le trouver, assis dans son bureau.

— Ah, te voilà enfin, dit R.W. Je me demandais quand tu allais te décider à venir me voir. Heureusement que ta sœur et ton frère sont là pour me donner de tes nouvelles. Nous sommes inquiets pour toi.

— Je peux savoir pourquoi ?

— Chloe m'a parlé de ce que ta mère t'avait fait, et Matt m'a dit que tu pensais ne jamais pouvoir tomber amoureux.

— Non mais je rêve ! Depuis quand vous parlez de moi dans mon dos ?

— Nous voulons t'aider, Jeff. La famille, c'est fait pour ça. Je te jure que je ne savais pas que ta mère t'avait enfermé dans la cabane, ajouta R.W. en le regardant dans les yeux.

Mais c'était trop facile de dire cela aujourd'hui. Jeff ne pouvait pas le croire.

— Tu la connaissais, répliqua-t-il. Tu savais parfaitement de quoi elle était capable. Pourquoi tu ne l'as pas empêchée de nuire ?

— Tu as raison, reconnut R.W. J'aurais dû être là pour te protéger. Je suis responsable. Encore une chose grave pour laquelle je dois faire amende honorable. Tu as tous les droits de m'en vouloir.

Jeff sentit ses jambes faiblir.

— J'ai besoin de m'asseoir, dit-il en se laissant tomber dans un fauteuil.

Il n'avait jamais entendu son père reconnaître aussi rapidement ses torts.

— Écoute-moi, mon fils. Tu ne tiens pas du tout de ta mère. Tu es ambitieux et fort, voilà pourquoi elle s'en prenait à toi. Ce n'était pas parce que tu lui ressembles à elle. C'était parce que tu es comme moi. Elle n'en avait sans doute pas conscience elle-même.

Jeff regarda son père avec étonnement. C'était la

première fois que celui-ci abordait des sujets aussi personnels.

— Autre chose, poursuivit R.W. Je sais que tu crois ta mère incapable d'aimer. Tu te trompes. Ta mère m'a aimé jusqu'à ce que je tombe malade. Quelque chose s'est brisé en moi et je n'étais plus capable de l'aimer. Je suis devenu méchant, je lui ai fait du mal. La situation est progressivement devenue intenable. Nous avons tout détruit autour de nous. Il m'a fallu du temps pour comprendre tout cela.

Jeff respira profondément et mit sa tête dans ses mains.

— Je ne sais pas quoi dire, répondit-il en soupirant.

— Dis que tu vas arrêter d'étouffer tes sentiments au fond de toi. Ta mère et moi, nous t'avons fait du mal, et tu redoutes de faire souffrir quelqu'un à ton tour. J'ai bien compris. Mais si tu ne t'autorises pas à aimer, tu ne vivras jamais pleinement ta vie. Je veux que tu vives, mon fils.

Sur ces mots, R.W. s'approcha de Jeff et fit le geste le plus inattendu de tous. Il le prit dans ses bras. Et pour la première fois de sa vie, Jeff referma ses bras autour de son père.

- 18 -

Michele était rentrée de Plunder Cove comme une personne normale. Sans jet privé, sans yacht et sans limousine. C'était étrange de se trouver de nouveau à New York. Rien n'avait changé, sauf elle. Les jours passaient et elle ne se sentait toujours pas à sa place dans son propre appartement.

La journée, elle passait du temps avec Cari et répondait aux questions de ses éducatrices sur les Harper. Elles voulaient toutes savoir comment était Jeff. Et plus Michele parlait de lui, plus il lui manquait.

Et lui, pensait-il à elle ?

Quand elle rentrait chez elle, elle travaillait inlassablement sur ses recettes. Elle avait toujours un carnet sur elle pour noter les arcs-en-ciel de saveur qui lui venaient à l'esprit.

Ses retrouvailles avec la cuisine la comblaient de joie. Ses angoisses s'étaient enfin envolées. Elle n'entendait plus la voix menaçante d'Alfieri. Grâce à Jeff, elle était libérée.

Elle avait hâte de lui faire goûter son poulet aux épices et au parmesan. Elle sourit en se rappelant le soir où elle lui avait préparé un sandwich grillé, et où elle l'avait embrassé pour la première fois, dans cette cuisine où elle se sentait si bien.

Qui était avec lui dans la cuisine en ce moment ?

Une affreuse pensée lui glaça le sang. Et si, en revenant à Plunder Cove, elle le trouvait marié ? Arriverait-elle à travailler pour lui ? Elle n'était pas sûre d'en avoir la force. Cela la ferait tellement souffrir… Le seul fait d'imaginer Jeff avec une femme qui ne l'aimait pas et qui n'était peut-être avec lui que pour son argent ou sa célébrité la rendait malade.

Il lui avait demandé d'être son amie. Une amie le laisserait-elle faire quelque chose d'aussi mauvais pour lui ?

Non, elle devait l'empêcher de commettre une telle erreur. Pour une raison simple. Elle l'aimait à la folie. Passionnément. C'était la première fois qu'elle était vraiment amoureuse, mais elle se rendait compte qu'aimer quelqu'un impliquait de prendre des risques pour lui. Et elle était prête à tous les risques pour Jeffrey Harper. Elle voulait qu'il soit heureux. Elle voulait prendre soin de lui, rendre sa vie plus douce qu'il pouvait l'imaginer. Pour cela, elle allait devoir faire preuve de courage.

Si elle ne le faisait pas, elle le regretterait éternellement.

Elle lui téléphona et tomba sur son répondeur.

— Bonjour, Jeff. C'est Michele. Si tu dois toujours te marier…

Elle fit une pause et rassembla toutes ses forces.

— Alors épouse-moi, dit-elle. Nous nous entendons bien. Très bien. Je veux que tu sois heureux, et je peux te rendre heureux. Même en tant qu'amie. Je sais à quoi je m'engage en te faisant cette proposition. S'il te plaît, rappelle-moi pour que nous… fixions une date, ajouta-t-elle en riant. À bientôt.

Elle raccrocha et regarda son téléphone. Venait-elle de demander un homme en mariage ?

Elle s'écroula sur son lit et éclata de rire. Oui, c'était bien ce qu'elle venait de faire.

Malgré tout ce qu'il avait à faire, Jeff ne cessait de penser à Michele.

Allait-elle revenir ?

Et si elle revenait, aurait-il la force de résister à son attirance pour elle ? Sans doute pas, étant donné qu'elle hantait son esprit jour et nuit depuis son départ. Voilà pourquoi il n'avait pas pris son portable avec lui en partant travailler sur le chantier. La tentation de chercher des photos d'elle sur Internet était trop forte. Il devenait fou à force de naviguer en vain sur les réseaux sociaux. Alors il avait préféré éteindre son téléphone et le mettre au fond de son tiroir à chaussettes.

Il leva les yeux et vit son père à quelques pas de lui, en train d'inspecter les travaux en cours. Jeff était tellement perdu dans ses pensées qu'il ne l'avait même pas vu arriver.

— Ça avance bien, dit R.W. en s'approchant de lui.

— Oui. La cuisine sera prête d'ici la fin de la semaine. Il ne restera plus qu'à terminer la salle.

— Je suis fier de toi, mon fils. Ce projet, c'est exactement ce dont nous avions besoin, toi et moi.

Jeff fut bouleversé d'entendre ces mots venant de lui.

— Merci, papa, répondit-il.

— Finn n'a rien publié de nouveau ces derniers jours. Je me demande ce qu'il mijote.

— Nos avocats lui ont peut-être fait peur.

— J'en doute. Mais je suis ça de près, ne t'inquiète pas. Allez, je te laisse à ton travail.

Jeff regarda son père s'éloigner. Si quelqu'un lui avait dit qu'il aurait un jour ce genre d'échanges avec lui, il ne l'aurait jamais cru.

Cela faisait presque deux semaines que Michele était partie, mais pour Jeff cela paraissait une éternité. Quand allait-elle revenir ? Avait-elle décidé de rester à New York ? Il n'en pouvait plus de se poser ces questions.

Alors qu'il s'efforçait de se concentrer sur la partie de billard qu'il faisait avec Matt, leur père entra en trombe dans la salle en secouant un journal.

— Non mais qu'est-ce que c'est que ça ? hurla R.W.

— Papa ! dit Chloe qui le suivait de près. Voyons ! La plupart de ces histoires sont anciennes.

Jeff contourna la table de billard pour voir ce qu'ils étaient en train de regarder. Le titre de l'article était très clair : « Le harem de Jeffrey Harper ». Le texte était accompagné de photos qui remplissaient une double page. Des photos de lui avec des femmes.

— Ce sont vraiment tes conquêtes d'une seule année ? tonna R.W.

— J'ai chargé des spécialistes de les analyser, dit Chloe en regardant Jeff avec compassion, mais il semblerait qu'il n'y ait aucun montage.

— Tiens, dit Matt avec un sourire, il y a Michele Cox, là. Et ici aussi, sur la plage.

Jeff mit les mains sur ses tempes pour soulager le mal de tête qui s'emparait de lui.

— C'est encore un coup de Finn, gronda-t-il.

— Cela paraît plausible, en effet, approuva Chloe.

— Peu m'importe de qui viennent les photos, rétorqua leur père. J'ai déjà reçu des appels d'actionnaires en colère. Tu étais censé redorer ton image, Jeff. Tout le contraire de ça ! s'exclama-t-il en frappant le journal.

— Toi qui voulais que je trouve une femme !

— Je ne t'ai pas demandé de sortir avec toutes les femmes de l'hémisphère Nord ! Tu nuis à ta carrière et à ta famille en te comportant de cette façon. Il est temps d'en choisir une. Trouve celle que tu veux épouser.

Jeff se tut. L'image de Michele envahissait son esprit. Il s'efforça de l'ignorer.

— Qu'allons-nous faire pour contrer Finn ? demanda-t-il au lieu de répondre à son père.

— Je vais m'occuper de lui. Il faut mettre un terme à ses attaques, mais pour cela j'aurais besoin de le faire venir ici.

— Comment comptes-tu t'y prendre ? demanda Chloe.

— Je vais l'inviter à venir voir le site du futur restaurant. Jeff, fais en sorte que ta chef soit prête à lui préparer un repas qu'il n'oubliera jamais.

— Quand ? Michele ne doit pas revenir avant une dizaine de jours.

En disant ces mots, Jeff regarda machinalement les photos d'elle dans le journal. Celle de la plage était sa préférée.

— Michele Cox ne va pas revenir, déclara R.W. J'ai reçu sa lettre de démission ce matin.

Jeff regarda son père et sentit le sol se dérober sous ses pieds.

— Elle a démissionné ? demanda-t-il, la gorge nouée.

— C'est ce qui arrive quand on tourne le dos aux gens, répondit son père. Elle a essayé plusieurs fois de te joindre et tu ne l'as jamais rappelée. Tu ne comprends donc pas ce que j'essaie de t'apprendre avec ce projet ? Les gens du coin, nos employés, ces personnes qui comptent pour nous, notre famille va prendre soin d'eux tous désormais. Il n'est plus question pour nous de nous défiler. J'attends mieux de toi.

— Mais je ne savais même pas qu'elle m'avait appelé ! s'exclama Jeff en tapant sur la table de billard.

— Et ton nouveau téléphone ? demanda Chloe. Il ne marche pas ?

— Si. Mais… je l'ai éteint. Je n'en pouvais plus des réseaux sociaux.

— Tu ne l'aurais pas mis dans ton tiroir à chaussettes par hasard ? Tu faisais tout le temps ça avant.

— Comment le sais-tu ?

— Tu n'as pas changé, dit Chloe en souriant. Tu cachais les choses importantes dedans. Les bonbons, les bandes dessinées… Ne bouge pas, je vais chercher le téléphone.

Elle sortit d'un pas précipité.

— Tu vas pouvoir expliquer à Michele ce qui s'est passé, dit Matt en posant la main sur l'épaule de Jeff. C'est juste un malentendu.

— Vraiment ? demanda R.W. Tu es sûr que tu ne t'es pas mal comporté avec elle ? Si elle a vu cette double page, elle a peut-être été blessée de voir qu'elle n'était qu'une ligne de plus sur ton tableau de chasse.

Jeff resta sans voix.

— Si tu veux être respecté, poursuivit R.W., tu dois traiter les autres avec respect. Pourquoi tu n'apprends pas de mes erreurs au lieu de reproduire les mêmes que moi ? Débrouille-toi pour faire ce que je t'ai demandé, conclut-il.

Puis il ressortit comme il était entré.

Jeff n'en revenait toujours pas.

Michele avait renoncé au poste ?

Il avait vraiment cru qu'elle reviendrait, même s'ils ne pouvaient plus être ensemble.

— Ça va, Jeff ? demanda Matt.

— Oui, ça va.

— Tu sais quoi ? reprit son frère. Je viens de me rendre compte qu'il y avait une différence entre les photos.

— Arrête de les regarder, s'il te plaît.

— Non, non, tu devrais regarder, toi aussi. Je t'assure que ça vaut le coup.

Jeff n'avait aucune envie de voir ça. Cela lui faisait trop mal d'imaginer la réaction de Michele face à cette double page.

— Ce sont des femmes avec qui je suis sorti, et alors ?

— Non, répondit Matt, c'est toi qu'il faut regarder. Sur toutes les photos, tu fais la tête. Tu as l'air de t'ennuyer mortellement. Sauf sur celles où tu es avec Michele. Tu ne vois pas la différence ?

Jeff se pencha finalement vers le journal.

— Je lui souris, dit-il.

— Exact. Et quel sourire ! Si je ne te connaissais pas, tu sais ce que je dirais en regardant ces photos de Michele et toi ? Je dirais : « Cet homme-là est amoureux. »

Jeff se concentra et comprit ce que Matt voulait dire. L'homme qui tenait Michele dans ses bras semblait différent. C'était un homme qu'il n'avait jamais vu auparavant.

Il frissonna de tout son être. Ce n'était pas de l'amour, mais… c'était quelque chose en tout cas.

À cet instant, Chloe revint en courant.

— Tiens, dit-elle en lui tendant son téléphone. Écoute

tes messages et rappelle Michele tout de suite. Dis-lui… Dis-lui quelque chose, n'importe quoi. Tu dois à tout prix la faire revenir.

Il se mit dans un coin de la salle et écouta les dix messages que lui avait laissés Michele. Il dut s'asseoir sur un tabouret de bar pour ne pas s'effondrer. Quand il eut fini, il se tourna vers son frère et sa sœur.

— Matt, demanda-t-il, tu pourrais m'emmener à New York en avion ? Ce soir ?

— Mais oui, évidemment ! Allons chercher Michele !

— Non. Je dois m'occuper d'un sale type qui s'appelle Alfieri. C'est tout.

Chloe le regarda avec inquiétude.

— Que disaient les messages de Michele ? demanda-t-elle.

Il essaya de s'éclaircir la voix avant de lui répondre. En vain.

— Elle m'a demandé de l'épouser. Plusieurs fois. Puis elle a attendu ma réponse. Comme je ne lui donnais pas signe de vie, elle m'a rappelé pour me dire qu'elle ne voulait plus jamais me revoir. Qu'un autre homme avait déjà causé son malheur, et qu'elle ne comptait pas subir ça une deuxième fois.

— Va la voir, dit Matt après un silence. Il faut que tu lui parles.

Jeff en mourait d'envie, mais il n'avait pas changé d'avis.

— Elle a raison. Je ne pourrais lui faire que du mal. Je ne la mérite pas.

— Non, ça c'est vrai, approuva Matt d'un ton moqueur.

— Matt ! s'exclama Chloe en lui donnant une tape sur le bras.

— Quoi ? C'est vrai qu'il ne la mérite pas. Les

hommes de la famille sont tous à côté de la plaque. Mais j'ai appris une chose : une femme peut changer un homme. J'en suis la preuve vivante. Je n'en reviens toujours pas que Julia ait voulu de moi, mais je fais tout ce que je peux pour être à la hauteur. Sans elle, je ne suis rien. Avec elle, je suis un super-héros.

— Jeff, dit Chloe, va voir Michele. Retrouve-la et aime-la.

Il ne pouvait pas. Il ne savait pas comment faire.

- 19 -

Michele devait passer à autre chose. Elle n'avait plus le choix, désormais. Plus de retour en arrière possible. Elle était allée aussi loin qu'elle le pouvait avec Jeff, en lui faisant cette proposition de mariage, et il n'avait même pas pris la peine de la rappeler pour lui dire non.

Elle n'oubliait pas pour autant tout ce qu'elle lui devait. Grâce à lui, elle était redevenue la cuisinière qu'elle avait été. Elle se sentait de nouveau forte et indépendante.

Elle était seule, oui, mais elle n'avait pas le temps de s'appesantir sur sa peine de cœur. Elle avait déjà reçu trois offres d'emploi, et son choix devrait être fait d'ici la fin de la semaine. Son nouvel objectif était clair : économiser suffisamment d'argent pour ouvrir son propre restaurant. Un beau bistro, modeste mais charmant et de qualité. Elle l'appellerait peut-être Chez Stickerino, en référence au cheval dans le livre de Cari, celui qui emmenait l'héroïne jusqu'au trésor des pirates.

Elle avait trouvé un trésor, elle aussi. Et ce n'était autre que le pirate lui-même. Si seulement elle avait pu le garder…

Mais il en avait décidé autrement. Elle devait donc avancer, et avec le temps, elle finirait peut-être par ne plus penser à lui.

Voilà ce dont Michele essayait de se persuader le jour

où elle tomba sur le magazine que tous les marchands de journaux avaient soudain mis en avant.

Les photos d'elle dans les bras de Jeff devinrent le sujet de conversation numéro un partout où elle passa.

Et les paparazzis découvrirent où vivait Cari…

Jeff était venu à New York pour Alfieri, et au départ il n'avait pas eu l'intention de voir Michele. Mais maintenant, il y était contraint. Parce qu'il avait son argent dans sa poche et une question à lui poser.

Oui, il pouvait toujours prétendre qu'il avait des motifs très pragmatiques d'aller la voir, mais en réalité il en brûlait d'envie. Le seul fait de penser à leurs retrouvailles le faisait frissonner d'excitation.

Il devait pourtant s'attendre à ce qu'elle lui en veuille terriblement de ne pas l'avoir rappelée, après les messages pleins d'émotion qu'elle lui avait laissés. Et il était encore convaincu qu'ils ne pouvaient pas être ensemble.

Mais il avait toujours autant envie de l'embrasser.

En se garant devant chez elle, il vit aussitôt le groupe de photographes postés à la porte de son immeuble. Ils semblaient attendre son retour. Elle s'était donc absentée. Tant mieux.

Il repartit et prit la direction de l'institut dans lequel vivait sa sœur, Cari. Écœuré, il découvrit que, là aussi, les paparazzis faisaient le guet. Qu'est-ce qui avait bien pu les amener jusqu'ici ?

Après s'être enfoncé une casquette de base-ball sur la tête, il descendit de voiture et se dirigea vers l'entrée.

— Je peux vous aider ? demanda la réceptionniste avec méfiance.

— J'espère, répondit-il. Je cherche Michele Cox.

En le reconnaissant, la jeune femme poussa un petit cri aigu, puis elle lui expliqua qu'il la manquait de peu. Michele venait de partir pour emmener sa sœur à sa leçon d'équitation. Quand elle lui eut indiqué le chemin, il la remercia et se rendit aussitôt au centre équestre.

Les vautours y étaient déjà. La police aussi. Manifestement, les agents avaient été appelés pour protéger la propriété privée d'une invasion imminente. L'un d'eux voulut empêcher Jeff d'entrer. Ce dernier lui répondit qu'il venait chercher l'une des élèves, une jeune fille trisomique, ainsi que sa sœur. Une femme vint alors vers eux.

— Je suis la propriétaire du centre, dit-elle à Jeff. Je vous laisserai passer si vous me donnez le nom des personnes que vous venez chercher.

— Cari et Michele Cox, répondit-il.

— Ah, très bien, dit-elle. Michele a dû vous faire parvenir un message à vous aussi. J'allais justement envoyer l'un des moniteurs pour les secourir.

— Les secourir ?

— L'un des journalistes a ouvert la grille pour s'approcher de la carrière et prendre Cari en photo. Comme vous pouvez l'imaginer, elle n'a pas très bien réagi. Elle n'aime pas les inconnus. Elle s'est mise à crier, le cheval a pris peur et il est parti au galop par la grille restée ouverte, avec Cari sur son dos. Michele a couru après eux et elle s'est blessée.

— Michele est blessée ? demanda-t-il, pris de panique. Où sont-elles ?

— Elle m'a envoyé un message pour me dire qu'elle s'était tordu la cheville et qu'elle ne pouvait plus marcher. Elle n'arrive pas à rejoindre l'endroit où Cari se trouve avec son cheval car le terrain est escarpé.

— C'est accessible en voiture ?

— Non. Vous savez monter à cheval ?

— Oui.

— Alors prenez ma jument. Elle est sellée, prête à partir. J'y serais allée moi-même, mais je dois m'assurer que ces fous restent à l'extérieur de chez moi.

— Dites à Michele que j'arrive tout de suite.

— C'était amusant ! s'exclama Cari en riant. J'allais vite ! J'étais comme Rosie !

— Oh ! oui, tu peux rire, répondit Michele en se tenant la cheville. Ça t'amuse que ta sœur ait failli se casser une jambe en te courant après.

— Tu danses drôlement.

— Je ne dansais pas.

Tout à coup, le souvenir de sa soirée avec Jeff et du moment où ils avaient dansé ensemble lui revint en mémoire. Il lui manquait tellement…

Mais ce n'était pas le moment de penser à lui. Elle devait faire une croix sur leur histoire.

— Tu peux essayer de diriger ton cheval vers moi ? demanda-t-elle à sa sœur. Je ne peux pas venir à cloche-pied jusqu'à toi.

— Mon cheval est content ici. Il peut brouter.

— Il aura tout le foin qu'il voudra quand il sera rentré à l'écurie. Allons-y, et comme ça, je pourrai mettre de la glace sur ma cheville enflée, d'accord ? Viens par ici pour que je puisse monter derrière toi.

— Non, tu es trop lourde, répondit Cari. Chaque cavalière doit avoir son cheval.

Michele soupira et essaya d'avancer, mais elle se rendit compte qu'elle n'arriverait jamais en haut de la colline, à l'endroit où le cheval de Cari avait trouvé un petit coin d'herbe.

— Salut, les filles ! Besoin d'un coup de main ?

Elle fut soulagée en entendant quelqu'un venir à leur secours.

— Oui ! répondit-elle à l'homme qu'elle apercevait. Mais je vous en prie, ne faites pas fuir le cheval de ma sœur.

Non sans peine, elle se leva et se retourna, pour se trouver bientôt face à face avec le cavalier.

— Quelqu'un a demandé un cow-boy de Californie ? lança-t-il avec un grand sourire.

Michele resta figée. Ce n'était pas possible. Elle devait être en train de rêver.

— C'est un mirage, murmura-t-elle.

Il rit et mit pied à terre. Elle avait le cœur qui battait la chamade, et cette fois, ce n'était pas à cause de la douleur.

— Tu es blessée ? demanda-t-il en la caressant du regard.

— C'est ma cheville. Je me demande si elle n'est pas cassée.

C'était lui. C'était Jeff. Mais pourquoi ? Comment était-il arrivé là ?

Il se baissa pour l'observer de plus près.

— Je ne crois pas, dit-il, mais tu as une belle entorse. Je vais t'aider à grimper sur ma jument pour que nous allions montrer ça à un médecin.

Il la hissa sur la croupe avant de remonter en selle.

— Ma sœur est là-haut, dit-elle en lui montrant du doigt le haut de la colline. Elle fait semblant de ne pas te voir.

— C'est bien ce qui me semblait. Qu'est-ce que je dois faire ?

— Cari ! dit Michele en élevant la voix. C'est Jeff, un de mes amis. Il est très gentil.

— Le pirate ! s'exclama Cari en applaudissant.

— Euh, oui. Désolée, dit-elle à Jeff. Quelqu'un a dû lui parler de ton histoire familiale. Il y a des pirates dans son livre préféré.

— Alors, Cari, demanda-t-il d'une voix chaleureuse, que dirais-tu de prendre l'avion avec ta sœur et moi pour aller dans un château de pirates ?

— Oui ! Tout de suite ?

— Quoi ? demanda Michele tout bas. Mais enfin, Jeff, tu ne peux pas lui dire des choses comme ça.

— Écoute, mon trésor, vous n'êtes pas en sécurité ici toutes les deux. J'ai vu les paparazzis. Ils vous suivent partout à cause de moi. Laisse-moi réparer ça. Si vous partez quelque temps, ils finiront par se lasser.

— Mais j'ai une vie ici, lui rappela-t-elle. Et bientôt un travail.

— Tu pourras les retrouver à ton retour. À moins que tu acceptes de changer d'avis et de revenir t'installer à Plunder Cove. Pour de bon. J'ai quelque chose à te proposer. Mais d'abord, allons chercher ta sœur. D'accord ?

— D'accord.

— Mais je ne bougerai pas tant que tu n'auras pas mis les bras autour de ma taille.

Elle l'enlaça et sentit avec bonheur qu'il lui prenait la main pour la mettre contre son cœur. Elle aurait voulu rester ainsi pour toujours, serrée contre lui.

— Voilà, dit-il, c'est mieux comme ça. Tu m'as tellement manqué. S'il te plaît, dis que tu vas venir avec moi.

— Mais… Pourquoi ?

— Je suis malheureux sans toi. J'ai toujours besoin

de toi comme chef, mais tu mérites davantage. Ce qui me rappelle que…

Il mit la main dans sa poche et en sortit une grosse enveloppe de papier kraft.

— Tiens, dit-il, c'est à toi. J'ai eu une petite discussion avec Alfieri. Il a été submergé par le désir de te rendre l'argent qu'il te devait. En ajoutant les intérêts, bien évidemment.

— C'est… Non. Maintenant je sais que tu n'es pas vraiment là. C'est une hallucination. J'ai dû me cogner la tête en tombant tout à l'heure.

— Et ça, c'est une hallucination ? demanda-t-il en lui embrassant la main.

— Si oui, elle est très agréable. J'ai honte, ajouta-t-elle après un silence. Je n'aurais jamais dû laisser Alfieri me traiter comme ça.

Il se retourna pour la regarder dans les yeux.

— Excuse-moi, ma beauté, mais ce que tu dis n'a aucun sens. Il t'a terrorisée, manipulée et volée. C'est à lui d'avoir honte, pas à toi. Je suis bien content que tu te sois éloignée de lui, et je ne me suis pas privé de le lui dire, avec quelque chose qui ressemblait à des mots.

— Tu ne l'as pas frappé, au moins ?

— Ce n'était pas l'envie qui m'en manquait. Mais je crois que mon équipe de tournage pourra lui faire beaucoup plus de mal que mes poings à l'avenir, s'il refuse de changer de comportement. Je lui ai promis que nous allions nous intéresser à son cas et le surveiller de très près. Nous allons nous assurer que plus personne ne subisse la même chose que toi.

— Merci, Jeff.

— Ce n'est pas tout. En apprenant qu'il t'avait proposé

de t'associer à lui, cela m'a donné une idée. J'ai besoin d'une associée pour diriger le restaurant pendant que je me consacrerai à l'hôtel. Une personne de confiance. C'est ça que je voulais te proposer. Tu accepterais d'être mon associée ?

— Tu veux que j'aie des parts dans ton restaurant ?

— Qu'en penses-tu ? Nous trouverions une bonne éducatrice pour ta sœur et vous pourriez de nouveau vivre ensemble toutes les deux. Ce serait parfait.

Presque.

— Et tes projets de mariage ? demanda-t-elle.

— Mon père ne sera pas content mais, si tu acceptes ma proposition, je romprai mon accord avec lui.

— Tu ne te marieras pas ?

— Non. Toi et moi, nous pourrons nous concentrer sur notre carrière. Nous prendrons soin de Cari. Et ensemble, nous construirons le meilleur restaurant du monde. Dis oui.

— Tu veux que nous soyons associés ? Et rien de plus ?

Elle sentit qu'il se raidissait.

— Tu sais que tu es plus que cela pour moi, Michele. Tu comptes beaucoup. Je ne veux pas mettre en danger notre… relation, ou notre restaurant. J'espère que tu comprends. J'ai besoin de toi.

Elle soupira. Oui, elle avait compris. Il ne l'aimerait jamais.

— Je vois, répondit-elle.

Ce n'était pas ce qu'elle avait espéré mais, si elle acceptait son offre, elle pourrait continuer à le voir et elle exercerait son métier dans les meilleures conditions possibles.

Elle prit son inspiration et donna la réponse qui s'imposait à elle :

— C’est d’accord.

Juste à ce moment, le cheval de Cari se décida à descendre la pente pour rejoindre la jument.

— Oui ! s’exclama Cari. En route pour le château de pirates !

- 20 -

Chloe et R.W. avaient installé Finn à table dans le patio, à côté du restaurant. La cuisine était prête à fonctionner, mais la salle était encore en travaux.

— Finn, dit Jeff en avançant vers lui. Je ne dirais pas que je suis heureux de vous revoir.

À cet instant, un grand bruit se fit entendre à l'intérieur. Cela fit sourire Finn.

— Votre restaurant est exactement comme je l'imaginais, dit-il d'un ton sarcastique.

— Nous avons encore quelques détails à régler, répondit Jeff.

— Cela me donne une idée de ce à quoi va ressembler votre hôtel.

Sur ces mots, Finn sortit son smartphone pour le poser sur la table.

— J'ai prévu de filmer mon repas et de le diffuser sur les réseaux sociaux, ajouta-t-il.

— Parfait, répondit Jeff en espérant que Michele était prête. Vin rouge ou vin blanc ?

— Un verre de chaque.

— Entendu.

Jeff devait lutter pour ne pas saisir Finn par le col afin de le jeter dehors. Mais son père avait un plan et, sans l'expliquer totalement à ses enfants, il leur avait demandé de lui faire confiance.

Quelques instants plus tard, Jeff apportait son assiette à Finn. Michele avait préparé un poulet cacciatore, mais elle avait quelque peu modifié sa sauce qui était encore plus extraordinaire qu'avant.

Jeff s'éclipsa, et de retour dans la cuisine auprès de Michele, il écouta ce qui se passait dans le patio grâce aux micros que son père avait fait installer.

— Ça alors…, marmonna Finn en goûtant son plat. C'est incroyable.

Jeff regarda Michele. Ils se sourirent et laissèrent à leur invité le temps de finir son assiette. C'était un tel bonheur de partager ce moment avec elle… Mais dès qu'il posait les yeux sur elle, il avait du mal à se dire que, dorénavant, leur relation était strictement professionnelle.

Pour la première fois de sa vie, il avait envie de vivre de grandes choses avec une femme. Il était toujours aussi fou de désir pour elle, et il lui suffisait de penser à elle pour que son cœur se mette à cogner contre sa poitrine.

Comment avait-il pu lui proposer cette simple association après les messages qu'elle lui avait laissés ? Il ne pouvait que regretter d'avoir été aussi stupide. Il prenait conscience à présent qu'il voulait être avec elle, pour toujours. Mais il n'avait sûrement plus aucune chance de la reconquérir.

— Alors ? demanda-t-il en retournant dans le patio. Tout se passe bien ? Qu'est-ce qui vous ferait plaisir ?

— Que vous me resserviez, répondit Finn. C'est le meilleur plat que j'aie jamais mangé. Je reconnais que vous avez réussi au moins une chose. Le recrutement de votre chef.

— Je suis d'accord. Mais Michele est plus qu'un chef. C'est aussi mon associée.

— Vous en avez de la chance. Qu'est-ce qui est prévu pour le dessert ?

— Préparez-vous, car le tiramisu de Michele est hors du commun. Elle fait venir ses épices d'Italie et son cacao biologique d'une petite ferme ghanéenne. Vous n'allez pas en revenir.

— Vous m'avez suffisamment fait languir, Harper. Apportez-moi mon dessert !

Jeff retourna en cuisine. Il avait fait sa partie du travail. Maintenant, c'était à son père de porter le coup final.

R.W. s'assit à table en face de Finn.

— Alors, demanda le père de Jeff, votre repas se passe bien ?

— Je n'ai jamais rien mangé de tel. C'est une excellente surprise. Où avez-vous trouvé votre chef ?

— C'est Jeffrey qui l'a trouvée, mais c'est moi qui vais lui demander de ne plus rien vous servir tant que vous n'aurez pas renoncé à publier le reste de la vidéo de mon fils.

— Un chef-d'œuvre de montage, n'est-ce pas ? demanda Finn en riant. Je mets au défi quiconque de faire aussi bien.

— Comment avez-vous fait pour trouver une femme de chambre qui ait accepté de faire ça ?

— Ce n'était pas une vraie femme de chambre, enfin. Plutôt une professionnelle, si vous voyez ce que je veux dire. Elle travaille pour moi depuis longtemps.

Comme ils écoutaient cette discussion depuis la cuisine, Michele et Jeff se regardèrent, médusés. Michele avait l'air de plus en plus dégoûtée par le personnage.

— Ah, d'accord, répondit R.W. Intéressant. Mais maintenant que vous avez pu goûter en exclusivité aux délices que la grande Michele Cox proposera bientôt aux clients de notre restaurant, je vous demande poliment de cesser de faire du chantage à mon fils.

— Impossible, répondit Finn. Je n'ai pas encore obtenu ce que je voulais. Attendez de voir ce que je vais faire avec la suite de la vidéo. Les gens vont bientôt le prendre pour la pire des brutes.

— Pourquoi faites-vous ça ? demanda R.W.

— Vous savez pourquoi. Il n'a pas encore déclaré à la télévision que mon hôtel était un lieu d'exception. J'ai besoin d'avoir le public de mon côté. Je suis sous la menace d'un procès.

— Vous voulez que Jeffrey mente pour vous protéger.

— R.W., je ne peux pas me permettre de le laisser dire la vérité ! J'ai regardé ce qu'il avait filmé sur mes propres images de vidéosurveillance. Cette émission ferait couler mon hôtel. Je deviendrais la honte de New York. J'étais bien obligé de me défendre, voilà pourquoi j'ai créé cette mise en scène dans un ascenseur. Jeffrey ne m'a pas laissé le choix. Il est beaucoup trop intègre.

— Vous voyez, répondit R.W., c'est là que nous sommes différents, lui et moi. L'intégrité, ce n'est pas ma spécialité. Je suis prêt à tout pour protéger les miens. Sécurité ! Faites sortir ce sale type de chez moi !

— C'est ça ! répliqua Finn avec un rire gras. Très drôle. Allons, où est mon tiramisu ?

R.W. prit la minuscule caméra cachée dans un pot de fleurs et montra à Finn le micro fixé sur la bouteille de vin. Il y en avait aussi un sous la table et un autre sur la chaise de Finn.

— Cette fois, Xander, c'est vous qui avez été enregistré, annonça R.W. Cela va faire une bonne publicité pour notre restaurant.

— Vous n'oserez pas.

— Je vais diffuser la partie où vous vous extasiez sur la nourriture. Si je découvre quoi que ce soit d'autre sur Internet à propos de Jeffrey, je ne chercherai même pas à savoir d'où ça vient. Je divulguerai l'intégralité de l'enregistrement.

Debout dans la cuisine à côté de Jeff, Michele écoutait la conversation qui se tenait dans le patio. Quand Finn commença à réclamer son dessert, elle le donna bouchée par bouchée à Jeff. Il n'était pas question qu'elle offre une miette de plus de sa cuisine à cet épouvantable personnage qu'était Xander Finn.

Jeff laissa échapper des murmures d'extase en mangeant son tiramisu.

— Voilà, dit-il quand le personnel de sécurité eut raccompagné le maître chanteur à la porte de la propriété. Je n'ai plus besoin de récupérer les images que j'avais tournées dans l'hôtel de Finn. Il vient de régler son propre sort.

— On a réussi ! s'exclama Michele en lui sautant dans les bras.

Jusqu'à ce soir, elle était parvenue à adopter un comportement professionnel avec lui, mais cette fois elle ne put s'empêcher de le dévorer de baisers. L'envie de célébrer cette victoire était trop forte. Et il était beaucoup trop irrésistible.

Elle frissonna lorsqu'il prit possession de sa bouche et enfouit les mains dans ses cheveux pour l'embrasser avec passion. La prenant par les hanches, il l'assit sur la table et lui caressa les fesses tandis qu'elle refermait les jambes autour de lui.

— Michele, murmura-t-il, comme pour l'avertir que c'était une erreur.

Mais elle sentait son sexe durci par le désir, elle savait qu'il en avait envie autant qu'elle.

— J'ai envie de toi, dit-elle en déboutonnant son pantalon. J'ai besoin de toi.

Avec un soupir rauque, il glissa la main dans sa petite culotte pour la caresser. Puis il sortit un préservatif de sa poche, le mit et la pénétra.

Comme c'était bon de le retrouver…

Cramponnée à ses épaules, elle se laissa transporter dans un tourbillon de délices, jusqu'au moment où ils s'envolèrent ensemble vers les cimes du plaisir.

Pendant de longues minutes, ils restèrent ainsi, en silence, dans les bras l'un de l'autre. Elle n'avait jamais ressenti une telle émotion. Elle l'aimait, tout simplement.

— Jeff, susurra-t-elle tout contre ses lèvres. Je veux être avec toi.

— Je suis là, mon trésor.

Il enfouit le visage dans son cou pour l'embrasser. Elle sentit qu'il essayait de la distraire, comme pour éviter la discussion qui s'annonçait. Mais elle avait besoin de savoir.

— Vraiment ? demanda-t-elle. Ou vas-tu encore me repousser en me disant que tu ne peux pas t'engager dans une vraie relation ?

Brusquement, il recula pour s'écarter d'elle.

— Que veux-tu que je te dise ? demanda-t-il avec un air sombre.

— La vérité.

— Je t'ai toujours dit la vérité.

— Pas sur tes sentiments. Ceux que tu protèges, que tu enfouis au fond de toi. Dis-moi ce que tu penses de moi, de nous. Pas ce que tu crains pour la suite, mais ce que nous sommes maintenant.

Il secoua la tête et son regard s'emplit de tristesse.

— Je ne veux pas te faire souffrir, Michele.

— Tu me feras souffrir seulement si tu refuses de voir ce que tu as entre les mains.

— Michele, ce n'est pas facile pour moi.

Elle savait qu'il ne voulait pas parler de ses sentiments, mais elle insista quand même. Elle refusait de laisser échapper quelque chose d'aussi précieux.

Elle le regarda dans les yeux et posa la main sur son torse puissant pour sentir les battements de son cœur.

— S'il te plaît, Jeff, j'ai besoin que tu voies l'homme que je vois. Un homme qui ne demande qu'à aimer et à être aimé. Et toi, qu'est-ce que tu vois ?

— Un type qui a un restaurant et un hôtel à terminer, et qui compte bien former une équipe imbattable avec la chef sublime et exceptionnelle qu'il a choisie comme associée. Je n'ai pas envie de gâcher ça, dit-il.

C'était pourtant ce qu'il venait de faire.

Elle ne put retenir les larmes qui lui brûlaient les yeux.

— Cela ne me suffit pas d'être chef d'un grand restaurant, déclara-t-elle. Je veux plus que ça, pour toi comme pour moi. J'aimerais que tu puisses nous voir comme je nous vois.

Elle ne comptait pas renoncer au restaurant mais, tant qu'il n'arriverait pas à franchir le cap, elle devrait se tenir à l'écart de lui.

Rassemblant le peu de forces qu'il lui restait, elle se leva pour s'en aller.

— Michele, attends ! dit Jeff en la rattrapant. S'il te plaît, ne pars pas. Je ne veux pas te perdre.

— Je ne pars pas. Moi aussi, je tiens à ce que nous

sommes en train de construire ici ensemble. Seulement… je ne peux pas poursuivre cette relation avec toi si tu refuses de penser à l'avenir. C'est trop douloureux.

— Je cherche seulement à te protéger. J'ai toujours voulu te protéger. Des médias, de ma famille, de moi.

— De toi ?

— Oui. Je ne te mérite pas. Je le sais. Pourtant, je suis attiré par toi comme je ne l'ai jamais été par personne d'autre. Cela a commencé le jour où je t'ai vue cuisiner à la télévision, et depuis que je t'ai rencontrée, chaque seconde m'a rendu un peu plus fou de toi. Sans toi, je n'y arrive pas, dit-il en l'enlaçant. S'il te plaît, donne-moi une chance de te montrer ce que je ressens.

Il la serra alors contre lui et l'embrassa. Soudain, elle eut l'impression d'être en plein rêve, coupée du monde extérieur. Elle se sentit aussi légère que si elle volait. Avec Jeff.

Finalement, il s'écarta de ses lèvres et appuya son front contre le sien.

— Voilà ce que je ressens, Michele, murmura-t-il. Je t'aime.

Elle était si émue qu'elle n'arrivait pas à parler. Elle avait le souffle coupé.

— Tu… Tu m'aimes ?

— Oui. De tout mon cœur, de toutes mes forces. Je n'avais jamais ressenti ça avant. Ce qu'il y a entre nous est tellement incroyable… Quand tu es partie, j'ai souffert le martyre. Ton absence me rendait malade. J'avais besoin de te voir, de te toucher. Mais je n'osais pas admettre que je t'aimais. J'avais tellement peur de te faire du mal, de devenir comme mes parents…

— Ça n'arrivera pas parce que tu es unique, Jeffrey Harper. Ensemble, nous allons y arriver. J'en suis certaine.

Elle noua les bras autour de son cou et l'embrassa. Puis, à son tour, elle s'autorisa à lui ouvrir son cœur.

— Je t'aime, Jeff.

Il sourit et poussa un soupir de soulagement.

— Voilà qui va rendre la suite beaucoup plus simple, dit-il en lui prenant les mains. J'avais tout prévu pour ce soir, mais tu me forces à précipiter les choses. Ce qui est loin de me déplaire.

— Qu'est-ce que tu avais prévu au juste ?

— Une sortie en bateau dans la lumière du soleil couchant. Notre plage, un feu et du champagne. Et ça.

Elle resta muette en découvrant la petite boîte qu'il venait de sortir de sa poche.

— Si tu acceptes, dit-il en plongeant les yeux dans les siens, je voudrais vivre à tes côtés. Pour toujours. Être là pour te soutenir et t'encourager chaque jour. M'endormir et me réveiller dans tes bras. Rire avec toi et te rendre sans cesse le bonheur que tu m'apportes. Michele Cox, demanda-t-il en mettant un genou en terre, veux-tu m'épouser ?

Elle tomba aussi à genoux et se jeta dans ses bras.

— Oh ! oui, Jeff. Oui, je veux t'épouser.

Épilogue

Jeff regarda les invités qui prenaient place autour de la pagode de Seal Point, là où il avait passé sa première soirée avec Michele. Tout en faisant les cent pas à l'arrière du restaurant, il essayait d'apercevoir sa fiancée qui était en train de se préparer. Debout dans l'encadrement de la porte, Cari dansait d'un pied sur l'autre en observant les mouvements de sa robe.

— Salut, belle jeune fille, lui dit Jeff en s'approchant. Où est ta sœur ?

— À l'intérieur. Et elle m'a interdit de te laisser regarder.

— Allez, s'il te plaît, juste un petit coup d'œil rapide. Et un baiser.

Il entendit alors la voix de Michele qui s'adressait à Cari :

— Dis au bel homme qui essaie de t'amadouer qu'il garde ses baisers pour le moment où il aura dit : « Je le veux » ! Et ne le laisse pas regarder !

Cari fit la grimace.

— Michele dit que… Euh…

— C'est bon, lança Jeff. J'ai tout entendu. Mais toi, j'ai le droit de te faire un bisou sur la joue, non ?

— Oui. Tu vas être mon grand frère.

— J'ai hâte, répliqua-t-il en l'embrassant affectueusement. Bon, dis à mon amour qu'elle doit se dépêcher. Je n'en peux plus d'attendre.

À cet instant, Chloe arriva.

— Fiche le camp d'ici ! s'exclama-t-elle en voyant Jeff. Ça porte malheur ! Et tu vas abîmer son maquillage. Allez, file, dit-elle en l'embrassant sur la joue. Un peu de patience, ce ne sera pas long.

— Bon, marmonna-t-il. Puisque personne ne veut de moi ici, je m'en vais.

— Jeff !

En entendant Michele l'appeler, il ne se posa pas de question. De toute façon, il n'était pas superstitieux. Il courut la rejoindre à l'intérieur.

Elle était si belle qu'il n'avait pas de mots pour la décrire. En la voyant, il fut paralysé par l'émotion.

— Tu veux toujours m'épouser ? demanda-t-elle. Il est encore temps de changer d'avis.

Le cœur battant, il s'approcha d'elle.

— Mon amour, dit-il, il n'y a rien que je veux autant que t'épouser. Je t'aime. Je t'interdis d'en douter une seule seconde. Mais…

— Mais ?

— Tu es trop bien pour moi. Toi, tu es sûre de vouloir te marier avec moi ?

— Oh ! oui.

Il l'embrassa. Comme Chloe l'avait prédit, Michele allait devoir se remaquiller. Ils allaient être en retard. Mais cela n'avait aucune importance. Tout ce qui comptait, c'était que la femme qui lui avait appris à aimer était là, dans ses bras, pour le reste de leur vie.

KATHIE DENOSKY

Sous l'emprise d'un cow-boy

Traduction française de
LAURENCE LENGLET

PASSIONS

HARLEQUIN

Titre original :
THE COWBOY'S WAY

Ce roman a déjà été publié en 2016

- 1 -

Assis à la table de Sam et Bria Rafferty après un délicieux dîner de Noël préparé par ses belles-sœurs, TJ Malloy ne pouvait s'empêcher de sourire. Autour de lui, ses frères adoptifs et leurs épouses racontaient ce qu'ils allaient faire durant les quelques jours précédant le réveillon de la Saint-Sylvestre qu'il accueillerait, comme chaque année, dans son ranch. Comme toujours, la conversation était ponctuée d'éclats de rires, en particulier lorsque les adultes se livraient à un concours de grimaces pour arracher un sourire ou un gloussement aux bébés de la famille. La vie était belle et il se félicita d'avoir eu autant de chance.

Grâce à leur père adoptif, Hank Calvert, TJ et les cinq autres hommes qu'il avait adoptés dans leur adolescence avaient pris leur vie en main. Pendant toutes ces années, ils avaient tissé des liens au point de devenir une famille que TJ aimait de tout son cœur. Aujourd'hui âgé de trente-deux ans, il possédait son propre ranch et élevait des chevaux de rodéo, réalisant ainsi un rêve d'enfance. Et, grâce à des investissements judicieux, il avait à la banque plus d'argent qu'il n'en dépenserait jamais en trois ou quatre vies.

Oui, il avait une chance folle et assez de bon sens pour le reconnaître.

— À ton tour, TJ, lança Bria en servant le gâteau au chocolat. Que vas-tu faire cette semaine ?

— Comme tous les ans, répondit-il en souriant. Je vais entraîner mes chevaux et attendre que vous arriviez le jour de la Saint-Sylvestre.

Quatre ans plus tôt, quand il avait acheté son ranch, le Dusty Diamond, la famille avait décidé qu'il accueillerait le dîner de la Saint-Sylvestre. Avec sept chambres, il avait largement de quoi loger toute la famille après un dîner arrosé. Ses frères venaient accompagnés de leurs épouses ou d'une petite amie, et une fois les enfants au lit, ils passaient la soirée à bavarder ou à regarder un film. C'était devenu une tradition à laquelle il se pliait chaque année avec bonheur.

— Une petite amie à inviter ? demanda Nate Rafferty avec un large sourire.

Nate et Sam étaient les seuls frères biologiques de la fratrie. Ils n'affichaient pourtant aucune ressemblance. Autant Sam était un homme paisible et heureux en mariage, autant Nate était incontrôlable. Coureur invétéré, il semblait s'être fixé pour mission de conquérir toutes les femmes de la région. Ce qui ne l'empêchait pas d'être aussi loyal que ses frères envers la famille. Lorsque l'un d'eux rencontrait une difficulté, il volait à son secours, comme les autres l'auraient fait pour lui.

— Moi, je sais que TJ a quelqu'un dans sa vie, lança Lane Donadson en enlaçant sa femme, Taylor. *Sa voisine*… Mais je ne sais pas pourquoi, il n'ose pas l'inviter à se joindre à nous.

— Tu n'as pas pu t'empêcher de remettre ça sur le tapis, pas vrai, Freud ? répliqua TJ, excédé.

Diplômé en psychologie, Nate avait toujours un commentaire en réserve sur la vie personnelle de ses frères et savait exactement comment les titiller pour les faire réagir.

— Il n'y a qu'une seule chose à savoir au sujet de cette femme, reprit TJ, son étalon et elle sont d'un côté de la clôture, et moi de l'autre. Il n'y a aucune raison pour que ça change.

Cette Mme Wilson habitait le ranch voisin depuis deux ans, mais il ne la voyait pratiquement jamais. Mais ses frères le taquinaient tout le temps à propos du soi-disant intérêt qu'il éprouvait pour cette voisine revêche, alors que les seules fois où il lui avait adressé la parole, c'était pour lui reprocher les escapades de son étalon sur sa propriété. Il ne connaissait même pas son prénom et ne tenait certainement pas à le connaître.

— Donc, tu ne l'as pas revue depuis que nous avons installé cette clôture de deux mètres entre son ranch et le tien, au printemps dernier ? demanda Sam en essayant d'éviter une cuillerée de purée que son fils de dix mois essayait de lui lancer depuis sa chaise haute.

— Absolument. Je n'ai revu ni ma voisine ni son étalon, et ça me convient à merveille, répondit-il en éclatant de rire lorsque la purée atterrit sur le nez de Sam.

— Maintenant que le problème de l'étalon est réglé, de quoi aurais-tu à te plaindre, de toute façon ? s'esclaffa Ryder McClain, avant de prendre un air consterné lorsque sa fille Katie vomit sur sa chemise immaculée.

— Merci, Katie, lâcha TJ, ravi, en prenant le bébé dans ses bras, tandis que la femme de Ryder s'employait à nettoyer la chemise. Au moins, tu as cloué le bec de ton père.

— Méfie-toi quand même, TJ, répliqua Ryder en lui rendant son sourire. Tu pourrais être le prochain. Ma fille adore vomir sur les chemises propres.

Ryder était le plus avenant de la fratrie mais aussi le plus courageux puisque son métier consistait à voler au secours des champions de rodéo désarçonnés par leurs montures. Mais depuis son mariage avec Summer et la naissance de la petite Katie, il avait réduit ses activités et n'intervenait plus que dans les rodéos auxquels participaient Nate et leur frère Jaron Lambert. Sans doute, soupçonnait TJ, parce qu'il tenait à assurer lui-même la protection de ses frères dans les championnats.

— Et toi, Mariah, tu seras des nôtres à la Saint-Sylvestre ? demanda Taylor, la femme de Lane, à la jeune sœur de Bria.

— Probablement pas, répondit Mariah, avec hésitation. À vrai dire, mon nouvel ami m'a invitée à une soirée dans un club de Dallas.

Tout le monde regarda Jaron pour voir sa réaction. Toute la famille savait qu'il existait entre les deux jeunes gens une attirance mutuelle depuis leur première rencontre. Mais Mariah n'avait alors que dix-huit ans, et Jaron, qui en avait vingt-six, avait décidé qu'il était trop âgé pour elle. Malheureusement, sept années s'étaient écoulées depuis, et Jaron était resté sur ses positions. Apparemment, Mariah en avait eu assez de l'attendre.

— Toutes mes félicitations, répondit Jaron, un rien crispé. J'espère que tu vas bien t'amuser.

Extérieurement, Jaron paraissait sincère, mais TJ le connaissait mieux que quiconque. Calme et réservé, son jeune frère masquait la plupart du temps ses sentiments. Mais lorsqu'il était contrarié, sa voix devenait froide, cassante, comme en cet instant. TJ et les autres membres de la fratrie comprirent aussitôt que mieux valait laisser tomber le sujet.

— Et toi, Nate ? demanda TJ, comptant sur la bonne

humeur de son interlocuteur pour dissiper le malaise. Tu seras accompagné cette année ?

— Eh bien, non. Figurez-vous que j'ai acheté un ranch, le Twin Oaks, il y a quelques semaines, expliqua fièrement Nate. J'ai été trop occupé ces derniers temps pour penser à autre chose qu'à la façon dont je vais exploiter cette propriété.

— Depuis quand as-tu ce projet ? s'étonna TJ. Tu n'en as pas parlé à Thanksgiving, que je sache ?

— J'ai préféré ne rien dire au cas où la vente n'aboutirait pas, répondit Nate en avalant un morceau de gâteau.

Il savait que Nate avait toujours été un rien superstitieux. C'était le cas de tous les champions de rodéo qu'il connaissait. Dans les championnats, Nate accomplissait certains rituels avant d'enfourcher sa monture.

— Donc, tu t'installes enfin…, constata Sam, comme s'il n'en croyait pas vraiment ses oreilles.

— Ne le prends pas mal, mais jamais je n'aurais cru que tu te stabiliserais un jour, renchérit Ryder.

— J'ai acheté un ranch, c'est tout, répliqua Nate, tout sourire. Je n'ai jamais dit que je me stabilisais.

— Et quand comptes-tu emménager dans ton nouveau lieu de perdition ? demanda TJ en tendant la petite Katie à Summer pour qu'elle finisse son biberon.

— Je ne suis pas pressé, répondit Nate. J'ai encore pas mal de travaux à faire. J'ai deux murs à abattre pour agrandir le salon, et je dois refaire l'électricité et la plomberie. Je voudrais aussi réparer quelques clôtures et faire construire deux granges avant d'y amener du bétail.

— Tiens-nous au courant du planning des travaux, nous viendrons te donner un coup de main.

— Pas de problème, répondit Nate en adressant un grand sourire aux femmes assises autour de la table. Et je compte bien sûr sur ces dames pour m'aider à décorer la maison quand les travaux seront finis.

— Ta chambre aussi ? fit TJ en haussant un sourcil.

— Je préfère m'en charger moi-même, j'ai quelques petites idées sur la question, répondit Nate avec un sourire malicieux.

— Je n'en doute pas une seconde, confirma Ryder, exprimant tout haut ce que pensait le reste de la fratrie.

— Évitons ce sujet graveleux, protesta Bria en tendant une part de gâteau à TJ.

Tout le monde acquiesça et la discussion s'orienta sur les projets de rénovation dans le nouveau ranch de Nate, au grand soulagement de TJ. Tant que l'on parlerait du ranch, plus personne ne le harcèlerait au sujet de sa voisine, ce qui lui convenait parfaitement. Moins on lui parlerait de cette femme, mieux il se porterait.

Quelques heures plus tard, lorsque tout le monde eut convenu de l'heure de rendez-vous le jour de la Saint-Sylvestre, TJ prit le chemin du retour. Une heure de route séparait son ranch de celui de Sam et Bria. Il avait plu toute la journée, et lorsqu'il s'engagea dans le chemin de terre menant à son ranch, la pluie était devenue torrentielle.

Au bout d'une centaine de mètres, il aperçut les feux arrière d'une voiture à l'arrêt et comprit aussitôt que le ruisseau avait une fois de plus inondé la route. Cela ne se produisait que trois à quatre fois par an, mais lorsqu'il pleuvait plus qu'à l'accoutumée, le paisible ruisseau qui longeait sa propriété se transformait en un torrent incontrôlable.

Au lieu de tourner en direction de son ranch, il s'approcha de la voiture pour proposer son aide au conducteur, ou plutôt à la conductrice, car c'était apparemment une femme. En maudissant les trombes d'eau, il descendit de son pick-up et courut vers l'autre véhicule.

— Puis-je vous aider, madame ? demanda TJ alors que la conductrice abaissait sa vitre.

Elle s'arrêta à la moitié, et il se demanda si c'était pour se protéger de la pluie ou de lui. Il réprima un grognement de surprise lorsqu'il s'aperçut que la conductrice n'était autre que son ennemie jurée : la fameuse Mme Wilson, du ranch voisin.

Il ne l'avait pas revue depuis le printemps précédent, lorsque son cheval avait franchi la clôture et qu'il l'avait ramené lui-même au Circle W. C'était peut-être la dixième fois que le cheval s'aventurait sur sa propriété, et il était excédé. Il avait alors demandé à ses frères de l'aider à installer une clôture de deux mètres entre les deux propriétés. À présent, l'étalon laissait ses juments tranquilles, et il avait cru qu'il n'aurait plus de problème avec sa voisine. De toute évidence, il s'était trompé.

— C'est bien ce que je craignais, dit-elle, visiblement aussi contrariée que lui.

L'espace d'un instant, il se demanda ce qu'elle sous-entendait : parlait-elle de l'inondation ou de lui ? Dans les deux cas, elle n'était pas en position de faire la difficile : elle devrait accepter son aide. Il n'avait pas l'intention de lui laisser résoudre le problème toute seule. Son père adoptif se serait probablement retourné dans sa tombe s'il avait su qu'un de ses fils avait abandonné une jeune femme en détresse en pleine nuit.

— Même si la pluie cesse immédiatement, vous ne pourrez pas regagner votre ranch avant demain matin, lui fit-il remarquer.

À cet instant, un peu de pluie accumulée sur les bords

de son chapeau déborda et il sentit un filet d'eau glaciale couler le long de son cou.

— Vous allez devoir venir avec moi au Dusty Diamond, reprit-il d'un ton plutôt désagréable. Vous n'allez pas passer la nuit ici.

Elle secoua la tête.

— Nous sommes peut-être voisins, mais je vous connais à peine. Vous étiez tellement odieux la dernière fois que je n'ai pas envie de faire votre connaissance.

— Moi non plus, madame, croyez-moi, répliqua-t-il. Mais figurez-vous que le niveau de l'eau est trop élevé. Si vous tentez de passer, le moteur sera noyé ou la voiture emportée dans le ravin. Et je serai obligé d'aller vous repêcher pour vous sauver de la noyade. Je préférerais éviter cela si c'est possible. Avez-vous un autre endroit où aller ?

À cette question, elle se mordilla les lèvres comme si elle cherchait désespérément un moyen d'échapper à son hospitalité.

— Non, répondit-elle finalement.

— Dans ce cas, il n'est pas question pour moi de vous laisser dans votre voiture toute la nuit, répondit-il sèchement.

— Pour qui vous prenez-vous ? Dieu tout-puissant ? lança-t-elle, irritée.

— Écoutez, j'essaie simplement de vous éviter de passer une sale nuit dans votre voiture, reprit-il. À vous de voir. Si vous préférez rester assise là au lieu de dormir au sec chez moi, c'est votre problème.

Il prit soudain conscience qu'elle avait peut-être peur de lui, et il culpabilisa de s'être montré si cassant. Après tout, c'était compréhensible qu'elle n'ait pas envie d'accepter son invitation. Chaque fois qu'ils avaient eu l'occasion de se croiser, il était hors de lui. Elle le prenait sans doute pour un épouvantable caractériel. Et l'attitude qu'il adoptait ce soir lui donnait amplement raison.

— Je vous prie de m'excuser, dit-il en s'efforçant d'avoir l'air sincère. Mais il fait un froid glacial et je serai bientôt trempé jusqu'aux os.

Il esquissa un sourire amical, espérant ainsi balayer les craintes de la jeune femme.

— Venez chez moi, il fait chaud et j'ai beaucoup de place. De plus, ajouta-t-il, pris d'une subite inspiration, les portes des chambres ferment à clé.

Elle jeta un coup d'œil dans le rétroviseur comme pour vérifier quelque chose puis hésita encore quelques secondes.

— Très bien, murmura-t-elle finalement d'un ton las. De toute façon, je n'ai pas le choix.

— Quand nous arriverons chez moi, vous pourrez mettre votre voiture au sec. Comme le garage communique avec la maison, ça vous évitera de vous mouiller.

— D'accord. Je vous suis, accepta-t-elle en remontant sa vitre.

Regagnant sa voiture en courant, il démarra le moteur. Il fit demi-tour et attendit qu'elle ait manœuvré de même pour s'engager sur le chemin menant à son ranch. Il contourna la maison et, pressant la touche d'une télécommande, ouvrit la porte du garage. Une fois garé, il descendit de voiture et regarda la jeune femme se garer à son tour entre son pick-up et une grosse berline qu'il ne conduisait que rarement.

Il s'approcha pour l'aider. Lorsqu'elle sortit de voiture, il retint son souffle.

Elle était extraordinairement belle.

Comment se faisait-il qu'il ne l'ait pas remarqué plus tôt ?

Mesurant plus d'un mètre quatre-vingts, il croisait rarement des femmes capables de le regarder dans les yeux sans pencher la tête en arrière. Mais cette Mme Wilson était à peine plus petite que lui. Lorsque leurs regards se croisèrent, il eut l'impression de recevoir un coup de poing dans l'estomac.

Elle avait des yeux bleu azur que mettaient en valeur d'admirables cheveux blond vénitien. Il eut soudain une envie irrésistible de lui défaire sa queue-de-cheval et d'enfouir la main dans ses longues mèches. La jeune femme n'était pas simplement jolie, elle était d'une beauté à couper le souffle. Une fois de plus, il s'étonna de ne pas l'avoir remarqué avant.

Elle ouvrit la portière arrière et il se demanda ce qu'elle pouvait bien avoir à récupérer. Lorsqu'elle fit volte-face, il ne put s'empêcher de la dévisager, bouche bée. Elle tenait contre son épaule un enfant emmitouflé dans une couverture et, dans sa main libre, un sac à langer.

En l'espace de trois secondes, plusieurs questions se bousculèrent dans son esprit. Avait-elle envisagé de traverser la route inondée avec un enfant endormi dans sa voiture ? Il sentit un nœud se former au creux de son estomac en imaginant ce qui aurait pu se produire si elle avait fait une chose pareille. Il se souvint alors qu'elle avait tout d'abord refusé son aide. Qu'aurait-elle fait s'il ne lui avait pas proposé de l'héberger ? Aurait-elle passé toute la nuit dans sa voiture avec ce malheureux enfant ?

— Laissez-moi vous aider, intervint-il en lui prenant le sac à langer.

Au-delà du fait qu'aider une femme chargée de sacs

relevait de la politesse élémentaire, les cernes noirs sous ses yeux trahissaient une extrême fatigue.

— Merci... Malloy, dit-elle en refermant la portière. Je ne connais même pas votre prénom.

— Appelez-moi TJ, madame Wilson, répondit-il en lui montrant la porte qui ouvrait sur la maison.

Il se rendit soudain compte qu'il avait été tellement accaparé par son élevage de chevaux depuis qu'il avait acheté son ranch qu'il n'avait même pas pris la peine de rencontrer les ranchers du voisinage. De plus, chaque fois qu'il avait croisé Mme Wilson, il l'avait littéralement agressée, tant il était excédé des incursions de son étalon sur sa propriété et craignait que ce dernier ne mette à mal son précieux programme de reproduction en montant l'une de ses juments. Quand il était venu lui faire part de ses griefs, il n'avait même pas songé à se présenter ou à échanger quelques amabilités avec elle.

Un sentiment de culpabilité l'envahit à cette idée. Comment avait-il pu se comporter de la sorte, lui habituellement si poli et mesuré ?

— Moi, c'est Heather, enchaîna-t-elle en le suivant dans la cuisine. Vous avez une très belle maison, constata-t-elle lorsqu'il alluma la lumière.

— Merci, dit-il en posant le sac à langer sur l'îlot central et en l'aidant à ôter son manteau. Voudriez-vous quelque chose à manger ou à boire, Heather ?

— Merci, mais il est tard, et j'aimerais coucher mon fils, si ça ne vous dérange pas, expliqua-t-elle, l'air épuisé.

— Pas de problème, répondit-il en l'invitant à le suivre vers l'escalier principal. Voulez-vous prévenir quelqu'un que vous passez la nuit ici ?

Où diable pouvait être passé son mari ? Pourquoi n'était-il pas avec elle ? Ce devait être un drôle d'homme pour laisser sa femme sortir seule par une nuit pareille. Pourquoi ne l'avait-il pas encore appelée afin de prendre des nouvelles de leur fils ?

— Non, personne, répondit-elle en montant les marches. Nous ne sommes que tous les deux, Seth et moi.

Il ouvrit une porte au premier étage et s'effaça pour la laisser entrer.

— Honneur aux dames. Si la chambre ne vous plaît pas, il m'en reste cinq autres.

— Ce sera parfait, décréta-t-elle en tendant le bras pour récupérer son sac comme pour l'inviter à sortir.

Lorsqu'il lui effleura la main, un léger picotement se fit sentir le long de son bras. C'était probablement de l'électricité statique. Mais il ne put s'empêcher de s'étonner de l'effet qu'elle produisait sur lui.

— Vous allez bien ? demanda-t-il, inquiet.

— Non, pas très, répondit-elle en posant le sac sur le banc placé au bout du lit.

Sans la moindre hésitation, il lui posa la main sur le front.

— Vous avez de la fièvre, constata-t-il.

Il souleva un coin de la couverture et remarqua que le petit garçon avait les joues toutes rouges.

— Votre fils aussi est malade.

— Justement, confirma-t-elle en déposant le petit garçon sur le lit. Je revenais des urgences quand je vous ai croisé. Seth a vu un médecin.

— Quel est le diagnostic ? demanda-t-il.

— Une otite. On lui a prescrit un antibiotique et du paracétamol pour la fièvre.

— Et vous ? Vous avez vu un médecin ?

— Oh ! ce n'était pas la peine. Je viens d'avoir une grippe, mais ça va mieux, maintenant.

— Vous auriez dû voir quelqu'un, vous aussi, reprit-il d'un ton désapprobateur.

— Eh bien, je n'ai vu personne, rétorqua-t-elle sèchement. Maintenant, si vous permettez…

— Pendant que vous couchez votre fils, je vais essayer de vous trouver une tenue pour dormir, reprit-il en sortant de la chambre sans lui laisser le temps de protester.

Il gagna directement sa salle de bains et prit une plaquette de comprimés de paracétamol dans l'armoire à pharmacie. De retour dans sa chambre, il se demanda ce qu'il allait bien pouvoir lui prêter pour dormir. Lui-même dormait nu et n'avait jamais acheté le moindre pyjama. Finalement, il prit dans son dressing une confortable chemise en flanelle.

— Est-ce que ça ira ? demanda-t-il en lui tendant le vêtement. Je suis navré, je n'ai rien de plus approprié.

— J'aurais pu garder mes vêtements, répondit-elle en bordant son fils sous la couverture. Mais merci quand même… pour tout.

Elle s'était emparée de la chemise.

— Tenez, voici quelque chose pour votre fièvre, reprit-il en lui tendant les comprimés. Prenez-en deux et si vous avez besoin de quoi que ce soit d'autre, ma chambre est de l'autre côté du palier.

Il alla chercher un verre d'eau dans la salle de bains attenante.

— Ça ira très bien, marmonna-t-elle en extrayant deux comprimés de la plaquette.

Il la dévisagea quelques secondes, se demandant une fois encore comment il avait pu ne pas remarquer sa beauté les nombreuses fois où il avait été amené à la croiser. Même avec des cernes, c'était le genre de femme qu'un homme ne pouvait s'empêcher de…

— Il y a autre chose ? demanda-t-elle, le ramenant brutalement à la réalité.

Songeant que la tempête avait dû le priver d'une part de bon sens, il la salua.

— Bonne nuit.

Lorsqu'il referma la porte, il entendit le déclic de la clé dans la serrure. Étant donné les circonstances, elle avait raison de se montrer prudente. Elle le connaissait à peine et, avant ce soir, il ne lui avait donné aucune raison de changer d'avis à son sujet.

— Tu n'es qu'un imbécile…, murmura-t-il pour lui-même.

Jusqu'à maintenant, il s'était persuadé qu'elle n'était qu'une propriétaire de ranch, négligente et arrogante, qui prenait un malin plaisir à ignorer ses doléances. Jamais il ne lui serait venu à l'esprit qu'elle était vulnérable et débordée parce que mère célibataire. Bien sûr, il ne savait pas alors qu'elle avait un enfant. Mais ce n'était pas une excuse pour l'avoir cataloguée de cette façon.

Il ôta ses vêtements humides et entra dans la salle de bains. Sous la douche brûlante, il ne cessait de songer à ses invités. Il ne connaissait pas l'histoire d'Heather et de son petit garçon, mais ça n'avait pas d'importance. Qu'elle soit prête ou non à accepter son aide, elle en avait besoin. C'était tout ce qu'il y avait à savoir. Son fils et elle étaient malades, et puisqu'il n'y avait apparemment personne pour veiller sur eux, il était déterminé à combler ce manque.

L'une des premières choses que Hank Calvert leur avait inculquées, à ses frères et lui, était de venir en aide aux personnes dans le besoin. Il leur avait expliqué que la vie pouvait être semée d'embûches et qu'il fallait parfois être deux pour s'en sortir. Heather Wilson se trouvait manifestement dans ce cas de figure.

Bien sûr, Hank n'avait sans doute jamais rencontré quelqu'un d'aussi orgueilleux qu'Heather. Elle arborait cette fierté comme une armure, et son indépendance risquait de lui porter préjudice. Il se frictionna énergiquement et alla se coucher. Il resta éveillé durant de longues minutes, fixant le plafond et écoutant le battement de la pluie sur le toit. La situation d'Heather ressemblait beaucoup à celle de sa mère.

Delia Malloy avait, elle aussi, été une mère célibataire, avec toutes les responsabilités que cela impliquait. Par chance, ayant un travail, elle avait pu l'élever dans de bonnes conditions. Jusqu'au jour où ils avaient attrapé tous deux une forme de grippe particulièrement pernicieuse. Il n'avait que dix ans, et sa vie avait alors définitivement basculé.

Sa mère l'avait bien soigné et il avait guéri sans la moindre séquelle. En revanche, elle s'était négligée. Épuisée, elle avait développé une pneumonie et n'avait pu combattre l'infection. Elle était morte une semaine plus tard, et il avait alors été recueilli par son arrière-grand-mère.

Dès lors, il avait amorcé une descente en enfer, au terme de laquelle il avait été envoyé dans un foyer pour jeunes délinquants, le Last Chance Ranch. Sa grand-mère était trop âgée pour surveiller ses agissements et ses fréquentations. Traumatisé par la mort de sa mère, il n'était de toute façon pas prêt à écouter les remontrances de la vieille dame. Il s'était lié d'amitié avec une bande de jeunes délinquants et, à l'âge de treize ans, il avait déjà été interpellé cinq fois pour vandalisme et autres délits mineurs. Peu après, sa grand-mère était décédée, et une assistante sociale l'avait placé sous la responsabilité de Hank Calvert. Avec le recul, il comprenait aujourd'hui combien il avait été chanceux. Aussi était-il déterminé à ce que le fils d'Heather ne suive pas le même chemin que lui.

Le petit garçon aurait besoin de sa mère le plus longtemps possible, et il ferait tout ce qui était en son pouvoir pour que le bambin ait cette chance. Que cela lui plaise ou non, Heather devrait accepter son hospitalité le temps qu'elle guérisse. Il n'était pas question que Seth devienne orphelin.

Le lendemain, Heather se réveilla à l'aube avec l'impression d'être passée sous un camion. Certes les courbatures s'étaient un peu atténuées depuis quelques jours, mais elle se sentait encore d'une extrême faiblesse. Le simple fait de lever la tête nécessitait un effort monumental. Par chance, la migraine avait disparu, mais sa température était encore élevée, comme en témoignaient les bouffées de chaleur qui l'assaillaient régulièrement. Elle se félicita d'avoir pu rassembler l'argent nécessaire pour emmener Seth chez le médecin. Au moins, il serait protégé contre le virus.

— M'man…, fit son fils en lui tapotant le bras.

Il avait la voix tremblante, comme s'il était sur le point de fondre en larmes, et elle en comprit aussitôt la raison. Depuis l'âge de trois mois, il avait toujours eu un bon sommeil, mais il n'avait pas l'habitude de dormir ailleurs que dans sa chambre. Il était sans doute désorienté, ce qui était normal pour un enfant de deux ans.

— Tout va bien, mon ange.

Elle lui massa le dos, espérant qu'il se rendormirait un

peu avant le petit déjeuner. Depuis qu'elle avait attrapé cette grippe, elle avait eu un mal fou à s'occuper à la fois de son fils et de ses chevaux. Aussi était-elle heureuse de grappiller un peu de sommeil supplémentaire dès qu'elle le pouvait. Par chance, c'était une grippe relativement bénigne, sinon elle aurait été incapable de se débrouiller seule. Cela dit, elle avait absolument besoin de dormir, faute de quoi il lui faudrait deux fois plus de temps pour récupérer.

Seth était sur le point de se rendormir lorsqu'on frappa doucement à la porte : le petit garçon sursauta et se mit à pleurer.

Frissonnant de la tête aux pieds, elle se leva et le prit dans ses bras. Sans même songer qu'elle ne portait que la chemise en flanelle et sa petite culotte, elle se dirigea d'un pas chancelant vers la porte.

— Qu'y a-t-il ?

— Je me disais que vous aviez peut-être faim, déclara Malloy en lui tendant un plateau de petit déjeuner.

Si elle s'était sentie mieux, elle ne l'aurait sans doute pas accueilli aussi sèchement. Elle aurait pu apprécier cette charmante attention. Mais, en cet instant, la vue de la nourriture lui tournait le cœur. Et puis, il avait réveillé son fils.

— Mmmerci, mais..., bafouilla-t-elle avant de remarquer son expression. Vous avez un problème ?

— Je vais vous aider à vous recoucher, répondit-il en déposant le plateau sur la commode. J'allais vous demander si vous aviez encore de la fièvre, mais je connais déjà la réponse.

— Co... comment le savez-vous ? balbutia-t-elle, sans pouvoir s'empêcher de claquer des dents.

Il fit volte-face et, prenant Seth dans ses bras, la reconduisit à son lit.

— Une intuition, répondit-il en souriant.

De retour au lit, elle remarqua que Seth s'était arrêté de pleurer et qu'il fixait le plateau posé sur la commode.

— M'man, z'ai faim.

Elle voulut se lever mais Malloy l'en empêcha.

— Je m'en occupe, si vous voulez. J'ai fait des toasts et des œufs brouillés. Vous croyez qu'il acceptera que je lui en donne pendant que vous vous reposez ?

À peine eut-elle le temps de hocher la tête qu'elle tira la couverture et ferma les yeux. Si elle s'était sentie en meilleure forme, elle lui aurait demandé pourquoi il se montrait si aimable avec elle ; au lieu de quoi, elle ne pensait qu'à une chose : Dieu qu'il était séduisant ! Elle retint son souffle. D'où venait cette pensée ? Si elle commençait à craquer pour TJ Malloy, c'était que la fièvre l'avait rendue délirante. Il n'y avait que cette explication possible. Si elle pouvait se reposer quelques instants, elle s'occuperait de son fils, et reprendrait ses esprits.

- 2 -

Lorsque Heather ouvrit les yeux, le soleil brillait à travers les rideaux et Seth dormait à poings fermés dans le grand lit à ses côtés. En y regardant de plus près, elle remarqua qu'il portait un pyjama qu'elle ne connaissait pas et que ses cheveux roux avaient été soigneusement peignés sur le côté.

Combien de temps avait-elle dormi et d'où venait ce pyjama ?

Jetant un œil au réveil, elle se rendit compte avec stupéfaction qu'il n'était pas loin de 16 heures. Elle avait dormi huit heures d'affilée. Depuis la naissance de Seth, c'était la première fois qu'elle s'octroyait un si long repos en journée.

Elle tressaillit. TJ Malloy s'était-il occupé de son fils ?

Elle se souvenait vaguement qu'il lui avait apporté le petit déjeuner. Et qu'il l'avait remise au lit… Ou bien l'avait-elle rêvé ?

Comprenant qu'elle était allée lui ouvrir vêtue uniquement de la chemise qu'il lui avait prêtée, elle ferma les yeux, espérant être renvoyée comme par magie dans son propre lit. En réalité, ce qui la gênait le plus, c'était que Malloy ait pris soin de Seth pendant son sommeil. Cet homme avait beau être son voisin, elle le connaissait à peine et il s'était si mal comporté à chacune de leurs rencontres qu'elle se demandait s'il était digne de confiance. Il s'était en effet montré particulièrement exécrable chaque fois qu'il avait ramené l'étalon fugueur à son ranch.

— Les chevaux…, murmura-t-elle soudain, songeant qu'elle n'avait pas pu les nourrir.

Peut-être la route menant à son ranch serait-elle redevenue praticable. Elle devait absolument rentrer pour s'occuper de ses chevaux, mais aussi pour vérifier que les seaux disposés dans la buanderie pour recueillir la pluie qui coulait à travers le toit n'avaient pas débordé.

Elle se dressa sur son séant et se rendit compte qu'elle se sentait beaucoup mieux. La fièvre était tombée. Peut-être était-elle enfin venue à bout de cette maudite grippe. Les quelque douze heures de sommeil qu'elle venait de prendre y étaient sûrement pour quelque chose. Si elle avait pu se reposer plus tôt après avoir contracté le virus, sa guérison aurait sans doute été plus rapide.

Mais le repos était un luxe dont elle n'avait pas bénéficié depuis bien longtemps. Après la naissance de Seth, elle avait dû se séparer des ouvriers de son défunt père, s'étant retrouvée dans l'incapacité de les payer. C'était à cette condition qu'elle avait pu maintenir le ranch à flot. Depuis, elle avait pris en charge elle-même l'entretien des chevaux, activité qui s'était cumulée à celles, nombreuses, qui incombaient à toute jeune maman.

Tâchant de ne pas réveiller Seth, elle tenta de se lever mais dut se rasseoir aussitôt au bord du lit, en sentant ses jambes se dérober. Elle avait beau se sentir mieux, elle était encore extrêmement faible. Dans cet état, comment allait-elle pouvoir vider les seaux et soulever les balles de foin ?

Elle fit une nouvelle tentative. Elle venait d'atteindre le rocking-chair sur lequel elle avait posé ses vêtements lorsque la porte s'ouvrit.

— Vous ne devriez pas vous lever, déclara Malloy en se dirigeant vers elle.

Sans doute avait-il le droit de faire irruption dans la chambre sans lui demander son avis. Après tout il était chez lui. Elle attrapa son jean et son sweat-shirt et fit volte-face, s'efforçant de masquer ses jambes.

— On ne vous a jamais appris à frapper aux portes ? lança-t-elle.

— Je venais voir si votre fils était réveillé. Je pensais que vous dormiez encore, expliqua-t-il d'un air dégagé. Comment vous sentez-vous ?

— Beaucoup mieux. Je ne vais pas tarder à m'habiller, comme ça, nous vous laisserons tranquille. Je dois absolument rentrer au ranch, ajouta-t-elle, espérant qu'il sortirait sans tarder et qu'elle aurait le temps de se doucher avant le réveil de Seth.

— Si j'étais vous, je ne serais pas aussi pressée, répondit-il d'une voix grave et étrangement réconfortante. Je vous conseille de rester ici pour éviter tout risque de rechute.

— Je vous remercie de votre sollicitude, mais je dois nourrir mes chevaux, répondit-elle en s'efforçant de chasser de son esprit les échos de sa voix rassurante.

Ses jambes se remirent soudain à trembler, et elle dut s'asseoir sur le rocking-chair.

— L'urgence est surtout de vous reposer et de vous rétablir, répliqua-t-il, imperturbable. Dès que l'inondation s'est résorbée, vers midi, j'ai envoyé quelqu'un à votre ranch pour prévenir vos ouvriers que vous étiez chez moi. Comme il n'a trouvé personne, il s'est chargé de nourrir vos chevaux.

Elle releva la tête et, l'espace d'un instant, resta interdite. TJ Malloy n'était pas simplement un bel homme, il avait un charme absolument dévastateur. Elle retint son souffle.

Lors de leurs précédentes rencontres, elle avait bien remarqué sa stature imposante mais elle se souvenait surtout de son agressivité, en particulier lorsqu'il avait menacé de porter plainte si son cheval faisait encore des siennes. Mais, aujourd'hui, il ne portait pas son habituel chapeau et elle découvrait dans ses yeux noisette une bienveillance qu'elle n'aurait jamais cru y trouver. Elle remarqua également que ses cheveux bruns bouclaient légèrement sur la nuque et trouva cela très sexy.

Elle se crispa. Qu'est-ce qui lui prenait soudain ? Pourquoi trouvait-elle cet homme si séduisant tout à coup ?

Ce devait être un effet secondaire de la fièvre, qui l'incitait à le voir sous un jour différent. Dès qu'elle serait guérie, elle retrouverait ses esprits et comprendrait que TJ Malloy était toujours aussi exécrable.

— Vous vous sentez bien ? demanda-t-il, inquiet.

— Euh, oui…, bafouilla-t-elle. Je me sens juste un peu faible. Merci d'avoir envoyé un de vos hommes s'occuper de mes chevaux, ajouta-t-elle après une pause.

— Pas de souci, répondit-il en lui adressant ce sourire aimable. Vous avez donné congé à vos ouvriers pour le week-end, j'imagine ?

— Puisque vous avez envoyé l'un des vôtres s'occuper de mes chevaux, ce n'est pas le cas ici, à ce que je vois ? lança-t-elle, préférant lui répondre par une autre question.

Elle n'avait aucune envie de lui dire qu'elle avait dû licencier ses deux ouvriers. D'une part, c'était une question de fierté : pas question que Malloy sache que le Circle W traversait une mauvaise passe. Par ailleurs, il était plus prudent que personne ne sache qu'elle vivait seule dans son ranch avec son fils. C'était peut-être un détail, mais mieux valait que le voisinage pense que ses ouvriers vivaient toujours sur la propriété.

— Je leur ai proposé de prendre le week-end, mais ils ont préféré faire des heures supplémentaires, répondit-il sans percevoir son trouble. Donc, vous n'avez pas à vous inquiéter de vos chevaux jusqu'au retour de vos hommes, lundi. J'enverrai l'un des miens s'occuper d'eux d'ici là.

— Ce ne sera pas nécessaire, reprit-elle. Je vais m'en charger.

Il croisa les bras sur son torse puissant.

— Je vous conseille de prendre encore deux jours de repos. Dans votre état, ce serait imprudent de vous livrer à des tâches aussi épuisantes. Pensez à votre fils. Vous n'avez pas envie de vous retrouver à l'hôpital avec une pneumonie, j'imagine ?

Elle comprit à son ton et à son attitude qu'il n'était pas prêt à lâcher le morceau.

Mais elle était aussi têtue que lui.

— Ne vous inquiétez pas pour moi. Je m'en sortirai très bien.

— C'est ce que vous avez dit hier soir, et ce matin aussi, remarqua-t-il. Quand vous ne teniez même pas debout…

Il avait sans doute raison, mais il était hors de question qu'elle le reconnaisse. Tout comme elle refusait d'admettre combien elle le trouvait séduisant.

— Qu'est-ce que ça peut vous faire, de toute façon ? lança-t-elle.

Apparemment, la grippe avait annihilé toute notion de politesse dans son esprit, songea-t-elle, étonnée elle-même de son agressivité.

Il la dévisagea, agacé, et elle se rappela soudain l'homme exécrable qu'il était en réalité.

— La grippe n'est pas une maladie à prendre à la légère. Vous risquez de graves complications. Mon unique but est de vous éviter une rechute. Encore une fois, pensez à votre fils.

Il était bien intentionné, elle en était consciente. Mais elle avait perdu l'habitude que l'on s'occupe d'elle. Même les parents de son défunt fiancé avaient coupé les ponts avec elle à la mort de leur fils. Et ils n'avaient pas cherché à la recontacter, même en la sachant enceinte de leur petit-fils. C'était à cette époque qu'elle avait décidé de se débrouiller seule contre vents et marées. Après tout, elle était plus solide et plus intelligente que bien d'autres.

Elle haussa les épaules et fixa les vêtements posés sur ses genoux.

— Je ne voulais pas être désagréable, désolée, marmonna-t-elle. J'apprécie sincèrement votre aide, mais j'ai réussi à m'occuper de mon fils alors que j'avais la grippe. Maintenant, je me sens mieux. Et je m'en sortirai très bien. Je vous assure, ajouta-t-elle en plongeant dans son regard noisette.

— Je respecte votre besoin d'indépendance, répondit-il d'un ton plus doux. Je voudrais simplement vous garder deux jours de plus car je crois que vous en avez vraiment besoin. Restez au moins jusqu'à demain. J'enverrai l'un de mes hommes chez vous, comme ça vous n'aurez rien d'autre à faire que de prendre soin de vous-même et de votre fils à votre retour.

Manifestement, il n'était pas prêt à céder. Et elle n'avait pas vraiment la force de polémiquer avec lui. Et puis, l'idée de se reposer sur quelqu'un pendant quelques jours était, au fond, loin de lui déplaire.

— Très bien, concéda-t-elle. Votre ouvrier peut s'occuper de mes chevaux demain. Mais maintenant que la route est praticable, il n'y a plus aucune raison pour que Seth et moi vous dérangions plus longtemps. À présent, poursuivit-elle en lui indiquant la porte de la salle de bains, si vous voulez bien m'excuser, j'aimerais me préparer pour rentrer chez moi. Merci encore pour votre générosité, mais je suis sûre que mon fils dormira beaucoup mieux dans son lit.

Malloy voulut répliquer, mais Seth se mit soudain à pleurer. Habituellement, les bruits ambiants ne l'empêchaient pas de dormir, mais, dans cet environnement inconnu, les échos de leur discussion l'avaient réveillé.

— Tout va bien, mon chéri, dit-elle, en se levant.

Lorsqu'elle le prit dans ses bras, elle le trouva beaucoup plus lourd que d'habitude.

— Laissez-moi vous aider, proposa Malloy en prenant Seth.

À sa grande surprise, son fils s'illumina en reconnaissant leur hôte.

— Vous lui avez donné ses médicaments ? demanda-t-elle.

Elle avait soudain l'impression d'avoir manqué à tous ses devoirs de mère en laissant un parfait inconnu prendre soin de son fils pendant qu'elle dormait.

— Bien sûr. J'ai vérifié le dosage sur le flacon et je lui ai donné l'antibiotique après le petit déjeuner et après le déjeuner.

— On dirait que vous savez y faire avec les enfants, dites-moi, remarqua-t-elle en se demandant s'il était lui-même père de famille, et prise au dépourvu par le sentiment de déception qui l'assaillit à cette idée.

— J'ai un neveu de dix mois et une nièce de six mois, répondit-il, comme s'il lisait dans ses pensées. Mais je ne calque pas mon attitude sur celle de leurs parents. Je préfère m'y prendre à ma manière, quitte à commettre des erreurs. C'est pourquoi Seth a dû changer de pyjama et moi de chemise après le déjeuner. J'ai voulu le laisser manger tout seul et j'ai *vite* compris que c'était une erreur.

Elle sourit en les imaginant tous deux constellés de purée, et une étrange émotion l'envahit tout à coup en songeant combien cet homme semblait aimer les enfants.

— Vous voulez bien garder Seth quelques instants, pendant que je me douche ? demanda-t-elle.

— Avec plaisir. Prenez votre temps. Vous vous sentirez sans doute beaucoup mieux.

— Je me sentirai mieux une fois rentrée chez moi, répliqua-t-elle, avant de fixer les vêtements toujours posés sur ses genoux. Seth est à court de couches, et nous n'avons pas de vêtements de rechange.

— Pas de problème, répondit Malloy. J'ai envoyé l'un de mes hommes à Stephenville pour faire des emplettes, ce matin. Il a acheté quelques vêtements pour vous et votre fils, sans oublier les couches.

— Comment connaissait-il nos tailles ? demanda-t-elle, comprenant soudain d'où venait le pyjama que portait Seth.

— J'ai demandé à Dan d'emmener sa femme, répondit Malloy d'un air ravi. Avec trois enfants en bas âge, ils connaissent leur affaire. Voilà vos vêtements, ajouta-t-il en désignant un sac posé sur la commode.

— Je vous rembourserai, répondit-elle, heureuse d'avoir des vêtements propres à enfiler après sa douche. Avez-vous gardé les étiquettes de prix ?

— Absolument pas, et d'ailleurs, il n'est pas question que vous me remboursiez, répliqua-t-il fermement.

— Je le ferai quand même, assura-t-elle.

Songeant au peu d'argent qu'elle avait en réserve,

elle espéra toutefois que la somme ne serait pas trop importante.

Mais il n'était pas question que Malloy la prenne pour une profiteuse, à l'instar des parents de son fiancé. Lorsqu'elle les avait contactés pour leur annoncer la naissance de Seth, ils n'avaient pas hésité à l'accuser de l'avoir fait pour leur soutirer de l'argent.

Malloy soupira, agacé.

— Nous en reparlerons plus tard.

— Comptez sur moi.

Comprenant que c'était une perte de temps de discuter avec lui, elle tira sur sa chemise pour s'assurer qu'elle lui couvrait bien les fesses, puis elle prit le sac de vêtements et s'enferma dans la salle de bains.

Son reflet dans le miroir la choqua. Ses cheveux pendaient lamentablement de chaque côté de son visage et, hormis les quelques taches de rousseur qui parsemaient ses pommettes et son nez, elle était d'une pâleur mortelle.

Tandis qu'elle fixait son image, le poids de la réalité s'imposa, implacable, dans son esprit. Elle avait beau se réjouir à l'idée de se doucher et d'enfiler des vêtements propres et apprécier l'aide de son voisin, rien de tout cela n'effacerait les soucis et le désespoir auxquels elle serait confrontée une fois de retour chez elle.

À moins qu'un miracle ne se produise d'ici la fin du mois de janvier, son fils et elle seraient mis à la porte. Or aucun miracle ne se profilait pour l'instant à l'horizon.

Pendant qu'Heather était dans la salle de bains, TJ s'assit dans le rocking-chair, Seth sur les genoux, et poussa un profond soupir.

Qu'est-ce qui ne tournait pas rond chez lui ? Heather était non seulement épuisée mais aussi, manifestement, à bout de nerfs. Alors pourquoi la trouvait-il aussi sexy avec cette chemise ? Pourquoi faisait-il une telle fixation sur ses longues jambes soyeuses ?

Lorsqu'il lui avait apporté le petit déjeuner, il avait failli lâcher son plateau lorsqu'elle lui avait ouvert la porte. Et comme elle n'avait pas pris la peine de fermer les deux boutons du haut, il n'avait pu s'empêcher d'admirer son décolleté. Pire, elle avait éveillé en lui un désir foudroyant sans même tenter la moindre manœuvre de séduction.

— Tu n'es qu'un malade, maugréa-t-il en secouant la tête.

Cette situation était d'autant plus incompréhensible qu'il était persuadé lui aussi qu'elle devait rentrer chez elle. Alors pourquoi ne cessait-il de lui proposer de rester ? Pourquoi ne se contentait-il pas de la raccompagner poliment jusqu'à sa voiture et de la regarder partir ?

Considérant le petit garçon assis sur ses genoux, il soupira.

— Tu as de la chance d'être trop jeune pour t'intéresser aux filles. Tu ne sais pas de quoi elles sont capables…

Le petit garçon leva la tête et lui adressa un grand sourire. À cet instant, il comprit pourquoi il était si réticent à les voir partir. La situation de Seth lui rappelait ce qu'il avait vécu lui-même dans son enfance. Tous les enfants méritaient de vivre auprès de leur mère le plus longtemps possible. Or Heather avait beau être en voie de guérison et assez solide pour rentrer chez elle, il voulait s'assurer qu'elle ne rechuterait pas. Mais cela ne manquerait pas de se produire si elle recommençait à travailler trop tôt, tout en s'occupant de son fils.

— Tu vois, mon copain, expliqua-t-il au petit garçon,

ce qui m'importe, c'est que ta mère ne se tue pas à la tâche et qu'elle soit là pour toi.

Une fois de plus, Seth lui adressa un grand sourire avant de lui tapoter la joue en babillant. Manifestement, le petit garçon le remerciait de prendre soin de sa mère. À cet instant, une émotion inconnue étreignit son cœur. Calme, souriant, le fils d'Heather était vraiment adorable. C'était un plaisir de le garder, et il se prit soudain à rêver d'avoir un enfant exactement comme lui.

— Je ferai tout pour que ta mère et toi restiez ensemble le plus longtemps possible, promit-il en étreignant doucement le petit garçon.

Il craignait qu'il n'y ait derrière cette promesse beaucoup plus qu'il ne voulait se l'avouer, mais il n'avait pas envie de sonder ses motivations profondes. Peut-être à cause de ce qu'il risquait de découvrir maintenant qu'il s'était laissé séduire par son ennemie jurée.

Un claquement de tonnerre se fit soudain entendre, bientôt suivi par le crépitement de la pluie sur le toit.

— Apparemment, Dame Nature est de mon côté… On dirait bien que ta mère et toi allez rester, finalement, lança-t-il au petit garçon qui émit un gloussement ravi.

Lorsque Heather sortit de la salle de bains quelques minutes plus tard, il n'en crut pas ses yeux : le survêtement gris qu'elle avait enfilé avait beau être des plus ordinaires, elle le portait avec une grâce infinie.

Un frémissement le parcourut une fois de plus et il se promit d'embrasser cette femme, aussi revêche soit-elle.

Troublé par cette pensée inavouable, il décida d'aborder la question de la météo.

— Vous avez vu le temps ? commença-t-il d'un air dégagé. Je crains que vous ne soyez obligée de rester ici jusqu'à demain.

Elle le foudroya de son regard azur.

— Si je comprends bien, vous refusez de me laisser partir.

— Pas du tout, répondit-il vivement, songeant qu'il allait devoir faire attention à la façon dont il formulait ses phrases.

Il avait bien souvent observé le même regard chez ses belles-sœurs lorsque celles-ci étaient outrées par les propos de leurs maris. À leur exemple, il battit aussitôt en retraite.

— C'était une simple observation, ajouta-t-il.

— Que voulez-vous dire ?

— Écoutez, commença-t-il en désignant le plafond.

À cet instant précis, la pluie redoubla d'intensité et une expression accablée se peignit sur le visage d'Heather.

— Une fois de plus, il pleut des hallebardes. Or le ruisseau déborde déjà à cause de la pluie d'hier. J'ai donc de fortes raisons de croire que la route ne va pas tarder à être inondée, si ce n'est déjà fait.

Elle s'assit au bord du lit, découragée.

— J'ai une quantité de choses à faire chez moi.

— En tout cas, vous n'avez pas à vous ronger les sangs pour vos chevaux. Et, pour le reste, je suis sûr que ça peut attendre jusqu'à demain.

Une fois de plus, elle réagit au quart de tour.

— Ah ! siffla-t-elle, furieuse. Parce que vous, quand vous avez des choses à faire, ça peut attendre, bien sûr…

— Ça dépend, temporisa-t-il sans comprendre pourquoi elle réagissait si agressivement ni pourquoi il trouvait cela si excitant. Ça dépend si mes tâches sont urgentes ou non.

— Alors qu'est-ce qui vous permet de croire que ce que j'ai à faire ne l'est pas ? rétorqua-t-elle en fourrant furieusement les vêtements qu'elle portait la veille dans un sac plastique. Et si ça ne pouvait pas attendre ?

Il eut soudain l'impression d'avoir mis le pied dans un champ de mines. Quoi qu'il dise, elle lui volerait dans les plumes.

— Je n'ai pas voulu insinuer que vos affaires étaient moins importantes que les miennes, commença-t-il.

Soudain excédé par la réaction de la jeune femme, il posa Seth par terre et le regarda rejoindre sa mère. Puis il se leva.

— Tout ce que j'ai suggéré, c'est que ça devrait attendre le temps que l'inondation se résorbe. Écoutez, vous commencez sérieusement à me…

Il s'interrompit en voyant que le petit garçon le regardait. Il décida de modérer son langage.

— … à m'agacer, se corrigea-t-il *in extremis*. Si vous avez besoin de moi, je serai dans la cuisine en train de préparer le dîner. Et si vous voulez me rejoindre, appelez-moi. Je vous aiderai à descendre l'escalier. Ne tentez pas de venir toute seule. Vous rompre le cou n'arrangerait pas vos affaires.

Sans lui laisser le temps de répondre, il sortit de la chambre et se hâta de gagner la cuisine.

— Décidément, l'enfer est pavé de bonnes intentions, maugréa-t-il en sortant du frigo un étui de charcuterie et de la moutarde. Si elle tombe dans l'escalier, je suis sûr qu'elle me mettra ça sur le dos et qu'elle me collera un procès.

Posant ses victuailles sur l'îlot central, il ouvrit la boîte à pain pour s'emparer d'une baguette.

— Vous avez besoin d'aide ?

Il fit volte-face : Heather et son fils venaient d'entrer dans la cuisine. Il ferma les yeux, excédé.

— Manifestement, vous n'avez rien écouté de ce que je vous ai dit…, lança-t-il en la regardant droit dans les yeux. Dans votre état, vous n'auriez jamais dû descendre toute seule. Vous auriez pu tomber et vous rompre le cou, à vous ou à votre fils.

— Je ne suis pas une faible femme. Je peux très bien me débrouiller toute seule. Par ailleurs, nous y sommes allés lentement et je me suis tenue à la rampe, ajouta-t-elle en haussant ses minces épaules. Et, comme vous pouvez le voir, nous nous en sommes très bien sortis.

Il secoua la tête, lassé par son obstination.

— Faites-moi plaisir, ne descendez plus cet escalier toute seule. Ce n'est pas la peine de vous mettre en danger pour rien.

— J'y penserai.

Elle se tut pendant une minute avant de reprendre :

— Pourquoi êtes-vous si généreux avec nous ? Pourquoi vous souciez-vous tant de notre bien-être ?

Il la dévisagea quelques instants. Elle avait toutes les raisons d'être méfiante. Avant l'inondation de la veille, elle n'avait pas eu l'occasion de le voir sous un jour particulièrement favorable. Chaque fois qu'il lui avait ramené son étalon fugueur, qui s'acharnait depuis plus d'un an à compromettre son programme de reproduction, il n'avait jamais pris la peine de se montrer poli.

— Avant de vous répondre, j'aimerais vous expliquer une chose, répondit-il d'un ton sérieux. Chaque fois que je vous ai ramené votre cheval, j'étais furieux parce qu'il a couvert plusieurs de mes juments. J'élève et j'entraîne des chevaux de rodéo, et à cause des batifolages d'un étalon lambda, j'ai pris plus d'un an de retard dans mon programme de reproduction. Mais il est vrai que j'aurais pu me montrer plus aimable lorsque je vous ai demandé de l'enfermer. Je n'aurais pas dû vous menacer de porter plainte.

Elle le dévisagea longuement. Malgré ce à quoi il s'était attendu, elle accepta ses excuses.

— Je comprends votre frustration et je regrette qu'il ait retardé votre programme de reproduction. J'ai essayé de le garder à l'écurie, mais manifestement Magic ne porte pas ce nom par hasard. Il est très doué pour disparaître de son box et prendre la poudre d'escampette.

— Cela arrive, c'est vrai, répondit-il. En particulier lorsqu'un étalon sait qu'il y a dans le voisinage tout un harem de juments.

Ils gardèrent tous deux le silence pendant quelques instants. Puis elle reprit la parole.

— Puisque l'heure est aux explications, à mon tour de vous présenter des excuses. Vous vous êtes montré très accommodant et j'apprécie vraiment votre aide. Tout à l'heure, j'étais contrariée de ne pas pouvoir rentrer chez moi, mais ce n'était pas une raison pour passer mes nerfs sur vous. Je suis navrée.

— J'accepte vos excuses à condition que vous acceptiez les miennes, répondit-il. J'aurais dû être plus compréhensif à propos de votre cheval.

Elle esquissa un sourire et contourna l'îlot central pour le rejoindre de l'autre côté.

— Et si cela peut vous rassurer, Malloy, je ne vous aurais pas collé de procès si j'étais tombée dans l'escalier.

Souriant à son tour, il ouvrit un placard pour prendre des assiettes.

— Appelez-moi TJ, je vous en prie. Et je suis heureux d'apprendre que je n'aurai pas à appeler mon avocat, répondit-il en se mettant à confectionner leurs sandwichs. Je propose qu'à partir de maintenant, nous nous comportions en vrais voisins. Qu'en dites-vous ?

Le visage de la jeune femme s'illumina à cette suggestion, et, en cet instant, il la trouva ravissante avec ses yeux bleus étincelants et les fossettes qui creusaient ses joues. Comment diable avait-il pu passer à côté d'une telle beauté ?

— Il est vrai qu'un peu de convivialité ne nous ferait pas de mal, approuva-t-elle sans noter son trouble.

Il se mit à rire, ce qui le soulagea de la tension qui s'était emparée de lui.

— Alors, célébrons l'amitié, ce soir, renchérit-il en désignant les sandwichs. Ma gouvernante passe le nouvel an avec sa famille à Dallas, et je ne suis pas le meilleur cuisinier du monde. J'espère que vous êtes partante pour les sandwichs.

— Ça me convient parfaitement. D'autant que je n'ai pas beaucoup d'appétit. Mais si ça ne vous ennuie pas, j'aimerais proposer autre chose à Seth. Je tiens à ce qu'il mange des légumes tous les jours.

— Cela tombe bien, car la femme de l'ouvrier que j'ai envoyé faire des courses tout à l'heure a pensé à acheter des repas surgelés pour enfants. Ce n'est probablement pas l'idéal, mais c'est sans doute plus adapté que tout ce que je pourrais lui préparer. Je lui en ai réchauffé un ce midi, et il s'est bien amusé à me bombarder de spaghettis bolognaise, raconta-t-il en riant.

— Il est plutôt sage pour un enfant de vingt mois, mais parfois il n'en fait qu'à sa tête, répondit-elle avec un sourire, avant de sortir un repas pour bébé du congélateur.

Le sourire d'Heather lui fit l'effet d'une vague de chaleur. Curieusement, cela lui causait une joie immense.

Déposant les sandwichs sur la table, il se raisonna.

Heather et lui se connaissaient à peine, et il n'était toujours pas persuadé qu'ils puissent être amis. Alors pourquoi cela le ravissait-il autant d'avoir réussi à la faire sourire ?

Mieux valait ne pas creuser cette question pour l'instant. C'était déjà assez perturbant comme cela qu'il se soit laissé séduire par Heather Wilson alors qu'elle était chez lui depuis moins de vingt-quatre heures et terrassée par la grippe. Peut-être que quelque chose ne tournait pas rond chez lui.

— Ce salon est extrêmement curieux, remarqua-t-elle alors qu'il lui faisait visiter la maison après le dîner. J'avoue qu'il ressemble plus à l'antre d'un loup solitaire qu'à une pièce à vivre.

— Vous n'avez pas tort, répondit-il en riant, mais je me suis dit que ce serait plus engageant de présenter mon « antre » comme une pièce à vivre.

Une partie de la pièce était occupée par un bar ancien qui semblait tout droit sorti d'un vieux western. En acajou, il était gravé de décorations et doté d'un dessus en marbre et d'un rail en laiton rutilant. Derrière le bar, un grand miroir à cadre doré était fixé au mur. De part et d'autre, des étagères étaient chargées de bonnes bouteilles de whisky, de rhum et de tequila. À quelques pas, se trouvait une table de billard où les boules colorées disposées en triangle attendaient qu'un joueur se laisse tenter par une partie. Le seul élément manquant dans ce décor était une jeune et jolie serveuse aux pommettes rehaussées de fard et au regard aguicheur.

— Ça vous dirait de regarder un film ? demanda-t-il en désignant, de l'autre côté du salon, un gigantesque écran plat encadré d'enceintes fixées aux murs. Je reçois toutes les chaînes de cinéma, mais nous pourrions aussi louer un film. Vous n'aurez que l'embarras du choix.

L'immense canapé d'angle en cuir brun qui faisait face à l'écran semblait des plus confortables, et elle faillit se laisser tenter.

— Peut-être une autre fois, dit-elle, en portant la main à ses lèvres pour bâiller. Malheureusement, je suis encore trop fatiguée et je ne devrais pas trop tarder à coucher Seth.

— C'est bien normal. Vous n'avez pas encore repris toutes vos forces, répondit-il en regardant le petit garçon se diriger vers un grand panier rempli de jouets. Et avant que vous ne me posiez la question, je précise que j'ai acheté tous ces jouets pour ma nièce et mon neveu.

— Vous les gardez souvent ? demanda-t-elle, devinant qu'il avait sans doute beaucoup plus d'expérience en la matière que bien des célibataires.

— Pas autant que je le voudrais car tous les membres de la famille les réclament. Mais, de temps à autre, l'un de mes frères ou l'une de mes belles-sœurs me demandent de faire office de baby-sitter quand ils veulent aller au cinéma ou dîner en amoureux.

— Comment ça, « tous les membres » de votre famille ? Sont-ils tellement nombreux ?

— J'ai cinq frères, expliqua-t-il. Trois d'entre eux sont mariés et à moins qu'ils décident de sortir tous ensemble, mes deux autres frères, Mariah et moi alternons pour garder leurs enfants.

— Mariah est votre sœur ? interrogea Heather, impressionnée par la taille de sa famille.

— Non, c'est la sœur de notre belle-sœur.

— Et que se passe-t-il quand tous les couples décident de sortir ensemble ?

— Eh bien, dans ce cas, répondit-il en souriant, tous

les célibataires s'unissent pour former une équipe de baby-sitters de choc.

— Quelle efficacité ! s'esclaffa Heather. Six garçons ! Vos pauvres parents, j'imagine le chaos que ce devait être.

— En réalité, ce ne sont pas mes frères, reprit-il en souriant. Nous nous sommes connus dans un foyer pour jeunes adolescents, le Last Chance Ranch, et nous ne nous sommes plus quittés depuis.

— Oh ! désolée, murmura-t-elle, craignant d'avoir abordé un sujet douloureux pour lui.

— Ne vous excusez pas. Grâce à notre père adoptif, Hank Calvert, notre séjour dans ce ranch a été une chance immense pour chacun d'entre nous. Nous sommes devenus une vraie famille et nous sommes totalement dévoués les uns aux autres.

— C'est merveilleux, répondit-elle sincèrement.

Elle n'avait jamais connu ce genre de proximité avec sa sœur. S'il en avait été autrement, elle se serait sentie beaucoup moins seule, ces deux dernières années.

Ils gardèrent le silence quelques instants.

— Et vous ? demanda-t-il finalement. Vous avez des frères et sœurs ?

— J'ai une sœur aînée, répondit-elle. Mais Stéphanie et son mari vivent au Japon. Il y a plusieurs années que je ne les ai pas vus et que je n'ai pas eu de leurs nouvelles.

— Ce doit être dur, répondit-il gentiment.

— J'aimerais que vous ayez raison, avoua-t-elle avec un sentiment de regret. Mais ma sœur et moi, nous n'avons jamais eu grand-chose en commun. J'ai adoré passer mon enfance au ranch, et jamais je n'ai voulu m'en éloigner afin de toujours pouvoir monter mon cheval quand je le voulais. Stéphanie, elle, était une fille de la ville, et elle a tout fait pour quitter le Circle W aussi vite que possible. Elle n'a même pas pris la peine de venir à l'enterrement de notre père, il y a deux ans.

TJ lui étreignit gentiment les épaules.

— Il n'est jamais trop tard, Heather. Peut-être vous réconcilierez-vous un jour avec votre sœur.

Curieusement, ce geste réconfortant les prit de court tous les deux. En croisant son regard noisette, elle vit qu'il était tout aussi surpris qu'elle. Un silence embarrassé s'ensuivit et, pendant quelques instants, ils restèrent muets. Décidant de reprendre ses distances, elle rejoignit son fils.

— Bien, bafouilla-t-elle, troublée, il est l'heure de mettre Seth au lit.

— Je vais vous aider à monter l'escalier, proposa TJ en prenant le petit garçon dans ses bras.

— Merci, mais je peux très bien m'en sortir toute seule.

Apparemment, Seth ne l'entendait pas de cette oreille. Glissant les bras autour du cou de TJ, il adressa à sa mère un grand sourire comme pour lui faire comprendre qu'elle n'avait pas le choix.

En montant l'escalier, elle ne put s'empêcher de se demander si elle ne devrait pas se procurer une barque en prévision de la prochaine inondation. Dans une situation normale, elle ne se serait même pas posé la question. Autrefois, ses parents faisaient suffisamment de provisions pour attendre la décrue du ruisseau. Mais, la nuit précédente, elle n'avait pas eu le choix. Elle avait dû emmener Seth aux urgences et prendre le risque d'être coincée par l'inondation. Or si elle avait eu une barque, elle aurait pu rentrer chez elle sans problème, au lieu de tomber entre les griffes de ce voisin trop charmant qui avait manifestement séduit son fils.

Mais l'achat d'une barque dépendrait bien sûr du temps

qu'elle passerait encore dans son ranch. À moins d'un miracle lui permettant de s'acquitter des taxes foncières dont elle était toujours redevable, elle serait chassée de chez elle et devrait emménager ailleurs avec son fils.

La simple idée de perdre le ranch qui appartenait à sa famille depuis plusieurs générations lui était insupportable, et elle décida d'attendre d'être de retour dans sa maison pour réfléchir aux options qui s'offraient à elle. Pour l'instant, le contact de la main de TJ au bas de son dos tandis qu'ils montaient les marches était bien trop déstabilisant pour qu'elle puisse penser à quoi que ce soit d'autre.

Elle s'en voulait de trouver cela si agréable. Elle avait actuellement bien assez de soucis pour en ajouter d'autres en se laissant séduire par ce voisin trop sexy.

Son cœur s'emballa. Sexy ? Elle trouvait son voisin sexy ? Si c'était bien le cas, elle devait rentrer chez elle de toute urgence pour se ressaisir.

Lorsqu'ils arrivèrent devant la porte de la chambre, elle se retourna pour lui prendre Seth.

— Encore merci de votre sollicitude.

— Je me comporte en bon voisin, voilà tout, répondit-il.

Lorsqu'il lui tendit Seth, leurs regards se croisèrent, et elle eut l'impression qu'elle pourrait facilement se perdre dans la compassion qu'elle voyait briller au fond de ses yeux noisette. L'échange de regards se prolongea, chargeant bientôt l'atmosphère d'électricité. Elle n'avait pas ressenti ce phénomène depuis bien longtemps, à vrai dire depuis que son fiancé était mort dans un accident industriel alors qu'ils venaient de découvrir qu'elle était enceinte de Seth.

Alors qu'un silence gêné s'installait, elle s'éclaircit la gorge et ouvrit la porte.

— Bon, eh bien, bonne nuit.

Il resta hypnotisé encore quelques secondes.

— Bonne nuit, Heather, murmura-t-il en lui effleurant la joue du bout des doigts.

Son geste et le ton de sa voix lorsqu'il avait prononcé son nom firent palpiter son cœur et elle s'obligea à un effort surhumain pour ne pas s'approcher de lui.

— B… bonne nuit, TJ.

Craignant de ne pas pouvoir résister bien longtemps, elle emporta vivement son fils à l'intérieur et referma la porte derrière elle. Avait-elle perdu l'esprit ? Pourquoi le simple fait de fixer le fascinant regard noisette de cet homme la mettait-il dans cet état ? Et alors qu'elle ne savait même pas si elle pouvait lui faire confiance, pourquoi n'avait-elle pas protesté lorsqu'il lui avait effleuré la joue ?

Non, elle n'était pas en quête d'une aventure ; elle avait déjà bien assez de soucis comme cela, avec un enfant à élever et un ranch à faire tourner. La dernière chose dont elle avait besoin était de se laisser distraire. En particulier par ce cow-boy apparemment bien intentionné dont le regard ensorcelant ne cessait de lui rappeler qu'elle n'avait pas tenu un homme dans ses bras depuis fort longtemps.

- 3 -

Le lendemain, il était environ 14 heures lorsque TJ regarda la voiture grise d'Heather remonter l'allée en direction de la route nationale. Fourrant les mains dans les poches de son jean, il émit un long soupir. Elle était presque entièrement remise de sa grippe et ne risquait plus à présent de rechuter. Alors pourquoi était-il si contrarié de la voir partir ?

C'était d'autant plus troublant qu'il ne savait même pas s'il la trouvait sympathique. Elle prenait la mouche à la moindre de ses remarques et semblait extrêmement réticente à l'idée d'accepter son aide. Ce n'était qu'à grand-peine qu'ils étaient parvenus à trouver un semblant de terrain d'entente.

Depuis qu'il l'avait prise dans ses bras pour la réconforter et lui avait caressé la joue à la porte de sa chambre, une sorte de gêne s'était installée entre eux. Ce matin, au petit déjeuner, tous deux avaient été soulagés de trouver un dérivatif en la personne de Seth. Après le petit déjeuner, Heather avait lu une histoire à son fils puis TJ l'avait fait grimper sur son dos et emmené en promenade dans son « antre ». Dans ces conditions, pourquoi cela l'accablait-il autant de les voir partir ?

En réalité, il comprenait très bien pourquoi elle s'était montrée si pressée de quitter son ranch et pourquoi il était si réticent à la voir partir.

Certes, elle devait s'occuper de ses chevaux. Certes, il craignait qu'elle ne fasse une rechute. Mais ce n'était que des prétextes, il le savait.

La veille, lorsqu'ils s'étaient regardés dans les yeux, ils avaient pris conscience du désir qu'ils éprouvaient l'un pour l'autre. Le léger mouvement d'Heather lorsqu'il lui avait caressé la joue l'avait trahie : elle partageait tout autant que lui la puissante attirance qu'il éprouvait pour elle.

Lorsque la voiture d'Heather tourna sur la route, il secoua la tête, contrarié de se découvrir si sensible, et se dirigea vers l'écurie. L'effet que cette femme produisait sur lui ne voulait absolument rien dire. Certes, elle était extrêmement séduisante, célibataire de surcroît, et leur cohabitation forcée lui avait rappelé qu'il y avait bien trop longtemps qu'il négligeait sa libido. Il était normal qu'il fasse une fixation sur ses longues jambes, les imagine enroulées autour de sa taille et se projette dans le rôle de son amant.

Il émit un juron en sentant son corps réagir au quart de tour à cette simple évocation. Avait-il perdu l'esprit ? Heather Wilson était la dernière femme au monde dont il devait s'enticher. Elle était trop agressive et se méprenait sans cesse sur ses intentions, même lorsqu'il se montrait simplement poli. De plus, il ne savait rien d'elle, hormis qu'elle habitait le ranch voisin, avait un étalon fugueur et que son fils était adorable.

— Bonjour, patron, vous avez une minute ?

Il leva la tête et vit l'un de ses hommes sortir de la grange.

— Bien sûr, répondit-il, soulagé d'être arraché à ses pensées tumultueuses. Que se passe-t-il, Tommy Lee ?

— Vous m'avez bien dit que les ouvriers de Mme Wilson avaient pris leur week-end ? demanda l'ouvrier.

— Absolument. Ils devraient être de retour lundi. Pourquoi ?

— Eh bien, figurez-vous que ce matin, quand je suis allé nourrir les chevaux de la dame, j'ai remarqué un truc bizarre.

— Quoi donc ? fit-il, surpris. Hier, quand j'ai envoyé Harry là-bas, il n'a rien remarqué de particulier, à ce qu'il m'a dit.

— Je suppose que c'est à cause de la tempête d'hier, mais la porte du dortoir des ouvriers était ouverte à mon arrivée. Quand je suis allé pour la refermer, j'ai regardé à l'intérieur. Eh bien, figurez-vous que l'endroit avait l'air complètement inhabité. Il y avait de la poussière partout et une odeur de renfermé, comme si ça faisait un bail que ça n'avait pas été aéré.

Il dévisagea son ouvrier, perplexe. Peut-être les ouvriers d'Heather logeaient-ils ailleurs, mais cela paraissait improbable. Il y avait dans le secteur plusieurs grands ranchs, où la journée de travail débutait bien avant l'aube. La plupart des ouvriers logeaient donc sur place ou à proximité de leur lieu de travail, surtout par commodité. Dan, le contremaître de TJ, et sa famille occupaient ainsi l'un des pavillons qu'il avait fait construire lorsqu'il avait acheté le Dusty Diamond au cas où certains de ses employés souhaiteraient se marier.

— Comme j'ai trouvé ça bizarre, j'ai préféré vous en parler, reprit Tommy Lee.

— Merci pour l'information, répondit TJ.

— Vous voulez que j'y retourne demain pour les chevaux ? demanda l'homme en regagnant la grange où il était en train de réparer une porte.

— Non, je m'en chargerai moi-même, répondit-il en entrant dans l'écurie.

Il aurait dû laisser Tommy Lee s'acquitter de cette tâche, il en était conscient. Ce qu'Heather avait fait de ses ouvriers n'était pas son problème, après tout, comme elle ne manquerait pas de le lui faire remarquer. En réalité, il avait simplement envie d'aller voir comment ils se portaient, elle et son fils. Quant à savoir pourquoi, il ne souhaitait pas s'appesantir sur la question.

Cela dit, ce que venait de lui apprendre Tommy Lee était intrigant. En se dirigeant vers le box d'un alezan clair qu'il entraînait au rodéo, il se demanda pourquoi Heather lui avait dit qu'elle avait donné le week-end à ses ouvriers, alors qu'elle n'employait apparemment plus personne. Se pouvait-il qu'elle fasse tourner son ranch toute seule ?

Il fit sortir le cheval de son box et se mit à le seller. Heather Wilson devait avoir un problème, et il avait bien l'intention de découvrir ce qu'elle lui cachait.

Si, comme il le soupçonnait, elle faisait tourner son ranch sans aucune aide, cela expliquait pas mal de choses, en particulier les fugues récurrentes de son étalon et le mauvais état persistant des clôtures. L'entretien des clôtures n'était pas seulement la marque d'un bon rancher, c'était aussi une façon de protéger ses voisins des nuisances potentielles causées par les animaux. Mais bien sûr, si elle était livrée à elle-même, comment Heather aurait-elle pu s'acquitter de cette tâche avec un bébé dans les bras ? Le sentiment de culpabilité qu'il avait éprouvé lorsqu'elle lui avait expliqué avoir tenté de garder l'étalon enfermé dans son box, prit des proportions alarmantes. Il supposa que c'était par fierté ou obstination qu'elle lui avait menti ou n'avait pas sollicité son aide.

Après l'avoir fréquentée pendant quarante-huit heures, il était en mesure de supposer que c'était sans doute un mélange des deux. Tout en terminant de sangler la selle, il secoua la tête, profondément agacé par l'entêtement de cette femme. À cet instant, son portable sonna. C'était son frère.

— Qu'y a-t-il, Nate ? demanda-t-il.

— Quand on s'est vus la dernière fois, j'ai oublié de te demander si tu voulais que j'apporte quelque chose pour la Saint-Sylvestre ? Je précise quand même, ajouta Nate après une pause, que ce sera un plat de chez le traiteur puisque je suis très mauvais cuisinier.

— Pas de souci, répondit-il. Taylor et Bria se sont portées volontaires pour nous concocter un menu digne de ce nom.

Avant son mariage, Taylor avait été chef dans un restaurant et, aujourd'hui encore, elle se passionnait toujours autant pour la cuisine. Quant à Bria, c'était la meilleure cuisinière de la région.

— Tu sais, je crois que nous avons vraiment décroché le gros lot en matière de belles-sœurs, remarqua Nate. Bria et Taylor sont les meilleures cuisinières dans un rayon de cent kilomètres, et Summer adore s'occuper de l'organisation de ce genre d'événements. Avec une telle équipe de choc, nous n'aurons qu'à mettre les pieds sous la table.

— Ce qui t'arrange, avoue-le, répliqua TJ en riant.

— Je viens de te dire que j'étais prêt à acheter quelque chose chez le traiteur !

— Je me demande vraiment ce que tu vas devenir, une fois que tu auras emménagé dans ton nouveau ranch, poursuivit TJ. Tu te lasseras vite des sandwichs ou des soupes en boîte réchauffées au micro-onde.

— Eh bien, je suivrai ton exemple, gros malin, rétorqua Nate. J'engagerai une gouvernante.

— Bien vu ! lança TJ en riant. Jamais je n'aurais imaginé que tu aies d'autres projets hormis transformer ton ranch en maison de tolérance. Peut-être es-tu en train de devenir adulte, finalement.

— Pas une seconde, s'esclaffa son frère. Je n'ai pas envie de te ressembler.

— Et à quoi je ressemble ? demanda-t-il.

Habitué aux moqueries de son frère, il n'en prenait absolument pas ombrage.

— À une sorte de moine qui s'effarouche à la vue de la première femme qu'il croise, répliqua Nate. Tu t'y connais aussi peu en femmes que je m'y connais en cuisine.

— Vraiment ? Et qu'est-ce qui te permet d'affirmer une chose pareille ? demanda-t-il, sincèrement curieux de connaître l'analyse de son frère.

— Prends ta voisine, par exemple. Au lieu de lui montrer ton côté grincheux chaque fois que tu lui ramenais son cheval, tu aurais dû faire assaut de charme. C'est-à-dire lui sourire, lui parler de la météo ou du nouveau restaurant qui venait d'ouvrir à Stephenville — bref, lui parler de tout sauf de la vraie raison de ta visite. Je suis sûr qu'au moment de partir, elle t'aurait proposé d'envoyer ses ouvriers réparer la clôture sans même que tu aies besoin de le lui demander. Tu aurais obtenu ce que tu voulais, et elle aurait eu l'impression de te rendre service.

La bonne humeur de TJ s'évapora tout à coup. Déjà, avant même de rencontrer Heather, il était conscient de s'être comporté comme un mufle. Mais à présent qu'il avait passé deux jours en sa compagnie et découvert qu'elle s'occupait peut-être seule de son ranch, il se sentait trop coupable pour discuter de la chose avec qui que ce soit, en particulier avec son don Juan de frère.

À la décharge de Nate, il ignorait ce qui s'était passé ces dernières quarante-huit heures, et TJ n'avait nulle intention d'éclairer sa lanterne. Cependant, les commentaires de son frère étaient tout proches de ce qu'il avait lui-même compris, à savoir qu'il avait géré la situation comme un idiot.

Par chance, TJ savait exactement comment détourner la conversation.

— J'imagine donc que tu as toi-même appliqué cette méthode avec la jolie blonde de Waco…

La jeune femme en question était la seule avec qui Nate avait eu un semblant de relation sérieuse. Pendant des mois, toute la famille avait vécu au rythme de leurs innombrables réconciliations et ruptures, se demandant si elle réussirait à guérir Nate de ses mauvaises habitudes.

Il y eut un très long silence, au point que TJ se demanda si son frère ne lui avait pas raccroché au nez.

— Jessica et moi avons rompu, reprit finalement Nate d'un ton soudain moins assuré.

— Encore ? Tu as envie d'en parler ? demanda TJ.

— Il n'y a pas grand-chose à dire, bougonna son frère. Sinon qu'elle et moi n'avons pas envie des mêmes choses.

Ils restèrent tous deux silencieux durant de longues secondes. Puis TJ reprit la parole.

— En tout cas, si tu changes d'avis, n'oublie pas que nous sommes prêts à t'écouter.

— Hé, tu me connais… Je vais bien, répondit Nate avec un rire quelque peu contraint. Ce que je veux avant tout dans la vie, c'est avoir le choix.

Ils discutèrent encore quelques minutes avant de

raccrocher. Après quoi, TJ emmena son alezan jusqu'à un enclos couvert et se mit en selle. Tirant sur les rênes, il fit faire au cheval une série de mouvements qu'il aurait à reproduire en compétition. Si l'alezan s'exécuta parfaitement, lui-même n'était absolument pas concentré.

De toute évidence, Nate n'était pas aussi habile avec les femmes qu'il voulait bien le faire croire, puisque c'était semblait-il Jessica qui avait mis fin à leur liaison. Malheureusement, TJ ne pouvait rien faire pour aider son frère. Mais il pouvait, en revanche, faire quelque chose pour Heather et son fils.

À la première heure, le lendemain, il passerait au Circle W et en aurait le cœur net. S'il s'avérait qu'Heather était seule dans son ranch, comme il le soupçonnait fortement, il prendrait les mesures qui s'imposaient.

Qu'Heather le veuille ou non, il allait l'épauler. Peut-être cesserait-il alors de se reprocher de l'avoir si mal traitée.

Réprimant un bâillement, Heather finit d'habiller Seth et le plaça dans le porte-bébé qu'elle venait d'enfiler.

— Bon, dit-elle, on va commencer par nourrir les chevaux puis on nettoiera l'écurie. Après ça, tu iras faire ta sieste et j'essaierai de trouver un petit budget pour faire réparer le toit.

En guise de réponse, le petit garçon lui adressa un sourire et posa la tête contre sa poitrine, déjà gagné par le sommeil. Pendant qu'elle s'activait dans l'écurie, Seth avait coutume de somnoler. Lorsqu'il se réveillait, il babillait avec les chevaux, qu'il adorait. Lorsqu'ils regagnaient la maison, il poursuivait sa sieste pendant une demi-heure environ. Ce n'était pas chose aisée de travailler en portant un enfant ; les corvées prenaient deux fois plus de temps. Mais, au bout d'une année de pratique, ils étaient rompus à cette routine.

Alors qu'elle sortait de la maison, Seth solidement arrimé à sa poitrine, elle remarqua qu'un pick-up portant le logo du Dusty Diamond était garé à côté de sa vieille Toyota. Apparemment, TJ avait une fois de plus jugé bon de lui envoyer l'un de ses ouvriers pour l'aider. Elle ne s'en étonna même pas, puisque c'était l'homme le plus têtu qu'elle ait jamais rencontré.

En s'approchant de l'écurie, elle sentit son cœur s'emballer quand elle reconnut l'impressionnante silhouette de son voisin. Cette fois, TJ s'était déplacé en personne. Elle s'efforça d'ignorer le trouble que lui inspirait la simple vue de cet homme, mais c'était impossible. Appuyé négligemment contre la porte de l'écurie, il l'attendait, bras et jambes croisés. Mais sous le chapeau, son visage contredisait cette apparente décontraction : il affichait une expression courroucée qui rappela à Heather les échanges houleux qu'elle avait eus avec lui chaque fois qu'il lui avait ramené son étalon.

Un sentiment de déception l'envahit. Alors qu'elle commençait seulement à le trouver sympathique, voilà qu'il reprenait ses mauvaises habitudes.

— Que faites-vous ici, Malloy ? lança-t-elle, furieuse contre elle-même d'être aussi sensible au charme d'un homme à ce point désagréable.

— Je suis venu m'occuper de vos chevaux et prendre de vos nouvelles, répondit-il d'un ton neutre.

— Comme vous pouvez le voir, Seth et moi nous portons à merveille et je suis tout à fait capable de nourrir mes chevaux toute seule, répondit-elle en s'arrêtant devant lui. Maintenant, si vous voulez m'excuser, j'ai à faire.

Décroisant les jambes, il se redressa de toute sa hauteur et l'empêcha d'entrer dans l'écurie.

— Je me suis chargé de nourrir vos chevaux et les ai mis un peu dans la pâture pour qu'ils se dégourdissent les jambes. Pendant ce temps, j'ai nettoyé les box et remplacé les litières. Je viens de faire rentrer les chevaux et vous devriez être tranquille jusqu'à demain.

— Depuis combien de temps êtes-vous là ? demanda-t-elle, perturbée à l'idée qu'il avait travaillé dans son écurie pendant plus de deux heures sans qu'elle s'en aperçoive.

Et s'il s'était agi de quelqu'un d'autre ? Quelqu'un de mal intentionné ? Un cambrioleur aurait pu dérober tout ce qu'il voulait sans même qu'elle ait le temps de décrocher l'ancien fusil de son père.

Certes, le fusil en question ne lui aurait pas été d'une grande utilité puisque la détente était cassée et qu'il n'avait pas servi depuis plus de vingt ans. Sans parler du fait qu'elle n'était même pas sûre de savoir le charger. Mais le simple fait de menacer l'homme aurait peut-être suffi à le faire déguerpir.

— Je suis arrivé à l'aube, répondit TJ. Ce qui m'a permis de me rendre compte que vous n'avez pas été tout à fait honnête avec moi, Heather. Il fait encore froid et humide. Et si nous discutions à l'intérieur ? proposa-t-il avec un signe de tête en direction de la maison.

— Je n'ai rien à vous dire, répliqua-t-elle. Et je n'ai pas été malhonnête avec vous.

À dire vrai, elle n'avait pas tout à fait tort. Elle avait simplement omis de préciser certaines choses.

Le visage de TJ s'assombrit et sa mâchoire se crispa lorsqu'il se mit à pleuvoir.

— Rentrons, je vous en prie. Vous tenez vraiment à ce que votre fils soit trempé ?

— Écoutez, je dois faire l'inventaire de mes stocks de nourriture pour chevaux, répliqua-t-elle. J'ai prévu d'aller faire des courses demain et j'ai besoin de savoir exactement ce qui me reste.

À la vue de l'expression affichée par TJ, elle comprit qu'il n'avait aucune intention de céder.

— Vous avez besoin d'avoine, de foin et de paille, énuméra-t-il en la prenant par les épaules pour l'entraîner vers la maison. Mais je suis sûr que vous le savez déjà.

Heather se laissa en définitive conduire sans protester. Tout d'abord, parce qu'elle devait absolument mettre Seth à l'abri. Mais aussi parce qu'elle était trop troublée par la sensation réconfortante du bras de TJ autour de ses épaules.

Elle avait beau savoir qu'il cherchait seulement à les protéger de la pluie, cela n'atténuait en rien l'effet que produisait sur elle une telle proximité. La fragrance musquée de son eau de toilette mêlée à la chaleur qui émanait de son corps semblait l'envelopper tout entière comme un cocon apaisant.

— Laissez-moi prendre Seth pendant que vous ôtez votre manteau, proposa TJ.

Se débarrassant de sa parka en cuir, il la posa sur un dossier de chaise tandis qu'elle défaisait les bretelles du porte-bébé. Il sourit au petit garçon en le prenant dans ses bras.

— Salut, mon copain, je t'ai manqué ?

Le petit garçon lui sourit gentiment puis se rendormit aussitôt contre son épaule.

Tandis qu'elle allait suspendre sa veste mouillée dans la buanderie, TJ débarrassa Seth de son manteau et de son bonnet. Lorsqu'elle fut de retour dans la cuisine, son cœur se serra en voyant TJ bercer Seth contre son torse puissant. Au cours de ces deux dernières années, elle avait souvent déploré que le petit garçon ait été si injustement privé de son père.

Mais, curieusement, elle n'en voulait pas le moins du monde à TJ des moments privilégiés qu'il pouvait avoir avec son fils. Au contraire, elle trouvait cela tout à fait charmant.

En réalité, sa seule crainte était de son voir son fils s'attacher à TJ puis être déçu si ce dernier se désintéressait d'eux.

— Il dort, chuchota TJ. Où voulez-vous que je le couche ?

En guise de réponse, elle le guida jusqu'à la chambre d'enfant, où il déposa le petit garçon dans son lit. Elle attendit ensuite d'être de retour dans la cuisine pour prendre la parole.

— Je suppose que vous avez compris que je faisais tourner mon ranch avec un budget plus que limité, commença-t-elle, maintenant résignée à se soumettre à l'explication exigée par TJ.

À cet aveu, il se contenta de hocher la tête et s'assit sur une chaise, posant une cheville sur son genou dans une posture décontractée.

— Depuis combien de temps vous occupez-vous de ce ranch toute seule ?

Elle soupira. À ce stade, cela ne servait plus à rien d'essayer d'embellir la vérité. Pendant qu'il travaillait à l'écurie, il avait dû remarquer l'état de délabrement des lieux. Il avait même sans doute compris que le dortoir des ouvriers était inhabité depuis plus d'un an.

— À la mort de mon père, j'ai réussi à garder ses

deux ouvriers. Mais quand Seth a eu quatre mois, j'ai dû les licencier.

— Donc, depuis presque deux ans, constata-t-il d'un air sombre.

— C'est ça.

— Pourquoi ne me disiez-vous pas que vous étiez seule avec un enfant en bas âge quand je vous ramenais votre cheval ? demanda-t-il.

— La première fois, je n'étais même pas chez moi, répliqua-t-elle. Vous avez enfermé le cheval dans le corral en laissant un message fixé sur la barrière, m'enjoignant à mieux le surveiller.

— Vous auriez pu m'en parler les fois suivantes…, fit-il remarquer. J'aurais été plus compréhensif. J'aurais pu vous aider.

— Allons donc, Malloy, reprit-elle. Vous étiez tellement furieux que vous ne m'auriez même pas écoutée… De plus, ce n'étaient pas vos affaires, et pour vous dire la vérité, c'est toujours le cas aujourd'hui, ajouta-t-elle.

— J'aurais pu vous aider, répéta-t-il, ignorant délibérément la nuance de menace dans sa voix. J'aurais pu au moins envoyer mes hommes réparer vos clôtures.

— Je ne suis pas un cas social, rétorqua-t-elle, furieuse cette fois.

À peine avait-elle prononcé ces mots qu'elle remarqua une nuance de compassion dans ses yeux noisette. Or il n'était pas question qu'on la prenne pour une pauvre petite femme sans défense. Tout particulièrement TJ Malloy. Sans bien savoir pourquoi, l'idée qu'il ne voie en elle qu'une faible femme l'insupportait.

— Je n'ai pas besoin de votre pitié, ajouta-t-elle.

— Je n'ai jamais dit que vous étiez un cas social, répondit-il en se levant. Mais l'entraide entre voisins, ça existe, et c'est une bonne chose. J'essaie simplement d'agir en accord avec ce que me dicte ma conscience.

Le ton calme de sa voix eut un effet apaisant sur elle.

— Vous avez fait tout ce qu'il fallait ces deux derniers jours, répondit-elle, sentant son cœur palpiter follement en le voyant approcher. D'ailleurs j'apprécie beaucoup votre aide, mais…

Elle s'interrompit ; il n'était plus qu'à quelques centimètres. Du bout de l'index, il lui leva le menton, et leurs regards se croisèrent.

— Heather, je regrette du fond du cœur de m'être mal comporté avec vous lorsque nous avons eu ce différend au sujet de votre cheval. Mais je ne suis pas stupide. Si vous m'aviez expliqué la situation, je vous aurais écoutée, dit-il de sa voix grave et mélodieuse qui avait le don de l'apaiser.

Lorsqu'il lui enlaça la taille et l'attira vers lui, elle ne tenta même pas de résister. Il lui effleura les lèvres et ils échangèrent un baiser d'une infinie douceur, mais qu'elle trouva si sexy qu'elle ne put s'empêcher de se serrer contre lui.

TJ s'empara cette fois de ses lèvres et resserra son étreinte. Elle tenta bien de se rappeler que ce baiser était sans doute une mauvaise idée. Mais, à cet instant, il lui effleura les lèvres de la pointe de la langue et elle ferma les yeux, submergée de bien-être.

Inconsciemment, elle glissa les mains autour de son cou et plongea les doigts avec délice dans la masse brune de ses cheveux. Son cœur se mit à palpiter plus vite encore lorsqu'elle sentit qu'il s'insinuait doucement entre ses lèvres. Lorsqu'elle s'ouvrit à son exploration, une bouffée de chaleur qu'elle n'avait pas ressentie depuis bien longtemps se répandit dans tout son corps. C'était si délicieux que ses genoux faillirent se dérober sous elle.

À cet instant, un grondement de tonnerre se fit entendre, bientôt suivi du crépitement de la pluie sur le toit. Retrouvant brutalement ses esprits, elle s'arracha à son étreinte.

— Désolé, murmura-t-il en la lâchant aussitôt. Je suis allé trop loin.

— Non. Je veux dire, oui…, murmura-t-elle.

Essayant de se ressaisir, elle battit en retraite dans la buanderie.

— Navrée, mais j'ai une urgence, expliqua-t-elle.

Sortant plusieurs seaux d'un placard, elle les disposa l'un après l'autre sous les fuites. Lorsqu'elle se retourna, elle vit que TJ la regardait.

— C'est à cause de ces fuites que vous étiez si pressée de rentrer chez vous l'autre jour, pas vrai ? demanda-t-il. Vous vouliez vérifier que les seaux n'avaient pas débordé.

Elle acquiesça tout en posant un seau près de la chaudière.

— Je n'ai pas encore eu le temps de faire réparer le toit.

— De quand datent ces fuites ? demanda-t-il en la regardant droit dans les yeux.

— De l'été dernier. Il y a eu un orage très violent et quelques tuiles se sont envolées. J'aurais dû les faire remplacer.

— Ce n'était pas en été, mais au printemps, répliqua-t-il en croisant les bras sur sa large poitrine.

Son ton désapprobateur dissipa aussitôt l'enivrante sensation de réconfort qu'elle avait éprouvée quelques instants plus tôt dans ses bras. Comme c'était facile de condamner quelqu'un dans sa situation ! songea-t-elle, furieuse. Ce n'était pas lui qui bataillait chaque jour pour élever un enfant et tenter de rassembler les sommes nécessaires pour entreprendre les innombrables réparations dont le ranch avait besoin. Jamais elle ne s'abaisserait à lui demander de l'aide.

— Merci de vous être occupé des chevaux mais, à partir de maintenant, je ne veux plus de votre aide, lâcha-t-elle en sortant vivement de la buanderie. Je suis sûre que vous avez mieux à faire que de me mettre constamment face à mes insuffisances. Tout cela ne vous regarde pas le moins du monde.

Alors que, de retour dans la cuisine, elle lui tendait sa parka, TJ la dévisagea et sembla un instant sur le point de lui répondre. Finalement, il se rhabilla.

— Si vous avez besoin d'aide pour quoi que ce soit, n'hésitez pas à m'appeler.

— J'essaierai de m'en souvenir, répondit-elle en ouvrant la porte. Mais ne vous en faites pas pour nous. Seth et moi nous débrouillons très bien tout seuls.

À peine TJ eut-il mis un pied dehors qu'elle claqua la porte derrière lui. En entendant le bruit caractéristique du verrou, il secoua tristement la tête.

— Voilà ce que ça rapporte de vouloir être un bon voisin, maugréa-t-il.

Tirant sur son chapeau pour se protéger de la pluie, il regagna son pick-up en courant.

Une fois de plus, elle était sortie de ses gonds. Sans doute était-ce avant tout une question d'orgueil mal placé, car rien de ce qu'il avait dit ne justifiait qu'elle se mette dans un état pareil. Il était clair qu'elle avait besoin d'aide, à la fois pour faire tourner le ranch au quotidien et mener à bien les réparations nécessaires.

Malheureusement, Heather Wilson était bien trop fière pour l'admettre. Jusqu'où cela l'entraînerait-il ?

Pourquoi tenait-elle à ce point à se battre contre le monde entier ? Elle devait craindre par-dessus tout d'être méprisée en raison des difficultés qu'elle traversait.

Or ces difficultés devenaient de plus en plus criantes. Il l'avait bien compris en travaillant dans l'écurie. Elle avait à peine deux jours de réserve de nourriture pour ses chevaux, alors que la plupart des ranchers fonctionnaient avec deux semaines d'avance. Elle avait essayé de faire bonne figure en expliquant qu'elle s'apprêtait à racheter du stock. Mais il avait vu clair dans son jeu. Tout comme lorsqu'elle avait affirmé n'avoir pas eu le temps de faire réparer les fuites du toit. Elle était dans une situation financière, sinon désespérée, du moins très délicate.

Maudissant l'obstination de la jeune femme, il démarra son pick-up et s'engagea sur le chemin menant à la route nationale. Si seulement elle le laissait faire, il pourrait lui faciliter la vie. Mais elle préférerait sûrement se laisser mourir de faim plutôt que d'accepter son aide.

L'intensité de la pluie l'obligea soudain à se concentrer sur sa conduite. Malgré les essuie-glaces, il ne voyait pratiquement plus rien à travers le pare-brise. Tout à coup, il stoppa le véhicule et émit un vibrant juron. Il se faisait tellement de souci pour Heather qu'à aucun moment il n'avait songé au fameux ruisseau. Or celui-ci avait débordé une fois de plus et inondé la route.

Les yeux rivés sur les trombes d'eau qui s'abattaient sur le pare-brise, il se dit qu'il n'avait que deux options. Soit attendre dans sa voiture que l'inondation se résorbe, quitte à ce que cela lui prenne toute la journée, voire une partie de la nuit. Soit faire demi-tour et regagner le Circle W.

Étant donné la situation, la seconde option semblait de loin la plus raisonnable. Certes, Heather n'allait pas sauter de joie en le voyant revenir. Et, à vrai dire, cette situation ne le réjouissait pas non plus particulièrement. Mais il n'avait pas le choix : elle devrait à son tour l'héberger jusqu'à ce que la route redevienne praticable.

Quelques minutes plus tard, il garait son pick-up devant chez elle. Une fois de plus, il traversa la cour en courant et se retrouva à son point de départ. Il frappa à la porte.

— La route est inondée, expliqua-t-il lorsque Heather ouvrit.

Elle observa le déluge quelques instants puis, avec un soupir résigné, recula pour le laisser entrer.

— Bien, marmonna-t-elle, j'ajouterai une assiette pour le déjeuner. Je crains fort que vous ne soyez là pour un bon bout de temps.

- 4 -

Le déjeuner se déroula dans un silence pesant, mais Heather se réjouit lorsque TJ emmena Seth jouer dans le salon pendant qu'elle faisait la vaisselle et rangeait la cuisine. Elle avait besoin d'établir une distance pour tenter de comprendre pourquoi elle perdait totalement son sang-froid face à lui.

D'ordinaire, elle était quelqu'un de calme et de rationnel. Elle était peut-être un peu plus orgueilleuse qu'il ne l'aurait fallu et pouvait se montrer très obstinée dans certaines situations, mais chacun avait ses défauts. Pourtant, dès que TJ l'approchait, elle ne se reconnaissait absolument plus. Il semblait avoir la faculté de la faire sortir de ses gonds puis, quelques instants plus tard, de la faire fondre dans ses bras, annihilant tous ses griefs.

Cela dit, en songeant à la colère qui s'était emparée d'elle le matin même, elle devait bien admettre qu'elle était avant tout liée à la gêne que lui inspirait sa situation actuelle. C'était humiliant de montrer à qui que ce soit l'état de délabrement dans lequel se trouvait le Circle W depuis la mort de son père, deux ans et demi plus tôt. En particulier à un homme comme TJ, dont la famille était richissime. Naguère, le Circle W était l'un des ranchs les plus florissants de la région, qui fournissait d'excellents chevaux aussi bien pour les compétitions de rodéo que pour l'équitation de loisir. Mais aujourd'hui ? Il était clair qu'aux yeux d'un étranger, le Circle W n'était plus que l'ombre de ce qu'il avait été.

De son vivant, son père employait au moins une dizaine d'ouvriers et élevait près d'une centaine de chevaux que l'on voyait brouter paisiblement dans les pâtures. Les écuries et autres dépendances, peintes en rouge, étaient pimpantes. La maison et les clôtures étaient régulièrement repeintes en blanc, les arbres et arbustes soigneusement taillés : tout dans le ranch reflétait le soin et le professionnalisme de son propriétaire. Mais, après sa mort, elle n'avait eu ni le temps ni les moyens d'entretenir la propriété. Le toit fuyait, les clôtures étaient cassées, la peinture s'écaillait et les arbres et arbustes étaient négligés et informes.

Elle étouffa un sanglot en songeant à la promesse qu'elle avait faite à son père, alors qu'il était sur son lit d'hôpital, se mourant d'un cancer en phase terminale. Il l'avait suppliée de reprendre le ranch, qui appartenait à sa famille depuis plus d'un siècle, et elle lui avait donné sa parole. Mais, aujourd'hui, il était clair qu'elle aurait de plus en plus de mal à tenir cette promesse.

En réalité, être incapable d'honorer les dernières volontés de son père était ce qui l'accablait le plus.

Elle avait toujours été extrêmement proche de lui. Il avait été son meilleur ami et lui avait appris tout ce qu'il savait en matière d'élevage. Elle avait toujours pensé que cette proximité était à l'origine de la distance qui existait entre sa sœur et elle.

En fait, Stéphanie était sa demi-sœur, que sa mère avait eue d'un précédent mariage. Apparemment, son père avait adoré Stéphanie jusqu'à la naissance d'Heather. Mais, par la suite, il avait eu moins de temps à lui consacrer, chose que Stéphanie lui avait toujours reprochée.

— Vous avez besoin d'aide, Heather ? demanda soudain TJ.

— Non, merci, j'ai terminé.

Perdue dans ses pensées, elle ne l'avait pas entendu arriver. Mais maintenant il était si proche qu'elle sentait la délicieuse chaleur qui émanait de son corps. Un frémissement de désir la parcourut des pieds à la tête, et veillant à ce qu'il ne voie pas son visage, elle essuya discrètement les larmes qui lui étaient montées aux yeux au souvenir de sa famille.

— Où est Seth ? demanda-t-elle en se retournant.

— Dans son lit, répondit TJ en riant. Je crois que je l'ai épuisé. Nous avons joué un bon moment à la petite écurie qui fait « meuh » chaque fois qu'on ouvre la porte. Ensuite, il s'est mis à bâiller avant de s'endormir dans mes bras.

— Merci de vous être occupé de lui, dit-elle en mettant en route la cafetière. J'ai parfois du mal à vaquer à mes occupations tout en gardant un œil sur lui.

— Seth est un amour, répondit-il en souriant. J'adore passer du temps avec lui.

Elle poussa un long soupir, et sa colère se dissipa enfin. Ce n'était pas la faute de TJ si son ranch était en si mauvais état, et il était grand temps qu'elle cesse de passer ses nerfs sur lui.

— La pluie n'a pas cessé, et je crains que vous ne soyez coincé ici pendant un moment. Voulez-vous un café ? proposa-t-elle en prenant deux tasses dans le placard.

— Avec plaisir. Ces orages sont étonnants, reprit-il. D'habitude nous n'en avons pas autant en cette saison.

— C'est vrai que c'est curieux, répondit-elle en posant la tasse de café devant lui.

Alors qu'ils échangeaient un regard, elle se rappela

combien il était agréable d'avoir un adulte à qui parler. Elle était tellement prise par ses occupations qu'elle avait rarement l'occasion de mesurer à quel point elle était seule.

Une gêne ne tarda pas à s'installer entre eux, or il n'y avait qu'un seul moyen de dissiper cette tension. S'asseyant face à lui, elle plongea son regard dans le sien et prit une profonde inspiration avant de se lancer.

— Je suis désolée d'avoir réagi de cette façon, ce matin, quand vous m'avez dit que vous vous étiez occupé des chevaux et que vous m'avez questionnée sur l'état du toit.

— Je ne cherchais qu'à vous aider, répondit-il en la regardant par-dessus le rebord de sa tasse. Mais comme vous me l'avez fait remarquer, poursuivit-il en secouant la tête, ce que vous faites dans votre ranch ne me regarde absolument pas.

— Ce n'était pas une raison pour me montrer si agressive, répliqua-t-elle, de plus en plus embarrassée en se remémorant son attitude.

Il avait simplement voulu l'aider, et elle s'était montrée infecte. Bien sûr, elle se relevait à peine de sa grippe. Mais elle soupçonnait que son agressivité résultait surtout de la grande solitude où elle se trouvait depuis si longtemps. Elle soupira avant d'ajouter :

— Si je vous ai parlé comme cela, c'est parce que j'étais gênée.

— C'est également ce que je me suis dit, répondit-il en posant sa tasse. Mais je peux vous assurer que je ne cherchais pas à vous juger quand je vous ai demandé de quand datait cette fuite.

— Le Circle W n'a pas toujours été dans cet état, reprit-elle, en fixant sa tasse de café. C'était même le plus joli ranch de la région. Malheureusement, j'ai été dépassée par les événements, ces deux dernières années.

Elle prit une profonde inspiration pour chasser les regrets qui la submergeaient chaque fois qu'elle pensait au passé et à tout ce qu'elle avait perdu.

— Depuis la naissance de Seth ?

— Les problèmes financiers ont commencé un peu avant, au décès de mon père, répondit-elle.

Elle ne comprenait pas très bien pourquoi il était si important pour elle que TJ comprenne sa situation. Mais ça l'était, un point c'est tout.

— L'assurance a compensé en partie la perte de la pension de mon père, mais ce n'était pas suffisant, reprit-elle, serrant sa tasse entre ses mains pour les empêcher de trembler. Mon père avait bien un peu d'économies, mais tout est passé en frais médicaux, après quoi j'ai réussi à garder deux de ses ouvriers pendant quelque temps. Quand Seth a été assez grand, je l'ai mis dans un porte-bébé et j'ai commencé à m'occuper du ranch toute seule, après avoir licencié mes hommes.

Elle releva la tête et son cœur se serra en voyant la compassion qui s'était peinte dans le regard de TJ.

— C'est à ce moment-là que votre étalon a commencé à fuguer ? demanda-t-il.

Elle acquiesça.

— Entre mon fils et le ranch, j'étais complètement débordée. Je n'ai pas eu le temps de réparer les clôtures et je n'avais personne pour m'aider à le faire.

— Cela fait donc un an et demi que vous êtes livrée à vous-même ? Mais où est donc le père de Seth ? Pourquoi ne vous a-t-il pas aidée ?

— Il a été tué dans un accident industriel, à peu près au moment où je suis tombée enceinte, répondit-elle.

— Je suis vraiment désolé, Heather.

La sincérité qui perçait dans sa voix l'émut au plus haut. Finalement, cela faisait un bien fou d'ouvrir son cœur.

— Merci, TJ, murmura-t-elle avant de s'éclaircir la gorge. Perdre mon fiancé et mon père à quelques mois d'intervalle a été une terrible épreuve, mais j'ai survécu. Aujourd'hui, j'ai un fils adorable et, bien qu'il ne nous reste plus beaucoup de famille, au moins nous sommes ensemble.

Ils restèrent silencieux quelques instants, après quoi TJ reprit la parole.

— Je sais que ça ne me regarde pas, mais comment vous débrouillez-vous financièrement ?

Elle ne répondit pas tout de suite. La douceur de sa voix lui donnait l'impression qu'il était vraiment sincère. Si à la séduction qu'il exerçait déjà sur elle venait s'ajouter la bienveillance, cette combinaison pouvait s'avérer désastreuse pour elle.

En lui détaillant davantage sa situation, peut-être l'amènerait-elle à battre en retraite. Elle haussa les épaules.

— Je touche un petit chèque chaque mois, grâce à une assurance-vie que mon fiancé avait contractée peu avant sa mort. Et quand je ne peux pas faire autrement, je vends une de mes poulinières.

Il la dévisagea, stupéfait.

— J'ignorais absolument que…

— Eh oui, vous n'êtes pas le seul à avoir un programme de reproduction, l'interrompit-elle en souriant. D'ailleurs, Magic Dancer a remporté de nombreux concours avant que mon père ne le retire de la compétition.

Elle se leva pour aller chercher la cafetière avant de reprendre :

— Plusieurs de ses poulains ont remporté des championnats du monde dans leur catégorie, et même mes juments sont issues de lignées de champions.

— Autrement dit, votre étalon fugueur a largement amélioré mon programme de reproduction, et non l'inverse, conclut TJ, impressionné. J'avais bien remarqué que c'était un beau cheval, mais je n'aurais jamais imaginé que c'était un champion. Pourquoi ne me l'avez-vous pas dit plus tôt ? Cela m'aurait peut-être évité de faire un scandale chaque fois que je le ramenais chez vous.

Elle se mit à rire et le resservit en café.

— Peut-être oui… si vous m'aviez laissée en placer une…

Alors qu'elle se détournait pour reposer la cafetière, il lui prit doucement la main.

— Écoutez… Pourquoi ne repartons-nous de zéro ? Nous pourrions oublier tout ce qui s'est passé avant votre séjour chez moi, reprit-il en l'attirant sur ses genoux.

Elle s'aperçut à cet instant que ses confessions étaient loin de l'avoir rebuté. Au contraire, il semblait encore plus désireux d'explorer l'attirance qui existait entre eux.

Se demandant ce qu'il avait derrière la tête, elle se contenta d'acquiescer avant de plonger dans son incroyable regard noisette. Mâtiné de nuances de vert, il semblait avoir sur elle un effet hypnotique. Elle ne tenta même pas de résister.

— Nous… nous pourrions faire comme si nous nous étions rencontrés maintenant, et non il y a trois jours, suggéra-t-elle lorsqu'elle eut enfin retrouvé sa voix.

Il esquissa un sourire dévastateur.

— Si vous voulez… Mais cela m'obligerait à bannir de mon esprit les merveilleuses visions de vous et de vos longues jambes, quand vous portiez ma chemise en flanelle, murmura-t-il en resserrant étroitement son étreinte. Or je n'y tiens pas du tout. Mais puisque nous sommes en pleine réconciliation, j'ai moi aussi un aveu à vous faire…

— Lequel ? fit-elle en retenant son souffle.

— Je suis peut-être allé trop loin quand je vous ai embrassée, mais sachez que je ne le regrette pas un instant, poursuivit-il d'un ton caressant. D'ailleurs, j'ai très envie de recommencer.

— Ce ne serait probablement pas… une très bonne idée, fit-elle, à bout de souffle.

— Ah, non ? Pourquoi ? murmura-t-il en lui caressant la joue du bout des doigts.

Il existait très certainement de nombreuses raisons de ne pas embrasser TJ. Mais, en cet instant, aucune ne lui vint à l'esprit. Ensorcelée, elle était incapable de penser rationnellement.

— Qu'avez-vous pensé de notre premier baiser ? Il vous a plu ? insista-t-il.

Comment pouvait-il lui poser une question pareille ? Mais, en cet instant, elle était tout simplement incapable de lui mentir.

— Oui… Beaucoup…

— Alors pourquoi ne retenterions-nous pas l'expérience ? demanda-t-il avec un sourire si charmant qu'elle se sentit presque défaillir. Nous verrons ensuite si vous aviez raison de penser que c'était une mauvaise idée.

Sans lui laisser le temps de répondre, il s'empara de ses lèvres et elle ferma les yeux, s'abandonnant à son étreinte. Lorsqu'il lui effleura les lèvres de la pointe de la langue, elle oublia définitivement toutes ses réserves. Enivrée par son odeur virile mêlée de cuir et d'eau de toilette, elle s'ouvrit à son baiser.

Il se mit à explorer les replis de sa bouche à petits

coups de langue, la submergeant d'une vague de chaleur alors qu'elle sentit sa main glisser le long de son cou et s'emparer doucement d'un de ses seins, éveillant en elle un désir puissant qu'elle avait cru éteint à jamais. Elle se rendit compte alors, sans l'ombre d'un doute, qu'elle pourrait facilement se perdre dans le tourbillon de bien-être qu'il faisait naître en elle.

L'érection qu'elle sentait naître contre sa hanche aurait dû lui servir d'avertissement, mais l'ardeur de TJ ne fit au contraire qu'exacerber son désir. À mesure que la chaleur se répandait dans les moindres replis de son corps, elle s'aperçut qu'il y avait plus de deux ans et demi qu'elle n'avait pas ressenti une telle fièvre. Elle avait été tellement absorbée par ses innombrables tâches quotidiennes qu'elle avait oublié à quel point il pouvait être enivrant d'être désirée par un homme.

Elle laissa échapper un léger gémissement lorsque TJ glissa une main le long de sa hanche avant de lui palper l'intérieur de la cuisse. Même à travers la toile de son jean, ses caresses faisaient déferler en elle, vague après vague, de délicieux frissons. N'y tenant plus, elle défit fébrilement les premiers boutons de sa chemise en jean et glissa les deux mains sur son torse nu. La dureté de ses muscles et les battements puissants de son cœur sous ses doigts firent naître en elle un désir plus impérieux encore.

TJ se dégagea de son étreinte et se mit à lui mordiller le cou.

— Je crois que je vais aller faire un tour à l'écurie, mon ange, lui souffla-t-il à l'oreille.

Ces mots murmurés lui donnèrent la chair de poule, et elle releva la tête, étonnée.

— Mais…, bafouilla-t-elle. Tu t'es déjà occupé des

chevaux ce matin. Il n'y a rien de plus à faire à l'écurie, aujourd'hui.

Il eut un petit rire grave, qui la fit frémir de la tête aux pieds, puis la remit sur ses pieds avant de se lever lui-même.

— Tu as raison, admit-il en la prenant dans ses bras, mais il faut absolument que j'aille me calmer quelque part, sinon deux choses risquent de se produire. Soit nous ferons une chose que tu n'es pas prête à faire, soit je vais finir par perdre la tête. Je serai de retour pour garder Seth pendant que tu prépareras le dîner, conclut-il en lui embrassant le bout du nez.

Impuissante, elle regarda TJ reboutonner sa chemise et enfiler sa parka, après quoi il sortit de la maison. Bien qu'encore frémissante de désir, elle ne pouvait que remercier le Ciel d'être tombée sur un homme aussi prévenant.

Que lui était-il passé par la tête ? Avoir une liaison avec TJ Malloy, ou n'importe quel autre homme à ce stade de sa vie, serait une folie. Elle avait un ranch à faire tourner, un enfant à élever. Et la dernière chose dont elle avait besoin était de s'infliger un stress supplémentaire en s'impliquant dans une relation.

Mais peut-être exagérait-elle la gravité de la situation. L'indéniable alchimie sensuelle qui existait entre eux ne signifiait peut-être rien. Après tout, quel homme aurait pu résister à une femme qui s'offrait ?

Ses joues s'empourprèrent en songeant à la façon dont elle avait réagi à ses caresses. Comme elle n'avait pas montré la moindre réticence, il devait penser qu'elle était une conquête facile. Pire, qu'elle avait désespérément besoin qu'un homme s'intéresse à elle.

Secouant la tête en songeant à sa faiblesse, elle déposa

les tasses de café dans l'évier puis se dirigea vers la chambre de son fils. TJ cherchait sans doute à passer un moment agréable, rien de plus, et si pour l'instant elle ne le lui avait pas encore montré, elle était en fait quelqu'un de déterminé. Sa priorité était d'éviter l'expulsion mais aussi d'écarter les hommes qui n'avaient aucune vision familiale. Et elle comptait bien s'en tenir à cette ligne de conduite.

En posant les yeux sur Seth, elle se jura d'être plus forte et plus avisée à l'avenir. Il n'était pas question de laisser TJ entrer dans leur intimité et de risquer que Seth ne s'attache à lui. Car il y avait de fortes chances pour que TJ batte en retraite une fois qu'il aurait obtenu ce qu'il voulait. Si elle était capable de gérer une déception personnelle, il n'était pas question un instant d'infliger cela à son fils.

— Fais enco'…, demanda Seth en riant.

— Encore ? grogna TJ, faussement contrarié. Tu n'as pas envie de jouer à la petite écurie qui fait « meuh » ?

— Nan, répondit le bambin en gloussant. Petit s'val, enco'…

TJ savait que Seth adorait monter sur son dos. Mais ce que le petit garçon trouvait le plus amusant, c'étaient les hennissements qu'il poussait chaque fois qu'ils repartaient pour un tour de salon.

— Vous avez l'air de bien vous amuser, tous les deux, dites-moi, commenta Heather en émergeant de la cuisine.

— Zentil s'val, fit Seth en tapotant la tête de TJ.

— Bien, Seth, répondit Heather. TJ est sûrement un gentil cheval, mais c'est l'heure du bain, maintenant, et ensuite c'est dodo.

— Nan, répliqua Seth. Enco' s'val.

— Seth ? répéta Heather, d'un ton plus sévère. Je ne le dirai pas dix fois.

— Un dernier tour de salon, ce serait possible ? demanda TJ, pour satisfaire le petit garçon sans contrarier sa mère.

— Siteplé…, supplia Seth, perché sur son dos.

— S'il te plaît, insista TJ à son tour avec un grand sourire.

— Ce n'est pas bien de vous liguer ainsi contre moi, protesta-t-elle. Mais d'accord. Un dernier tour, et ensuite c'est le bain et le dodo. D'accord, Seth ?

— D'acco', répondit joyeusement le petit garçon en tirant sur son col. En 'oute.

Il émit un hennissement, et Seth éclata de rire comme prévu. Après un dernier tour de salon, il déposa son cavalier devant sa mère.

— Voilà, mon copain, dit TJ en se relevant lorsqu'elle eut récupéré le petit garçon. C'est l'heure d'aller prendre ton bain. Pendant ce temps-là, je vais regarder un peu la télé.

— Je n'en ai pas pour longtemps, dit-elle en emportant Seth.

Pendant qu'Heather s'occupait de son fils, il s'assit sur le canapé et alluma la télévision. Il n'avait pas spécialement envie de regarder quoi que ce soit, mais lorsque Heather serait de retour, ils auraient peut-être besoin d'un dérivatif pour atténuer la gêne qui s'était instaurée entre eux depuis qu'il avait interrompu leur étreinte et trouvé refuge à l'écurie.

En s'occupant des chevaux le matin, il avait remarqué que plusieurs box avaient besoin d'être réparés. Lorsqu'il s'était retrouvé à l'écurie pour la deuxième fois de la journée, il s'était ainsi calmé les nerfs en reclouant toutes les planches branlantes qu'il avait pu trouver. Quand il avait rejoint Heather environ une heure plus tard, celle-ci s'était montrée particulièrement silencieuse, et il savait très bien pourquoi.

En son absence, elle s'était probablement questionnée sur la rapidité avec laquelle leur relation évoluait. Il avait vu la passion dans ses yeux lorsqu'ils avaient échangé ce baiser et, avec le recul, elle s'était sans aucun doute sermonnée pour s'être laissé emporter et promis de ne plus se laisser prendre.

À vrai dire, l'attirance qui existait entre eux ne datait pas d'aujourd'hui. Il l'avait ressentie dès qu'elle avait mis le pied hors de sa voiture le jour où il l'avait trouvée bloquée sur la route par l'inondation. Ça avait été une telle évidence qu'il aurait fallu être idiot pour ne pas le remarquer. Cela dit, jamais il n'aurait imaginé que cela prendrait une telle ampleur. Il n'était guère étonnant qu'Heather soit prise de court, puisqu'il l'était, lui aussi. À vrai dire, il aimait sa vie telle qu'elle était. Il n'était pas particulièrement en quête d'une relation durable. Il allait et venait à sa guise et n'avait de compte à rendre à personne. Mais en même temps, comment aurait-il pu ignorer la passion qui couvait entre Heather et lui ?

Lorsqu'il l'avait prise sur ses genoux, il n'avait cherché qu'à lui témoigner un peu de réconfort après tout ce qu'elle avait enduré : la perte de son fiancé, puis de son père, sans parler de son combat solitaire pour élever son fils dans des conditions plus que précaires. Toute autre femme à sa place ne se serait probablement pas relevée de telles épreuves. Sans compter qu'elle gérait son ranch seule. Il se demandait vraiment comment elle avait trouvé cette force.

Heather était une survivante et il tenait à ce qu'elle sache combien il l'admirait. Mais dès qu'il l'avait prise dans ses bras, toutes ses bonnes intentions avaient semblé s'évaporer. Et, finalement, la seule chose qu'il était parvenu à lui montrer, c'était qu'il avait autant de contrôle sur sa libido qu'un adolescent lors d'un premier rendez-vous amoureux.

Horrifié par ce constat et trop nerveux pour rester assis, il alla se poster devant la fenêtre. La pluie avait cessé, mais la route ne serait probablement pas praticable avant le lendemain. Cela lui permettrait de s'occuper des chevaux d'Heather avant de regagner son ranch.

Alors qu'il se demandait ce qu'il pourrait bien faire encore pour l'aider, Seth arriva en courant et, lui tapotant la cuisse pour obtenir son attention, babilla quelque chose. Voyant son incompréhension, le petit garçon le prit par la main et l'entraîna vers sa chambre.

— Seth, lança Heather d'un ton sévère. Il est l'heure d'aller au lit.

Prenant le bambin dans ses bras, il se retourna pour faire face à la jeune femme.

— Que veut-il ? Me dire bonne nuit ? demanda-t-il.

Elle hésita un instant avant de répondre.

— Non, il veut que tu le mettes au lit.

— Je ne vois pas pourquoi je lui refuserais ça, répondit-il joyeusement, en ébouriffant les cheveux roux du petit garçon. Dis donc, tu en as un joli pyjama ! Moi aussi, j'aimerais en avoir un avec des chevaux dessus.

À sa surprise, Seth lui fit un gros câlin avant de lui planter un baiser plutôt baveux sur la joue.

— Allons, au lit, maintenant.

Heather avait l'air contrarié, et il ne put s'empêcher de se demander quel impair il avait bien pu commettre cette fois pour lui déplaire. Il n'en avait aucune idée mais il comptait découvrir de quoi il retournait une fois Seth endormi.

— Bonne nuit, mon copain, murmura-t-il en déposant le petit garçon dans son lit. À demain.

— *'itoire*, dit le petit garçon en bâillant.

— J'en ai pour quelques minutes, dit Heather en prenant un livre.

Alors qu'il était sur le point de s'éclipser, Seth se redressa en secouant la tête :

— TJ *'itoire…*

— Je n'ai pas compris…, fit-il. Que veut-il ?

— Il veut que tu restes pour l'histoire, répondit-elle en soupirant.

De toute évidence, Heather ne voulait pas qu'il assiste à leur rituel nocturne, mais il était pris entre deux feux : quoi qu'il fasse, l'un des deux serait mécontent.

— Si tu préfères, je peux aller regarder la télévision dans le salon, proposa-t-il à Heather.

Elle le dévisagea quelques instants avant de prendre place sur une petite chaise à côté du lit.

— Non, tu peux rester, répliqua-t-elle en ouvrant le livre avant d'ajouter : De toute façon, il va s'endormir au bout de deux pages.

Tandis qu'elle lisait l'histoire d'un petit train nommé Thomas, il se concentra sur ses expressions et le ton de sa voix. Heather était une maman formidable, et Seth avait de la chance de l'avoir. Elle écoutait son fils et essayait dans la mesure du possible de répondre à ses demandes. C'était le genre de mère que tout homme aurait voulu pour ses enfants. Le genre de mère qu'il aurait voulu pour ses enfants.

À cette idée, il fut pris de panique. Que lui arrivait-il

tout à coup ? Jamais encore il n'avait envisagé d'avoir des enfants. Était-ce ce à quoi il aspirait à présent ?

Lorsque les yeux de Seth finirent par se fermer, TJ se sentit soulagé. Une fois le petit garçon profondément endormi, Heather et lui regagneraient le salon, et il retrouverait ses esprits.

Elle poursuivit sa lecture pendant une ou deux minutes encore, avant d'éteindre la lampe de chevet. Il la suivit hors de la chambre.

Dans le salon, il posa les mains sur ses épaules.

— Qu'est-ce qui ne va pas ? Ne me dis pas que tout baigne. Même malade, tu n'étais pas aussi silencieuse.

— Allons dans la cuisine, suggéra-t-elle. Nous pourrons discuter sans déranger Seth.

— Eh bien, que se passe-t-il, Heather ? répéta-t-il lorsqu'ils furent assis à la table de la cuisine.

Elle prit une profonde inspiration avant de plonger ses yeux dans les siens.

— Quand la route sera dégagée, j'aimerais que tu rentres chez toi et que tu cesses tes visites.

— Pourquoi ? À cause du baiser que nous avons échangé cet après-midi ?

Il savait bien sûr qu'ils finiraient par aborder le sujet. Mais il avait espéré que cela donnerait lieu à d'autres baisers. À en croire l'expression déterminée qui s'était peinte sur le joli visage d'Heather, ça ne prenait manifestement pas cette tournure.

— Oui et non, répondit-elle avec lenteur.

— Tu peux m'expliquer ?

Hormis le baiser, rien de ce qu'il avait pu faire n'était susceptible de la mettre dans un tel état.

— J'aimerais que tu ne prennes pas mal ce que je vais

te dire, commença-t-elle en choisissant soigneusement ses mots. Mais je ne veux plus que tu t'approches de Seth.

Il tomba des nues. Jamais il n'aurait imaginé qu'elle puisse avoir quoi que ce soit à redire à ce sujet.

— Et je suis censé bien le prendre ? lança-t-il, furieux. Pour autant que je sache, Seth et moi, nous nous entendons à merveille. Je surveille même mon langage quand je suis avec lui pour que tu ne me reproches pas de lui inculquer des gros mots.

— Je te remercie de ta vigilance sur ce point.

Il croisa les bras et se cala dans sa chaise.

— Mais alors, quel est le problème, Heather ? Pourquoi as-tu décidé tout à coup que je n'étais plus digne de m'occuper de ton fils ?

— J'essaie simplement de le protéger, expliqua-t-elle. S'il s'attache trop à toi, il risque de souffrir.

Il réagit au quart de tour.

— Mettons les choses au point, si tu veux bien, Heather Wilson, répliqua-t-il en pointant vers elle un doigt accusateur. Jamais je ne ferais ou ne dirais quoi que ce soit qui puisse vous faire du tort, à toi ou à Seth. Ce n'est pas mon genre, et ça ne le sera jamais.

— Je n'ai pas dit que ce serait intentionnel, répondit-elle, embarrassée. Mais les enfants sont toujours sincères, malheureusement. Quand ils s'attachent à quelqu'un, ils accordent à cette personne tout leur amour et toute leur confiance. Ils n'envisagent même pas que cette personne puisse un jour disparaître de leur vie. Or je m'aperçois qu'il s'attache à toi de plus en plus. Et si, un jour, tu te lasses de nous et que tu disparais de notre vie, ce sera un choc terrible pour lui.

Il la dévisagea durant de longues secondes. Elle n'essayait pas seulement de protéger Seth. Sans même en avoir conscience, elle craignait elle aussi de souffrir. Étant donné les épreuves qu'elle avait traversées, sa prudence était tout à fait compréhensible. Mais à l'expression obstinée qui s'était peinte sur son visage, il était clair qu'elle avait pris sa décision. Essayer de lui montrer les failles de son raisonnement à ce stade serait une perte de temps et d'énergie. Mieux valait céder, même s'il n'en avait pas la moindre envie.

— Très bien, c'est ta décision, reprit-il en se levant de table et en se dirigeant vers le salon. Si ça ne t'ennuie pas, je vais regarder un peu les informations. Je suppose que j'ai le droit de dormir sur le canapé.

Une lueur de déception passa dans le regard d'Heather, ce qui confirma ses soupçons. Elle craignait, elle aussi, de devenir dépendante de lui. Ce qu'elle ne comprenait pas encore, c'était qu'elle l'était déjà : elle désirait qu'il fasse partie de sa vie et de celle de son fils. Dans le cas contraire, elle n'aurait pas paru si dépitée lorsqu'il avait renoncé à polémiquer avec elle.

— Navrée que tu doives dormir sur le canapé, reprit-elle, la mine renfrognée. J'ai coupé le chauffage à l'étage pour réduire les factures et pour épargner ma chaudière qui date de Mathusalem.

— Pas de problème, répondit-il en la suivant jusqu'au placard du couloir.

Lorsqu'elle lui tendit une couverture et un oreiller, leurs mains se touchèrent, et une légère décharge électrique parcourut son bras. Il fit de son mieux pour l'ignorer.

— Bonne nuit.

— Bonne nuit.

Dans le salon, il jeta la couverture et l'oreiller sur le canapé et, s'installant dans un fauteuil, il se plongea dans la première série télévisée venue.

Une fois de plus, il se demanda ce qui lui arrivait. Commençait-il, lui aussi, à s'attacher à elle ? Car sinon, comment expliquer la déception qu'il avait ressentie lorsqu'elle lui avait dit de garder ses distances ?

Il aurait dû être soulagé. Au lieu de quoi, il était excédé par son obstination et sa crainte absurde qu'il puisse les faire souffrir, elle et son fils.

Les yeux rivés sur l'écran, il se remémora leur conversation. Il savait que sa méfiance venait du fait qu'elle avait perdu presque en même temps les deux hommes qui comptaient le plus dans sa vie. Elle avait dû se sentir complètement abandonnée et son refus de laisser entrer qui que ce soit dans sa vie résultait sans doute de la peur qu'elle éprouvait d'être une fois de plus abandonnée.

Était-il armé pour lutter contre un tel traumatisme ? Et en avait-il même envie ?

Certes, il existait entre eux une remarquable alchimie sensuelle. Dès qu'il se trouvait à quelques mètres d'Heather, il avait irrésistiblement envie de la prendre dans ses bras. Et, de toute évidence, c'était aussi le cas d'Heather.

Alors, quelle suite donner à cette histoire ?

En y songeant, il n'avait jamais entretenu de relation sérieuse. Bien sûr, il avait eu quelques aventures, mais à l'époque il était tellement concentré sur ses objectifs, à savoir devenir champion de rodéo puis acheter un ranch et mettre au point son programme de reproduction, qu'il ne s'était jamais réellement engagé sur le plan amoureux.

Lorsqu'il était champion de rodéo, il avait eu quelques aventures avec des *groupies* qui évoluaient dans ce milieu. Il n'en était pas particulièrement fier, mais il était jeune à l'époque. Par la suite, quand il avait besoin de compagnie féminine, il avait pris l'habitude de traîner dans un bar local, où les clientes étaient elles aussi en quête de bon temps. Mais jamais il ne s'était engagé avec une femme, et encore moins avec une mère célibataire.

Heather n'était pas le genre de femme qu'un homme pouvait emmener dans son lit et abandonner le matin venu, comme si de rien n'était. Sans compter qu'elle ne vivait pas seule. Tout homme qui se lançait dans une relation avec elle prenait aussi un engagement envers son fils. Or il ne savait pas clairement s'il était prêt à aller jusque-là. Et si ça ne fonctionnait pas entre eux ? Car une chose était sûre dans son esprit : il n'avait aucune envie que Seth en fasse les frais.

Il éteignit la télévision et, ôtant ses bottes, s'étendit sur le canapé. Tandis qu'il fixait le plafond, s'efforçant d'ignorer le ressort cassé qui lui rentrait dans le dos, il sut soudain ce qu'il avait envie de faire et pourquoi il éprouvait une telle frustration.

Heather était beaucoup plus qu'une mère célibataire dans le besoin. C'était la seule femme qui avait éveillé son intérêt depuis bien longtemps, et peut-être depuis toujours. Il ne pouvait pas laisser passer cette chance. S'il lui tournait le dos, il le regretterait toute sa vie, c'était certain. Il devait suivre son intuition, et celle-ci ne l'avait encore jamais trahi.

Que cela plaise ou non à Heather, elle devrait s'habituer à l'idée qu'il faisait désormais partie du paysage. Elle avait besoin d'être épaulée au cas où les choses tourneraient mal pour elle. Et TJ avait bien l'intention d'être là pour les aider, elle et son fils.

À présent, il ne lui restait plus qu'à la convaincre de lui laisser sa chance. Et il comptait bien s'y employer dès le lendemain matin.

- 5 -

Le lendemain au réveil, Heather trouva la couverture et l'oreiller de TJ soigneusement empilés sur le canapé. L'homme, en revanche, était invisible. Dans la cuisine, elle regarda par la fenêtre située au-dessus de l'évier : son pick-up avait disparu.

Submergée par la déception, elle tenta de se raisonner : c'était elle qui l'avait voulu, après tout, et c'était beaucoup mieux ainsi. Elle aurait dû se réjouir qu'il se soit si facilement soumis à sa volonté.

Mais elle était accablée.

Elle avait passé une nuit épouvantable à ressasser toutes les raisons qui l'avaient amenée à exiger de TJ qu'il prenne ses distances. Une chose était claire : c'était le seul moyen d'éviter que Seth ne souffre de la situation.

Mais cette certitude, au lieu de la soulager, n'avait fait que raviver un profond sentiment de solitude.

Avec un long soupir, elle prit une tasse dans le placard. Ce fut alors qu'elle remarqua une missive posée sur le plan de travail à côté de la cafetière. Elle remarqua qu'il avait pris soin de faire du café avant de partir. TJ l'informait qu'il s'était occupé des chevaux et la remerciait de l'avoir hébergé pour la nuit. Enfin, il lui recommandait de ne pas hésiter à le contacter si elle avait besoin de quoi que ce soit.

— Eh bien, on dirait que tu as atteint ton objectif,

marmonna-t-elle à voix haute en se servant du café et en préparant un bol de céréales pour son fils.

Alors pourquoi ne s'en réjouissait-elle absolument pas ?

— M'man, z'ai faim, annonça Seth d'une voix endormie en la rejoignant dans la cuisine.

— Regarde, je t'ai préparé tes céréales préférées : des corn flakes avec un peu de lait et de sucre, répondit-elle en le prenant dans ses bras.

— Petit s'val ? fit-il en parcourant la cuisine du regard.

— TJ a dû rentrer chez lui, expliqua-t-elle.

— Non ! s'écria le petit garçon en secouant la tête. Petit s'val, *à moi* !

— Peut-être que nous reverrons TJ une autre fois, reprit-elle, espérant que cette vague promesse suffirait à calmer Seth.

Par chance, il parut s'apaiser, mais cela ne l'empêcha pas de demander plusieurs fois des nouvelles de TJ au cours de la matinée. Lorsqu'elle le mit au lit pour sa sieste après le déjeuner, elle avait envie de pleurer. De toute évidence, Seth regrettait infiniment le départ de TJ et, pour être honnête, elle aussi.

Comment avait-il pu s'intégrer à leur vie en si peu de temps ? Et que pouvait-il bien avoir de si fascinant ?

Car ce n'était pas le premier homme à s'intéresser à elle depuis qu'elle était seule.

L'année précédente, un rancher du comté voisin lui avait acheté une de ses juments poulinières. Par la suite, il les avait invités, Seth et elle, à prendre une glace en ville, prétextant qu'il envisageait d'acheter un autre cheval. Il s'était rapidement avéré qu'il considérait cette sortie comme un rendez-vous amoureux. C'était un homme sympathique, mais la façon dont il l'avait embrassée lorsqu'il les avait raccompagnés n'avait absolument pas donné envie à Heather d'aller plus loin. Quelle différence avec le baiser que TJ lui avait donné ! Avec lui, elle avait eu l'impression que le temps s'était arrêté. Et cela avait fait naître en elle l'envie de recommencer très vite.

Elle se massa le front pour se calmer. Pourquoi lui ? Pourquoi TJ Malloy avait-il été celui qui avait réveillé en elle un désir qu'elle avait presque oublié ?

Lorsqu'elle lui avait confié qu'elle s'inquiétait des liens qui s'étaient tissés entre Seth et lui, elle avait délibérément omis de préciser qu'elle avait peur également de l'effet qu'il produisait sur elle. TJ lui rappelait combien elle brûlait d'être impliquée dans une relation, combien il était difficile de vivre seule sans partager son quotidien.

Bien sûr, il avait expliqué qu'il ne cherchait qu'à se comporter en bon voisin et à l'aider à s'occuper de son ranch. Mais, hormis les quelques baisers qu'ils avaient échangés, à aucun moment il n'avait exprimé la moindre volonté d'établir une relation durable. Ce qui, du reste, ne l'intéressait pas, elle non plus.

À moins que…

Alors qu'elle gambergeait dans la cuisine, elle entendit un bruit de moteur. En regardant par la fenêtre, elle vit deux camionnettes blanches arborant le logo du Dusty Diamond suivies du pick-up noir de TJ se garer près de la grange. Les camionnettes étaient remplies de balles de foin, de paille et de sacs de céréales.

Elle ne savait que penser. Était-elle heureuse de le voir ou lui en voulait-elle de ne pas avoir gardé ses distances comme elle le lui avait demandé ? Un mélange d'émotions contradictoires l'assaillit lorsqu'il sortit de son pick-up. Même à cette distance, il était tellement séduisant que c'en était un péché. Ce qui ne l'autorisait pas pour autant à passer outre ses prières.

Elle s'apprêtait à sortir pour voir ce qu'il avait derrière la tête, mais en regardant l'heure elle s'aperçut que Seth ne tarderait pas à se lever. Ne voulant pas le réveiller avant la fin de sa sieste, elle sortit sous le porche et fit signe à TJ d'approcher.

Le simple fait de le voir traverser la cour et monter les marches du perron lui coupa le souffle, ce qui lui arrivait pratiquement chaque fois qu'il apparaissait quelque part. Mais lorsqu'il se planta devant elle et lui donna un rapide baiser sur les lèvres, elle resta sans voix.

— Que se passe-t-il, mon ange ?

Il eut un charmant sourire, qui déclencha toute une série de frissons le long de sa colonne vertébrale. Elle oublia d'un coup toutes les remontrances qu'elle s'apprêtait à lui faire.

— Qu'est-ce que c'est que tout ça ? demanda-t-elle, désignant les camionnettes que les ouvriers avaient commencé à décharger.

Au lieu de se focaliser sur l'homme, mieux valait s'en prendre à ses actes.

— Je n'ai pas les moyens de te payer tout ça, objecta-t-elle. Je ne pourrai pas te rembourser.

— Peu importe, répondit-il. Il se trouve que j'avais des réserves de foin et de paille. Et l'autre jour, un de mes hommes a commandé une dizaine de sacs d'avoine de trop. J'ai pensé que tu pourrais en faire bon usage. Au moins, cela t'évitera d'aller en ville pendant quelque temps pour en acheter.

— Je t'ai déjà dit que je n'étais pas un cas social…, répliqua-t-elle.

Il ignora tout bonnement sa remarque.

— Où est mon copain ?

— Il dort encore, répondit-elle froidement. Dis à tes

hommes de remettre tout ce qu'ils ont déchargé dans les camionnettes.

Posant une main sur son épaule, il la fit pivoter et la poussa gentiment à l'intérieur.

— Il n'en est pas question, Heather. Je te suis redevable et je n'ai que trop attendu pour te remercier.

— Qu'est-ce que tu racontes ? s'exclama-t-elle, consternée. Tu ne me dois absolument rien.

— Détrompe-toi. Ton étalon a couvert au moins huit de mes juments ces deux dernières années, et je ne t'ai jamais réglé toutes ces saillies.

— Tu as perdu la tête ? s'exclama-t-elle. Hier encore, tu prenais Magic Dancer pour un cheval lambda qui avait mis à mal ton programme de reproduction…

— Eh bien, j'avais tort, répondit-il en haussant les épaules.

Ôtant sa veste en jean, il s'assit sur une chaise sans même lui demander la permission.

— Assieds-toi, reprit-il en lui faisant signe d'approcher. Il faut qu'on parle.

Elle resta debout.

— De quoi ?

— Assieds-toi et tu verras.

— Tu arrives toujours à tes fins, n'est-ce pas ? maugréa-t-elle en s'exécutant. Je croyais pourtant avoir été très claire, hier soir quand…

— Nous en discuterons plus tard.

Ce n'était pas la première fois qu'elle voyait une telle détermination sur son beau visage, celle qu'il affichait le jour où il avait exigé qu'elle passe une nuit de plus chez lui à cause de sa grippe.

— Pour l'instant, j'ai quelque chose à te dire et je

veux que tu me promettes de ne pas m'interrompre avant que j'aie terminé.

Elle songea que ce ne serait sans doute pas raisonnable car il pouvait être très persuasif. Mais, manifestement, il attendait sa réponse pour poursuivre.

— Très bien, soupira-t-elle.

— Demain, lorsque je me serai occupé de tes chevaux…

— Je t'ai dit que je m'en occuperai moi-même à partir de maintenant…, répliqua-t-elle.

Au lieu de lui rappeler la promesse qu'elle venait de lui faire, il se contenta de pencher la tête sur le côté et de lui adresser un sourire entendu.

— D'accord, d'accord…, admit-elle en croisant les bras. Je t'écoute.

— Comme je disais, demain, quand je me serai occupé de tes chevaux, je vais monter sur ton toit avec l'un de mes ouvriers pour réparer les fuites…

Une fois de plus, elle tenta de l'interrompre. Mais il ne lui en laissa pas l'occasion.

— Écoute-moi bien, poursuivit-il. Ce ne sera qu'une réparation provisoire. Simplement, elle te permettra d'attendre jusqu'au printemps. Y a-t-il d'autres fuites à part celles que tu m'as indiquées ?

— Non, mais…

— Très bien. Nous nous concentrerons donc sur la zone en question. Et, au printemps, tu pourras faire remplacer les tuiles.

Il se cala au fond de sa chaise, l'air satisfait de lui-même.

— Tu as terminé ? demanda-t-elle.

Voyant qu'il acquiesçait, elle poursuivit :

— Je ne peux pas te laisser monter sur le toit. Il pourrait y avoir un accident.

À sa surprise, il éclata de rire.

— Mon ange, merci de te soucier de ma sécurité, mais figure-toi que j'en connais un rayon sur le sujet. Dans ma jeunesse, je travaillais comme couvreur la semaine et participais à des rodéos le week-end. Je faisais ça chaque été pour financer mes études.

— Ça m'est complètement égal. Je ne te laisserai pas faire, répliqua-t-elle. Ça me paraîtrait incorrect de t'autoriser à réparer mon toit alors que je n'ai pas les moyens de te payer. Et tant que nous y sommes, je te conseille de dire à tes hommes de remballer leur marchandise. Ça aussi, c'est au-dessus de mes moyens.

— Je croyais que nous avions déjà réglé le problème, répondit-il en se levant.

Avant qu'elle ait pu l'en empêcher, il la prit dans ses bras et, une fois assis sur la chaise qu'elle occupait, l'installa sur ses genoux. Son tour de passe-passe ne dura pas plus de quelques secondes.

— Je t'ai fait livrer tout ça pour compenser les frais de saillie que je n'ai pas acquittés. Fin de la discussion, décréta-t-il en l'embrassant dans le cou. Et mes hommes et moi, nous réparerons ton toit demain. Si ça peut te soulager, tu pourras nous inviter à déjeuner. Fin de la discussion.

Comment aurait-elle pu protester alors qu'il ne cessait de l'embrasser ? Et pourquoi n'avait-elle pas résisté lorsqu'il l'avait prise sur ses genoux ?

Elle n'en savait strictement rien. Mais une chose était sûre : chaque fois qu'il la prenait dans ses bras, non seulement elle ressentait l'incroyable alchimie sensuelle qui existait entre eux, mais aussi un intense soulagement de pouvoir oublier un instant ses innombrables responsabilités.

— Et pour que les choses soient bien claires entre nous,

reprit-il, hier soir, quand tu as exigé que je prenne mes distances, tu t'es méprise sur mon silence. Contrairement à ce que tu as cru, je n'ai aucune intention de t'obéir, poursuivit-il en lui mordillant le lobe de l'oreille. Il n'est pas question que je disparaisse. Je suis là pour vous aider, ton fils et toi.

— J'ai bien peur que ça ne fasse que compliquer les choses…, remarqua-t-elle.

Il lui prit la joue et la regarda dans les yeux.

— Il se passe quelque chose entre nous, Heather. Quoi, exactement, je n'en sais rien. Ce qui est sûr, c'est que ça te fait peur et que tu crains de faire souffrir ton fils. Et pour être tout à fait honnête, ça me déstabilise, moi aussi. Mais j'ai beaucoup réfléchi à la question hier soir, et je pense que nous aurions tort de faire comme si de rien n'était. Que cela nous plaise ou non, quelque chose nous lie. Cela dit, je peux te promettre une chose : ni toi ni Seth n'en subirez jamais les conséquences.

— Nous ferions mieux de l'ignorer, insista-t-elle d'un ton beaucoup moins convaincant qu'elle ne l'aurait voulu.

Elle n'essaya même pas de nier l'alchimie entre eux. Ils savaient tous les deux que ce n'aurait été qu'un mensonge.

— Je n'en ai pas envie, répondit-il fermement en s'emparant de ses lèvres.

Malgré les dizaines d'objections qui lui traversaient l'esprit, elle ferma les yeux sans même tenter de résister. Elle aimait trop ses baisers. Tout d'abord parce qu'ils étaient délectables, mais aussi parce qu'ils lui rappelaient que loin d'être simplement une mère célibataire luttant pour sa survie, elle était aussi une femme.

Lorsqu'elle s'ouvrit à son baiser et qu'il s'empara de sa langue, une bouffée de chaleur la submergea tout entière. À petits coups de langue, il l'incita alors à se montrer plus joueuse, plus entreprenante, et l'espace d'un instant elle prit les commandes du baiser, ce qui lui procura un plaisir extraordinaire.

Lui attrapant la main, il l'incita à lui caresser les cheveux et la nuque. Elle s'exécuta avec délice, et il resserra son étreinte. Lorsqu'elle se mit à lui labourer doucement la peau du bout des ongles, il émit un râle de plaisir et elle prit conscience de son érection naissante contre sa cuisse. Aussitôt une vague de chaleur se répandit dans son bas-ventre et elle se lova de plus belle contre lui.

— Petit s'val ! s'exclama soudain Seth, qui entrait dans la cuisine en courant.

L'irruption de son fils calma aussitôt ses ardeurs. Elle se redressa, craignant que TJ ne soit contrarié de cette brutale interruption. Elle fut étonnée de voir qu'il affichait un sourire bienveillant. Bien des hommes auraient été profondément agacés dans une telle situation. Apparemment, TJ n'était pas de ceux-là.

— Nous reprendrons plus tard, promit-il en lui embrassant le bout du nez. Alors, mon copain, poursuivit-il en prenant Seth dans ses bras, tu as bien dormi ?

— Ouish, répondit celui-ci en lui faisant un câlin. Petit s'val, *maintenant*.

— Il faut que tu demandes à ta mère, répondit TJ en riant.

— Siteplé, m'man…

Seth lui jeta un regard si implorant qu'elle n'eut pas le cœur de refuser.

— D'accord, mais un seul tour. TJ est venu pour travailler, expliqua-t-elle.

— D'acco', répondit Seth avec un sourire désarmant.

Bien sûr, elle aimait son fils plus que tout, mais TJ avait raison : ce qui existait entre eux ne pouvait être ignoré. Elle espéra toutefois que Seth n'aurait pas à en souffrir.

Mais en regardant son fils faire le tour de la cuisine sur le dos de TJ, elle comprit que, quelle que soit la nature des liens qui se tissaient entre eux, Seth en faisait partie, lui aussi. Habituellement, il ne se laissait pas facilement séduire par les nouveaux venus, mais il s'était aussitôt pris d'amitié pour TJ, à la grande joie de ce dernier. En réalité, en les regardant jouer ensemble, elle avait l'impression de voir un père et son fils.

Retenant son souffle à cette pensée, elle s'efforça de ne pas paniquer. Elle avait toujours entendu dire que seul un homme vraiment exceptionnel était capable de considérer l'enfant d'un autre comme le sien. TJ était-il de cette trempe ?

Jusque-là, en tout cas, il avait été extraordinaire. Il n'avait pas hésité à s'occuper de Seth pour l'aider, et chaque fois qu'elle avait la moindre difficulté, il s'était fait un devoir de trouver une solution, même lorsqu'elle n'était pas d'accord. À l'évidence, TJ aurait fait un père idéal pour Seth.

Secouant la tête pour dissiper cette idée saugrenue, elle décida de ne pas s'emballer et de prendre chaque jour comme il venait. Pour l'instant, il n'était pas question d'engagement sérieux, et TJ avait promis que son fils n'aurait pas à souffrir de leur relation. Mais pouvait-elle le croire sur parole ? Ne s'était-il pas contenté de lui dire ce qu'elle voulait entendre ? Elle avait connu tellement de déceptions au cours des deux dernières années qu'elle avait le plus grand mal à faire preuve d'optimisme.

— Voilà, fiston. Maintenant, je dois aller aider mes ouvriers à ranger la nourriture des chevaux dans l'écurie, dit TJ en s'arrêtant devant elle.

— Qu'est-ce qu'on dit, Seth ? fit-elle en soulevant son fils.

— Me'ci, dit le petit garçon en souriant.

— Pas de quoi, fiston, répondit TJ en se relevant.

— Je précise que je ne suis toujours pas d'accord avec tout ce mic-mac, déclara-t-elle en lui tendant sa veste de sa main libre.

— Nous en avons déjà discuté, mon ange, répondit-il en enfilant sa veste avant de les serrer tous les deux dans ses bras. Prenons chaque jour comme il vient. J'aimerais pouvoir rester un peu mais j'ai rendez-vous en ville avec mon frère. Nous dînons au *Beaver Dam*.

— Tu n'as pas à te justifier, répondit-elle. De toute façon, je ne m'attendais même pas à te voir aujourd'hui.

— Je voulais simplement que tu saches où j'étais, au cas où tu aurais besoin de moi, expliqua-t-il en l'embrassant sur le front, avant de lui tendre une carte de visite du Dusty Diamond où figurait son numéro de portable.

— Nous nous en sortirons très bien, Seth et moi, assura-t-elle en glissant la carte dans la poche de son jean.

— Alors, à demain, lança-t-il en sortant.

En regardant TJ quitter la maison, elle eut l'impression d'avoir sauté dans le grand bain de la piscine sans savoir nager. Allait-elle vraiment laisser TJ l'aider ? Allait-elle explorer avec lui cette attirance mutuelle, comme il l'avait suggéré ?

L'observant depuis la cuisine, elle le vit échanger quelques mots avec ses hommes, après quoi il la salua de la main avant de monter dans son pick-up. Son cœur se mit à palpiter et elle se mordilla la lèvre inférieure. La seule idée de se lancer dans une relation avec qui que ce soit était tout simplement terrifiante.

Son enfant avait besoin d'un père, d'un homme pour

l'aimer, jouer avec lui et l'éduquer. Mais cet homme continuerait-il à l'aimer une fois qu'il aurait un enfant bien à lui ? Du reste, ce genre d'homme existait-il vraiment ?

Son père lui-même, qui avait pourtant été un homme remarquable, n'y était pas parvenu. Sa sœur aînée, issue du précédent mariage de leur mère, avait toujours dit que tout avait été parfait jusqu'à la naissance d'Heather. Après quoi, son père s'était entiché d'elle et détaché en partie de sa sœur. Elle n'avait aucune envie que Seth connaisse la même déconvenue.

Quoi qu'il en soit, il semblait bien qu'elle se soit déjà attachée à TJ et que son fils ait commencé à voir en lui une sorte de figure paternelle, même s'il était trop jeune pour s'en rendre compte.

Lorsque TJ eut repéré son frère Lane au fond du restaurant, il s'arrêta au bar pour commander une bière avant de le rejoindre. Il ôta son chapeau et l'accrocha à une patère.

— Qu'as-tu fait cette fois pour t'attirer les foudres de Taylor ? demanda-t-il, incapable de réprimer un sourire.

— Qu'est-ce qui te fait croire que je me suis disputé avec ma femme ? questionna Lane.

— Depuis votre mariage au printemps dernier, je peux compter sur les doigts d'une main les fois où tu es sorti sans elle, répondit TJ. Et, si j'ai bonne mémoire, chaque fois, vous vous étiez disputés et tu étais sorti pour lui laisser le temps de se calmer.

Dès qu'il avait rencontré Taylor, TJ avait tout de suite compris que la jeune rouquine était la femme idéale pour Lane. Son tempérament passionné et enthousiaste compensait le sérieux excessif de son mari. Par ailleurs, le calme de ce dernier était bénéfique pour Taylor, qui avait tendance à s'emporter facilement.

— Eh bien, figure-toi que je n'ai rien à me reprocher, cette fois, répondit son frère. Elle ne se sent pas très bien depuis deux jours.

— C'est peut-être la grippe ? suggéra TJ. Justement, Heath… Euh… j'ai entendu dire qu'il y avait beaucoup de cas de grippe, en ce moment.

— Non. Apparemment, c'est un problème d'estomac, répondit Lane, sans remarquer sa gaffe. Comme elle refuse de cuisiner et qu'elle passe son temps à dormir, je me suis dit que j'allais la laisser se reposer et vous appeler pour aller dîner en ville.

— Qui d'autre as-tu appelé ? demanda TJ.

— Ryder et Sam ne vont pas tarder, répondit Lane en avalant une gorgée de bière. Ils ont préféré fuir le domicile conjugal, eux aussi, ajouta-t-il en riant. Sam parce que Bria a prévu de faire des essais de coiffure avec Mariah, en vue d'une soirée à Dallas avec son nouveau petit ami. Et Ryder parce que Summer trouve qu'il s'inquiète trop pour elle et le bébé. En réalité, c'est elle qui l'a mis dehors.

— Je comprends Sam, répondit TJ en riant. Mieux vaut fuir les soirées coiffure. Quant à Ryder, Summer a raison : il est trop protecteur.

— Si ça continue comme ça, enchaîna Lane en souriant, il risque de devenir carrément pénible avec sa fille, une fois qu'elle sera ado et qu'elle voudra sortir…

— À mon avis, il n'hésitera pas à sortir son fusil lorsqu'un pauvre gamin aura la mauvaise idée d'inviter Katie au cinéma.

— Oui, le genre de père intimidant, renchérit Lane.

— Cela dit, c'est efficace. Nul doute que le gamin

y réfléchira à deux fois avant de tenter quoi que ce soit avec Katie. Au fait, tu as parlé avec Jaron depuis que Mariah a annoncé qu'elle sortait avec quelqu'un d'autre pour le nouvel an ? demanda-t-il.

— Je l'ai appelé pour l'inviter ce soir. Quand j'ai tenté de lui parler de Mariah, il m'a dit que ce n'étaient pas mes affaires et a décliné l'invitation.

— Tu connais son caractère, répondit TJ. Il n'est pas du genre à parler de ses problèmes. Il préfère ressasser.

— Malheureusement, ça peut durer longtemps, poursuivit Lane.

— Ne t'en fais pas pour lui. Jaron saura nous trouver lorsqu'il aura besoin de se confier.

— Tiens, voilà Sam et Ryder, fit Lane en désignant la porte du bar.

En regardant ses frères approcher de leur table, TJ se glissa au fond de la banquette pour libérer de la place.

— Au fait, est-ce que Nate vient ? demanda-t-il lorsque Sam et Ryder se furent installés.

— Je ne crois pas, il a dit qu'il allait voir cette fille à Waco, répondit Lane.

— Il devrait vraiment l'épouser, comme ça on aurait la paix, déclara Ryder, qui ne faisait qu'exprimer tout haut ce que tout le monde pensait tout bas.

— L'autre soir, il m'a avoué qu'ils avaient rompu, une fois de plus. Et ce, après avoir tenté de me donner des conseils en matière de drague.

Tout le monde éclata de rire.

— Et qui t'incitait-il à draguer ? demanda Sam. Parce que, si j'ai bien compris, tu ne vois pas beaucoup de femmes en ce moment, hormis peut-être ta fameuse voisine…

À ces mots, TJ faillit s'étrangler avec sa bière. Si

par malheur ses frères apprenaient qu'il avait passé les dernières vingt-quatre heures chez Heather, ils le harcèleraient jusqu'à ce que mort s'ensuive. Cela dit, comment répondre à Sam sans lui mentir, alors qu'il s'y refusait totalement ? Jamais il ne s'était montré malhonnête avec ses frères, et il n'avait pas l'intention de s'y mettre.

Il haussa les épaules, essayant d'être évasif.

— Il m'a expliqué que j'avais très mal géré la situation avec Heath… euh… avec cette Mme Wilson quand je lui ai ramené son cheval…

— Ça alors, c'est dingue ! s'exclama Ryder.

Lane haussa un sourcil et posa sa bière sur la table.

— De quand date ce nouveau développement ? demanda-t-il.

— Quel nouveau développement ? répéta TJ, feignant l'incompréhension.

— Tu vois ta voisine, avoue-le…, intervint Sam.

— Qu'est-ce qui te fait croire une chose pareille ? répliqua-t-il nerveusement.

C'était la première fois que ses frères le harcelaient au sujet d'une femme, et il comprit soudain combien il pouvait être désagréable d'être cuisiné de la sorte.

— D'habitude, chaque fois qu'on parle d'elle et de son cheval, tu pètes un plomb, répondit Ryder.

— Je me suis calmé, déclara-t-il.

— Tiens donc…, fit Sam. C'est quand même bizarre, car l'autre soir, quand tout le monde était chez moi, tu ne pouvais toujours pas la voir en peinture. Que s'est-il passé au juste pour que tu changes d'avis ?

— Qu'est-ce qui te fait croire qu'il s'est passé quoi que ce soit ? répliqua-t-il, sachant qu'il ne faisait que retarder l'inévitable.

Ses frères ne lâcheraient pas le morceau avant de savoir ce qui se tramait entre Heather et lui.

— Le fait que tu répondes à chacune de nos questions par une autre question est plutôt suspect, tu sais, remarqua Lane, avec un sourire narquois.

— C'est ton avis d'expert, docteur Freud ? contre-attaqua TJ.

— Absolument, répondit Lane, hilare.

— Allons, crache le morceau, exigea Ryder avec un sourire triomphant.

Avec un soupir de frustration, il décida de céder et leur expliqua qu'il avait trouvé la jeune femme et son fils coincés sur la route à cause de l'inondation.

— Ils étaient tous les deux malades, et il n'était pas question que je les laisse dans cette situation, ajouta-t-il. Hank se serait retourné dans sa tombe si j'avais fait une chose pareille.

Ses trois frères acquiescèrent en silence. Leur père adoptif leur avait instillé un sens moral très strict. Abandonner une femme en détresse en pleine nuit aurait été à ses yeux absolument impardonnable.

— Tu savais qu'elle avait un enfant lorsque tu lui faisais un scandale chaque fois que tu ramenais son cheval ?

— Non, répondit-il, mortifié. Jamais je n'aurais exigé quoi que ce soit de sa part si j'avais su qu'elle était livrée à elle-même dans son ranch avec un enfant.

— Mais où est le père ? demanda Sam. Pourquoi ne lui donne-t-il pas un coup de main ?

Il leur expliqua la situation d'Heather, sans toutefois trop entrer dans les détails. Ses frères n'avaient pas besoin de savoir qu'elle rencontrait de graves difficultés financières. Tout d'abord, parce que Heather en aurait sans doute été mortifiée. Déjà qu'elle avait eu un mal fou à se confier *à lui*. Ce n'était donc pas pour qu'il raconte sa vie à ses frères. De toute façon, ils avaient probablement déjà compris.

— Tu vas continuer à l'aider, n'est-ce pas ? demanda Sam, avec un sourire presque aussi agaçant que celui de Lane.

— Je lui suis redevable, répondit-il en acquiesçant. Figurez-vous que son étalon a remporté un tas de prix.

— Toi qui croyais qu'il avait fichu en l'air ton programme de reproduction, c'est un comble, remarqua Lane. En réalité, il l'a largement amélioré.

— Comme quoi, ajouta Ryder en riant, mieux vaut parfois s'abstenir de tirer des conclusions hâtives…

— Ferme-la, tu veux ? maugréa TJ, regrettant soudain d'avoir accepté ce dîner avec ses frères.

— Alors, messieurs, qu'est-ce que je peux vous servir ? demanda soudain une jeune serveuse coiffée d'une queue-de-cheval en s'arrêtant à leur table. Nous avons une belle entrecôte avec sa purée d'oignons et de poivrons, servie avec des frites maison et du céleri rémoulade.

— Parfait pour moi, répondit Sam.

— Mettez-en deux, ajouta Ryder.

— Et toi ? demanda Lane à TJ.

Il acquiesça, et Lane se tourna vers la jeune serveuse pour résumer la commande.

— Bon, finalement, ça fera quatre entrecôtes à point. Et remettez-nous une tournée de bières.

— Très bien, j'apporte les bières dans un instant.

Au grand soulagement de TJ, la conversation s'orienta dans une tout autre direction après le départ de la serveuse. Une fois le repas terminé, ils se promirent de dîner plus régulièrement ensemble.

— De toute façon, on se voit dans deux jours au Dusty Diamond, rappela-t-il à ses frères en prenant son chapeau.

— Sans faute, répondit Ryder. Je compte sur vous pour m'aider à porter toutes les affaires de Katie. Sortir avec un bébé, c'est presque pire qu'un déménagement !

— Ça, c'est sûr, renchérit Sam. Pour nous, ça s'arrange un peu, maintenant que Hank a un an. Cela dit, même faire des courses en ville peut devenir une véritable expédition.

— Nous serons là, si Taylor a besoin de notre aide, répondit Lane.

— Au fait, reprit Sam, Taylor a appelé Bria cet après-midi pour lui dire qu'elle ne pourrait pas l'aider à préparer le dîner de la Saint-Sylvestre. Tu l'as emmenée chez le médecin ?

— Elle a rendez-vous demain après-midi, répondit Lane, alors qu'ils se levaient de table.

— J'espère que ce ne sera pas trop grave, ajouta TJ tandis qu'ils réglaient l'addition au bar.

— Tiens-nous au courant, d'accord ? fit Ryder.

Alors qu'ils traversaient le parking, il se tourna vers TJ :

— Tu vas inviter ta voisine à notre fête ?

— Ce serait la moindre des choses, intervint Sam en souriant. Si vous continuez à vous voir, autant lui présenter ta famille. Comme ça, elle saura à quelle sauce elle va être mangée…

— J'y penserai, grommela TJ en les saluant brièvement avant de monter dans son pick-up.

Sur le chemin du retour, il songea à la suggestion de ses frères. Bien sûr, c'était une bonne idée d'inviter Heather et Seth pour le nouvel an, mais il n'avait pas encore eu l'occasion de peser le pour et le contre.

Certes, la présence d'Heather et de Seth ne posait a priori aucun problème : sa famille se montrerait accueillante, c'était une certitude, et la jeune femme s'entendrait probablement très bien avec tout le monde, en particulier ses belles-sœurs. Alors qu'est-ce qui pouvait bien le freiner ?

Il avait proposé à Heather d'explorer l'attirance qui existait entre eux. Mais, à aucun moment, il n'avait évoqué l'idée de s'engager dans une relation durable. Dans ces conditions, serait-il raisonnable de lui présenter sa famille ? En particulier si rien de bon ne sortait finalement de son rapprochement avec Heather ?

En tournant dans le chemin menant à son ranch, il avait pris sa décision : il inviterait Heather. Outre le fait qu'il avait envie de passer du temps avec elle, il ne pouvait supporter l'idée que son fils et elle restent seuls au Circle W pendant qu'il passerait un bon moment en famille. Cela dit, elle ne serait peut-être pas facile à convaincre.

Il ne put s'empêcher de sourire à l'idée de la passe d'armes qui s'annonçait avec la jeune femme. Par chance, il commençait à être rompu à l'exercice.

- 6 -

TJ positionna son échelle coulissante contre la maison d'Heather puis alla chercher dans son pick-up un pot de revêtement anti-fuite acheté la veille par son contremaître. Dès que Tommy Lee aurait terminé de s'occuper des chevaux, il viendrait l'aider à colmater les fuites du toit. Après quoi, il avait prévu d'inviter Heather à passer le nouvel an avec sa famille le lendemain soir.

— TJ ? appela Heather.

Contournant la maison, il vit qu'elle l'attendait sous le porche en compagnie de Seth.

— Désolée de te déranger, mais quand Seth a appris que tu étais dehors, il a insisté pour te dire bonjour.

— Salut, fiston, lança TJ en souriant.

— 'alut, répondit le petit garçon avec un sourire jusqu'aux oreilles.

Avec sa mère, ils descendirent les marches du perron, et le petit garçon lâcha aussitôt la main d'Heather pour courir vers lui.

Il attrapa le bambin et le souleva de terre.

— Comment ça va aujourd'hui ?

Seth se mit à babiller à toute allure en faisant de grands gestes et TJ jeta un œil à Heather, en quête d'une traduction.

— Il dit qu'il m'a aidée à préparer le déjeuner pour ton ouvrier et toi, expliqua-t-elle en les rejoignant.

— Je suis sûr que tu as bien aidé maman, déclara TJ. Qu'est-ce que tu nous as préparé de bon ?

— Spetti'onaise, répondit fièrement Seth.

— Des spaghettis bolognaise ? fit-il, toujours sous le contrôle d'Heather.

Lorsque cette dernière acquiesça, il se mit à chatouiller Seth, qui éclata de rire.

— Ce n'est pas la première fois qu'on mange ça, toi et moi, pas vrai ?

— Maison *toi*, répondit Seth.

— Exactement, répondit-il, ravi. Je me souviens aussi que tu m'avais couvert de sauce tomate. Bon, je vais réparer le toit, ajouta-t-il en voyant que Tommy Lee sortait de l'écurie. Mais je viendrai déjeuner avec vous dès que j'aurai terminé, et on fera un tour de petit cheval. Qu'est-ce que tu en dis ?

— Sois prudent, je t'en prie, insista Heather en prenant Seth par la main.

— Hé, où vas-tu comme ça ? s'insurgea-t-il en s'avançant pour l'enlacer.

— Je croyais que tu montais sur le toit, répondit-elle, surprise.

— Uniquement si tu m'embrasses, dit-il en s'emparant de ses lèvres.

Seth étant présent, TJ opta pour la brièveté. En s'écartant, il ne put s'empêcher d'être frappé une fois de plus par la beauté d'Heather.

— On vous attend dans la cuisine, d'accord ? soufflat-elle.

Il les regarda s'éloigner et, prenant une profonde inspiration, attendit l'arrivée de Tommy Lee.

— Bien, je vais monter sur le toit et tu me passeras le pot d'anti-fuite, d'accord ?

— D'accord, patron, répondit Tommy Lee, soulagé. Ça m'arrange car j'ai le vertige.

— Je t'ai déjà vu monter des dizaines de fois sur la mezzanine de la grange, objecta-t-il en se dirigeant vers l'échelle.

— Je n'ai jamais dit que j'aimais ça, répondit Tommy Lee.

— Alors, je dirai à Dan de faire monter Harry à partir de maintenant, déclara-t-il en montant à l'échelle. Tu n'as pas de problème avec les piqûres ?

— Aucun, répondit Tommy Lee en gravissant quelques barreaux pour lui tendre l'anti-fuite. Pourquoi ?

— Parce que Harry est pris de sueurs froides chaque fois qu'il doit aider le vétérinaire. À partir de maintenant, c'est toi qui l'aideras à vacciner les chevaux.

— Ça me va très bien, approuva Tommy Lee en redescendant l'échelle. C'est bizarre, Harry ne m'en a jamais parlé.

— Et toi, tu lui as parlé de ton vertige ? demanda TJ en ouvrant le pot d'anti-fuite.

— Jamais de la vie ! répondit Tommy Lee qui marqua une pause. Ah, je comprends…

TJ ne put réprimer un sourire, après quoi il se mit à étaler le goudron sur les zones endommagées du toit. La naïveté de Tommy Lee était surtout liée à sa jeunesse. Âgé de vingt ans à peine, c'était la première fois qu'il travaillait dans un ranch.

TJ venait de terminer de colmater le toit, lorsque Tommy Lee émit une impressionnante bordée de jurons.

— Descendez vite, patron ! La maison de Mme Wilson est en feu !

En traversant le toit pour rejoindre l'échelle, TJ aperçut en effet une épaisse fumée grise provenant de la fenêtre de la buanderie. Il descendit l'échelle en un temps record, reprenant à son compte le juron particulièrement créatif de Tommy Lee avant d'en ajouter un autre de son cru. Tommy Lee sur les talons, il courut jusqu'à la maison et, poussant la porte de la cuisine, tomba nez à nez avec Heather qui, Seth dans les bras, s'apprêtait à sortir.

— Je viens d'arrêter la chaudière, mais je crois qu'elle est en feu, expliqua-t-elle.

— Fais-les sortir, ordonna-t-il à Tommy Lee.

Pendant que son ouvrier mettait Heather et Seth à l'abri, il ouvrit un placard et, s'emparant de l'extincteur, entra dans la buanderie. Tirant sur la manette, il vaporisa de la mousse sur le moteur de la chaudière, vidant la totalité de l'extincteur par mesure de sécurité.

— Que s'est-il passé ? demanda-t-il en rejoignant Heather et Seth à l'extérieur et en les serrant tous les deux dans ses bras.

— Je ne sais pas, répondit-elle, tremblante. J'ai entendu une légère explosion et puis j'ai senti une odeur de fumée. En allant dans la buanderie, j'ai vu que la chaudière était en feu. Je l'ai arrêtée et j'ai ouvert la fenêtre, mais la fumée était de plus en plus épaisse.

— Bon, l'incendie est éteint, maintenant, répondit-il, en resserrant son étreinte. Mais je crois que le moteur de la chaudière est mort.

— Il ne manquait… vraiment plus que ça…, bafouilla-t-elle.

Manifestement, elle était sur le point de fondre en larmes. Sachant combien elle était orgueilleuse, il prit les devants.

— Tommy Lee, peux-tu aller ranger l'anti-fuite dans la cabane à outil ? Ensuite, tu mettras l'échelle dans le pick-up et tu rentreras au ranch.

Ayant prévu d'inviter Heather à sa fête de nouvel an après le déjeuner, il avait demandé à Tommy Lee de le suivre avec l'un des pick-up du ranch. Étant donné la situation, il se félicita de ne pas avoir à le raccompagner.

— Pas de problème, patron, répondit Tommy, l'air soulagé d'échapper au psychodrame imminent.

— Allez, maintenant, on rentre, il commence à faire froid, constata-t-il, en soulevant Seth et en prenant Heather par les épaules.

Une fois dans la cuisine, elle fondit en larmes dans ses bras. C'était pour lui une situation intenable : il ne supportait pas de voir une femme pleurer. Mais quand il s'agissait d'Heather, c'était encore plus désespérant. Il voulait l'aider mais il ignorait si elle le laisserait faire. Déjà, il avait eu un mal fou à la convaincre de le laisser s'occuper des chevaux et réparer son toit. Jamais elle n'accepterait qu'il remplace la chaudière, ou la fasse réparer.

— M'man, m'man ? bredouilla Seth d'une voix tremblante.

Craignant que le bambin n'éclate lui aussi en sanglots, il prit une fois de plus les devants.

— Ne t'en fais pas, confia-t-il au petit garçon, ça va aller. Je vais bien m'occuper de toi et de ta maman, d'accord ?

Le petit garçon le dévisagea quelques instants avant de répondre :

— D'acco'.

Lorsque Heather se fut un peu calmée, il prit une serviette en papier et lui tamponna doucement les yeux.

— Tu peux t'occuper de Seth ? demanda-t-il. Je voudrais appeler un chauffagiste. Je vais essayer de le faire venir en urgence.

— Je… je… suis… désolée, murmura-t-elle en prenant son fils dans ses bras. Je ne… pleure jamais, d'habitude.

— Ce n'est rien, mon ange. Juste un petit incident de parcours. Et tu n'es pas seule, ne l'oublie pas, dit-il en prenant son visage entre ses mains et en l'embrassant sur le front. Comme il fait froid, je me disais que tu pourrais préparer quelques affaires et passer la nuit chez moi. Vu l'heure, il y a peu de chances qu'un chauffagiste fasse le déplacement jusqu'ici aujourd'hui.

Elle le dévisagea de longues secondes avant de prendre une profonde inspiration.

— Merci, TJ.

— Tu n'as pas à me remercier. J'ai promis de t'aider et d'essayer de te faciliter la vie, répondit-il en l'embrassant. C'est ce que je fais.

Après le dîner, Heather mit en route le lave-vaisselle et termina de ranger la cuisine, après quoi elle décida de rejoindre TJ et Seth dans le salon. Par chance, elle avait eu la présence d'esprit d'emporter les spaghettis bolognaise en quittant son ranch, ce qui leur avait évité de cuisiner autre chose. Après tout, elle lui devait ce repas pour avoir réparé son toit et éteint l'incendie, sans compter tous les autres services que TJ lui avait rendus au cours de ces derniers jours.

À cette pensée, une irrépressible émotion la submergea, et au lieu d'entrer dans le salon, elle alla s'enfermer dans les toilettes. Il lui fallut plusieurs minutes pour maîtriser ses larmes. Elle avait déjà perdu son sang-froid une fois aujourd'hui, et elle n'avait aucune envie que TJ assiste à une nouvelle crise.

Qu'est-ce qui lui prenait tout à coup ? Jamais elle

n'avait autant pleuré depuis sa grossesse. À l'époque, c'était bien sûr lié aux changements hormonaux et aux deuils successifs auxquels elle avait eu à faire face. Mais aujourd'hui ?

Au cours de ces deux dernières années, elle avait beaucoup travaillé sur elle-même pour garder une attitude positive et dominer son stress. Et elle y était en grande partie parvenue.

Elle aurait pu régler seule le problème de chaudière, si seulement elle n'avait pas eu à payer ces fichus impôts fonciers à la fin du mois suivant. Malheureusement, elle avait beau faire et refaire ses comptes, elle n'avait pas — et n'aurait pas — les moyens de régler cette dette. Sauf s'il se produisait un miracle. Bien sûr, elle aurait pu vendre ses dernières juments poulinières, mais une telle solution aurait privé le ranch de son activité principale, la reproduction, et de ressources régulières.

Dans ces conditions, l'explosion de la chaudière était bien la goutte d'eau qui faisait déborder le vase. Non seulement elle n'avait pas les moyens de la remplacer mais un tel investissement aurait été parfaitement inutile, puisque le service des impôts allait saisir sa propriété si elle ne s'acquittait pas de sa dette. Dans quelques semaines, Seth et elle seraient probablement contraints d'aller habiter ailleurs.

Cela dit, la chaudière pouvait sans doute être réparée, ce qui lui laisserait un peu de répit. Lorsque TJ avait appelé le chauffagiste, ce dernier avait indiqué qu'il passerait le lendemain matin voir l'étendue des dégâts. Mais elle n'était pas optimiste. La chaudière avait plus de trente ans et avait été réparée tant de fois qu'il n'y aurait probablement plus rien à faire. Quoi qu'il en soit, raisonna-t-elle, sombrer dans le désespoir ne résoudrait certainement pas son problème. Elle s'efforça donc de se calmer.

Elle savait bien sûr que si elle demandait de l'aide à TJ, il se ferait une joie de régler ses problèmes. Mais elle n'allait pas s'abaisser à une chose pareille. Lorsqu'elle avait rencontré son fiancé, les parents de ce dernier l'avaient regardée de haut parce qu'elle était la fille d'un rancher, alors qu'eux-mêmes étaient loin d'être démunis. Ils étaient allés jusqu'à l'accuser de s'intéresser davantage à l'argent dont leur fils hériterait un jour qu'à leur fils lui-même. Ce fut alors qu'elle s'était juré de ne jamais accepter d'aide de qui que ce soit. Et même si cette promesse s'était parfois avérée très difficile à tenir, elle avait maintenu son cap. Et elle n'avait aucune raison de faire marche arrière aujourd'hui.

Inspirant profondément, elle se passa de l'eau froide sur le visage pour effacer les ravages des larmes puis se sécha soigneusement. Elle sortit des toilettes en espérant qu'une solution finirait bien par se présenter.

— Encore en pleine séance d'équitation, à ce que je vois ? lança-t-elle en entrant dans le vaste salon.

— Petit s'val, confirma Seth, en tapotant le crâne de TJ.

Ce dernier eut un rire bienveillant.

— Ce gamin va devenir un cow-boy, c'est sûr.

— Je crois qu'il est temps de laisser ton cheval se reposer, suggéra Heather en soulevant Seth et en le posant par terre. Je suis sûre qu'il doit avoir mal aux genoux.

— Tu veux boire quelque chose ? demanda TJ en se relevant. J'ai des jus de fruits, des bières et, si tu veux, je peux essayer de te concocter une pina colada ou une margarita. Mais, ajouta-t-il en souriant, c'est sans garantie. Je suis plus doué pour ouvrir une canette que pour préparer un cocktail.

Il lui effleura doucement la joue, déclenchant en elle un frémissement de désir. Elle sourit et dut reprendre son souffle avant de répondre :

— Merci, mais je ne veux rien. Je vais laisser Seth jouer encore un peu, après quoi je lui donnerai son bain et le mettrai au lit.

— Pendant ce temps-là, j'installerai le lit parapluie que tu as apporté, proposa-t-il en l'attirant dans ses bras pour l'embrasser brièvement. Si tu n'es pas trop fatiguée, j'aimerais te parler de quelque chose quand Seth sera couché.

— D'accord, répondit-elle. De quoi ?

— On verra plus tard, dit-il avec un sourire aussi charmant que mystérieux.

Prenant Seth dans ses bras, il se dirigea vers le panier de jouets qu'il réservait habituellement à ses neveux.

— Pour l'instant, je vais m'occuper de mon copain pendant que tu te reposes sur le canapé.

— Ça ne te dérange pas ? demanda-t-elle.

— Tu en as bien besoin, répondit-il en s'approchant pour lui effleurer les lèvres.

Un frisson d'excitation la parcourut tout entière puis elle le dévisagea encore quelques instants avant d'aller s'installer dans l'immense canapé d'angle qui occupait l'autre partie du salon.

Tout en regardant TJ jouer avec son fils, elle se demanda ce qui se serait passé si le père de Seth était encore vivant. Se serait-il occupé de leur fils aussi bien que TJ ? Curieusement, elle en doutait. Certes, Mike Hansen l'avait aimée et aurait adoré Seth, mais il n'avait jamais été très prévenant ou attentionné.

Elle s'extirpa du canapé en voyant Seth bâiller.

— C'est l'heure du bain, chéri.

— Nan, répondit Seth. Veux zouer.

— Je crois qu'on ferait mieux d'écouter maman, intervint TJ en souriant. Elle sait ce qui est bien pour toi.

Bien que manifestement épuisé, Seth secoua la tête.

— Veux zouer.

— Je vais te proposer quelque chose, fiston, reprit TJ en lui chatouillant le ventre. Je t'emmène dans la salle bains et je te promets que demain nous jouerons ensemble. Qu'est-ce que tu en dis ?

Elle ne put réprimer son émotion quand Seth se jeta au cou de TJ et le serra dans ses bras.

— D'acco'.

Même si elle ignorait où les mènerait cette relation, elle ne pouvait s'empêcher d'être reconnaissante à TJ de la façon dont il s'occupait de Seth. Au cours de ces derniers jours, elle avait eu l'impression de voir une fleur éclore. Avec TJ, Seth s'était ouvert et était devenu beaucoup plus loquace et extraverti qu'il ne l'avait jamais été avec quiconque, hormis elle.

— Merci, dit-elle.

— De quoi ? demanda-t-il alors qu'ils se dirigeaient vers la chambre d'amis.

Il passa son bras libre autour de ses épaules.

— De t'occuper si bien de Seth, répondit-elle.

— Tu as eu une journée difficile et je me suis dit que ça te ferait du bien de souffler un peu, expliqua-t-il avec un sourire réconfortant. Et, pour te dire la vérité, je m'amuse autant que lui. C'est un enfant adorable.

Lorsqu'ils entrèrent dans la chambre, TJ lui tendit son fils et s'attaqua au lit parapluie qu'elle avait apporté pour Seth.

— Pendant que tu lui donnes son bain, je vais monter le lit, dit-il en s'approchant pour l'embrasser. On se retrouve dans environ une demi-heure pour notre petite discussion.

Elle ne savait absolument pas de quoi il voulait lui parler et, à vrai dire, elle se demandait si elle avait envie de le savoir. En réalité, elle aspirait surtout à passer un moment seule avec l'un des hommes les plus sexys et les plus remarquables qu'elle ait jamais rencontrés.

En attendant Heather, TJ s'assit au bar et ouvrit une bière, se demandant comment il avait pu s'enticher d'elle aussi vite. Dès qu'il l'approchait, il ne pouvait s'empêcher de la toucher. Il n'avait envie que de la prendre dans ses bras et de l'embrasser — et bien plus encore. Et, quand il était loin d'elle, il ne pensait qu'au moment où il allait la retrouver.

Et puis, il y avait son petit garçon. Il adorait les moments passés en sa compagnie et ses sourires désarmants. À plusieurs reprises, il n'avait pu s'empêcher de penser à toutes les choses qu'il pourrait lui apprendre lorsqu'il serait un peu plus grand.

Une fois de plus, il tenta de se raisonner. Mais c'était impossible. Car une chose était certaine, à présent : même s'il ignorait où les mènerait cette relation, il n'était plus question de faire marche arrière. Quoi qu'il se passe, il irait jusqu'au bout, que cette liaison doive durer deux mois ou jusqu'à la fin de sa vie. S'il passait à côté de cette chance, il le regretterait toute sa vie, il le savait.

Entendant le pas d'Heather, il se retourna et eut un coup au cœur en la voyant entrer dans la pièce. C'était sans l'ombre d'un doute la femme la plus désirable qu'il ait jamais rencontrée.

— Tu sais que tu es incroyablement belle ?

À peine eut-elle pris place sur un tabouret de bar à ses côtés qu'il l'attira au creux de ses bras.

— Ce n'est pas une chose à laquelle je prête beaucoup d'attention…, murmura-t-elle en rougissant légèrement.

De toute évidence, elle n'avait pas l'habitude de recevoir des compliments et il décida de remédier à cette situation.

— C'est pourtant vrai, mon ange. Toutefois c'est loin d'être ta seule qualité, ajouta-t-il en enfouissant le visage dans ses mèches blondes. Tu es une maman formidable et la femme la plus forte et la plus intelligente que j'aie jamais rencontrée.

— Merci, mais qu'est-ce qui me vaut cette avalanche de compliments ? demanda-t-elle, le souffle court.

— Je ne fais qu'exprimer l'évidence, répondit-il en plongeant dans l'azur de ses yeux.

— C'est ça que tu voulais me dire ? reprit-elle. Que je suis une femme remarquable ?

Il l'embrassa sur le front en souriant.

— Pas du tout. Mais sache quand même que je le pense de toutes mes forces.

Il se leva pour aller jeter sa canette vide derrière le bar, après quoi il lui prit la main et l'entraîna vers le canapé. Lorsqu'ils s'assirent, elle posa sur la table basse un babyphone semblable à celui que ses belles-sœurs utilisaient pour surveiller le sommeil de leurs enfants.

— Alors ? Vas-tu enfin me dire de quoi tu voulais me parler ? demanda-t-elle.

Il l'attira contre lui et sourit lorsqu'elle plongea les doigts dans les petites boucles de sa nuque.

— Nous en parlerons plus tard, murmura-t-il en inclinant la tête. Pour l'instant, je vais me concentrer sur ce que j'ai envie de faire depuis le début de cette soirée.

Lorsqu'il s'empara de sa bouche, il goûta une fois de plus à la perfection de ses lèvres. Douces et charnues, c'était exactement le genre de lèvres auxquelles un homme ne pouvait résister. Il n'avait d'ailleurs aucune intention d'essayer. Au contraire, il ne tarda pas à approfondir son baiser et, sentant le désir monter en lui, il étendit Heather sur le large canapé.

S'allongeant à côté d'elle, il glissa un genou entre ses cuisses. Sa température grimpa d'un cran lorsqu'il sentit la chaleur qui émanait de son entrejambe à travers la toile du pantalon. Sans plus attendre, il glissa une main sous son chemisier pour lui caresser les seins.

Le T-shirt et le soutien-gorge devinrent bientôt d'intolérables obstacles. Glissant la main sous le T-shirt, il le dégrafa et libéra les seins de leur gangue de dentelle. Lorsqu'il se mit à les caresser, il sentit son corps s'enflammer au contact de la peau satinée. Effleurant un mamelon rigide du bout du pouce, il sentit Heather se cambrer de plaisir en soupirant. Cette réaction fit naître en lui un véritable incendie et il comprit à cet instant qu'en dépit de ses rebuffades ou de ses tentatives de rejet, elle le désirait tout autant que lui. À cette pensée, son désir se fit plus impérieux encore.

Craignant de perdre la tête, il interrompit leur baiser et se mit à lui mordiller tendrement le cou.

— Heather, souffla-t-il contre son oreille, je t'assure, je voulais simplement t'embrasser. Mais j'ai tellement envie de toi que j'ai peur de ne pas pouvoir me contrôler. Si tu ne partages pas ce désir, dis-le-moi tout de suite, ajouta-t-il en relevant la tête pour plonger dans ses yeux bleus. Sinon, je peux t'assurer que je vais te faire l'amour. Et je te promets que tu ne regretteras pas la moindre de mes caresses.

Elle le dévisagea durant d'interminables secondes avant de répondre.

— Dernièrement, j'ai pris beaucoup de décisions risquées. Je ne voudrais pas…

— Je comprends, mon ange, répondit-il, se demandant comment il allait bien pouvoir calmer ses ardeurs.

Il s'apprêtait à se lever pour aller faire un tour dans l'écurie lorsque Heather resserra son étreinte. Il la dévisagea, le cœur battant à tout rompre. Le désir qu'il lut dans ses yeux bleus le galvanisa littéralement.

— Heather ?

— Si tu m'avais laissée finir, j'étais sur le point de dire que je ne voulais pas prendre une mauvaise décision de plus en renonçant à faire l'amour avec toi. Ce soir, j'ai envie d'oublier les chaudières défaillantes et les difficultés financières. Et je refuse de penser à l'avenir. Tout ce que je veux, c'est vivre l'instant présent le plus intensément possible.

Il la dévisagea, abasourdi.

— Tu en es sûre, mon ange ?

— Absolument, murmura-t-elle en l'embrassant avec une infinie tendresse.

- 7 -

En regardant TJ, Heather comprit qu'elle était peut-être en train de commettre la plus grosse erreur de sa vie. Mais avait-elle réellement le choix ? Tout ce qui s'était passé entre eux depuis le premier baiser échangé dans la cuisine avait conduit à cet instant.

Se levant du canapé, il prit le babyphone et lui tendit la main pour l'aider à se lever.

— Montons dans ma chambre, murmura-t-il en la prenant par les épaules et en l'entraînant vers l'escalier. Ce sera plus confortable.

Arrivés à l'étage, ils jetèrent un coup d'œil dans la chambre qu'elle partageait avec son fils. Voyant que ce dernier dormait à poings fermés, ils continuèrent jusqu'à la suite de TJ. Elle eut à peine le temps de remarquer la taille impressionnante du lit, le ciel étoilé à travers les immenses baies vitrées ou le décor rustique des lieux qu'il la prenait dans ses bras.

— Chérie, je vais faire tout mon possible pour ne pas aller trop vite, murmura-t-il en déposant une pluie de baisers dans le creux de son cou. Et je veux que tu promettes de me dire ce que tu aimes, ce qui te donne le plus de plaisir.

À ces tendres recommandations, elle sentit son cœur se mettre à palpiter.

— Ça fait… un bon moment que je…, balbutia-t-elle, le souffle court.

— Depuis ton fiancé ? demanda-t-il en s'agenouillant pour lui ôter ses chaussures.

— Oui…, murmura-t-elle, alors qu'il lui caressait la cheville et le pied tout en la déchaussant.

Il se déchaussa à son tour et se releva avant de lui prendre la main.

— Nous allons apprendre à nous donner du plaisir l'un à l'autre.

Son sourire engageant déclencha en elle une onde de chaleur, qui s'accrut encore lorsqu'il lui prit les deux mains pour les poser sur son torse.

— Et si tu commençais par m'enlever ma chemise ? suggéra-t-il.

Lentement, elle tira sur les pans emprisonnés dans le pantalon puis défit un à un les boutons. Glissant les mains autour de son cou, elle fit glisser doucement le vêtement le long de ses larges épaules et de ses biceps saillants. Lorsque la chemise tomba par terre, un frémissement d'excitation la parcourut à la vue de son torse puissant.

— Tu es magnifique, avoua-t-elle, en lui caressant doucement les pectoraux. Tes muscles sont si bien dessinés…

— N'oublie pas que j'étais champion de rodéo, dans mon jeune temps.

— Que montais-tu ? demanda-t-elle, remarquant l'épaisseur de ses bras. Tous les champions de rodéo que j'ai connus avaient des biceps absolument impressionnants. Chevaux ou taureaux ?

— Des chevaux, avec et sans selle, répondit-il en souriant. À mes débuts, j'ai fait aussi un peu de capture au lasso, en compagnie de mon frère Lane.

Son sourire s'effaça peu à peu et un frémissement parcourut son corps puissant tandis qu'elle dessinait du doigt les creux et renflements formés par ses abdominaux. Il laissa échapper un grognement lorsqu'elle atteignit son nombril.

— Tu ne peux pas imaginer le plaisir que tu me donnes, murmura-t-il.

— Si, très bien. Je n'ai qu'à repenser à la façon dont tu me caressais tout à l'heure, sur le canapé, répondit-elle d'un ton sensuel qui l'étonna elle-même.

À son tour, il la dépouilla de son T-shirt et fit tomber le soutien-gorge. Torse nu devant lui, elle se sentit presque défaillir lorsque ses paumes rugueuses frôlèrent ses mamelons tendus.

Inclinant la tête, il déposa une pluie de baisers le long de son cou puis entre ses seins, faisant naître dans son bas-ventre une onde de chaleur irrésistible. Lorsqu'il aspira un mamelon entre ses lèvres et le titilla de la pointe de la langue, elle vibra de plaisir.

— Tu aimes ? murmura-t-il en passant à l'autre sein.

— J'adore…, souffla-t-elle en s'agrippant à lui.

Sans la quitter du regard, il s'attaqua à sa braguette. Prenant une profonde inspiration, elle hocha la tête pour lui faire comprendre qu'elle était prête, et il fit glisser son jean le long des hanches puis de ses jambes. À peine eut-elle quitté son pantalon qu'il la prit dans ses bras. Au contact de ses seins contre son torse, de minuscules décharges électriques se propagèrent dans tout son corps. Il y avait si longtemps qu'elle n'avait pas été en proie à une telle fièvre qu'elle se demanda l'espace d'un instant comment elle avait pu se maîtriser si longtemps en présence d'un tel homme.

— L'un de nous deux est… trop habillé, balbutia-t-elle lorsqu'elle eut enfin retrouvé sa voix.

Reculant d'un pas, TJ sourit.

— Je te laisserais bien t'occuper de mon jean, mais je pense qu'il vaut mieux que je le fasse moi-même.

Lorsqu'il ouvrit doucement la fermeture, passant avec difficulté au-dessus du renflement impressionnant qui s'était formé sous le tissu, elle comprit la raison de sa prudence.

— Parfois, érections et fermetures à glissière ne font pas bon ménage, ajouta-t-il en se débarrassant de son pantalon.

Il s'apprêtait à ôter son caleçon lorsqu'elle sourit, laissant courir son doigt le long de l'élastique.

— Si tu veux, je peux faire ça pour toi.

Il parut troublé un instant, puis posa la main sur sa petite culotte.

— Pourquoi ne pas le faire ensemble ?

Lorsqu'ils eurent aboli l'ultime barrière, TJ recula d'un pas.

— Tu es encore plus belle que je l'imaginais, souffla-t-il en la caressant du regard.

— C'est aussi ce que je me disais à ton sujet, murmura-t-elle, mémorisant les moindres détails de son corps viril.

— Viens contre moi, reprit-il en joignant le geste à la parole.

Lorsqu'ils se touchèrent, ce fut comme si toutes les terminaisons nerveuses de son corps prenaient vie, et elle se délecta du contraste entre la douceur de sa peau et la rugosité de la sienne. Mais en sentant son érection contre son bas-ventre, elle fut la proie d'un désir irrépressible et dut s'agripper à lui pour garder l'équilibre.

— Et si nous allions nous allonger avant de nous effondrer ? suggéra-t-il en la guidant vers son vaste lit.

Pendant qu'elle écartait la couverture et s'étendait sur le lit, TJ prit un étui argenté dans le tiroir de la table de nuit et le glissa sous l'oreiller avant de se lover contre elle.

— Tu es vraiment la femme la plus sexy que j'aie jamais rencontrée, murmura-t-il en l'embrassant passionnément.

Elle n'eut pas le temps de répondre qu'elle pensait la même chose de lui, car elle resta sans voix en sentant qu'il lui caressait l'intérieur de la cuisse et remontait déjà vers son entrejambe. Lui écartant doucement les cuisses, il s'attaqua au bouton sensible et gorgé de sang, niché dans ses replis intimes.

Ressentant de besoin de le toucher comme il la touchait, elle avança la main vers son sexe tendu. TJ accueillit sa caresse avec un râle d'extase.

— Mon ange… si tu continues… nous risquons d'être tous deux très… déçus, haleta-t-il, à bout de souffle.

— J'ai envie de toi, TJ, murmura-t-elle.

Il testa sa réactivité en lui prodiguant de légères caresses, qui la rendirent folle de plaisir. Combien de temps pourrait-elle encore résister avant de perdre la tête ?

— Maintenant !

— D'accord, dit-il en prenant l'étui argenté sous l'oreiller.

Après avoir enfilé le préservatif, il se hissa sur elle et lui écarta les cuisses. Elle plongea dans son regard alors que, de la main, elle guidait son sexe au seuil de son intimité. Il la pénétra doucement, faisant naître en elle une exquise sensation de complétude.

— C'est si bon d'être en toi, souffla-t-il, fermant les yeux avant d'ajouter : j'ai envie de toi maintenant, Heather.

— Vas-y, je t'en supplie…

Il se mit à aller et venir en elle, augmentant à chaque fois son plaisir. L'alchimie qui existait entre TJ et elle ne ressemblait à rien de ce qu'elle avait connu jusqu'alors. Elle avait eu beau tenter de l'ignorer, le phénomène avait existé entre eux dès le départ. L'intensité de leur communion charnelle aurait pu l'effrayer si elle avait été capable d'avoir une pensée cohérente. Mais, en cet instant, elle ne pouvait plus que ressentir la pression délicieuse de son corps contre le sien et l'embrasement que faisait naître chacun de ses mouvements.

Bien trop vite, elle sentit une onde de plaisir naître dans son bas-ventre et l'emporter dans un tourbillon de sensations. En s'agrippant à TJ, elle sentit qu'il jouissait à son tour. Dans un râle, il enfouit la tête au creux de son cou et se répandit doucement en elle.

Elle le garda dans ses bras, désireuse de faire durer leur communion le plus longtemps possible. En sentant leurs deux cœurs battre à l'unisson, elle comprit alors qu'elle avait trouvé l'âme sœur.

Un sentiment de panique l'envahit soudain. Avait-elle commis l'impensable ? Était-elle tombée amoureuse de TJ ?

En apprenant à le connaître, elle avait découvert un homme complètement différent de ce qu'elle avait cru au premier abord. Il était gentil, attentionné ; c'était même l'homme le plus respectueux qu'elle ait jamais connu. De plus, elle était sûre de pouvoir lui faire confiance. Lorsqu'il lui avait assuré qu'il ne leur ferait jamais le moindre mal, à elle ou à Seth, l'expression qui s'était peinte dans ses yeux traduisait toute sa sincérité. Mais ce n'était pas toujours aussi simple. Parfois, faire du mal à autrui était involontaire et inévitable.

— Tout va bien, mon ange ? demanda-t-il en roulant sur le côté.

Elle acquiesça.

— C'était…

Au lieu de terminer sa phrase, elle le dévisagea. Ses incroyables yeux noisette exprimaient une tendresse telle qu'elle en resta sans voix. Si elle avait eu encore le moindre doute quant aux sentiments qu'elle éprouvait pour lui, ce qu'elle voyait dans ses yeux n'aurait pu que le dissiper. Oui, elle était bel et bien en train de tomber amoureuse de lui, et cette certitude lui parut soudain effrayante.

— … incroyable, dit-il, terminant à sa place, inconscient des questionnements qui l'habitaient.

L'attirant au creux de ses bras, il l'embrassa avec tant de douceur qu'elle en eut les larmes aux yeux.

— Tu es extraordinaire, Heather…

Elle aurait voulu lui dire combien il était lui aussi remarquable, combien elle appréciait tout ce qu'il avait fait pour elle, mais elle était toujours aux prises avec ses sentiments. Si elle n'était encore tombée amoureuse de lui, elle n'en était qu'à deux doigts.

— C'était merveilleux, répondit-elle sincèrement. Mais je dois passer la nuit auprès de Seth.

Il acquiesça en souriant.

— Je comprends, mon ange.

Lorsqu'il se leva, il ne sembla pas le moins du monde embarrassé par sa nudité. Ramassant leurs vêtements, il lui tendit les siens. Je vais te raccompagner, proposa-t-il en enfilant son pantalon.

Alors qu'une fois rhabillée elle se dirigeait vers la porte, TJ la prit par la taille et ils marchèrent côte à côte jusqu'à la chambre où dormait son fils.

— Au fait, tu ne m'as pas dit de quoi tu voulais me parler…, remarqua-t-elle.

S'arrêtant devant la porte, il attrapa une mèche qui lui tombait sur le front et la replaça derrière son oreille.

— Ça peut attendre jusqu'à demain matin. Dors bien, Heather.

Prenant son visage entre ses mains, il l'embrassa tendrement.

En refermant la porte, elle se demanda si elle arriverait à dormir. D'innombrables pensées tournoyaient dans son esprit, et elle se demandait en particulier si elle devait révéler à TJ la gravité de sa situation en ce qui concernait son ranch.

Et comme si ce n'était pas encore suffisant, elle avait un nouveau problème à affronter : elle était en train de tomber désespérément amoureuse de lui.

Lorsque TJ rentra chez lui après son rendez-vous avec le chauffagiste au Circle W, il trouva le mot qu'il avait laissé à l'intention d'Heather sur le plan de travail de la cuisine. Il en déduisit qu'elle dormait encore et se dirigea en souriant vers son bureau. Déposant le courrier qu'il avait pris dans la boîte aux lettres d'Heather, il gravit l'escalier et entrouvrit la porte de la chambre qu'elle partageait avec Seth.

— 'alut ! fit le petit garçon en se mettant debout sur son lit. M'man dodo, ajouta-t-il en souriant, avec un geste en direction du lit où sa mère dormait encore.

TJ porta un doigt contre ses lèvres pour faire taire le bambin et, traversant la pièce, le prit dans ses bras.

— Comment ça va, aujourd'hui ? demanda-t-il à Seth lorsqu'ils furent sur le palier.

En guise de réponse, le petit babilla quelque chose qu'il ne tenta même pas de comprendre.

— Ça te dirait de prendre le petit déjeuner avec moi pendant que maman se repose ? demanda-t-il en descendant l'escalier et en entrant dans la cuisine. Si tu veux, tu pourras battre les œufs.

— D'acco', acquiesça Seth.

C'était une chance que le petit garçon aime les œufs, car à part les sandwichs, les œufs brouillés et le pain grillé, il était incapable de lui préparer autre chose.

Après avoir rassemblé les ingrédients, TJ approcha une chaise du plan de travail et y déposa Seth avant de prendre un bol dans un placard.

— Toi, tu vas mélanger les œufs et le lait, dit-il, ce qui lui valut un grand sourire du petit garçon. Par contre, c'est moi qui les ferai cuire, toi tu n'as pas le droit parce que c'est chaud. D'accord ?

— D'acco'.

Après avoir cassé les œufs dans le bol, TJ ajouta un peu de lait pour rendre le mélange mousseux et léger. Sans lâcher le bol, il tendit le fouet à Seth et imprima à sa main un mouvement circulaire.

Cela allait prendre deux fois de plus de temps que d'habitude de mélanger les œufs de cette façon, mais pour rien au monde il n'aurait voulu manquer le sourire qui illuminait le visage de Seth. Le bambin s'amusait comme un fou et, du point de vue de TJ, cela en valait largement la peine.

— Pourquoi ne m'avez-vous pas réveillée ? demanda Heather en entrant dans la cuisine.

TJ se retourna et vit qu'elle jetait un œil à l'horloge.

— J'ai raté le rendez-vous avec le chauffagiste.

— Ne t'en fais pas, répondit-il en continuant d'aider

Seth à mélanger les œufs. J'y suis allé, et il m'a dit que ta chaudière avait besoin d'un nouveau moteur, mais qu'il n'y avait pas d'autres dégâts. Le seul problème, c'est que, vu l'âge de la chaudière, il va devoir commander la pièce de rechange.

— J'apprécie ton aide, mais tu aurais dû me réveiller. J'aurais préféré le voir avec toi, répondit-elle en posant son sac à main sur l'îlot central. C'est à moi de m'occuper de ce problème, pas à toi.

Il aurait dû s'attendre à cette réaction. Mais après la nuit extraordinaire qu'ils avaient passée, il avait cru qu'elle se laisserait faire plus volontiers. Il aurait dû savoir que ce ne serait pas facile pour elle de faire taire son orgueil.

— Tu avais besoin de repos, répondit-il, en se retournant pour jeter un œil à Seth. Et tu m'as dit hier que tu espérais que la chaudière serait réparable. Je n'ai fait que transmettre au chauffagiste les propos que tu lui aurais tenus.

Elle soupira.

— T'a-t-il dit dans combien de temps la pièce serait disponible ?

— Pas avant le début de la semaine prochaine, puisque demain c'est férié. On dirait bien que tu vas devoir prolonger ton séjour, ajouta-t-il en jetant un œil par-dessus son épaule. Et, personnellement, j'en suis absolument ravi, mon ange.

Elle se massa les tempes du bout des doigts.

— Je ne peux pas profiter de toi de cette façon.

— Crois-moi, ça ne me dérange absolument pas, assura-t-il. La maison est grande. La plupart du temps, j'erre dans les pièces comme une âme en peine.

— Alors pourquoi t'es-tu fait construire quelque chose de si vaste ? rétorqua-t-elle.

— J'aimais la disposition des pièces et, de plus, je pouvais me le permettre financièrement, répondit-il en haussant les épaules.

Voyant qu'elle n'était pas de très bonne humeur, il décida d'attendre la fin du petit déjeuner pour lui expliquer qu'il accueillait chaque année sa famille pour le réveillon de la Saint-Sylvestre. Et que, du reste, celle-ci ne tarderait pas à débarquer avec armes et bagages. Mieux valait éviter qu'elle ne lui jette ses œufs brouillés à la figure pour ne pas le lui avoir dit plus tôt.

— Je suppose que c'est une raison suffisante, répliqua-t-elle.

Il jeta un œil à Seth.

— On dirait que je vais pouvoir faire cuire les œufs, annonça-t-il en souriant.

Il approcha le bol et la chaise de la cuisinière mais en veillant à ce que le petit garçon soit suffisamment éloigné du feu.

— Tu regardes comment je fais ?

— M'man, moi j'aide, dit joyeusement Seth une fois remonté sur la chaise.

— Je vois ça, répondit Heather en s'approchant pour regarder son fils en action. Je croyais que tu ne savais rien faire, hormis des sandwichs, dit-elle à TJ.

— Des œufs et des sandwichs, c'est tout, répondit-il en souriant à la plus belle femme du monde.

Après la nuit qu'ils avaient passée, il savait qu'il était fichu. Jamais il n'avait ressenti une telle alchimie avec une femme. Et jamais il ne s'était aussi bien entendu avec un enfant.

Son cœur se mit à cogner dans sa poitrine. Songeait-il réellement à s'engager ? Était-il prêt pour cela ?

— Tu veux que je te remplace ? demanda-t-elle.

— Pas du tout.

Heureux d'avoir été détourné de ces pensées importunes, il sourit avant de se tourner vers Seth.

— On s'en charge tous les deux, pas vrai, fiston ?

Seth hocha la tête, ravi, et babilla une réponse qu'Heather eut l'air de comprendre.

— Veux-tu que je mette la table ? demanda-t-elle.

— Excellente idée. Et si ça ne te dérange pas, je prendrais bien une tasse de café. Je ne sais pas pourquoi, je suis fatigué, ce matin, ajouta-t-il malicieusement.

Elle rougit légèrement.

— Ne compte pas sur moi pour répondre à cette question, répondit-elle en souriant, avant de se détourner pour mettre la table.

Pendant qu'il terminait de cuire les œufs, Heather fit griller des toasts. Lorsqu'ils furent tous attablés, il eut un bon aperçu de ce à quoi ressemblerait sa vie s'il devait s'engager avec elle. Était-ce vraiment ce qu'il désirait ?

Une chose était sûre, ce n'était pas désagréable. S'occuper de Seth était formidable. Et à l'idée de pouvoir faire l'amour avec Heather toutes les nuits et de la trouver dans ses bras chaque matin, son corps réagit au quart de tour. Toutefois, former une famille impliquait aussi de lourdes responsabilités.

Il avait passé une bonne partie de la nuit à se demander ce qu'il voulait, sans aboutir à une réponse définitive. D'un côté, ce genre d'engagement à long terme — c'est-à-dire être responsable de quelqu'un d'autre que de lui-même — le terrifiait parce qu'il craignait de ne pas être à la hauteur.

Hormis Hank durant les quelques années qu'il avait passées au Last Chance Ranch, il n'avait jamais eu de père. Et il ne se représentait pas clairement ce que devait être un bon mari. Il avait vu ses frères s'adapter aux attentes de leurs femmes, mais cela se résumait aux réunions familiales. Peut-être était-ce différent dans leur vie quotidienne.

En revanche, l'aspect financier d'une telle relation ne serait pas un souci. Grâce à de judicieux investissements, ses descendants sur quatre générations n'auraient pas à travailler de leur vie. Non, ce qui l'inquiétait, c'était d'être responsable du bien-être émotionnel de ses proches. Il savait qu'il remuerait ciel et terre pour répondre aux besoins et aux désirs d'Heather et de Seth. Mais cela suffirait-il à leur bonheur ?

D'un autre côté, il se demandait à quoi ressemblerait sa vie si Heather et Seth n'en faisaient pas partie. Certes, ils s'étaient rapprochés rapidement, mais à ce stade, il n'imaginait même plus pouvoir se passer d'eux. D'un autre côté, il ne savait pas encore si ce qu'il ressentait pour Heather était bien de l'amour. Il n'avait jamais vraiment été amoureux d'une autre femme avant elle. En l'absence de point de comparaison, comment pouvait-il être sûr de ses sentiments pour Heather ?

— Dis donc, tu as l'air bien sérieux tout à coup, remarqua-t-elle en essuyant les mains de Seth, qui avait terminé son repas. Est-ce que tout va bien ?

— Très bien, répondit-il, décidant de remettre à plus tard cet interminable débat intérieur. Je songeais simplement à ce dont je voulais te parler hier soir.

Le moment était venu d'annoncer l'arrivée de sa famille en fin d'après-midi.

— Alors, de quoi s'agit-il ? demanda-t-elle en

débarrassant la table tout en chargeant le lave-vaisselle. Je commence à croire que tu as peur de m'en parler. Peut-être devrais-je être sur mes gardes…

— Ce n'est rien de grave, rassure-toi. En fait, je suis sûr que tu passeras un bon moment. Sans parler de mon petit copain, ajouta-t-il en se tournant vers Seth.

— De quoi parles-tu ? demanda-t-elle, intriguée.

Il consulta sa montre.

— Dans environ cinq heures, toute ma famille va débarquer pour le réveillon du nouvel an. Ça fait un bon moment que je voulais t'inviter, mais nous avions toujours autre chose à faire.

Elle écarquilla les yeux.

— Je ne peux pas m'imposer dans votre réunion de famille, répondit-elle en secouant la tête, ce qui fit virevolter sa queue-de-cheval. Nous avons suffisamment abusé de ta gentillesse, Seth et moi. Nous allons rentrer à la maison. Je suis sûre que nous trouverons un moyen pour nous chauffer…

— J'en doute, répondit-il en se levant de table pour la prendre dans ses bras. La météo annonce une chute des températures pour cette nuit. Et pendant que nous y sommes, j'aimerais clarifier un autre point. Tu n'abuses pas de ma gentillesse. Je suis ravi de vous accueillir, Seth et toi.

— Mais, je n'ai rien à me mettre, objecta-t-elle, l'air chagriné.

— Personnellement, je trouve que tu es très bien comme ça.

Elle le dévisagea, consternée.

— Je n'ai pas envie d'être en jean et chemisier alors que les autres…

— Tout le monde sera habillé exactement comme

toi, intervint-il. Mes belles-sœurs viennent toujours en jean et sweat-shirt. Crois-moi, tu seras parfaite, mon ange. Seth et toi, vous êtes avec moi, et j'ai envie de vous présenter ma famille. Quand ils repartiront demain après le brunch, je suis sûr que tu te demanderas pourquoi tu as pu être si inquiète.

En prononçant ces mots, il n'aurait pu être plus sincère. Heather et Seth faisaient partie de sa vie, à présent, et rencontrer sa famille était une étape essentielle s'il voulait les garder à ses côtés pour toujours.

Lorsque ses frères et ses belles-sœurs arrivèrent en fin d'après-midi, Heather fut soulagée de constater que TJ avait raison. Elle se sentait parfaitement à l'aise. Il n'y eut qu'un seul moment un peu gênant : lorsque l'un des frères de TJ, Nate, lui avait demandé si elle possédait un étalon. L'entendant répondre par l'affirmative, il avait souri et l'avait serrée amicalement dans ses bras avant de lui souhaiter la bienvenue au zoo familial. Elle s'était demandé ce que TJ avait bien pu leur raconter au sujet de leur querelle, mais apparemment, quoi qu'il ait pu dire, cela n'avait aucune importance.

En réalité, elle avait passé un excellent moment. En particulier avec les belles-sœurs de TJ, lorsqu'elles préparaient le dîner et des toasts dans la cuisine. Echanger avec d'autres femmes lui avait beaucoup manqué, depuis qu'elle s'était installée au Circle W.

À la fin de ses études secondaires, elle avait quitté la région pour s'inscrire à l'université, où elle avait rencontré le père de Seth. Elle avait alors perdu de vue toutes ses amies. Par la suite, lorsqu'elle était revenue après la mort de son fiancé, elle avait découvert que celles-ci avaient déménagé ou qu'elles n'avaient plus rien en commun. Or, assise en cet instant dans le salon, elle avait de nouveau l'impression de faire partie de la bande.

— À quel âge ton petit garçon a-t-il commencé à marcher ? lui demanda Bria Rafferty en prenant quelques fruits secs. Mon fils commence à se lever à se tenant à quelque chose, mais il n'ose pas faire le premier pas.

— Seth a fait exactement la même chose pendant quelques semaines, répondit-elle en souriant. Et puis, un beau jour, à l'âge de onze mois, il s'est lancé. Et depuis, il ne s'est plus arrêté.

Elle se mit à rire en regardant Seth, qui courait comme un fou autour du salon.

— Il est adorable, intervint Summer McClain en rejoignant le groupe après avoir nettoyé la chemise de son mari, sur laquelle leur fille avait vomi, comme d'habitude à côté de la serviette. J'adore ses cheveux cuivrés. Ça me rappelle les tiens, Taylor. Peut-être qu'un jour tu auras toute une ribambelle de petits rouquins et rouquines.

— Peut-être, répondit l'intéressée en prenant une gorgée de jus de fruits. C'est vrai que ton fils est vraiment très mignon, Heather.

— Merci, répondit-elle fièrement.

Lorsque TJ s'approcha du canapé, Seth sur les épaules, Summer sourit.

— Dis-moi, TJ, on dirait que tu t'amuses bien, ce soir.

Heather jeta un œil à deux des frères, qui faisaient des grimaces pour arracher un sourire à la toute petite fille que Ryder McClain tenait dans ses bras, alors que les autres faisaient essayer leurs chapeaux au petit Hank.

— On dirait qu'ici, tous les hommes s'amusent bien avec les enfants.

— Bien sûr qu'ils s'amusent, approuva Bria en riant. Puisque ce sont eux-mêmes de grands enfants.

— Hé, j'ai l'impression que tu parles de moi, lança TJ en souriant.

— Normal ! s'exclamèrent les quatre femmes à l'unisson.

À cet instant, le mari de Taylor, Lane, rejoignit les femmes hilares.

— Tu es prête, chérie ?

— Je suppose, répondit Taylor en se levant avec un sourire.

— Vous n'allez pas nous quitter, j'espère ? s'enquit Bria.

— Absolument pas, répondit Lane en souriant. Hé, les cow-boys, lança-t-il à l'intention de ses frères, décrochez-vous de ce bar et venez ici une minute.

— Qu'est-ce qui t'arrive, Freud ? demanda Sam en traversant la pièce, son fils dans les bras.

— Il veut peut-être nous psychanalyser, suggéra Nate en riant.

— Ça ne m'étonnerait pas, renchérit TJ.

— Alors, Lane ? demanda Ryder, tendant sa fille à sa femme.

— Taylor et moi voulions vous faire savoir que, dans moins de huit mois, cette famille comptera un nouveau membre, déclara Lane, en couvant sa femme du regard.

— Bon sang ! s'exclama Ryder. Un autre petit Freud !

Il s'avança pour serrer la main de Lane puis étreignit Taylor.

— Un tout petit conseil, reprit-il, essayez de vous reposer au maximum avant la naissance du bébé.

— Oui, parce qu'après, finie la belle vie ! renchérit Sam en chatouillant son fils.

— Si tu as besoin d'un baby-sitter, tu sais à qui

t'adresser, ajouta Nate Rafferty en levant sa canette de bière.

— Ça oui, à tout le monde sauf à toi, plaisanta Jaron Lambert, le plus réservé de la fratrie.

En voyant la famille réagir si joyeusement à la bonne nouvelle, Heather ne put s'empêcher de les envier. Dans leur adolescence, ces hommes s'étaient tous retrouvés un peu par hasard au Last Chance Ranch. Mais grâce aux expériences qu'ils avaient partagées et aux souvenirs communs qu'ils s'étaient forgés, ils avaient tissé des liens et étaient devenus une famille plus soudée que bien d'autres, pourtant liées par le sang.

En début de soirée, elle aida les autres femmes à mettre les enfants au lit, puis elles redescendirent dans le salon pour bavarder un peu. Après quoi, TJ alluma la télévision et tout le monde s'assit sur le canapé pour regarder la retransmission du feu d'artifice tiré pour l'occasion.

TJ rejoignit Heather et l'attira au creux de ses bras.

— Alors, tu t'amuses ? lui murmura-t-il à l'oreille.

— J'ai passé une merveilleuse soirée, répondit-elle en souriant. J'adore le côté détendu et informel de vos réunions. Merci de nous avoir invités, Seth et moi.

Resserrant son étreinte, il lui prit la main.

— Et moi, c'est la première fois que je me réjouis autant de regarder le feu d'artifice à la télévision.

— Pourquoi ?

— Parce que ça veut dire qu'à minuit, j'aurai le droit de t'embrasser, expliqua-t-il avec un regard enjôleur. Et puisqu'il y a une heure de décalage entre la côte Est et le Texas, ça veut dire que je pourrai t'embrasser deux fois.

— J'ai du mal à croire que ce soit la première fois que tu invites une femme pour le nouvel an, répondit-elle.

— C'est la première fois depuis que nous le passons en famille, répliqua-t-il en lui embrassant l'intérieur du poignet.

Une onde de chaleur la submergea à ce contact. TJ n'avait absolument pas tenté de cacher leur relation. Au contraire, dès que sa famille était arrivée, il n'avait cessé de lui témoigner son affection.

— Bon, intervint Nate en se levant. Le feu d'artifice vient de commencer. À vos marques, enlacez vos compagnes… Prêts ? Embrassez !

Elle n'eut pas le temps de s'amuser du décompte de Nate, car TJ s'empara aussitôt de ses lèvres et l'embrassa passionnément. Il sourit en relevant la tête.

— Bonne année, mon ange. J'ai l'impression que ce sera la meilleure de toutes, pour toi et moi.

Plongeant dans le regard envoûtant de TJ, elle espéra de toutes ses forces que l'avenir lui donnerait raison.

- 8 -

Le lendemain matin, après le brunch, chacun reprit la direction de son ranch respectif. Surveillant Seth qui jouait sur le tapis tressé de l'autre côté de son bureau, TJ poussa un soupir de soulagement. Il aimait sa famille et les réunions familiales, mais pour la première fois depuis qu'il organisait le réveillon chez lui, il était heureux de les voir partir.

Il avait rongé son frein toute la nuit en songeant que la femme de ses rêves occupait une autre chambre de l'autre côté du palier. Même la douche froide qu'il s'était infligée avant de se coucher n'avait pu éteindre le désir brûlant qu'il ressentait pour elle.

Il lui avait bien demandé de dormir dans sa chambre, mais elle n'était pas encore prête à révéler aux yeux du monde l'étendue de leur intimité. Il était persuadé que sa famille connaissait déjà le fin mot de l'histoire, mais si Heather n'était pas prête mieux valait ne pas insister.

— Tu as envoyé quelqu'un s'occuper de mes chevaux, ou dois-je y aller moi-même ? demanda-t-elle en entrant dans son bureau.

Il fit pivoter sa chaise et, lui prenant une main, l'attira sur ses genoux.

— J'ai envoyé Tommy Lee il y a plus de deux heures, répondit-il en lui effleurant les lèvres. À son retour, il m'a dit que tout était en ordre.

Il approfondit son baiser mais Seth choisit ce moment pour s'approcher d'eux.

— M'man, m'man, pleurnicha le petit garçon en se frottant les yeux.

— Voilà ce qui arrive quand un petit garçon se couche si tard, remarqua Heather en se levant pour le prendre dans ses bras. Je vais le mettre au lit, il a bien besoin d'une petite sieste.

— Tu veux que je le fasse ? demanda-t-il en caressant les cheveux roux du petit garçon.

— Termine ce que tu étais en train de faire. Je n'en ai que pour quelques minutes, à mon avis.

Il ne put résister à l'envie de les embrasser tous les deux sur la joue.

— Je serai dans mon bureau.

Tout en regardant Heather emporter Seth, il ne put s'empêcher de se demander comment ces deux-là avaient su prendre une telle importance dans sa vie en si peu de temps. Du jour où il les avait trouvés bloqués sur la route inondée, il n'avait plus songé qu'à les aider et à les garder à ses côtés.

Il n'existait qu'un seul moyen de pérenniser cette situation : échanger des vœux et une alliance devant un prêtre. Était-il vraiment prêt à franchir le pas si rapidement ?

Il se rembrunit. En voyant Heather avec sa famille, il avait compris qu'il l'aimait, et cela depuis qu'il l'avait vue sortir de sa voiture cette nuit-là, en serrant son fils dans ses bras. Et il aimait déjà Seth comme si c'était son propre enfant. Mais était-il prêt à s'engager pour la vie ? Il était pratiquement sûr qu'Heather partageait ses sentiments. Mais irait-elle jusqu'à accepter de l'épouser ?

Il doutait encore de sa capacité à répondre à leurs

besoins. Mais une chose était certaine : il avait envie d'essayer.

Pour l'instant, néanmoins, il désirait simplement les garder sous son toit et profiter d'eux quelques jours de plus. Il se promit de penser sérieusement à l'avenir, mais plus tard. Il secoua la tête et, prenant sa tasse de café, heurta par mégarde la pile de courrier adressée à Heather qu'il avait déposée la veille sur son bureau. Il avait été tellement occupé par le réveillon qu'il avait oublié de lui remettre ses lettres.

Il ramassait les lettres éparpillées sur le sol lorsque son regard fut attiré par une enveloppe frappée de la mention « Mise en demeure ». L'adresse de l'expéditeur lui indiqua qu'il s'agissait du service des impôts et il devina aussitôt qu'Heather avait dépassé la date limite de paiement des impôts fonciers.

En posant l'enveloppe au-dessus de la pile de courrier, il comprit alors la gravité de la situation dans laquelle elle se trouvait. Au vu des difficultés qui étaient les siennes, ce n'était pas vraiment une surprise. En revanche, ce qui était inquiétant, c'était qu'elle risquait de perdre son ranch.

Il se cala dans sa chaise et se demanda comment faire pour savoir de quoi il retournait exactement. Elle était si orgueilleuse qu'il y avait très peu de chances qu'elle lui en parle d'elle-même. Et lui poser directement la question était inenvisageable car, selon toute probabilité, elle l'enverrait sur les roses.

Soudain, une idée lui traversa l'esprit et il poussa un soupir de soulagement en se tournant vers son ordinateur. Il n'y avait qu'un seul moyen d'en savoir plus sans courir le risque de la vexer. Les impôts impayés et jugements des tribunaux faisaient l'objet d'une publication sur le site Internet du comté. La seule chose qu'il avait à faire, c'était de se connecter et de vérifier de quoi il retournait. Si, comme il le soupçonnait, il y avait un problème, alors il chercherait un moyen de l'aider.

Quinze minutes plus tard, il ferma son navigateur et poussa un long soupir. Le Circle W ne s'était pas acquitté de ses impôts fonciers depuis trois ans et le ranch serait saisi le premier du mois suivant, avant d'être mis aux enchères.

Bien sûr, si la dette était payée, ainsi que toutes les pénalités de retard et les intérêts, Heather pourrait garder le ranch. Malheureusement, il y avait fort à parier qu'elle n'avait pas cet argent. Si elle en avait disposé, elle n'aurait pas eu besoin de se séparer de plusieurs de ses juments poulinières pour joindre les deux bouts.

Il pouvait lui proposer de payer la dette à sa place, mais elle préférerait probablement être foudroyée sur place plutôt que de le laisser faire. Il pouvait aussi lui prêter la somme nécessaire. Mais il savait qu'elle était bien trop fière pour accepter. Comment allait-il donc pouvoir l'aider ?

Attendre les bras croisés qu'Heather se fasse saisir son ranch était impensable. Le Circle W appartenait à sa famille depuis des générations, et Seth devait avoir la possibilité de l'exploiter à son tour, une fois adulte. Il se jura de faire tout ce qui était en son pouvoir pour rectifier la situation et sauvegarder le ranch.

Mais il agirait d'abord et demanderait la permission ensuite. Il n'avait eu aucun mal à lui faire accepter sa méthode lorsqu'il l'avait aidée à régler les autres problèmes qui s'étaient présentés au ranch. Il en irait de même cette fois aussi.

Prenant le courrier des impôts, il le rangea dans le

tiroir de son bureau. Heather avait eu plus que son lot de stress, ces derniers temps, et il n'était pas question d'en rajouter en lui donnant ce courrier. De plus, il savait déjà comment il allait régler le problème. Et puisqu'elle ignorerait tout de sa démarche, du moins dans l'immédiat, elle ne pourrait l'empêcher d'agir.

— Tu as l'air bien sérieux, dis-moi, remarqua Heather en entrant dans son bureau.

— Je réfléchissais aux mystères de l'univers, répondit-il en souriant. Alors, tu as mis le petit au lit ?

Elle acquiesça.

— Il s'est amusé comme un fou hier soir, mais il est complètement épuisé.

Prenant la pile de courrier allégée de la lettre des impôts, il la lui tendit.

— J'avais oublié de te dire que j'avais pris ton courrier, hier, quand je suis allé jusqu'à ton ranch voir le chauffagiste.

— Merci. Justement, je me disais que j'allais passer jeter un œil à ma boîte aux lettres après la sieste de Seth.

Tandis qu'elle passait rapidement le courrier en revue, il se sentit un peu coupable de lui cacher la mise en demeure, mais elle devait déjà connaître la situation et il était déterminé à régler le problème. Hélas, il devrait attendre la réouverture du tribunal, au début de la semaine suivante, pour mettre son plan à exécution.

— Heather, je dois aller entraîner l'un de mes chevaux, dit-il en l'enlaçant.

Il avait encore une décision à prendre et souhaitait un peu de tranquillité pour y réfléchir.

Lorsqu'il l'embrassa, il se sentit durcir si rapidement qu'il en resta stupéfait. C'était toujours comme cela avec elle. Il prit une profonde inspiration et s'efforça de se concentrer. Il se rendit compte alors qu'il n'avait plus la moindre hésitation et qu'il savait maintenant exactement ce qu'il allait faire. Mais il avait encore besoin de temps pour peaufiner son plan, et plus vite il s'y mettrait, mieux ce serait.

— Quand Seth se réveillera, tu devrais l'emmener faire un petit tour de cheval au manège, suggéra-t-il.

— Je suis sûre qu'il adorerait ça en effet, répondit-elle en souriant.

Lorsqu'il plongea dans son regard d'un bleu cristallin, l'émotion qu'il y lut le persuada que tout allait se régler comme il le désirait. Non seulement il allait payer les impôts d'Heather, mais il allait faire le grand saut et lui demander de devenir sa femme.

Lorsque Heather eut utilisé le reste de ses économies pour payer le chauffagiste, elle poussa un profond soupir. Les dés étaient jetés. Seth et elle allaient devoir déménager à la fin du mois, mais au moins ils seraient au chaud jusque-là.

— Petit s'val ? demanda soudain Seth.

— Tu ne penses qu'à ça, dis-moi, répondit-elle en le prenant dans ses bras pour l'embrasser doucement.

Elle n'était rentrée au Circle W que depuis quelques heures et, déjà, TJ lui manquait. Manifestement, c'était aussi le cas de Seth. Peut-être passerait-il en revenant de Stephenville.

Son fils regarda la porte et secoua la tête.

— Moi veux Petit s'val, répéta-t-il obstinément.

— Dis donc, tu es aussi têtu que TJ, remarqua-t-elle en riant.

Lorsqu'elle parvint finalement à l'occuper avec ses

jouets, elle se prépara du café. Refoulant les larmes, elle prit le journal local et se mit à passer en revue les petites annonces immobilières. Mais, bien entendu, aucun des logements qui se situait dans sa fourchette de prix ne trouva grâce à ses yeux, et cela n'avait rien d'étonnant : aucun d'entre eux n'était le Circle W ou le Dusty Diamond.

Le coude sur la table, elle posa le menton dans sa main. C'était normal qu'elle ressente cet attachement pour le Circle W. Après tout, c'était chez elle. En revanche, jamais elle n'aurait cru ressentir la même chose pour le Dusty Diamond. Cela dit, il ne fallait pas être un génie pour en comprendre la raison. C'était là où vivait TJ.

Perdue dans ses pensées, il lui fallut quelques instants pour se rendre compte qu'on toquait à la porte. Apparemment, cela n'avait pas échappé à son fils, car il laissa aussitôt ses jouets en plan et se précipita vers la porte.

— Petit s'val ! Petit s'val ! s'exclama-t-il en jetant vers elle un regard plein d'espoir pour qu'elle aille ouvrir la porte.

Avant qu'elle ait eu le temps de se lever, la porte s'ouvrit et TJ entra, prenant aussitôt Seth dans ses bras.

— Hé, salut, fiston !

Le petit garçon étreignit TJ avec toute la fougue dont il était capable.

— Petit s'val *à moi* !

— Il va vraiment falloir que je lui apprenne à t'appeler TJ, s'esclaffa-t-elle.

Il chatouilla le ventre du petit garçon.

— Il peut m'appeler comme il veut, ça ne me dérange pas.

À la vue du sourire que lui adressait TJ, elle sentit

son cœur palpiter, et lorsqu'il l'attira dans ses bras, sa poitrine se serra d'émotion. Elle comprenait à présent qu'elle avait eu tort de croire qu'aucun homme ne pouvait vraiment aimer l'enfant d'un autre. Le simple fait de voir TJ et Seth ensemble suffisait à dissiper ce préjugé.

— Tu veux du café ? demanda-t-elle, essayant de reprendre ses esprits.

— Volontiers, répondit-il en l'embrassant. Il faut que je te parle de quelque chose, ajouta-t-il en plongeant son regard dans le sien.

— Oh ! mon Dieu, s'exclama-t-elle en lui versant son café. La dernière fois que tu avais cet air sérieux, c'était uniquement parce que tu voulais que je rencontre ta famille, que j'ai trouvée merveilleuse, soit dit en passant.

— J'avais de bonnes raisons d'être nerveux à ce sujet, admets-le, répliqua-t-il en s'attablant, Seth sur les genoux. Les mettre tous ensemble dans une même pièce, c'est un peu comme tenter de monter un cheval sauvage. On ne sait jamais ce qu'il peut se passer.

— J'avoue que je me suis sentie un peu désarçonnée de temps à autre, reconnut-elle en posant son café sur la table. Mais de façon très positive.

TJ empoigna sa tasse mais s'arrêta avant de commencer à boire.

— Tu cherches à déménager ? demanda-t-il en désignant le journal ouvert sur la table.

Prise de court, elle rougit violemment et le dévisagea. Cela n'aurait servi à rien d'être évasive ou de tenter de lui mentir. Il l'aurait appris de toute façon. Cela dit, ce n'était pas un aveu facile à faire.

— Seth et moi… allons être… expulsés au début du mois prochain, bafouilla-t-elle en fixant ses mains crispées sur la table. Les impôts n'ont pas été payés depuis que mon père est tombé malade.

TJ reposa sa tasse et prit ses mains dans les siennes. Elle avait toutes les peines du monde à retenir ses larmes. Les yeux fixés sur leurs mains entremêlées, elle était incapable de le regarder. L'idée même qu'il la prenne en pitié lui semblait insupportable.

— Ça ne va pas se passer comme ça, murmura-t-il gentiment.

— Bien sûr que si, répondit-elle. Juste avant Noël, j'ai reçu un avis du comté m'indiquant que mon compte en banque allait être saisi pour payer la dette.

— Heather, regarde-moi, exigea-t-il. Je te dis que tu ne vas pas perdre le Circle W.

Lorsqu'elle leva la tête, TJ affichait un regard non pas compatissant mais complètement déterminé. Un frisson glacé la parcourut tout entière en constatant combien il était sûr de lui.

— Comment peux-tu en être si sûr ?

— J'aurais préféré te le dire autrement, commença-t-il, mais l'autre jour, quand je suis allé chercher ton courrier, j'ai trouvé une mise en demeure du comté.

— Tu as ouvert mon courrier ? demanda-t-elle, sentant la colère prendre peu à peu le pas sur la peur.

— Je n'en ai pas eu besoin…

— Alors, comment…

— Je n'ai eu qu'à me connecter sur le site des impôts. Ce genre de mise en demeure fait toujours l'objet d'une publication officielle.

Serrant ses mains entre les siennes, il sortit de sa veste une liasse de formulaires pliés en deux et la posa sur la table.

— Ta dette a été réglée ce matin et tu ne risques plus de perdre ton ranch.

À ces mots, elle le dévisagea durant d'interminables secondes. Puis, ôtant vivement les mains des siennes, elle bondit sur ses pieds.

— Tu n'as quand même pas…

— Si, répliqua-t-il.

— Est-ce que tu as entendu tout ce que je t'ai dit au cours de ces deux dernières semaines ? s'écria-t-elle.

— Absolument.

— Je n'en crois rien ! s'insurgea-t-elle, encore plus furieuse de le voir si calme. Si tu m'avais écoutée, tu saurais que je ne veux pas qu'on me prenne en pitié, surtout pas toi. Je ne suis pas un cas social. Je n'ai pas besoin qu'on prenne en charge mes dettes.

— Je ne te prends pas en pitié, assura-t-il. Et je ne te fais pas la charité. Tout ce que je veux, c'est prendre soin de toi et de ton fils, et vous faciliter la vie.

— Tu entends ce que tu dis ? rétorqua-t-elle en secouant la tête. Si ce n'est pas de la pitié, alors je ne sais pas ce que c'est…

— M'man, m'man, fit soudain Seth d'une voix tremblante.

Voyant l'effet dévastateur que produisait leur dispute sur son fils, elle se leva pour le prendre dans ses bras.

— Je voudrais que tu t'en ailles, maintenant, déclara-t-elle le plus calmement possible. Tu fais du mal à mon fils.

TJ se leva lentement.

— Nous en reparlerons, Heather.

— Non, jamais…, répondit-elle en s'efforçant de maîtriser le tremblement de sa voix. On ne peut pas toujours imposer sa volonté aux autres, TJ. Quand on aime une personne, on doit d'abord la comprendre. Mais puisque tu n'as pas fait cet effort, le Circle W et tout ce qu'il contient, à l'exception de nos effets personnels, t'appartiennent, maintenant.

— Tu plaisantes, ou quoi ? lança-t-il, furieux. Si j'ai payé tes impôts, c'est parce que je voulais que tu gardes ce ranch pour Seth, pas parce que je voulais me l'approprier. J'ai déjà un ranch. Je ne veux pas du tien.

— Eh bien, que tu le veuilles ou non, il est à toi, rétorqua-t-elle. Maintenant, va-t'en, je t'en prie. Je dois m'occuper de mon fils.

Seth se mit à pleurer, et elle lui désigna la porte.

— Nous n'en avons pas terminé, reprit TJ, exaspéré, avant de se diriger vers la porte. Ne laisse pas ton stupide orgueil nous séparer, Heather.

Elle se raidit et se redressa de toute sa hauteur à ces mots.

— Il n'y a pas de *nous*, TJ. Autrement, tu aurais pris la peine de m'informer de tes intentions au lieu de me mettre devant le fait accompli.

Il s'apprêtait à lui rétorquer quelque chose mais il se contenta finalement de hocher la tête avant de sortir.

— Petit s'val ! s'écria Seth, tendant ses menottes vers la porte comme s'il savait qu'il venait de perdre son meilleur ami.

Le pick-up démarra dans un rugissement de moteur et s'éloigna sous un nuage de poussière.

— Il est parti, chéri, murmura-t-elle finalement, le cœur brisé.

— Petit s'val, répéta Seth en enfouissant la tête au creux de son cou.

En sentant les larmes de son fils mouiller son chemisier, elle éclata en sanglots à son tour, aussi désespérée que lui.

Lorsque son fils finit par s'endormir dans ses bras,

elle le mit au lit et retourna lentement dans la cuisine pour regarder les formulaires que TJ avait laissés sur la table. De toute sa vie, elle ne s'était jamais sentie aussi seule, même lorsqu'elle avait dû prendre en main le ranch, après la mort de son père et de son fiancé puis la naissance de son fils. Elle étouffa un sanglot, consciente que sa pire crainte venait de se réaliser. Seth et elle étaient tombés désespérément amoureux de TJ et ils avaient tous deux le cœur brisé.

TJ était assis dans son « antre », une deuxième canette de bière à la main, fixant son reflet dans le miroir suspendu au-dessus du bar. Il avait vidé sa première bière d'un seul trait, et il y avait de fortes chances qu'il inflige le même traitement à la seconde. Pourquoi avait-il fallu qu'il tombe amoureux d'une femme animée d'un tel orgueil ?

Prenant une longue gorgée de bière, il devait bien admettre que la réaction d'Heather était en partie de son fait. S'il ne lui avait pas posé de question concernant sa recherche de logement, il n'aurait pas mis la charrue avant les bœufs.

Plongeant la main dans la poche de son jean, il en sortit le petit écrin en velours noir qu'il avait gardé sur lui toute la journée. Il le posa sur le bar, l'ouvrit et se mit à contempler le solitaire de trois carats qu'il avait eu l'intention de lui offrir après lui avoir demandé de devenir sa femme. D'abord il lui aurait demandé sa main, puis il lui aurait remis l'attestation de paiement des impôts en guise de cadeau de fiançailles.

— Eh bien, c'est raté, mon pote, maugréa-t-il en jetant un coup d'œil à son reflet dans le miroir. Tu as peut-être fichu en l'air ta dernière chance.

Refermant nerveusement l'écrin, il se leva et jeta la canette vide dans la poubelle dissimulée sous le bar. Dans la cuisine, il trouva sa gouvernante, Thérésa, qui épluchait des légumes pour le dîner.

— Je crois que vous allez devoir congeler mon repas, déclara-t-il en se postant devant la porte vitrée pour contempler le patio. Je n'ai absolument pas faim.

— On dirait que vous ne vous sentez pas bien, TJ, murmura-t-elle, inquiète. Est-ce que ça va ?

Il haussa les épaules.

— Pas vraiment.

— Y a-t-il quelque chose que je puisse faire pour vous aider ?

— Je ne crois pas. À moins que vous puissiez me faire revenir quelques heures en arrière.

— Désolée, répondit-elle. Mais vous devriez peut-être laisser passer quelques jours avant d'aller présenter vos excuses à la jeune dame.

— Mais comment… ?

— J'ai souvent vu cette expression sur le visage d'un jeune cow-boy, répondit-elle. Je suppose donc que vous avez fait une bêtise et que la jeune dame est furieuse. Allons, parlez-moi d'elle…

Durant la demi-heure qui suivit, il lui expliqua la situation : la place qu'Heather et Seth avaient prise dans sa vie et la bêtise qu'il avait commise pour se mettre la jeune femme à dos.

Lorsqu'il eut terminé, elle hocha la tête.

— Vous avez raison, vous avez vraiment été stupide. Mais tout n'est pas perdu, j'en suis sûre.

— Vous croyez ?

— Absolument, reprit-elle en souriant. Attendez qu'elle se calme. Je suis sûre qu'elle finira par comprendre que vous avez agi pour son bien, même si vous saviez au fond de vous qu'elle le prendrait mal.

— Et c'est tout ? fit-il, incrédule. C'est tout ce que j'ai à faire ?

— Oui, attendre et bien sûr implorer son pardon, répondit Thérésa en riant avant d'enfourner son plat.

— Merci, Thérésa, dit-il en déposant une bise sur sa joue ridée.

Elle se mit à rire.

— Vous n'aurez qu'à vous souvenir de notre petite conversation, la prochaine fois que je vous demanderai une augmentation.

— Ça marche, répliqua-t-il en souriant pour la première fois depuis qu'il avait quitté le ranch d'Heather.

En regagnant son « antre », il avait repris espoir. Il lui suffirait d'attendre quelques jours, comme l'avait suggéré Thérésa, après quoi il aurait une grande discussion avec Heather.

Il savait bien sûr qu'il s'apprêtait à tirer sa dernière cartouche. Il aimait Heather et Seth plus que tout, et à présent qu'il l'avait compris, il n'était pas question de tout gâcher de nouveau. Même s'il devait user son jean jusqu'à la corde, il la supplierait à genoux et elle comprendrait qu'il avait agi en toute bonne foi.

Le reste de sa vie en dépendait.

- 9 -

Heather ravala ses larmes et termina de ranger le reste de ses casseroles dans un carton qu'elle ferma avec du ruban adhésif. Il ne lui restait plus qu'à emballer ses vêtements et ceux de Seth et elle pourrait finir de charger la camionnette qu'elle avait louée en vue de son déménagement.

Regardant autour d'elle, elle eut envie de fondre en larmes. Elle avait toujours été chez elle au Circle W et elle avait toutes les peines du monde à imaginer que, lorsqu'elle quitterait les lieux en fin d'après-midi, jamais plus elle ne parcourrait les pièces de la maison de son enfance. Et que jamais elle n'emmènerait Seth pêcher au bord du ruisseau ou ne le verrait monter son premier cheval.

Mais tout cela avait beau être attristant, la perspective de ne jamais revoir l'homme qu'elle aimait était ce qui l'accablait le plus. Elle comprenait à présent qu'elle aurait dû gérer la situation un peu différemment, lorsqu'il lui avait avoué son erreur. Mais pourquoi TJ ne comprenait-il pas qu'en agissant dans son dos, il l'avait empêchée de décider elle-même du sort de son ranch ? Il n'avait fait que la culpabiliser de s'être montrée incapable de sauvegarder son héritage familial. Il avait complètement ignoré son aspiration à l'indépendance, son désir de se prouver à elle-même qu'elle était capable de subvenir à ses propres besoins et à ceux de son fils.

— M'man, m'man, Petit s'val ? demanda Seth en entrant dans la cuisine.

Elle avait le cœur brisé chaque fois que son petit garçon la questionnait au sujet de TJ. Cela lui rappelait sans cesse qu'elle n'avait pas pu empêcher son fils de s'attacher à TJ et qu'il souffrait au moins autant qu'elle de cette rupture. En tant qu'adulte, elle pouvait au moins comprendre les choix difficiles qu'elle avait à faire. Seth lui n'était qu'un enfant et, à ce titre, subissait la situation de plein fouet.

— Non, mon chéri, répondit-elle en le prenant dans ses bras. Nous ne verrons plus jamais TJ.

Elle venait à peine de prononcer ces mots que la porte de derrière s'ouvrit et que TJ fit son entrée sans s'annoncer. C'était cavalier de sa part, mais au bout du compte ça n'avait rien d'étonnant. N'était-il pas propriétaire du ranch, à présent ?

— Bonjour, lança-il en souriant.

— Petit s'val ! s'exclama Seth en tendant aussitôt les bras vers lui.

— Comment va mon fiston, aujourd'hui ? demanda TJ en lui jetant un coup d'œil pour savoir si elle l'autorisait à le prendre dans ses bras.

Ne souhaitant pas rendre les choses plus difficiles qu'elles ne l'étaient déjà pour Seth, elle acquiesça. Le petit garçon se jeta littéralement dans les bras de TJ et l'étreignit comme si sa vie en dépendait. Elle les regarda, plus accablée que jamais.

— Dans un sens, ça m'arrange que tu sois passé, dit-elle en allant chercher une grande enveloppe au nom de TJ qu'elle avait déposée sur le plan de travail.

Cela m'évitera de t'envoyer toutes les clés du ranch par la poste. J'ai également ajouté les formulaires de transfert de propriété des chevaux ainsi que l'acte de propriété du ranch.

— Où comptes-tu aller ? demanda-t-il, sans laisser transparaître la moindre émotion.

— En Oklahoma, répondit-elle. J'ai entendu aux informations qu'on embauchait dans la région de Tulsa.

Il était si élégant avec son blazer, sa chemise Oxford blanche et son jean bleu marine qu'elle en eut les larmes aux yeux. Elle se détourna pour cacher son émotion.

— Nous avons quelques détails à régler avant ton départ, reprit-il en attrapant une chaise.

— J'ai tout mis dans l'enveloppe, répondit-elle.

Remarquant que Seth s'était endormi dans les bras de TJ, elle voulut le lui reprendre.

— Je m'en occupe, déclara TJ en se dirigeant vers le salon où se trouvait le parc de son fils. Tu as déjà chargé le lit de Seth dans la camionnette, je suppose ? demanda-t-il une fois de retour dans la cuisine.

Elle acquiesça.

— Il ne me reste plus qu'à charger le parc et quelques cartons.

— Je t'aiderai quand nous serons prêts à partir. Assieds-toi, ajouta-t-il en désignant une chaise. J'ai quelque chose à te dire.

— Il n'y a plus rien à dire.

Il esquissa un sourire indulgent.

— Assieds-toi, Heather, je t'en prie.

Elle s'exécuta en soupirant. Manifestement, il ne débuterait pas la conversation tant qu'elle serait debout.

— Je voudrais que tu saches quelque chose à mon sujet, commença-t-il en s'appuyant contre le plan de travail et en croisant les bras et les jambes. Cela pourrait t'aider à mieux comprendre mon point de vue, et en particulier le besoin que j'éprouve de m'occuper de Seth et de toi.

— Je ne vois pas en quoi…

Il leva la main pour l'interrompre.

— Écoute-moi.

— Très bien.

— Ma mère m'a élevé toute seule, commença-t-il en captant son regard. Je sais maintenant combien elle travaillait dur et tout ce qu'elle a enduré pour payer les factures et subvenir à mes besoins. C'était une mère parfaite, qui s'est privée d'une quantité de choses afin de pouvoir m'offrir tout ce que je voulais. Jamais je ne me suis rendu compte de l'ampleur des sacrifices que cela impliquait de sa part. Avec le recul, j'ai fini par comprendre que toutes les fois où elle disait qu'elle n'avait pas faim, c'était parce qu'elle préférait me laisser sa part.

Une lueur de tristesse passa dans les yeux de TJ et elle comprit qu'il s'apprêtait à lui confier un souvenir très douloureux.

— Que s'est-il passé ? demanda-t-elle doucement.

— Ma mère et moi avons attrapé la grippe. J'avais dix ans à l'époque, poursuivit-il avec un regard éloquent. Elle n'avait pas assez d'argent pour deux visites chez le médecin, donc elle m'a fait soigner et s'est sacrifiée une fois de plus. Je me suis remis. Pas elle. Elle est morte d'une pneumonie environ une semaine plus tard.

— TJ, je suis tellement désolée, s'exclama-t-elle, comprenant enfin pourquoi il avait tant insisté pour qu'elle reste au Dusty Diamond quand elle avait la grippe.

— Moi aussi, répondit-il sèchement, en fixant ses bottes. La nuit où je vous ai secourus, ton fils et toi, je me suis juré que jamais je ne laisserais une chose pareille vous arriver.

— Ja… jamais je n'aurais pu imaginer…, bafouilla-t-elle.

— Tout comme ma mère, tu n'avais aucun soutien, personne pour te soigner alors que tu étais malade. Je n'ai pas pu m'empêcher de t'aider, conclut-il en haussant les épaules.

— Je ne sais pas quoi dire…, murmura-t-elle, abasourdie.

— Je ne voulais pas que tu le saches, reprit-il. Je ne voulais pas que tu me prennes en pitié parce que j'avais perdu ma mère à l'âge de dix ans. Mais, surtout, poursuivit-il en désignant la porte du salon, je l'ai fait pour le petit garçon qui dort dans la pièce d'à côté. Je ne voulais pas qu'il devienne orphelin lui aussi.

Elle sentit les larmes lui monter aux yeux. Comment avait-elle pu penser un jour que TJ ne pourrait jamais aimer son fils autant que son propre père ?

— C'est pour ça que tu as été confié à l'adoption ? À cause du décès de ta mère ?

— Non. D'abord, je suis allé vivre chez ma grand-mère, répondit-il. Mais elle était très âgée et n'avait pas la force de cadrer le préadolescent que j'étais à l'époque. Il faut dire que j'avais le don de m'attirer des ennuis.

Il se passa la main derrière le cou comme s'il se demandait s'il devait lui en révéler davantage.

— J'ai été confié à l'Aide à l'enfance à l'âge de quatorze ans, reprit-il. Ma grand-mère est morte quelques mois plus tard.

— Tu avais des ennuis ? demanda-t-elle, sous le choc.

— Je me suis lié à une bande de délinquants et j'ai même fait de la prison pendant quelque temps pour vandalisme. Et, un beau jour, je ne sais pas pourquoi, l'assistante sociale qui s'occupait de mon cas m'a envoyé dans un foyer dirigé par un ancien champion de rodéo.

— C'est pour cela qu'il s'appelait le Last Chance Ranch, c'est-à-dire le ranch de la dernière chance ? demanda-t-elle.

— Exactement, et ça l'a été pour moi, reprit-il en souriant. Hank Calvert m'a fait comprendre que la colère qui couvait en moi était liée au décès de ma mère. Et qu'au lieu d'en vouloir à la Terre entière, je devais l'accepter comme une fatalité. Il avait confiance en moi, et au bout de quelque temps j'ai fini par croire en moi-même.

— Donc, tous tes frères étaient des délinquants, eux aussi ? demanda-t-elle, étonnée en songeant à ce qu'ils étaient devenus.

— Nous étions tous ce qu'on appelle des petits voyous, répondit-il. Mais, avec l'aide de Hank Calvert, nous sommes devenus d'honnêtes citoyens.

— Jamais je ne m'en serais doutée, admit-elle.

— Grâce à lui, nous avons tous fait des études, reprit TJ en souriant. Ce n'est peut-être pas évident au premier abord, mais je ne suis pas seulement un ancien champion du monde de rodéo. J'ai un master d'économie de l'université du Texas.

— Hank devait être un homme merveilleux. C'est pour cela que Sam et Bria ont donné son prénom à leur fils, n'est-ce pas ?

— En effet, répondit TJ.

Soudain, il se dirigea vers elle et, s'agenouillant à ses pieds, il prit ses deux mains dans les siennes.

— Heather, reprit-il, je sais que je suis allé trop loin quand j'ai payé tes impôts, mais je l'ai fait pour te soulager du stress que tu subissais depuis bien trop longtemps, expliqua-t-il en lui embrassant les paumes. Jamais plus je ne veux que tu aies les mains calleuses à force de travailler dans ton ranch.

— Ça ne risque plus d'arriver, répondit-elle, le cœur battant à tout rompre. Souviens-toi que tu es propriétaire du ranch, à présent.

— Chérie, est-ce qu'au moins tu as pris la peine de regarder les documents que je t'ai laissés après avoir payé tes impôts ? demanda-t-il en souriant.

— Non, je n'en ai pas eu la force.

— Je n'ai pas cherché à m'approprier ton ranch, reprit-il. J'ai payé tes impôts, c'est tout. Et si tu avais jeté un coup d'œil à ces documents, tu aurais vu que je les ai payés en ton nom.

— Mais ce n'était pas à toi de le faire, répliqua-t-elle. C'était *ma* dette, et c'était *à moi* de…

— Je comprends, chérie, l'interrompit-il en l'embrassant. Mais, au départ, j'avais l'intention de t'offrir ces documents après t'avoir demandé quelque chose.

Un fol espoir commençait à germer en elle, mais elle s'efforça de ne pas s'emballer.

— Me demander quoi, TJ ?

Sous ses yeux ébahis, il sortit un petit écrin en velours noir de sa poche.

— Je voulais te demander si tu accepterais de faire de moi le plus heureux des hommes en devenant ma femme. Après quoi, j'avais prévu de te remettre les documents des impôts en guise de cadeau de fiançailles.

À ces mots, il ouvrit l'écrin, révélant un solitaire d'une taille impressionnante.

— Oh ! mon Dieu ! s'exclama-t-elle, portant la main à la bouche. Jamais… je ne… je n'aurais imaginé…

— Je t'aime, Heather, reprit-il d'un ton solennel. Je

t'aimerai toujours. Et si tu le désires, je voudrais veiller sur toi jusqu'à la fin de mes jours.

Les joues baignées de larmes, elle contempla l'homme qu'elle aimait de tout son cœur. Comment avait-elle pu laisser son stupide orgueil l'empêcher de voir le bonheur qu'elle pourrait connaître auprès de cet homme merveilleux ?

— TJ, je suis… désolée, bredouilla-t-elle. Je sais que j'ai un caractère difficile…

— Tu n'as pas à t'excuser, mon ange, répondit-il. Je savais bien que tu allais mal le prendre. Mais si j'avais pu faire ce que j'avais prévu, à savoir te demander en mariage et t'offrir ensuite l'attestation de paiement des impôts, cela nous aurait épargné bien des souffrances.

Voyant qu'elle se remettait à pleurer, il posa l'écrin sur la table et se leva. La soulevant de sa chaise, il s'assit à son tour et la prit sur ses genoux.

— J'espère que ce sont des larmes de bonheur, murmura-t-il en resserrant son étreinte.

— Oui, souffla-t-elle en glissant les bras autour de son cou. Je t'aime de tout mon cœur, TJ.

— Oui, ce sont des larmes de bonheur, ou oui, tu veux bien m'épouser ? demanda-t-il avec un grand sourire, même s'il connaissait déjà la réponse.

— Les… deux…

— À la bonne heure !

À ces mots, il sortit la bague de son écrin et la lui glissa au doigt. Lorsqu'il l'embrassa, elle eut l'impression que la force de son amour se répandait en elle comme un élixir de bonheur. Lorsqu'il releva la tête, il affichait un sourire euphorique.

— Il y a une dernière chose que je voulais te demander.

— Quoi donc ? demanda-t-elle en essuyant ses larmes.

— Si tu es d'accord, j'aimerais adopter Seth, déclara-t-il. J'aime ce petit garçon et je te jure que je serai le meilleur des pères pour lui.

— Ce serait merveilleux, répondit-elle, sachant en effet le père exceptionnel qu'il serait.

— En réalité, j'avais une autre raison de payer tes impôts, poursuivit-il en souriant. Certes, je voulais te faciliter la vie, mais je voulais aussi que ton fils puisse à son tour hériter du ranch. Il appartient à ta famille depuis des générations, et je ne voulais pas qu'il perde cette chance.

— Merci, murmura-t-elle, une fois de plus au comble de l'émotion.

Ils gardèrent le silence pendant quelques minutes comme s'ils prenaient le temps de savourer leurs retrouvailles.

— Quand veux-tu qu'on se marie, Heather ? Et je t'en supplie, ne fais pas durer ces fiançailles plus longtemps que nécessaire, ajouta-t-il en riant. Je suis pressé de me lancer dans l'aventure.

— Le jour de la Saint-Valentin, ça t'irait ? demanda-t-elle, ravie de céder à sa demande.

— C'est mieux que la fête du 4 Juillet, mais c'est encore trop éloigné pour moi, répondit-il en l'embrassant de nouveau.

Submergée par un bonheur indicible, elle sourit.

— Puisque je vais devenir ta femme, puis-je te poser une question ?

— Tout ce que tu voudras, mon ange.

— Que veut dire « TJ » ?

Il appuya son front contre le sien.

— Je suppose que je suis obligé de répondre, maugréa-t-il, puisque mon prénom figurera en toutes lettres sur le contrat de mariage.

— Ça ne peut pas être si terrible que ça…

— C'est une horreur, crois-moi.

— Pourquoi ne me laisses-tu pas en juger par moi-même ? souffla-t-elle en prenant son visage entre ses deux mains et en plongeant dans son regard.

— Tobias Jérôme, répondit-il en levant les yeux au ciel. Vraiment, je ne sais pas quelle mouche a piqué ma mère quand elle a affublé un pauvre enfant innocent d'un tel prénom.

Épilogue

— Bon, il n'en reste plus que deux à marier, maintenant, déclara TJ à ses frères, assis à ses côtés au bar.

Ils avaient décidé de fêter leur mariage au *Dusty Diamond*, en toute intimité. Seule la famille de TJ était invitée, et cela lui convenait parfaitement. Moins il y avait d'invités, plus vite il pourrait emmener Heather en lune de miel.

— À ton avis, qui sera le prochain ? demanda Sam.

— Certainement pas moi, répondit Nate. Personnellement, j'ai bien l'intention de renoncer aux femmes pour toujours.

— Allons donc, tu n'en crois pas un mot, répliqua Ryder, hilare.

TJ jeta un œil par-dessus son épaule, couvant du regard la femme de ses rêves, qui, pour l'instant, entretenait une discussion animée avec ses belles-sœurs ainsi que Mariah, la sœur de Bria.

— C'est aussi ce que je disais, il n'y a pas si longtemps, reprit-il. Et regarde-moi. Ne suis-je pas le plus heureux des hommes ?

— Peut-être, mais c'est juste parce que tu as mis la main sur une femme exceptionnelle, répliqua Nate. Finalement, elle n'est pas aussi folle que tu l'imaginais il n'y a pas si longtemps.

TJ ne put s'empêcher de sourire. Aucun de ses frères ne pouvait imaginer ce qu'Heather et lui avaient traversé avant d'en arriver là. Et il n'avait aucune intention de les éclairer à ce propos.

— Alors, Jaron, peut-être, suggéra Lane.

Voyant que Jaron ne protestait pas, ses frères se tournèrent vers lui : il avait le regard rivé sur Mariah.

— Qu'est-ce que vous dites ? fit l'intéressé, émergeant de sa rêverie.

— On se demandait qui serait le prochain d'entre nous à se faire passer la corde au cou, résuma Lane avec un grand sourire.

Jaron secoua la tête.

— Vous feriez mieux de parier sur Nate, répliqua-t-il. Vous avez peu de chances de remporter la mise avec moi.

— Très bien, alors va pour Nate, lança TJ en plaquant un billet de cent dollars sur le bar.

— Qui d'autre veut parier ? demanda Ryder.

— Moi, fit Sam.

Alors qu'il regardait ses frères déposer leurs mises, Seth se rua vers lui.

— Papa *à moi* !

TJ se mit à rire et prit son fils dans ses bras. Heather lui avait expliqué que TJ avait l'intention de l'adopter et qu'il allait devenir son père. Le bambin avait aussitôt renoncé à l'appeler « Petit s'val » et opté pour « Papa ».

Voyant que ses frères étaient toujours en pleine discussion, TJ conduisit Seth auprès de la femme qu'ils aimaient tous les deux.

— Tu ne crois pas qu'il serait temps de filer en lune de miel ? lui glissa-t-il à l'oreille. Personnellement, je suis prêt.

— Moi aussi, répondit-elle avec un sourire éblouissant.

— Tu as préparé la valise de Seth pour son séjour chez

Sam et Bria ? demanda-t-il en reposant le petit garçon, qui avait soudain envie de jouer avec son cousin Hank.

— Avant la cérémonie, Bria a demandé à Sam de mettre la valise et le siège bébé de Seth dans leur voiture.

TJ l'attira au creux de ses bras et lui prodigua un baiser qui les laissa tous les deux pantelants.

— Alors fichons le camp d'ici.

— Tu ne m'as pas dit où nous allions, remarqua-t-elle avec un sourire plein de promesses. Tu pourrais au moins m'indiquer dans quelle direction ça se trouve.

— Est-ce vraiment important ? demanda-t-il en riant.

Elle secoua la tête et, lorsqu'elle glissa la main dans la sienne, il fut le plus heureux des hommes.

— Tu as raison. Peu importe où nous allons, cow-boy, je serai toujours à tes côtés.

— Je t'aime, madame Malloy, murmura-t-il en l'embrassant une fois de plus.

Elle lui effleura tendrement la joue.

— Je t'aime, moi aussi… De tout mon cœur.

Retrouvez prochainement,
dans votre collection

PASSIONS

Un papa pour sa fille, de Janice Maynard - N°909

Quand Brie parvient à la porte de Vaughn, ses jambes tremblent, et son cœur bat à toute allure. Elle n'a pas revu son ancien amant depuis trois ans, après qu'elle l'a quitté, faute d'engagement de sa part. Aujourd'hui, Brie appréhende: comment Vaughn réagira-t-il en découvrant son précieux secret, la petite fille qui est née de leur amour ?

Un parfait gentleman, de Karen Booth

Au cours d'un défilé de mode, Emma passe une délicieuse soirée en compagnie de Daniel, un parfait gentleman. Le lendemain, elle apprend, stupéfaite, que Daniel est l'héritier des magasins Stone, les rivaux historiques d'Eden's, le grand magasin qu'elle possède avec ses deux sœurs. Daniel essaye-t-il de lui soutirer des informations ? Peu importe, Emma préfère jouer avec le feu, car son désir de le revoir l'emporte sur ses craintes...

Le retour de son amant, de Reese Ryan - N°910

Darius à Royal ? Audra n'en revient pas : celui qui lui a brisé le cœur cinq ans plus tôt, sans explication, est de retour. Le revoir aujourd'hui lui donne le sentiment que tout n'est pas encore terminé entre eux. Malgré ses espoirs, Audra doit se protéger : durant leur relation, Darius lui a caché des secrets sur sa famille. Comment pourrait-elle lui faire confiance à nouveau ?

Fiancée de façade, de Katherine Garbera

Melinda est sous le choc. Elle, enceinte de Slade Bartelli, son amant ? Même si c'est son rêve le plus secret, elle aurait aimé que les circonstances soient différentes... Et voilà que Slade, pour préserver les apparences, lui propose de fausses fiançailles ! Melinda ne peut se contenter d'une union de façade, alors que son cœur appartient entièrement à Slade !

Un dilemme insoutenable, de Jules Bennett - N°911

SÉRIE : LIAISONS SCANDALEUSES TOME 2

Maty n'a pas le choix : si elle veut que son frère paralysé reçoive les meilleurs soins, elle doit travailler pour l'infâme Rusty Lockwood... Sa mission : convaincre Sam Hawkins, son ex de l'université, de vendre sa distillerie à Rusty, en usant de ses charmes si nécessaire. Mais, en présence de Sam, Maty est submergée par une foule d'émotions, ce qui la met dans une situation insoutenable : si elle veut aider son frère, elle doit trahir son premier amour...

Tentée par une seconde chance, de Joss Wood

Dix ans plus tôt, Tanna, sous le coup de la panique, s'est enfuie la veille de son mariage avec Levi. De retour à Boston, elle décide de replonger dans son passé pour guérir ses blessures. Levi, immobilisé à la suite d'un accident de moto, lui demande son aide afin qu'elle se rachète. Vivre auprès de son ancien fiancé la trouble au plus haut point, et Tanna se demande si elle est prête à s'ouvrir de nouveau au seul homme qui a réussi à conquérir son cœur...

Le secret d'Amanda, de Maureen Child - N°912

Laisser derrière elle Nathan et leur amour passionné... C'est ce qu'Amanda a fait en quittant sa ville natale, il y a tant d'années. Mais, maintenant qu'elle est revenue à Royal, la paix qu'elle avait retrouvée s'est évaporée à l'instant même où elle a posé les yeux sur lui. Malheureusement, si elle est tentée de rallumer la flamme qui brûlait entre eux, Nathan, lui, garde ses distances. Comme s'il n'avait pas oublié les amères circonstances de leur rupture....

L'amour à toute épreuve, de Barbara Dunlop

Quelle entêtée ! Troy n'a jamais rencontré une femme comme Mila : il a pourtant refusé de lui confier le poste d'agent de sécurité qu'elle convoite ! Cependant, lorsque sa demi-sœur, une chanteuse connue, est menacée par un fan, Troy se sent fléchir : Mila serait tout indiquée pour veiller sur elle... La jeune femme maîtrise en effet les techniques d'attaque et de défense. Même si elle n'utilise contre lui que la plus dangereuse de toutes : la séduction.

Le mensonge de Mia, de Charlene Sands - N°913

Mia vient de passer une soirée de rêve au côté du séduisant Adam. Et elle serait aux anges si leur rencontre avait été le fruit du hasard... Seulement voilà : elle rôdait autour de la maison d'Adam parce qu'elle enquêtait sur lui. N'a-t-elle pas en effet promis à sa sœur mourante de retrouver le papa de sa fille ? Mais son cœur se serre lorsqu'elle songe aux conséquences de ses manigances : elle sera séparée de sa nièce adorée, et Adam ne lui pardonnera jamais de l'avoir trahi...

Un insupportable contrat, de Lauren Canan

Son ranch : voilà la seule chose qui compte pour Shea. Un ranch que sa famille loue depuis des générations. Alors, si une clause du contrat signé au XIXe siècle la contraint aujourd'hui à épouser l'odieux fils des propriétaires pour conserver son bien, elle n'hésitera pas une seconde; elle s'unira à Alec Morreston et vivra à ses côtés une année. Sauf que Shea se rend vite compte que la plus grande épreuve sera de résister au feu du désir qu'Alec fait naître en elle...

OFFRE DE BIENVENUE !

Vous êtes fan de la collection Passions ?
Pour prolonger le plaisir, recevez gratuitement

◆ 1 livre Passions gratuit ◆
et 2 cadeaux surprises !

Une fois votre colis de bienvenue reçu, si vous souhaitez continuer à recevoir nos romans Passions, cela se fera automatiquement. Vous recevrez alors chaque mois 3 volumes doubles inédits de cette collection au tarif unitaire de 7,70€ (Frais de port France : 2,49€).

➡ LES BONNES RAISONS DE S'ABONNER :

Aucun engagement de durée ni de minimum d'achat.
◆
Aucune adhésion à un club.
◆
Vos romans en avant-première.
◆
La livraison à domicile.

➡ ET AUSSI DES AVANTAGES EXCLUSIFS :

Des cadeaux tout au long de l'année.
◆
Des réductions sur vos romans par le biais de nombreuses promotions.
◆
Des romans exclusivement réédités notamment des sagas à succès.
◆
Des points fidélité échangeables contre des livres ou des cadeaux.

➡ REJOIGNEZ-NOUS VITE EN COMPLÉTANT ET EN NOUS RENVOYANT LE BULLETIN

N° d'abonnée (si vous en avez un) ☐☐☐☐☐☐☐☐ R1ZEA3

Mme ☐ Mlle ☐ Nom : .... Prénom : ....

Adresse : ....

CP : ☐☐☐☐☐ Ville : ....

Pays : .... Téléphone : ☐☐☐☐☐☐☐☐☐☐

E-mail : ....

Date de naissance : ☐☐ ☐☐ ☐☐☐☐

☐ Oui, je souhaite être tenue informée par e-mail de l'actualité d'Harlequin.

☐ Oui, je souhaite bénéficier par e-mail des offres promotionnelles des partenaires d'Harlequin.

<u>Renvoyez cette page à</u> : Service Lectrices Harlequin – CS 20008 – 59718 Lille Cedex 9 - Franc

Date limite : **31 décembre 2021**. Vous recevrez votre colis environ 20 jours après réception de ce bon. Offre soumise acceptation et réservée aux personnes majeures, résidant en France métropolitaine. Prix susceptibles de modification en cours d'ann Vous pouvez demander à accéder à vos données personnelles, à les rectifier ou à les effacer. Il vous suffit de nous écrire en n indiquant vos nom, prénom et adresse à : Service Lectrices Harlequin - CS 20008 - 59718 LILLE Cedex 9. Harlequin® est une marq déposée du groupe HarperCollins France – 83/85, Bd Vincent Auriol – 75646 Paris cedex 13. Tél : 01 45 82 47 47. SA au capital de 3 120 000€ - R Paris. Siret 31867159100069/APE5811Z.